MIKO

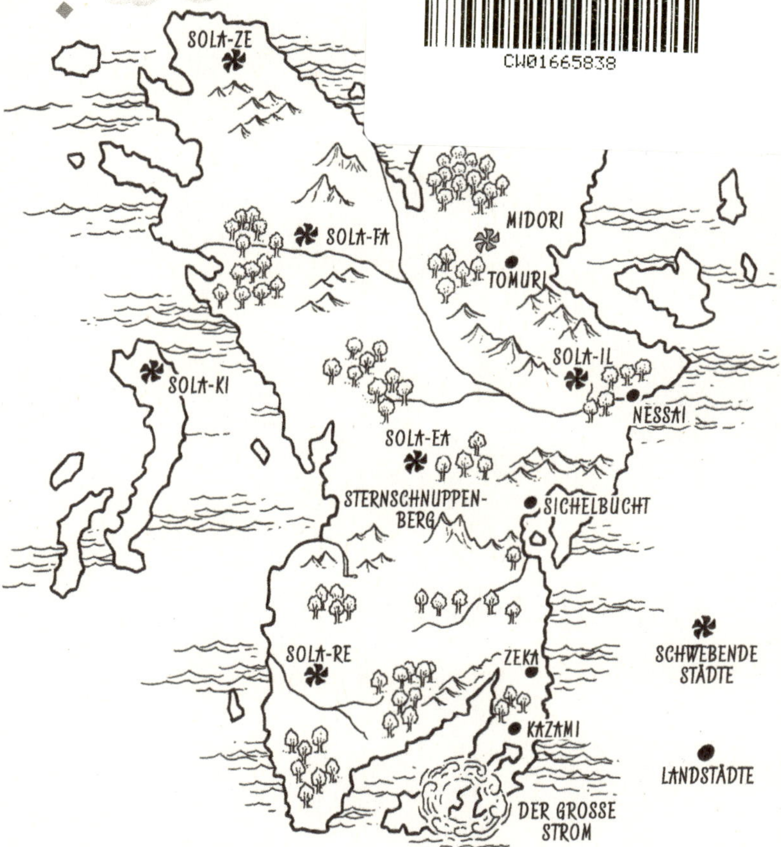

SOLA-IL

MIDORI

ANN SEI LIN

REBEL SKIES

Aus dem Englischen von Sara Riffel

arsEdition

Bibliografische Information der Deutschen Nationalbibliothek
Die Deutsche Nationalbibliothek verzeichnet diese Publikation in der Deutschen Nationalbibliografie; detaillierte bibliografische Daten sind im Internet über http://dnb.d-nb.de abrufbar.

Du möchtest noch mehr von uns kennenlernen?

Titel der Originalausgabe: Rebel Skies
Die Originalausgabe ist 2022 bei Walker Books Ltd. erschienen.

Übersetzung: Sara Riffel
Lektorat: Kanut Kirches
Satz: Uhl + Massopust, Aalen
Covergestaltung: Grafisches Atelier arsEdition,
unter Verwendung der Illustration von Amir Zand
Innenillustration: Tomislav Tomic und marukopum / Shutterstock.com
ISBN 978-3-8458-5994-1

www.arsedition.de

MIX
Papier | Fördert gute Waldnutzung
FSC® C014496

Über dem Meerblau
Bau ich ein Boot aus Federn
Gleite durch den Dunst.

PROLOG

Als Himura neun Jahre alt war, wurde seine Heimatstadt von einer riesigen Schildkröte angegriffen. Wenn er diese Geschichte erzählte, betonte er stets, wie riesig sie gewesen war. Schildkröten sind nicht besonders furchteinflößend – es sei denn, man lehnt sich aus dem Fenster und schaut in das zerfurchte Gesicht eines Reptils, das so groß ist wie ein Berg.

Auf dem Rücken ihres Panzers wuchsen Bäume. Ihr Kopf war mit Moos bedeckt. Ihre Krallen – die sich beunruhigend schnell vorwärtsbewegten – waren mit Schlamm und den Überresten von Tieren beschmiert, die sie unterwegs zertrampelt hatte. Straßen brachen ein. Die Erde bebte. Wer nicht rechtzeitig die Flucht ergriff, wurde unter ihrem Leib zerquetscht.

Himura erinnerte sich, wie sich seine Finger ins Fensterbrett krallten, während die Schildkröte durchs Städtchen raste. Er erinnerte sich, wie er in ihr runzliges und unfassbar hässliches Gesicht hochsah. Unter den Erdschichten auf ihrem Panzer konnte er die vergilbten Falten ihres Körpers ausmachen.

Papier. Die Schildkröte bestand aus Papier. Ein vollkommenes Gebilde aus Falzkanten und Falten – so wunderschön, dass Himura es nur bewundernd anstarren konnte, obwohl es geradewegs auf ihn zustampfte.

Der Fuß der Schildkröte hob sich über dem Dach seines Hauses, doch das Brechen von Holzbalken und Poltern einer einstürzenden Decke blieben aus. Er konnte sich nicht mehr genau erinnern, in welcher Reihenfolge alles danach geschah; nur an die Geräusche und die Hitze. Über ihm ein schrilles Pfeifen, als etwas den Rücken der Schildkröte traf und in Flammen aufging, die schneller als ein Lauffeuer den Leib des Geschöpfs hinaufleckten.

Als Himura wieder hochsah, war der Himmel von dunklen Schiffen erfüllt.

Die Schildkröte brannte. Vor lauter Qualen warf sie den Kopf hoch und …

Der Boden unter Himuras Füßen schwankte und riss ihn aus seinen Erinnerungen. Das Deck des Luftschiffs wogte auf und nieder wie bei einem Boot auf hoher See. Turbinen surrten. Propeller wühlten sich durch warme Sommerluft. Weit unter ihm funkelten die Lichter der Hauptstadt, doch es wurde schon langsam hell und die ersten Töne der Morgendämmerung würden bald erklingen.

Es war lange her, seit Himura das letzte Mal an seine Heimatstadt gedacht hatte und an das Shikigami, das von den Jägern verbrannt worden war. Ein Untergang im Feuer, wie er einem Papierwesen angemessen war. Kein normaler Mensch würde einem toten Shikigami nachweinen, besonders nicht einem herrenlosen, wilden, wie es die Schildkröte gewesen war. Und doch hatte Himura einen Anflug von Trauer verspürt, als er sie in Flammen aufgehen sah.

Was für eine Verschwendung.

»Du bist noch hier?« Eine verärgerte Stimme holte Himura in die Wirklichkeit zurück. Er drehte sich um und sah die Navigatorin des Luftschiffs durch die Luke aufs Deck hochklettern.

Als sie sich aufrichtete, fiel ihm auf, dass die Ringe unter ihren Augen dunkler geworden waren. Ihr Haar war struppig und verfilzt und ihr Kimono voller Knitterfalten. Wenn man allein ein Luftschiff auf Kurs halten musste, schlief es sich nicht so gut.

Himura zog ein quadratisches Stück Papier aus der Tasche und balancierte es auf der Fingerspitze. »Ich habe nachgedacht, Sayo« – das Papier faltete sich von selbst zu einem Origami-Kranich –, »über ein Shikigami, dem ich als Kind mal begegnet bin. Es hat meine Heimatstadt zerstört. Trotzdem ein herrliches Geschöpf. Ich wünschte, es wäre am Leben geblieben.«

Er schnippte den Kranich in die Luft und fing ihn wieder auf, zerdrückte ihn in der Faust. Als er sie öffnete, waren von dem Vogel nur noch Papierschnipsel übrig. Er holte Luft und blies die Schnipsel von seiner Handfläche. Wie eine Wolke Schneeflocken rieselten sie aufs Deck.

Sayo schnaubte. »Das sagst du nur, weil du ein Gestalter bist. Die meisten Leute wären froh, ein Shikigami brennen zu sehen.«

Mit einem Fingerschnipsen ließ Himura die Papierfetzen um seine Füße tanzen.

Gestalter. Manch einer warf ihm das Wort wie einen Fluch an den Kopf. Andere flüsterten es ängstlich. Bei Sayo dagegen lag Spott darin – der Spott von jemandem, der Himura kannte und gänzlich unbeeindruckt von ihm war.

»Apropos Gestalter.« Sayo ließ den Blick über den heller werdenden Himmel gleiten. »Du solltest aufbrechen. Du musst bei Sonnenaufgang in der Midori sein. Der Informant des Kapitäns sagt, das Mädchen serviert im Hauptsaal das Frühstück. Wenn du es nicht schaffst, sie mitzubringen, brauchst du gar nicht erst wiederzukommen.«

Himura sah zu den Wolken hoch. Am pflaumenblauen Himmel schimmerte ein einzelnes Licht. Obwohl es aus der Ferne wie ein gestrandeter Stern aussah, wusste er, dass es in Wahrheit von der Midori stammte – der ersten und einzigen schwebenden Festhalle des Kaiserreichs.

Wie kommt es, dass eine Gestalterin so weit hier draußen Frühstück serviert?, fragte er sich. Welcher merkwürdigen Wendung des Schicksals war es geschuldet, dass ein Mädchen, das Papier beherrschen konnte und deren Blut von der Macht seiner Vorfahren erfüllt war, das Leben einer einfachen Kellnerin führen musste?

Wahrscheinlich war es nur gut, dass Himura sie vor dieser unwürdigen Arbeit rettete. Außerdem sehnte er sich nach Gesellschaft. Wenn er mit Sayo und der restlichen Besatzung des Luftschiffs reiste, fühlte er sich immer wie ein Wolf unter Spatzen. Es war ermüdend, von Menschen umgeben zu sein, die das Summen der Macht in seinen Adern niemals verstehen konnten und auch nicht, wie das Rascheln von Papier sein Herz in Schwingungen versetzte.

»Mach keine Probleme«, warnte Sayo. »Hol einfach nur das Mädchen und verschwinde. Du weißt doch bestimmt, wer es ist, wenn du sie siehst, oder? Du bringst nicht aus Versehen die Falsche mit?«

»Leute, die so sind wie ich, erkenne ich immer.« Himura

schnippte mit den Fingern, die Papierfetzen wirbelten hoch. Er bewegte die Hand und sie fügten sich an seinem Handgelenk zu einem weißen Armband zusammen.

Er kletterte auf die Reling des Schiffes und breitete wie ein Seiltänzer die Arme aus, um das Gleichgewicht zu halten. Seine Beine schwankten zwischen Deck und freiem Himmel. Die Lichter der Stadt schwammen unter ihm wie die Leuchtorgane, mit denen Tiefseefische ihre Beute in den Untergang locken.

Bis nach unten war es ein weiter Weg. Er schwang ein Bein in die Luft, machte einen Schritt nach vorn und fiel.

Anfangs nahm er nichts wahr außer dem pfeifenden Wind. Die Sommerluft schnitt ihm in die Haut, während er hinabstürzte. Er blinzelte mit tränenden Augen und wartete, bis er ein Stück vom Schiff entfernt war, dann nahm er das Armband ab.

Es zerfiel in Tausende Papierstückchen, die einen rasenden Wirbel bildeten. Sie fügten sich zu einem Flügelpaar zusammen, wuchsen zu Schwanzfedern aus und falteten sich zu Krallen.

Unter Himura entstand ein riesiger Falke. Von der Schnabelspitze bis zu den gebogenen Klauen war er weiß wie Schnee; selbst seine Pupillen waren im Weiß seiner Augen unsichtbar.

»Angeber!«, hörte Himura Sayo rufen, als er auf dem Vogel landete.

Himura grinste. Für sein Talent entschuldigte er sich nicht. Er hielt sich an den Federn fest und rutschte vor, bis er rittlings im Nacken des Vogels saß. Es war anders, als auf einem echten Shikigami zu reiten – diese Papierpuppe hier besaß keine Intelligenz –, aber dennoch genauso aufregend.

Getragen von den mächtigen Schwingen des Falken, flog er auf die Midori zu, deren rote Bögen und breite goldene Tore als Gruß an den Himmel geöffnet waren.

KAPITEL 1

Als Kurara zum ohrenbetäubenden Läuten der Morgenglocken erwachte, war ihr erster Gedanke: *Ich würde die ganze Halle niederbrennen, wenn ich dafür nur zehn Minuten länger schlafen könnte.*

Die Lichter gingen flackernd an und durchdrangen ihre Lider. Das Glockenläuten hallte von den Wänden ihrer winzigen Kammer wider. Draußen marschierte ein Aufseher den Flur der Angestellten entlang, schlug auf einen Gong und rief dabei: »Los, los, allesamt aufstehen! Dankt unserem großen Kaiser für diesen herrlichen Tag!«

»Unser großer Kaiser kann mich mal!« Kurara rollte sich stöhnend herum. In ihrer Kammer gab es keine Fenster, aber das grelle elektrische Licht ließ keinen Zweifel daran, dass es Morgen war.

»Aufstehen! Aufstehen! Dankt unserem großen Kaiser dafür, dass wir einen neuen Sonnenaufgang erleben!« Die Stimme des Aufsehers hallte durch die papierdünnen Wände. »Dankt unserem großen Kaiser, der uns vor den Shikigami beschützt!«

Kurara rieb sich den Schlaf aus den Augen und die Welt um sie herum nahm langsam Gestalt an: die Wände ihrer Kammer, die Kugeln aus zerknülltem Papier auf dem Fußboden, das zweite Bett ihr gegenüber und der Junge, der darin noch immer schlief. Ein rabenschwarzer Haarschopf lugte unter der Bettdecke hervor.

»Haru«, rief sie. »Haru, Zeit aufzustehen!«

Die Gestalt im Bett regte sich.

»Sieh nur, der Koi-Teich. Das Wasser … es funkelt wie Edelsteine …«, murmelte Haru in seinem engen Decken-Kokon. Er redete wieder im Schlaf.

Es klang angenehm. Träumte er von ihrer Heimat, ihrem Dorf? Kurara wünschte sich, sie hätte auch solche Träume, aber ihre Erinnerung an die Zeit vor der Midori war äußerst schemenhaft: ein Dorf in den Bergen, eine Hütte am Ufer eines kleinen Teichs, verschwommene Gesichter von Dorfbewohnern, die nur ein Gefühl der Leere zurückließen, wie kalter Rauch nach einem Feuer.

»Der Hafen von Nessai. Krebse … so groß wie … Servierteller …«

So angenehm Harus Traum auch sein mochte, sie mussten zur Arbeit. Kurara nahm sich eine zerknüllte Papierkugel vom Boden und warf sie durch die Kammer. Als sie von Harus Bett abprallte, schnippte Kurara mit den Fingern und die Kugel blieb in der Luft hängen. Ein wohliges Prickeln lief durch ihren Körper – eine Empfindung, die zugleich aufregend und beruhigend war. Sie bewegte die Hand, die Kugel begann sich zu drehen und faltete sich zu einem Origami-Kaninchen, das nur aus Falzen und Kniffen bestand.

Eigentlich durfte sie das nicht. Die Küchenmeisterin hatte es ihr ausdrücklich verboten. Kochen und Saubermachen waren die einzigen Tätigkeiten, die ihr erlaubt waren. Aber hinter den Wänden ihrer Kammer war sie vor neugierigen

Blicken sicher. Es musste ja niemand erfahren – und Haru gefielen ihre Papiertiere. Zumindest, wenn er wach genug war, um sie würdigen zu können.

Auf ihren Befehl hin hoppelte das Kaninchen über das Bett und zog an einer schwarzen Haarsträhne, die unter der Decke hervorschaute.

»Himmelsstädte …« Eine schläfrige Hand wischte das Kaninchen vom Bett.

Kurara stieß einen empörten Schrei aus. Sie hob das Kaninchen auf, drückte es an sich und setzte es auf ihr Kissen.

Der Aufseher schlug den Gong. Entlang des Flurs wurden Türen aufgerissen und die letzten schlaftrunkenen Angestellten eilten den Gang hinunter.

»Haru!« Kurara ging zu Harus Bett und rüttelte kräftig an ihm.

Endlich spähte unter der Decke ein Paar dunkler Augen hervor.

»Schon gut, schon gut … Ich bin wach!«, stöhnte Haru.

»Gut! Beeil dich!« Kurara zog ihn auf die Beine. Wenn sie rannten, konnten sie es vielleicht noch schaffen.

Die Midori war für Riesen gebaut, ein Schloss voller Festsäle und Privatgemächer, das in fast zweitausend Metern Höhe reglos in der Luft schwebte. Ihre funkelnden Perlglasfenster ragten über den Wolken auf. Im Inneren der moosbedeckten Kanonen bauten Vögel ihre Nester und Himmelsfische flitzten zwischen den Zahnrädern des Federwerks hindurch. Große Rotorblätter durchschnitten die Luft wie ein unter der Midori angebrachter Heiligenschein; die goldenen Ringe verjüngten sich zu bohrerähnlichen Spitzen.

Kuraras früheste Erinnerungen drehten sich um diese Ringe. Um die hoch aufragenden Wände der Midori und um Haru, der ihre Hand fest umklammert hielt, während die runde Schwebekapsel sie durch die Tore trug. Um einen Mann mit strengem Gesicht, der ihnen sagte, dies sei von nun an ihr neues Zuhause. Damals hatte Kurara noch nicht gewusst, dass sich hinter dem funkelnden Äußeren der Midori ein dunkles, chaotisches Herz verbarg.

»Du bist zu spät! Das wird dir vom Lohn abgezogen!« Die Aufseherin lächelte schadenfroh, als Kurara gerade in dem Moment eintraf, als das Läuten des Frühstücksgongs ertönte. Kurara eilte zu ihrem Platz und band sich rasch die Bänder ihrer Schürze über ihrem braunen Arbeitskleid zu.

Angestellte liefen mit schwer beladenen Silbertabletts an ihr vorbei. Soeben war ein weiteres Luftschiff eingetroffen und es wurde nach Essen und Wein verlangt. Derzeit war der Hafen stets voller Kriegsschiffe. Der Konflikt in Estia zog sich seit Jahren hin – ein Krieg, an dessen Ende Mikoshimas wachsendes Kaiserreich um eine Kolonie reicher sein würde –, und die Soldaten, die aus der Fremde heimkehrten, wollten nichts lieber, als bei gutem Essen und Wein ihre Schlachten jenseits des Meers zu vergessen.

Auf dem Weg zu ihrem Arbeitsplatz kam Kurara an Bergen schmutziger Töpfe vorbei, die sich bis zur Decke stapelten. Die Feuer verwandelten die Küche in einen gewaltigen Glutofen. Die Steinsäulen, die die hohe Decke stützten, schienen in der Hitze zu schwitzen. Hundert verschiedene Düfte stiegen ihr in die Nase: Mirin, Tōgarashi-Wurzel, Sojasauce und Karamellzucker. Glocken läuteten, Teekessel pfiffen, Pfannen brutzelten und Teller gerieten ins Rutschen und fielen scheppernd auf den rot gefliesten Boden, während Kellner und Kellnerinnen mit voll beladenen Servierplatten umhereilten.

»KURARA!«, bellte eine Stimme. Ein leerer Topf segelte durch die Luft und prallte von der gegenüberliegenden Wand ab. Der Knall ließ die anderen Angestellten zusammenschrecken. »Verflucht noch mal, Mädchen, wo ist der Pflaumenwein? Du solltest ihn doch herbeischaffen!«

Eine stattliche Frau kam durch die Küche marschiert, in der einen Hand eine Schöpfkelle und in der anderen einen eisernen Schürhaken. Kurara riss die Augen auf. Sie knallte die Hacken zusammen und nahm automatisch »Haltung B« an, wie man es in der Küche nannte. (Hände hinter dem Rücken, Kopf gesenkt, Blick zu Boden: die »Tut mir leid, es kommt nie wieder vor«-Haltung.)

»Entschuldigung, Madam Ito, ich hab's vergessen.«

Niemand hatte ihr etwas von Pflaumenwein gesagt, aber es hatte keinen Zweck, Madam Ito darauf hinzuweisen.

»*Ich hab's vergessen*?!«, äffte Madam Ito mit Fistelstimme Kurara nach. Das Gesicht der Küchenmeisterin war vor Wut und wegen der Hitze der Feuer gerötet. Ihr schwarzes, von silbrigen Strähnen durchzogenes Haar war zu einem zerzausten Dutt zusammengebunden, der bei jeder Bewegung wackelte. Sie herrschte über die Küche der Midori mit eiserner Faust und einem Arsenal an eisernen Töpfen, die sie auf diejenigen warf, die ihren Unmut erregt hatten. Zimmermädchen schreckten zusammen, wenn Madam Ito den Raum betrat, Kellnerinnen flohen vor ihren finsteren Blicken. Selbst die Aufseher und Aufseherinnen machten in der Küche keinen Mucks, da sie wussten, dass dies ihr Reich war.

Kurara wandte den Blick ab und betrachtete den Topf, den die Köchin nach ihr geworfen hatte. Er rollte über den Boden und blieb nur ein paar Zentimeter von ihren Füßen entfernt liegen. Auf seiner gewölbten Oberfläche spiegelte sich ein Mädchen, das angemessen schuldbewusst wirkte, mit blassem, rundem Gesicht, einer zu breiten Nase und zu großen Ohren und Haaren, die alle paar Monate mithilfe eben jenes Topfs geschnitten wurden, der jetzt vor ihr lag.

»Kurara!«

»Ja, Madam Ito, ich höre zu!« Sie hatte nicht zugehört.

Die Augen der Küchenmeisterin verengten sich. Die Adern an ihrem Hals traten hervor.

»Mädchen.« Ihre Stimme zitterte bedrohlich. »Ist dir bekannt, wer in dieser Küche das Sagen hat?«

Kurara sagte nichts. Unverschämtheit wurde mit fünfzehn Hieben bestraft und der Oberaufseher hatte erst kürzlich eine neue Peitsche gekauft. Sie hatte ihn gestern Morgen damit unter dem Arm herumlaufen sehen. Er hatte ein wenig zu hingebungsvoll den Griff umklammert.

»Sie, Madam Ito.«

»Und wer sorgt für dich und gibt dir Kleidung und Essen, während sich andere kleine Mädchen, die es viel mehr verdient hätten, auf den Feldern oder in den Levistein-Minen abrackern müssen?«

»Sie, Madam Ito.«

»Und wer war die hohlköpfige Närrin, die heute vergessen hat, den Pflaumenwein zu holen?«

»Sie, Madam … I-ich meine …«

Madam Itos Brust hob und senkte sich wie der Blasebalg eines Schiffes.

»Ich gehe sofort los und hole ihn!« Kurara verneigte sich und eilte aus der Küche, bevor die Köchin einen weiteren Topf nach ihr werfen konnte. Auf dem Weg zur Tür hielt ihr eine Kellnerin ein großes Silbertablett hin.

»Wenn du nach oben gehst, Mädchen, dann liefere das hier im Blauregenzimmer ab.«

»Aber der Pflaumenwein!«, rief sie.

Die Frau drückte ihr das Tablett in die Hand. »Madam Ito ist sowieso schon schlecht gelaunt. Was glaubst du, was sie tun wird, wenn dieses Tablett nicht rechtzeitig ankommt?«

»Die Kanonen ausputzen und uns alle in den Sonnenaufgang schießen«, seufzte Kurara. Damit drohte ihnen die Köchin am liebsten.

»Dann geh schon.«

Kurara wusste, wann eine Schlacht verloren war. Sie nahm das Tablett und verließ damit die Küche und blieb nur kurz stehen, um den zerknitterten Zettel mit ihren Aufgaben aus der Schürzentasche zu ziehen. Jemand hatte etwas darübergekritzelt, sodass die Liste nun völlig unlesbar war. Seufzend steckte sie den Zettel wieder in die Tasche.

Irgendwann werde ich von hier verschwinden. Irgendwann werde ich das alles hinter mir lassen.

Sie musste nur bis dahin überleben.

KAPITEL 2

Wenn Kurara die Küche verließ und nach oben stieg, musste sie immer erst kurz warten, bis ihre Augen sich an das plötzliche Sonnenlicht gewöhnt hatten. Die Empfangshalle nahm nach und nach Gestalt an. Ein Halbkreis aus vergitterten goldenen Fenstern bot eine perfekte Sicht auf den blauen Himmel. Hoch über ihr ragte eine gewölbte Glasdecke auf. Als kleines Kind war sie ihr wie der Himmel selbst erschienen – fern und wunderschön. Jetzt überragte sie sie bloß, wie alles in der Midori, und gab ihr das Gefühl, winzig klein zu sein.

Die Schatten von Wolken glitten über den gefliesten Boden, als Kurara darüberging. Die Marmorwände wurden an ihrem Fuß von echten Blumen gesäumt: leuchtend rotgoldene Orchideen, Chrysanthemen in kaiserlichem Purpur und rosafarbener Lotus, dessen Blüten so groß waren wie ein menschlicher Kopf. Mechanische Papageien aus Stahl und gefärbtem Glas schlugen inmitten der Grünpflanzen mit den Flügeln und flogen auf, wenn Kurara sich ihnen näherte. Die Pracht der Midori hatte etwas Kaltes an sich – sie war ein hübscher Vogelkäfig.

»Rara!«, rief eine Stimme die große gewundene Treppe hinunter. Kurara blickte auf und sah Haru die mit Teppich ausgelegten Stufen herabkommen.

»Haru!« Sie eilte auf ihn zu. »Hast du es noch rechtzeitig in die Bankettsäle geschafft?«

»Fünfzehn Minuten zu spät!« Der Junge klopfte sich auf die Brust.

So selbstbewusst benahm sich nur jemand, der entweder äußerst mutig oder äußerst dumm war, aber es wäre nicht das erste Mal, dass Haru mit etwas davonkam, was sich sonst niemand erlauben durfte. Mit seiner Zahnlücke, der krummen Nase und dem verschmitzten Blick wirkte er so linkisch und verspielt, dass man ihm einfach nichts übel nehmen konnte. Hatte Haru mal wieder einen halb ausgegorenen Plan im Kopf, dann fand man sich, wenn man nicht aufpasste, ruckzuck nachts in der Vorratskammer wieder oder ließ Himmelsfische in den Wasserleitungen der Midori frei – worauf unweigerlich eine Tracht Prügel drohte.

Harus Blick nach zu urteilen, war er auf Streiche aus, doch Kurara kannte ihn zu gut, um sich daran zu beteiligen.

»Wenn du schon mal hier bist, kannst du mir gleich einen Gefallen tun. Ich muss das hier im Blauregenzimmer abliefern, und du« – sie riss das Tablett weg, als er ein süßes Brötchen stibitzen wollte – »wirst mir helfen, rechtzeitig dort anzukommen.«

Angestellte durften die Fahrstühle eigentlich nicht benutzen. Die Pagen mit den ernsten Mienen, die sie bedienten, würden Kurara sofort wegscheuchen, wenn sie ihr braunes Arbeitskleid sahen, aber bei Haru war das anders. Die anderen Angestellten sagten oft, er könnte einer Henne ihre eigenen Eier verkaufen. Kurara musste einen vertrauten Anflug von Neid unterdrücken, als die Pagen anstandslos die Aufzugtüren für ihn öffneten.

Drinnen drückte Haru den Knopf für das fünfzehnte Stockwerk und ließ die Tür zugleiten. Kurara strich mit der Hand über die vergoldeten Wände, während die Stahlseile sie nach oben zogen. Der Metallkasten glänzte dermaßen, dass sie in den Wänden ihr Spiegelbild sehen konnte.

»Also«, sagte sie und ließ Haru nun doch ein Brötchen nehmen, »warum bist du nicht in den Bankettsälen?«

Als Haru grinste, wirkte sein Mund zu groß für sein Gesicht. Die dunkle Lücke, wo sein rechter Schneidezahn fehlte, stach ins Auge.

»Ich habe nach dir gesucht! Eines der Schiffe ist gerade vom Großen Strom zurückgekehrt! Vom Großen Strom, Rara! Und die Soldaten erzählen die tollsten Geschichten darüber! Ich wollte nicht, dass du die ganze Aufregung verpasst!«

Kurara wandte sich ihm zu. Von der Welt außerhalb der Midori erfuhren sie nur durch die Geschichten, die die Soldaten in die Bankettsäle mitbrachten, um die Stunden mit trägen oder angeregten Gesprächen zu füllen.

»Haben sie Shikigami gesehen?«

»Darauf kannst du wetten!« Haru grinste. Er war ganz sicher der Einzige, der es aufregend fand, einem dieser Papierungeheuer zu begegnen. »Lass uns irgendwann auch mal zum Großen Strom reisen!«

Kurara verzog das Gesicht. »Wie wär's, wenn wir irgendwo hingehen, wo es weniger gefährlich ist?«

Der Große Strom war eine Gegend im tiefen Süden des Landes, die durch ewige Stürme vom Rest der Welt abgeschnitten war. Sie war nicht nur dafür bekannt, voller Shikigami zu sein, sondern auch für die dort herrschenden Winde, die Schiffe in Stücke reißen konnten. Soldaten, die das Glück hatten, die Stürme zu überleben, kehrten mit tiefen Augenringen zurück und mit Geschichten, die sie erst erzählen wollten, wenn Haru ihre Becher reichlich mit Alkohol gefüllt hatte. Jeder vernünftige Mensch würde diese Gegend meiden.

Haru grinste. »Irgendwann gehen wir überall hin!«

Irgendwann, ja, irgendwann. Das sagten sie einander immer. Irgendwann würden sie diesen Käfig verlassen und die Welt bereisen. Zu den Aogaki-Wasserfällen, zu schneebedeckten Gebirgsmassiven und blühenden grünen Tälern. Zum Ozean, wo sich das Wasser angeblich bis zur Sonne erstreckte. Sogar bis zum Rand der Welt.

»Irgendwann kehren wir in unser Zuhause zurück«, flüsterte Kurara. Vielleicht, wenn sie nur weit genug reisten, könnten sie es wiederfinden.

Harus Miene verfinsterte sich. So sah er nur aus, wenn sie über die Vergangenheit redeten. »Ich habe dir doch gesagt: Es wurde zerstört.«

»Aber mehr erzählst du mir nie darüber«, beschwerte sich Kurara.

Bei dem Thema wich er ihr immer aus und sein Blick wurde furchtbar mitleidig. Es ärgerte sie. Haru besaß Erinnerungen an ihre Kindheit, ihr Zuhause, ihre alten Nachbarn und Freunde. Sie dagegen hatte gar nichts.

»*Man hat Haru und dich in einer leeren Scheune gefunden*«, hatte Madam Ito ihr einmal erzählt. »*Ihr habt dort zusammen gelegen und aus seiner Brust ragte ein langes Stück Holz. Hätte beinahe sein Herz durchbohrt. Er hat Glück gehabt, dass er das überlebt hat. Ist wohl robuster als die meisten von uns. Es war fast unnatürlich.*«

Selbst die Küchenmeisterin wusste mehr über Kuraras Vergangenheit als sie! Kurara konnte sich an den Vorfall nicht erinnern. Seelischer Schock, so nannte es Madam Ito. Die Nachwirkung des Vorfalls, nach dem sie und Haru in einer leeren Scheune gefunden wurden, er mit einem Stück Holz in der Brust – wie immer sich das zugetragen hatte. Auch wenn Haru es stets abstritt, wurde sie den Eindruck nicht los, dass sie seine Verletzungen irgendwie verursacht hatte. Schuldgefühl plagte sie ebenso wie ihre fehlenden Erinnerungen.

»Ich erzähle ständig von der Vergangenheit!«, unterbrach Haru ihre Gedanken. »Ich habe dir von den Reisfeldern erzählt und von dem Lotus, der in den Dorfteichen wuchs.«

»Aber du erzählst mir nie etwas Wichtiges!«, fauchte Kurara. Im Inneren des Fahrstuhls hallte ihr eigener Ärger ihr in den Ohren wider.

Haru legte sich eine Hand auf die Brust. Auf die Stelle, wo das Stück Holz gesteckt hatte. »Ich rede nicht gern über Dinge, die wehtun.«

In unangenehmes Schweigen gehüllt, fuhren sie weiter nach oben.

»Wir könnten in die Himmelsstädte gehen«, sagte Haru nach einer Weile. Auch wenn er es nicht aussprach, wusste Kurara, dass seine Worte ein Friedensangebot waren.

»Wie wäre es mit Nessai?«, gab Kurara nach. Sie wollte nicht streiten. »Du hast im Schlaf über den Hafen geredet. Irgendwas über Krebse.«

Sie zog den zerknitterten Zettel aus ihrer Schürzentasche und schnippte ihn in Harus Richtung. Er prallte von seiner Nase ab und blieb in der Luft hängen. Ein angenehmes statisches Prickeln lief durch ihren Körper, während sich der Zettel zu einem Papierkrebs mit dünnen, zuckenden Beinen faltete.

»Madam Ito hat gesagt, du sollst das nicht machen. Warte lieber, bis wir wieder in unserem Zimmer sind«, sagte Haru.

Kurara erinnerte sich, dass ihm ihre Schöpfungen früher immer gefallen hatten. Jeden Abend hatte er um ein neues Tier gebeten, das zwischen ihren Betten tanzte. Es hatte sie stolz gemacht, wenn die Papierwesen ihn zum Lachen brachten. Das war, bevor sie leichtsinnig geworden war. Bevor Madam Ito sie erwischt hatte. Jetzt wollte Haru, dass sie diese Sachen nur noch in ihrer Kammer machte.

Ein Gefängnis in einem Gefängnis, dachte sie bitter. Sie wusste zwar, dass Haru damit nur verhindern wollte, dass sie Ärger bekam, dennoch konnte sie einen Anflug von Missmut nicht unterdrücken. Er hatte gut reden. Er musste sich ja auch nicht anderen zuliebe wie ein Origami zusammenfalten, kleiner und immer kleiner werden.

»Wir sind in einem Metallkasten, der nach oben fährt. Wer soll uns hier beobachten?«

Haru blieb skeptisch. Er trat von einem Fuß auf den anderen und zischte leise: »Denk dran, was Madam Ito gesagt hat, du weißt schon, über diese Leute …«

»Leute?«, fragte Kurara.

»Gestalter.« Haru deutete auf den Papierkrebs, der zwischen ihnen schwebte. »Leute, die Papier beherrschen.«

Kurara erinnerte sich weniger an Madam Itos wütendes Gebrüll, sondern mehr an die Tracht Prügel. Die Blutergüsse waren wochenlang zu sehen gewesen. Abgesehen von den Schmerzen hatte sie kaum etwas mitbekommen. Was hatte

Madam Ito gesagt? Dass man sie an die kaiserliche Familie verkaufen würde?

»Dorthin werden Gestalter geschickt. Zum Kaiser, um ihm und seinen Kindern zu dienen. Wenn du erwischt wirst, endest du vielleicht als Kampfhund von Prinz Ugetsu. Oder als Spielzeug von Prinzessin Tsukimi.«

Madam Itos Schnauben hatte angedeutet, dass die Prinzessin die schlimmste von allen war, aber Kurara hatte keine Angst. Prinzessin Tsukimi und die restliche Familie des Kaisers waren eine ferne Bedrohung, eine Gruselgeschichte, die Mütter ihren Kindern erzählten, damit sie brav waren. Kurara war eine Gestalterin. Der Drang, Papier zu beherrschen, es zu bewegen und zu Dingen zu formen, lag ihr im Blut. So wie man sich unbedingt bewegen will, wenn man einen ganzen Tag lang stillgesessen hat, oder dringend duschen möchte, nachdem man stundenlang die Abflussrohre der Küche von Fett gesäubert hat. Das Verlangen danach wurde immer stärker und stärker, bis sie das Gefühl hatte, gleich zu explodieren, wenn sie es nicht herausließ.

»Im Ernst, Rara«, sagte Haru. »Was, wenn … was, wenn sie uns voneinander trennen?«

Niemals. Bevor Kurara den Mund aufmachen konnte, blieb der Aufzug ruckend stehen. Das Blauregenzimmer lag im fünfzehnten Stock, aber sie hatten im zehnten angehalten. Sie schaute Haru an. War das blöde Ding kaputtgegangen? Es war früh am Morgen und die Feiern bereits in vollem Gange. Eigentlich sollte außerhalb der Festsäle niemand sein, der den Aufzug anhielt.

»Was ist …?«, setzte sie an, doch bevor sie den Satz zu Ende sprechen konnte, glitt die Tür auf.

Kurara griff sich den schwebenden Krebs und steckte ihn in ihre Schürzentasche.

Vor dem Aufzug stand ein Mann. Eigentlich war er fast noch ein Junge, auch wenn die hohen Wangenknochen und die breite, stolze Nase ihn erwachsen wirken ließen. Ein weißes Armband in Form einer Schlange wand sich um sein Handgelenk.

Etwas an seiner Gegenwart ließ Kuraras Nervenenden prickeln. Wie vor einem Gewitter lief es ihr kalt den Rücken hinunter. Der Mann betrat den Aufzug, und sie musste beiseitetreten, um ihm Platz zu machen. Die Türen schlossen sich hinter ihm.

Kurara und Haru wechselten einen nervösen Blick.

»Na, was für ein Zufall.« Der Mann machte so plötzlich einen Schritt nach vorn, dass sich Kurara an die Aufzugwand drücken musste, damit er ihr nicht auf die Zehen trat.

Ein unheilvolles Lächeln umspielte seine Lippen.

»Ich habe nach dir gesucht, Gestalterin.«

KAPITEL 3

Rumpelnd fuhr der Aufzug weiter nach oben, während der Mann sie anstarrte. Die Haut unter seinen Augen war von feinen Fältchen durchzogen. Obwohl er höchstens zwei oder drei Jahre älter war als sie, kam er ihr irgendwie viel älter vor. Er erinnerte sie an die Beamten, die die Midori jedes Jahr besuchten: groß gewachsene, humorlose Männer, die die Löhne der Angestellten zusammenrechneten und die Kosten für Unterbringung und Verpflegung abzogen. Kurara hatte ihre Besuche immer gehasst. Nicht nur ihre strenge Haltung jagte ihr Angst ein, sondern auch das Gefühl, dass sie aus dem Nichts aufgetaucht waren, nur um ihr das Leben schwer zu machen.

Zieh dich zurück, warnten Kuraras Instinkte. Das Summen auf ihrer Haut war zu einem leichten Prickeln geworden, das sie jedoch nicht weniger nervös machte.

Der Mann trat noch einen Schritt näher.

Just in diesem Moment hielt der Aufzug an und die Tür öffnete sich zum fünfzehnten Stock. Kurara nutzte die Gelegenheit, packte Harus Hand und stürmte auf den Ausgang zu. Haru riss sich jedoch von ihr los und stützte sich mit beiden Händen an den Seiten des Ausgangs ab, um dem Mann den Weg zu versperren.

»Sir, bitte halten Sie Abstand zu den Türen. Sie schließen sich gleich.« Er klang dabei so selbstgefällig, dass es den Mann sicherlich wütend machte.

Der Kerl versuchte, sich an Haru vorbeizudrängen, aber die Türen glitten rasch zu und hatten sich bereits geschlossen, bevor er etwas sagen konnte.

Die Flaschenzüge beförderten den Aufzug weiter nach oben.

»Komm mit!« Haru ergriff Kuraras Hand und zog sie den Gang hinunter. Von wachsender Panik wie benebelt, bekam Kurara gar nicht mit, wohin ihre Füße sie trugen. Erst nach einer Weile wurde ihr klar, dass sie auf das Blauregenzimmer zuliefen.

»Was soll ich tun, Haru?« Der Mann war ein böses Vorzeichen. Sein Auftauchen würde zu nichts Gutem führen.

»Nichts«, sagte Haru. »Mach dir keine Gedanken.«

»Wie soll ich mir keine Gedanken machen? Der Mann kannte mich! Denkst du, er …«

»Er wird dich nicht mitnehmen. Das werde ich nicht zulassen.«

Haru packte Kuraras Hand noch fester. Auch wenn er sie nicht ansah, war sein Blick trotzig und entschlossen. Ihr panikerfülltes Herz beruhigte sich etwas.

Er hielt immer noch ihre Hand, als sie die Doppelflügeltür erreichten, die zum Blauregenzimmer führte. Drinnen feierten Soldaten; Kurara hörte sie durch die Wände, ihr dröhnendes Gelächter klang wie Kanonenschüsse. Sie straffte die Schultern und wappnete sich für die Lärmflut, während Haru die Tür aufschob.

Der Bankettsaal war ein Meer aus dunkelblauen Flieger-

Uniformen. Männer standen, in Gespräche vertieft, im Raum verteilt. In der Mitte des Saals tanzte eine Frau und Musikanten spielten auf der Koto. Die purpurfarbenen Kleider der Tänzerin setzten bei jedem Herumwirbeln die Luft in Flammen; ihre nackten Füße, die auf den polierten Marmorfußboden klatschten, waren feuerrot. Der Saal war in violette Behänge gehüllt. Weihrauch stieg kräuselnd zur Baldachindecke auf. An einer Wand hing die Flagge von Mikoshima. Sie zeigte eine schwarze Spirale, umgeben von vierzehn Monden, einer für jede Kolonie des Kaiserreichs. Wenn der Krieg in Estia gut lief, würden es bald fünfzehn Monde sein.

Die Bankettsäle hatte Kurara noch nie gemocht. Sie waren laut, stickig und vom süßlichen Geruch des Weihrauchs erfüllt. Im Moment kam ihr die Menge der Soldaten jedoch gerade recht. Hier konnte sie verschwinden. Zu einer gesichtslosen Kellnerin werden, der niemand weitere Beachtung schenkte.

An den Rändern des Saals und beim Shōchū-Brunnen in einer Ecke flatterten mechanische Vögel umher. Ein Mann in einem grauen Anzug mit aufgestelltem Kragen ging mit einem Tablett durch die Menge und präsentierte eine spektakuläre Auswahl an Schokoladenrosen, rosa Fondant-Kirschblüten und Prunkwinden aus Sesamkaramell.

Kurara holte tief Luft und drückte Haru ihr Tablett in die Hand. »Hier, bring das dem Aufseher. Und wehe, du naschst was davon!«

Haru nahm das Tablett, rührte sich jedoch nicht von der Stelle. »Rara …«

»Wir müssen arbeiten.« Ihre Stimme zitterte verräterisch.

Sie biss sich auf die Lippe, damit das Zittern aufhörte, und setzte einen entschlossenen Blick auf.

Auch wenn ihre Hände zitterten, würde sie sich von ihrer Furcht nicht überwältigen lassen. Niemand würde sie an Prinzessin Tsukimi verkaufen, ein Spielzeug aus ihr machen oder sie von Haru trennen. Das würde sie nicht erlauben.

Mit einem widerwilligen Nicken gehorchte Haru, auch wenn Kurara argwöhnte, dass er sich den Rest des Tages vor seiner Arbeit drücken würde, um ihr in der Küche zu »helfen«.

»Habt ihr gehört, dass Prinz Ugetsus Schiff auf dem Rückweg zur Hauptstadt von einem Shikigami angegriffen wurde?«, flüsterte ein Soldat, als Kurara sich umdrehte. »Nicht mal die kaiserliche Familie ist mehr sicher!«

»Ich habe gehört, dass der Prinz von den Sorabito gerettet wurde. Das war sicher eine Schmach.« Einer der Soldaten stopfte sich ein Stück Mandelkuchen in den Mund. »Von den Himmelsratten gerettet zu werden!«

»Prinzessin Tsukimi würde auf der Straße tanzen, wenn er tot wäre. Der Kaiser sollte endlich einen Nachfolger benennen, sonst bringen sich die beiden noch gegenseitig um!«, schnaubte ein anderer und die Männer stimmten in sein Gelächter mit ein.

Kurara eilte an ihnen vorbei. Sonst lauschte sie gern, wenn die Soldaten sich unterhielten, aber das Gerede übers Umbringen machte sie unbehaglich.

Sie hatte das andere Ende des Saals fast erreicht, als sie jemand am Arm packte. Sie wirbelte herum und riss die Augen auf, als sie den Mann aus dem Aufzug vor sich sah.

»Was wollen Sie?«, rutschte es ihr heraus, bevor sie sich

besinnen konnte. In der Midori wurde Unhöflichkeit nicht geduldet.

»Mit dir reden«, sagte der Mann. »Du bist nicht in Schwierigkeiten. Madam Ito hat mir von dir erzählt.«

Das glaubte Kurara nicht. Die Küchenmeisterin war es doch, die Kuraras Fähigkeiten unbedingt geheim halten wollte. Sie hätte keinen Grund, jemandem davon zu erzählen.

Es sei denn, Madam Ito will mich loswerden. War es das? War die Köchin ihrer überdrüssig geworden und hatte beschlossen, sie zu verkaufen, wie sie es schon so oft angedroht hatte?

Bevor Kurara noch weiter darüber nachdenken konnte, kratzte sich der Mann am Hinterkopf und sagte: »Na ja, ›erzählt‹ ist vielleicht nicht das richtige Wort. Wusstest du, dass Madam Ito nach dem fünfzehnten Glas recht redselig wird?«

Kurara starrte ihn mit offenem Mund an. Da hatte sie sich so sehr bemüht, ihre Fähigkeiten zu verbergen, hatte sich jahrelang zurückgehalten, und jetzt machte Madam Ito alles zunichte, nur weil sie zu tief ins Glas geschaut hatte? Empörung stieg in ihr auf und mischte sich mit Unbehagen, als der Mann sich vorbeugte.

»Sag mir«, er senkte die Stimme, »wie würde es dir gefallen, die Midori zu verlassen?«

»Verlassen?« Sie wurde von Furcht und gleichzeitig von Freude durchzuckt. Kurara war sich nicht sicher, ob sie sich vielleicht verhört hatte.

Könnte sie die Midori wirklich verlassen?

»Du brauchst keine Angst zu haben.« Der Mann berührte sein Armband und zog ein quadratisches Stück Papier hervor. Er hob den Zeigefinger und balancierte es auf der Fingerspitze, sodass es aufrecht darauf stand. Dann faltete es sich von selbst zu einem Fischreiher.

»Mein Name ist Himura. Und ich bin dasselbe wie du.«

Dasselbe wie ich.

Die Erkenntnis traf sie mit der Wucht eines Himmelswals. Er war ein Gestalter. Kurara war noch nie zuvor einem begegnet. Es war so, als hätte sie einen goldenen Tiger entdeckt. Sie fand es aufregend, jemanden zu treffen, der wie sie war. Und hatte zugleich Angst davor, was das bedeuten könnte.

Bevor Himura weitersprechen konnte, stieß jemand einen entrüsteten Schrei aus.

»Entschuldigung, Sir!«, rief Haru. Kurara drehte sich um und sah ihn durch den Saal auf sie zueilen.

Bevor er sie jedoch erreichen konnte, war aus dem Stockwerk über ihnen ein lautes Scheppern zu hören. Die Gäste schrien in Panik auf, als der Boden unter ihren Füßen erzitterte.

Dann ging das Licht aus und die Wände begannen zu beben.

KAPITEL 4

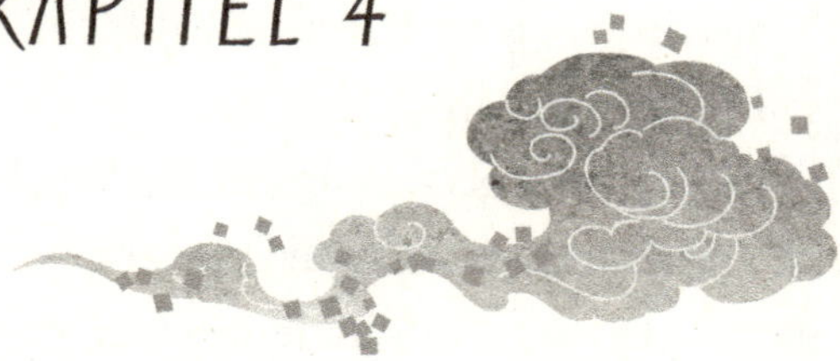

Die Midori ächzte. Kurara rang um ihr Gleichgewicht, als der Fußboden zu einer Seite wegkippte. Notlichter gingen flackernd an und färbten die Wände blutrot. Warnsirenen heulten, ihr hohes Kreischen hallte in ihrem Schädel wider. Beunruhigte Stimmen schossen durch den Saal.

»Was war das?«

»Wurde die Midori von etwas getroffen?«

»Wenn es ein Kumuluswal ist, sind wir geliefert!«

Jemand schob sich an Kurara vorbei, um die violetten Vorhänge vor den Fenstern beiseitezuziehen. Vielleicht war es wirklich ein Himmelswal. Kurara konnte sich nicht vorstellen, wer so kühn sein könnte, sie anzugreifen. In der Midori gab es eine Menge Wertvolles, das Diebe anlocken könnte, aber die Zahl der Kriegsschiffe im Hafen hatte sie stets auf Abstand gehalten.

Ein weißer Blitz zuckte über den Himmel, halb von den Wolken verborgen. Sie erhaschte nur einen kurzen Blick auf einen Schwanz, bevor die Midori erneut getroffen wurde. Der Boden schwankte unter ihren Füßen, ein Zittern lief durch die Wände.

»Dort! Hast du das gesehen?«

»Nein, es war zu schnell!«

Ein weiterer Aufprall erschütterte den Bankettsaal, diesmal stärker als der letzte. Die Decke über ihnen zerbrach wie eine Eierschale, Steine regneten herab und zerschmettertes Holz fiel krachend nach unten. Ein schwerer Schrank knallte nur wenige Zentimeter von Kuraras Füßen entfernt auf den Boden. Sie sprang hastig beiseite, während der Schrank Kleider auf den Fußboden ausspuckte. Sie legte sich eine Hand auf die Brust, um ihr wild pochendes Herz zu beruhigen.

»Verlasst den Saal! Lauft zu den Rettungskapseln!«, rief einer der Aufseher.

Die Musiker liefen schreiend auf die Türen zu und drängelten sich durch, um als Erste draußen zu sein.

»Wir müssen hier weg!« Kurara rannte zu Haru. Sie hatte nur noch einen Gedanken: sie beide in Sicherheit zu bringen. Es gab nicht genug Rettungskapseln für alle. Sie mussten zum Hafen gelangen, bevor sie alle weg waren.

»Warte!« Der Mann – Himura – wollte sie aufhalten, aber sie duckte sich außer Reichweite.

Die Midori erzitterte ein weiteres Mal. Kurara lief aus dem Bankettsaal und zog Haru hinter sich her. Die Gäste verstopften die großen Treppen, aber wer so lange an Bord der Midori gelebt hatte wie sie, kannte ein paar Abkürzungen. Sie drängte sich an dem Strom der Leute vorbei, die in die entgegengesetzte Richtung liefen, und schlüpfte durch eine Seitentür in den Angestelltenkorridor.

»Was ist hier los? Wer greift uns an?«, fragte Haru, während sie durch die engen Gänge rannten.

»Ich weiß es nicht«, sagte Kurara, »aber wir müssen hier raus!«

Ein ohrenbetäubender Knall hallte durch die Wände. Der Boden schwankte erneut und die Welt erbebte im Sekundentakt. Panik drohte Kurara zu überwältigen, aber sie schob das Gefühl beiseite. Wenn sie ihm nachgab, würde es sie nach unten ziehen.

»Rara.« Haru drückte ihre Hand. Er zitterte vor Aufregung. »Es *passiert*!«, rief er. »Das ist unsere Chance, von hier wegzukommen! Wir müssen nicht den Rest unseres Lebens in der Midori verbringen. Wir können frei sein!«

Frei. Kuraras Herz flatterte. *Oder tot.*

Die Empfangshalle war voller Menschen, die zu den Ausgängen drängten. Pflanzen lagen zertrampelt am Boden, die Fenster waren zerbrochen und die mechanischen Vögel von der Menge der Fliehenden zerdrückt worden. Der Wind heulte so laut durch die kaputten Fenster, dass Kurara anfangs glaubte, in der Halle befände sich ein Ungeheuer.

Über ihnen kletterten Flammen nach oben. Dicke Rauchfahnen kräuselten sich von der großen Treppe hoch zur Perlglasdecke. Es war nur eine Frage der Zeit, bis die Decke unter der Hitze und dem Chaos zerbrechen und die Midori einstürzen würde.

Jemand stieß gegen Kuraras Schulter und brachte sie mit einem Ruck in die Gegenwart zurück. Haru streckte die Hand nach ihr aus, damit sie in der Menge nicht getrennt wurden, aber bevor sie sie ergreifen konnte, wurde sie von jemandem gepackt und beiseitegezogen.

»Nicht da lang.« Himura stand hinter ihr. »Ich habe bei

meiner Ankunft im Hafen ein altes Qipak gesehen. Wenn wir dorthin gelangen, bevor es sich jemand anderes schnappt, können wir damit entkommen.«

Sein plötzliches Auftauchen ließ Kurara zusammenfahren. Der Mann war so schwer loszuwerden wie ein Tintenfleck auf einer Tatami. Sie versuchte, ihn abzuschütteln, aber seine Finger hielten ihren Arm wie ein Schraubstock umklammert.

»Sir! Bitte gehen Sie und suchen Sie sich eine Rettungskapsel!«

Harus höfliche Bitte stand im Gegensatz zu seinem tiefen, drohenden Tonfall.

Ein weiteres lautes Scheppern erschütterte die Midori in ihren Grundfesten. Das Stockwerk über ihnen explodierte und zerbrochene Holzbalken und Marmorfliesen prasselten herab. Die Menge schrie auf, als die Midori sich zur Seite neigte.

Himura packte Kurara noch fester. »Hör zu, ich werde dir später alles erklären. Jetzt kommt erst mal mit, ihr *beide*!«

»Hee! Warten Sie!«, protestierte Haru, als er ebenfalls durch die Menge gezerrt wurde.

Ohne auf ihre Einwände zu achten, hielt Himura sie fest im Griff, bis sie die Angestelltentreppe erreicht hatten. Die Stufen waren so schmal, dass sie nacheinander hinabsteigen mussten: Himura ging voran, Kurara dahinter und Haru als Letzter.

Es hatte jetzt keinen Sinn mehr, zur Empfangshalle zurückzulaufen. Kurara zwang ihre Beine weiterzurennen, während sich auf dem Stein verzerrte Schatten abzeichneten. Die bebenden Wände ächzten.

»Hast du Angst?« Haru ergriff ihre Hand und verflocht seine Finger mit ihren.

Sie wollte nicht darüber nachdenken, ob sie Angst hatte. Ihr einziger Gedanke war zu entkommen.

Haru drückte ihre Finger. »Diesmal beschütze ich dich«, versprach er.

Diesmal?, wunderte sich Kurara. Ihr blieb jedoch keine Zeit nachzufragen. Etwas durchschlug in diesem Moment die Wand und riss einen Teil der Decke ein. Stein und Staub regneten auf die Treppe hinab.

Kurara schaute hoch und sah in ein Paar leerer weißer Augen, die zu ihr herunterstarrten.

Ein Drache.

KAPITEL 5

Kurara blinzelte. Das konnte nicht wirklich passieren. Der Drache schaute sie an. Und sie stand wie erstarrt da und schaute zurück.

Sein Gesicht war furchterregender, als sie sich je hätte vorstellen können. Mit seinen alabasternen Schuppen und der schneeweißen Mähne wirkte er wie eine unvollendete Skulptur, die zum Leben erwacht war. Aus einer gefletschten Schnauze ragten zwei lange Barthaare hervor, dünner als jede Peitsche. Mit seinem Maul hätte er kleine Schiffe verschlingen können; sein Kiefer könnte Eisen zermalmen. Der Wind fegte durch die zerbrochene Decke, aber dem Papierkörper des Drachen konnte er nichts anhaben. Kuraras Kehle war wie ausgedörrt.

Nicht bloß ein Drache. Ein Shikigami.

Sie hatte nicht das Gefühl, vor einem lebenden Geschöpf zu stehen, sondern eher, als sähe sie sich einem Hurrikan gegenüber. Etwas zog an ihr. Ein statisches Prickeln lief über ihre Haut und schickte Funken durch ihre Adern.

»Lauft weiter!«, schrie Himura.

Der Drache knurrte tonlos. Seine Klauen bohrten sich in die Wände, Steinbrocken prasselten neben Kurara herab und hüpften die Stufen hinunter.

»Fressen, fressen, fressen.«

Eine Stimme hallte in Kurara wider, tief in ihren Knochen. Der Drache. Er sprach und seine Worte waren in ihrem Kopf.

»Ein sterbender Stern fiel vom Himmel, und aus dem Stern wuchs ein Baum. Die Menschen werden sich deine Seele holen; sie fressen mit dem Herzen.«

Kurara umklammerte ihren Kopf. Sie wollte, dass er aufhörte. Seine Stimme prallte gegen die Wände ihres Verstandes, wie ein Geschöpf, das im Inneren ihres Schädels gefangen war. Himura und Haru zuckten zusammen, offenbar hörten sie die Bestie ebenfalls.

Der Drache starrte sie an. Er besaß keine Pupillen – seine Augen waren nur weiße Kreise –, dennoch spürte sie die Last seines Blicks. Die Schuppen an seinem Körper glänzten. Seine segmentierten Krallen hatten etwas merkwürdig Schönes an sich, wie sich die Papierfalze kaskadenartig übereinanderlegten, um seinen Körper zu formen.

War es möglich, zugleich verängstigt und fasziniert zu sein?

Kurara wartete darauf, dass der Drache zuschlug, doch in diesem Moment wurde er von einem Geräusch über ihm abgelenkt. Ein Kräuseln lief über seine Schuppen, und der Drache stieß sich kraftvoll nach oben, sodass ein Teil der Treppe zerbröckelte und Kurara nach hinten in Harus Arme geschleudert wurde.

»Rara.« Haru legte ihr eine Hand auf die Schulter und hielt sie aufrecht. Er sah genauso erschüttert aus, wie sie sich fühlte. »Geht es dir gut?«

»Ihr wird's ziemlich schlecht gehen, wenn wir noch länger hierbleiben. Lauft weiter!«, bellte Himura.

Ganz kurz erhaschte Kurara einen Blick auf den Drachen, als dieser die Wand über ihr zerschmetterte und wieder außer Sicht verschwand. Sie machte einen Schritt auf ihn zu, ehe ihr bewusst wurde, was sie da tat. War sie verrückt? Sie sollte vor dem Shikigami weglaufen, nicht darauf zu!

Der Drache flog in die Empfangshalle. Kurara hörte, wie er gegen die Wände knallte: Metall schepperte, Glas klirrte. Schreie hallten die Treppe hinunter.

Sie schluckte den dicken Kloß hinunter, der sich in ihrer Kehle gebildet hatte.

»Gehen Sie voraus.«

Als sie den Hafen erreicht hatten, waren die meisten Schiffe bereits weg. Kuraras Blick huschte verzweifelt von einem leeren Anlegeplatz zum nächsten. Wie sollten sie entkommen?

»Hier drüben!« Himura hatte das Qipak entdeckt, von dem er gesprochen hatte. Es war ein kanuförmiges braunes Ding mit einer metallenen Reling und ohne Tragflächen, kaum größer als ein Fischerboot. Es sah nur bedingt flugtüchtig aus. Der schwarz verfärbte Motor am Heck wirkte so, als könnte er jeden Moment abfallen, die Seiten waren verbeult, und die Nase zeigte leicht nach unten, wie als Hinweis darauf, wohin die Reise gehen würde, sollte jemand es wagen, damit zu fliegen. Mit einem solchen Fluggerät in den umkämpften Himmel zu starten, wäre so, als wollte man nur mit dem abgetrennten Deckel einer Konservendose bewaffnet in eine Schlacht ziehen.

Wieder ließ eine Explosion den Boden erzittern. Himura startete den Motor. Dieser zündete mit einem plötzlichen Auflodern blauer Flammen.

»Wir wollen da raus?« Haru deutete auf die Flugschiffe, die durch den Himmel zischten.

»In diesem Kahn?«, fragte Kurara.

»Fliegt der überhaupt?«

»Sind Sie sicher, dass er uns nicht umbringt?«

»Der Drache oder der Kahn?« Haru wirkte aufrichtig verwirrt.

Himura schien ihr Hin und Her sattzuhaben: »Steigt endlich ein!«

Haru und Kurara tauschten unsichere Blicke. Nach einem Moment kletterte Kurara in das Qipak und setzte sich hinter Himura. Sie passte gerade so hinein; die Seiten des Bootes reichten höchstens bis zu ihrer Hüfte hoch, während der Rest ihres Körpers gefährlich der freien Luft ausgesetzt war. Haru quetschte sich zwischen sie und Himura. Mit einer Hand hielt er sich an der Reling fest, mit der anderen ergriff er Kuraras Hand.

Ohne Vorwarnung katapultierte der Motor sie nach vorn. Das Qipak raste über die Startbahn und flog dann aus dem Schatten der Midori hinaus in die blendend helle Kuppel des blauen Himmels.

Im Moment ihres Starts durchbrach der Drache die Wände. Das Fluggerät schoss nach vorn, während der Hafen hinter ihnen in sich zusammenstürzte. Metallplatten und Steinsäulen fielen nach unten in Richtung Erdboden, als der Drache seinen Leib um die Midori schlang.

Das Qipak ruckelte. Kurara schaute nach vorn, gerade als unter dem Fluggerät ein Paar glatter weißer Tragflächen ausfuhr und die Propeller zum Leben erwachten, um ihr Absinken aufzuhalten.

»Rara, wir fliegen! Wir fliegen tatsächlich!«, lachte Haru.

»Das nennst du fliegen?«, rief sie, als der Motor stotterte. Sie wusste nicht, wen sie anbrüllte, Haru oder Himura, aber sie war sich jetzt schon sicher, dass sie nie wieder in einem Qipak fliegen wollte.

Kriegsschiffe erfüllten den Himmel, in den hitzigen Tanz der Schlacht verstrickt. Das Donnern von Kanonen hallte durch die Luft. Schlanke Kohane durchschnitten die Wolken. Ihre Tragflächen leuchteten grellrot, als wollten sie andere Luftschiffe warnen, Abstand zu halten. Sie wirbelten um die Midori herum wie Vögel, die ihre Beute umkreisten, und eröffneten das Feuer.

Der Drache brüllte, als er getroffen wurde; die Explosionen schienen die Bestie aber lediglich zu verärgern. Mit einem wütenden Knurren warf er sich ein weiteres Mal gegen die Midori und schlüpfte ins Innere, wohin ihm die großen Kriegsschiffe nicht folgen konnten. Kohane tauchten hinter ihm her. Mit einem Krachen, das in Kuraras Knochen widerhallte, durchbrach der Drache den Boden des großen Bankettsaals, stieg dann hoch in den Himmel auf und ließ die Schiffe weit unter sich zurück.

»Rara!«, schrie Haru.

Die Midori brach auseinander, das eiserne Fundament stöhnte wie ein großes, schwerfälliges Tier. Das verbliebene Perlglas zerbarst und regnete bunt schillernd nach unten, der Hafen zerbröckelte. Verlorene Gegenstände fielen durch die Wolken: teure Kleider, Wandschirme, Metalltöpfe und Porzellanscherben. Kleine stählerne Flügel prasselten auf ihre Köpfe nieder. Ein Regen aus zerbrochenen Vögeln.

Kurara und Haru sahen schweigend zu. Jahrelang war die

Midori für sie alles gewesen. Ihr Zuhause und ihr Käfig. So ewig wie die Sonne und so stetig wie die Umlaufbahn des Mondes.

Jetzt zerfiel sie vor ihren Augen.

Sie ist weg. Die Erkenntnis stimmte Kurara weniger froh, als sie gedacht hätte. Sie freute sich, den Untergang der Midori mitanzusehen, gleichzeitig hinterließ es in ihr aber auch ein seltsames Gefühl der Leere.

Plötzlich war hinter ihr ein Krachen zu hören.

»Hee, Mister, sind Sie sicher, dass Sie das Ding fliegen können?«, rief Haru.

Himura knurrte nur zur Antwort, aber Kurara musste sich mit dem Fliegen nicht auskennen, um zu wissen, dass ihr plötzlicher Sturzflug in Richtung Boden nichts Gutes zu bedeuten hatte. Sie schaute nach hinten. Der Motor war ausgefallen und spuckte eine dicke schwarze Rauchfahne aus.

Sie stürzten in die Tiefe, vorbei an grauen Wolken, und ließen den tobenden Kampf weit über sich zurück. Das Fluggerät wurde kräftig durchgerüttelt, während die Schwerkraft es nach unten zog. Kurara schrie und kniff die Augen zu, hielt sich blindlings an der Reling fest.

Das Qipak ruckelte und bockte. Es streifte ein paar Baumwipfel und schleuderte Blätter wie Konfetti in die Luft. Einen Moment lang stieg es, von neuem Leben erfüllt, ein paar wertvolle Zentimeter in die Höhe.

Doch dann fiel der Motor erneut aus und die Schwerkraft gewann endgültig die Oberhand.

Haru schrie auf, als ihm Kuraras Hand entglitt. Ihre Fingerspitzen streiften einander.

Dann wurden sie auseinandergerissen.

KAPITEL 6

Sie fielen hinab und stürzten in die Bäume. Kurara wurde aus dem Qipak geschleudert. Sie purzelte nach unten, bis die Rückseite ihres Kleides an einem niedrigen Ast hängen blieb und sie abrupt zurückgeschleudert wurde.

Das Kreischen aufgescheuchter Vögel hallte ihr in den Ohren, während sie in der Luft baumelte und sich nicht bewegen konnte. Einen Moment lang spürte sie nur das Hämmern ihres Herzens und das Rasseln ihres Atems in ihrer Kehle. Nichts war gebrochen, aber ihr ganzer Körper war von Prellungen überzogen.

Ich bin am Leben. Die Erkenntnis kam überraschend. Kurara konnte es noch nicht ganz glauben.

Sie griff nach hinten, um sich zu befreien, aber ihr Kleid ließ sich von dem Ast nicht lösen. Ihre Finger kratzten über die Rinde, bis sie schließlich erschöpft innehielt und sich damit abfand, in der Luft zu baumeln, unbeholfen und dumm, wie ein Himmelsfisch, der sich mit der Schwanzflosse in einem Blitzableiter verfangen hatte.

Himuras Qipak lag ein Stück entfernt. Der Motor heulte wie ein sterbendes Tier. Der Himmel hinter den Bäumen leuchtete in einem scheußlichen Orange und die Rettungskapseln waren nirgendwo zu sehen. Einen Moment lang überkam Kurara der furchtbare Gedanke, dass alle tot waren. Dass sie in diesem dichten, unheimlichen Wald ganz allein war.

Gerade als Panik in ihr aufsteigen wollte, raschelte es im Unterholz. Gleich darauf trat Haru hinter den Bäumen hervor.

»Haru!« Als Kurara sah, dass er unversehrt war, durchströmte sie eine unbeschreibliche Erleichterung. »Den Göttern sei Dank! Hilf mir herunter!«

»Rara! Du bist nicht verletzt, oder? Wo ist dieser Kerl?« Haru eilte vorwärts und lief um das rauchende Qipak herum. Er sprang hoch, um sie zu erreichen. Seine Fingerspitzen streiften ihre, aber er war nicht groß genug, um sie hinunterzuziehen.

»Himura? Ich habe keine Ahnung«, sagte sie. »Ich bin nicht sicher, ob er überhaupt noch am Leben ist.«

Sie hoffte es. Schließlich war er ein Gestalter – der erste, dem sie je begegnet war. Es gab so vieles, das sie wissen wollte. Warum war er in die Midori gekommen? Was hatte Madam Ito ihm erzählt? Was hatte er damit gemeint, als er sie gefragt hatte, ob sie die Midori verlassen wollte?

Haru sog tief die Luft ein und stieß ein kleines, ungläubiges Kichern aus. »Wir haben's geschafft, Rara. Wir sind frei! Wir können zum Großen Strom reisen! Und nach Nessai! Wir werden so viel Spaß haben!«

»Spaß?« Kurara schüttelte fassungslos den Kopf. Sie waren angegriffen worden. Ihr Zuhause war zerstört. Was sollte daran Spaß machen?

Als hätte Haru ihre Gedanken gelesen, verblasste sein Lächeln. »Ist es seltsam, dass ich glücklich bin? Ich habe gerade mitangesehen, wie unser einziges Zuhause in Flammen aufgegangen ist. Leute kämpfen. Leute *sterben*. Und doch kann ich nur daran denken, dass wir jetzt nicht unser ganzes restliches Leben in der Midori verbringen müssen. Ich weiß, du erinnerst dich nicht daran, aber ich habe den Erdboden immer vermisst. Ich habe die Berge vermisst, in denen wir geboren wurden. Und die Seen, die im Winter zufrieren.«

Kurara versuchte sich zu erinnern, so wie jedes Mal, wenn Haru etwas aus ihrer Vergangenheit erwähnte. Aber es war so, als würde ihr eine Steinmauer den Weg versperren. Seine Worte brachten in ihr nichts zum Klingen – an den Stellen, wo ihre fehlenden Erinnerungen sein sollten, nahm sie nur ein hohles Echo wahr.

Sie schaute sich um und betrachtete zum ersten Mal den Erdboden. Kaum zu glauben, dass sie wirklich so tief hinabgestürzt waren. Ihre Umgebung sah so anders aus als die Küche mit den Steinwänden und die sauberen, luftigen Korridore, die sie kannte. Der intensive Duft von Holz stieg ihr in die Nase. Als sie aufblickte, wirkte der Himmel weit weg.

Wieder war ein lautes Rascheln zu hören. Jemand stapfte durch den Wald in ihre Richtung.

»Wer ist da?« Haru wirbelte herum. Dabei erhaschte Kurara einen Blick auf seinen Hinterkopf. Eisiges Grauen flutete ihre Brust. Sein Kopf …

Die Rückseite von Harus Schädel war teilweise eingedellt, vielleicht war er bei der Landung auf einen Stein geprallt. In seinem Hinterkopf klaffte ein faustgroßes Loch. Kurara konnte in seinen Kopf schauen, aber im Inneren war nichts. Kein Gehirn, kein Blut, nur weiße Leere.

»Aus seiner Brust ragte ein langes Stück Holz. Hätte beinahe

sein Herz durchbohrt. Er hat Glück gehabt, dass er das überlebt hat. Ist wohl robuster als die meisten von uns.« Madam Itos Stimme schwebte durch Kuraras Geist.

»Es war fast unnatürlich.«

Was im Namen des blauen Himmels ging hier vor sich? Kuraras Herz hämmerte so heftig, dass sie schon glaubte, es würde ihre Rippen zerbrechen.

»Haru!« Ihr Instinkt sagte ihr, dass sie weglaufen sollten, bevor jemand ihn so sah.

Die Schritte hielten abrupt inne. Unter den Bäumen tauchten zwei dunkle Gestalten auf. In ihren schwarzen Uniformen sahen sie wie zum Leben erwachte Schatten aus. Die goldenen Verzierungen an ihren Militärmützen und die chrysanthemenförmigen Knöpfe an ihren hochgeschlossenen Jacken funkelten in dem wenigen Licht, das durch die Bäume fiel.

»Wer sind Sie?« Haru wich zurück.

Die Männer besaßen denselben Bürstenschnitt, denselben geölten Schnurrbart und dasselbe missbilligende Stirnrunzeln. Beide trugen große Gewehre bei sich und ein Katana am Gürtel.

»Pass auf, was du sagst, Junge!«, fauchte der Mann zur Rechten. »Was macht ihr Kinder hier allein im Wald – noch dazu, wenn direkt über euch eine Schlacht tobt? Das hier ist Sperrgebiet. Wie habt ihr euch hier reingeschlichen?«

»Wir sind vom Himmel gefallen …« war vermutlich keine Antwort, mit der sie die Männer von ihrer Unschuld überzeugen konnten. Kurara zitterte, ihr Herz pochte heftig. Sie hatte keine Ahnung, was die Soldaten tun würden, wenn sie Harus Verletzung bemerkten, aber sie wollte es nicht herausfinden.

Bevor sie Haru warnen konnte, schaute er zu ihr. Die beiden Soldaten konnten für einen Moment seinen Hinterkopf sehen.

Der Mann zur Linken wich entsetzt zurück. »Hee, schau dir den Jungen an! Sein Kopf!«

Der andere machte ebenfalls vor Schreck einen Satz rückwärts.

»Der Junge! Das Innere seines Kopfes ist aus … P-Papier!«

»Ein Shikigami?«

Shikigami. Das Wort hallte in Kuraras Kopf wider. Das war unmöglich. Shikigami waren Papierungeheuer. Geschöpfe, die unschuldige Menschen verletzten. Haru hatte mit dem Drachen, der sie angegriffen hatte, nichts gemeinsam. Oder mit den Bestien, über die die Diener und Soldaten tuschelten.

Mit zitternden Händen hob der Mann zur Rechten sein Gewehr. Der Lauf war dreimal so dick wie bei einer Pistole, und oben befand sich ein Aufsatz, in dem es zischte, als er die Waffe entsicherte.

Kurara zappelte am Ast. Endlich gelang es ihr, die Rückseite ihres Kleides zu fassen zu bekommen und sich loszureißen. Sie fiel hinunter und landete schmerzhaft auf dem harten Boden.

»Haru!« Im Handumdrehen war sie auf den Beinen.

Das Gewehr des Mannes knallte laut. Kurara konnte die Kugel nicht sehen, nur die Stelle, wo sie Haru in den Bauch traf. Er wurde mit solcher Wucht gegen den Baum hinter ihm geschleudert, dass von den Ästen Blätter herabfielen und sich auf dem Boden verteilten.

»Nicht so! Du musst Feuer benutzen!«, schrie der Mann zur Linken.

Haru stand auf und hielt sich dabei den Bauch. Sein Gesicht war schmerzverzerrt, aber er blutete nicht.

»Haru!« Kurara rannte zu ihm.

Einer der Männer zog ein Streichholz aus der Tasche. Er riss es an der Seite des Gewehrs an, steckte es brennend in den Aufsatz und feuerte.

Kurara war nicht sicher, was als Erstes kam: die Flammen oder Harus Schreie. Er fiel zu Boden und rollte von dem Baum weg. Dabei ruderte er mit den Armen und strampelte mit den Beinen. Flammen leckten rasend schnell an seinem Körper entlang. Der Geruch war vertraut. Genau so hatte es immer gerochen, wenn Kurara die Liebesbriefe der Dienerinnen verbrannte, um sie vor Madam Ito geheim zu halten, und auch, als sie einmal alle Bücher verbrennen sollte, die der Kaiser verboten hatte, weil sie »unpatriotisch« waren.

Die Flammen schlugen höher. Harus gequältes Heulen hallte durch die Bäume.

»Was tun Sie da?« Ihre ganze Wut und Furcht brach auf einmal aus Kurara heraus. Sie schrie sich die Kehle wund, bis diese sich anfühlte, als sei sie von innen gehäutet worden.

Der Soldat, der geschossen hatte, sah sie mit kalten Augen an. »Was ist mit der da?«, fragte er seinen Kameraden.

»Töte sie auch!«

Kurara hätte schwören können, dass sie über das Knistern der Flammen Haru krächzen hörte: »Ku-Kurara. Lauf!«

Der Mann riss ein weiteres Streichholz an und zielte mit dem Gewehr auf sie, aber Kurara konnte nur daran denken, dass sie Haru retten musste. Sie rannte zu ihm und schlang einen Arm um seinen Körper, in der Hoffnung, die Flammen zu ersticken, aber als sie ihn berührte, leckte das Feuer sofort ihre Hand hoch zu ihrem Ellbogen. Kurara schrie auf und drückte ihren brennenden Arm auf den Boden, um das Feuer zu löschen.

»Was tust du? Nicht abwarten! Schießen!«, rief der Kamerad des Soldaten.

Der Rauchgestank nahm Kurara die Luft. Sie kniff die Augen zu und wartete darauf, dass eine Kugel sich in ihre Brust bohrte. So würde sie also sterben, gefangen unter den Bäumen, unfähig, den Himmel zu erreichen. Sie würde nie zu den Abenteuern aufbrechen, die Haru und sie einander versprochen hatten, nie den Großen Strom sehen oder die Himmelsstädte oder die unzähligen anderen Orte, von denen sie geträumt hatte. Sie würde nie nach Hause zurückkehren.

Es war nicht fair. Sie wollte schreien und mit den Fäusten auf den Boden schlagen. Das war alles falsch.

Die Männer kreischten.

Kurara riss die Augen auf.

Himura stand vor ihr, ein Riese, der bis zum Himmel aufragte. Die beiden Männer lagen vollkommen reglos am Boden. Sie wusste nicht, ob sie tot waren oder bewusstlos. Es war ihr egal.

»Also.« Himura betrachtete die sterbenden Funken, die auf Harus geschwärzten, aschebedeckten Gliedmaßen glühten. »Das ist ja mal ein Schlamassel.«

KAPITEL 7

Kurara rappelte sich auf, ohne auf die stechenden Schmerzen in ihrem Arm zu achten. Entsetzt betrachtete sie die Überreste von Harus Körper, ihr Blick stolperte über seinen zerstörten Mund und die Brandflecken auf seiner Wange hinweg. Wie bei einer zerbrochenen Statue war ein Teil seines Gesichts nach innen gebröckelt und hatte tiefe Risse in seiner Haut hinterlassen. Nur ein Auge war übrig. Er hatte zwar noch beide Beine, aber die Hälfte seines Brustkorbs fehlte und ebenso sein rechter Arm.

Kurara hielt sich den Mund zu, um den Schrei zu unterdrücken, der sich in ihrer Kehle aufbaute. Sie wollte nicht hinschauen, konnte aber den Blick auch nicht losreißen.

»Er ist ein Shikigami.« Himura stand ein Stück von ihr entfernt. Seine Miene war starr und ließ nichts erkennen. Die Papierstückchen, die um ihn herum in der Luft schwebten, schossen jedoch hierhin und dorthin, wie unruhige Wespen, die stechen wollten. »Das sollte es eigentlich gar nicht geben. Ich habe Shikigami gesehen, die groß wie Berge und lang wie Flüsse waren, aber sie hatten immer die Gestalt von Tieren. Wie der Drache, den du gesehen hast – weiß und, na ja, aus Papier. Das hier ist … etwas, worüber ich bislang nur gelesen habe. Es gibt alte Berichte über Shikigami in Menschengestalt, aber ich hätte nie gedacht, dass sie so echt wirken könnten.«

»*Nein, Sie irren sich!*«, wollte Kurara schreien. Haru war kein Ungeheuer. Er war ihr ältester Freund. Ihr einziger Freund.

»Du hast es nicht gewusst?«, fragte Himura. »Ich hatte den Eindruck, ihr beide wärt Freunde gewesen.«

Kurara funkelte ihn wütend an. »Wir *sind* Freunde.«

Niemand sonst wusste, dass Haru Angst vor Fischen hatte, weil er ihre Augen unheimlich fand. Oder dass er bei süßen Brötchen immer die Füllung zuerst aussaugte. Als sie noch klein gewesen waren und das Stampfen der Motoren der Midori für sie noch ungewohnt war, hatten sie sich beim Einschlafen immer an den Händen gehalten. Haru konnte kein Shikigami sein. Zwischen ihnen gab es keine Geheimnisse.

»Weißt du, woher er stammte? Irgendetwas über seine Vergangenheit, bevor er in die Midori kam? Shikigami in Menschengestalt gehören zu den ältesten, die je erschaffen wurden. Ich hätte nie gedacht, dass eines davon noch existiert«, sagte Himura. In seinem Blick tanzte eine widerwärtige Aufregung, die Kurara wütend machte.

»Haru stammt aus demselben Dorf wie ich! Wir sind zusammen aufgewachsen!« Zornig blinzelte sie die Tränen weg. Sie würde nicht weinen, nicht vor jemandem, der Haru nur wie ein faszinierendes Überbleibsel aus einer alten Zeit behandelte.

Wie ein Ding.

»Du weißt also nichts über ihn.« Himura klang so enttäuscht, dass sie ihm am liebsten einen Fausthieb verpasst hätte. »Komm her. Schau mal.«

Er ging neben Harus Überresten in die Hocke. Kurara rührte sich nicht vom Fleck. Sie konnte nicht. Ihre Beine waren wie aus Gummi und zitterten, als würde sie die Last der Welt auf den Schultern tragen. Erst als Himura eine ungeduldige Handbewegung machte, zwang sie sich, einen langsamen, schmerzhaften Schritt nach vorn zu machen.

In Harus Brustkorb pulsierten künstliche Organe, obwohl sie nicht von Blut durchströmt wurden. Muskeln zogen sich wie die Fäden einer Marionette über die Innenseite seiner ansonsten hohlen Gliedmaßen. In einer Vertiefung, die wahrscheinlich der Magen war, sammelte sich eine grünliche Flüssigkeit. In der Brustmitte befand sich an der Stelle, wo sein Herz sein sollte, eine verfärbte Papierkugel, die mit dunkelroten Linien bedeckt war, die seltsame Muster und Symbole bildeten.

Kurara drückte sich wieder die Hand auf den Mund. Sie hatte das Gefühl, sich gleich übergeben zu müssen.

»Was du da drin siehst«, sagte Himura, »ist das Herzstück des Shikigami. Stell es dir wie Herz und Hirn in einem vor.«

Kurara wusste nicht, was sie dazu sagen sollte. War das wirklich Haru? Steckten all seine Erinnerungen, seine Träume, die Farbe seiner Haare, seine Zahnlücke und die Art, wie er lächelte, wirklich in einer schlichten Papierkugel?

Das Lid von Harus Auge flatterte. Einen Moment lang schien Leben darin zu sein.

»Rara …« Die Laute, die aus seiner Kehle drangen, klangen trocken und schmerzhaft, als würde etwas in ihm zerreißen, wenn er zu laut sprach. »M-mir geht es nicht gut.«

»Ich bin hier.« Mit zitternden Fingern berührte Kurara die verbrannte Seite seines Gesichts und fuhr mit dem Daumen über die Rundung seiner Augenhöhle. Die Haut auf der linken Seite war ganz normal, auf der rechten dagegen kam es ihr vor, als würde sie über trockenes Laub streichen. Ein Stück von Haru brach zwischen ihren Fingern ab. Als sie ihre Handfläche betrachtete, war sie mit Asche und zerbröselten Papierresten bedeckt.

Sie biss sich auf die Lippe, um sich nicht übergeben zu müssen.

»Rara!« Harus Körper erwachte zum Leben, und er packte ihren Arm so fest, dass sie schon glaubte, er würde ihn brechen. Er konnte den Kopf nicht heben, um sie anzuschauen, aber sein verbliebenes Auge starrte voller Panik zu ihr hoch. »Die Berge, in denen wir gelebt haben. Die Dorfbewohner … Du wolltest, dass ich sie auslösche!«

»Wie? Was auslöschen? Wen? Wovon sprichst du?« Schreck peitschte wie ein Wirbelsturm durch Kuraras Brust.

Haru schüttelte den Kopf. Ein leises Wimmern kam ihm über die Lippen, als seine Lungen versagten. Seine Schultern zerbröckelten, die Kleider sanken zusammen. Kurara schrie. Sie packte seinen Kimono, versuchte, ihn festzuhalten, während sein Körper zu einem Häufchen Asche auf dem schattigen Waldboden zerfiel.

Tief in ihrem Inneren zerbrach etwas. Etwas Kleines. Etwas, das ihr vielleicht gar nicht aufgefallen wäre, hätte sie in diesem Moment nicht alles so überdeutlich wahrgenommen. Sie wusste nicht, was es war, nur dass sie es nie wieder würde reparieren können.

Jemand sagte, dass sie aufstehen sollte. Die Stimme klang so fern, als würde sie vom Grund eines tiefen Ozeans heraufhallen.

»Wir sollten gehen.« Himura deutete auf die Asche auf dem Boden und die beiden reglosen Soldaten. »Nach dem Drachenangriff werden noch mehr Soldaten den Wald nach Überlebenden absuchen. Du willst doch bestimmt nicht, dass sie all das hier entdecken, oder?«

Kurara schaute ihn wütend an. Zorn fuhr wie ein Gewittersturm durch sie hindurch. Ihr Knöchel pochte, und sie hatte das Gefühl, ihr Arm würde in Flammen stehen, aber sie stürzte sich trotzdem auf Himura und hämmerte mit den Fäusten gegen ihn. Sie wollte ihm wehtun, wollte, dass er auch nur einen Bruchteil dessen fühlte, was sie gerade empfand.

»Du!«, schrie sie, nicht länger auf Höflichkeit bedacht. »Das ist deine Schuld! Weshalb konntest du nicht früher kommen? Warum hast du ihn nicht gerettet?«

Himura sagte nichts. Er packte sie nur an den Handgelenken und hielt sie fest, bis ihre Wut verraucht war und sie sich hohl und leer fühlte.

»Ich verstehe das nicht«, schluchzte sie. »Was soll ich denn jetzt tun?«

Sie schluckte Nadeln. Jeder Atemzug war so, als würde sie Kerosin trinken.

Himura beugte sich vor und hob Harus Herzstück aus dem Aschehaufen auf. »Ich verstehe besser, als du denkst, wie du dich jetzt fühlst. Auch ich habe schon mitangesehen, wie Shikigami verbrannt sind. Es ist immer schade um sie. Das Wissen, wie man Shikigami erschafft, ist schon vor vielen Jahren verloren gegangen. Eine Verschwendung.«

»*Verschwendung?*«, schrie Kurara. Haru war kein *Ding*, das versehentlich im Müll gelandet war. Flecken auf einem Seidenkimono, Tinte, die über einem sorgfältig komponierten Haiku verschüttet wurde: *Das* war Verschwendung. Haru war ein Mensch. Der einzige, der ihr je etwas bedeutet hatte.

»Es gibt wirklich keinen Grund, traurig zu sein. Solange du das Herzstück eines Shikigami besitzt, kannst du es jederzeit wiederbeleben.«

Kurara erstarrte. Grausame Hoffnung stach ihr ins Herz.

»Wenn du einen Körper erschaffen kannst, kannst du ihm das Herzstück einsetzen – als würde man einen alten Motor in ein neues Qipak einbauen. Oder einem Einsiedlerkrebs ein neues Schneckenhaus geben. Das Herzstück ist das Einzige, was zählt. Keiner weiß, wie man neue Herzstücke erschafft, aber mit den Körpern sieht es anders aus.«

»Dann könntest du …«

»Ich nicht.« Himura schüttelte bedauernd den Kopf. »Papierkörper erschaffe ich im Handumdrehen, aber sie mit dem Herzstück eines Shikigami zu verbinden, ist ziemlich schwierig. Die Einzige, die dir da helfen kann, ist Prinzessin Tsukimi.«

»Die Tochter des Kaisers?« Kurara war entsetzt. Die Soldaten hatten gesagt, Prinzessin Tsukimi sei selbstsüchtig und arrogant. Sie interessierte sich nur für ihre scheußlichen Experimente – Kinder in Shikigami verwandeln oder mit dem Blut ihrer Dienstmädchen Geister beschwören. Die Vorstellung, dass die Prinzessin ihr helfen könnte, war so absurd wie furchteinflößend. Als würde ein Kaninchen eine Tigerin um Hilfe bitten.

Himura legte Harus Herzstück in Kuraras offene Hand. Obwohl es eindeutig aus Papier bestand, war es so hart und glatt wie ein Stück Knochen, das zu einer runden Kugel geschliffen wurde.

»Prinzessin Tsukimi kennt sich mit Shikigami aus. In ihrer Bibliothek befindet sich die weltgrößte Sammlung von Schriften darüber – Bücher, die nur die kaiserliche Familie lesen darf«, fügte er in verbittertem Ton hinzu.

»Und warum sollte sie mir helfen?«

Ein seltsamer Ausdruck huschte über Himuras Gesicht: belustigt und neugierig, aber auch traurig.

»Weil du eine Gestalterin bist«, sagte er. »Die Prinzessin ist wie ein Kitsune, launisch und unberechenbar. Man weiß nie, ob sie einem hilft oder einem den Kopf abreißt. Es gibt nur zwei Dinge, die sie interessieren: Shikigami und Gestalter. *Starke* Gestalter. Richtig ausgebildet, könntest du mächtig genug werden, um ihr Interesse zu wecken. Ich bin Prinzessin Tsukimi schon einmal begegnet. Ich weiß, was ihr gefällt. Ich kann dir helfen.«

Kurara war nicht sicher, was sie von seiner Behauptung halten sollte. Die Midori hatte sie gelehrt, skeptisch zu sein, wenn ihr jemand seine Hilfe anbot. Es gab immer einen Haken. Niemand tat etwas umsonst. »Du willst mir helfen? Was verlangst du dafür?«, fragte sie.

»Lass uns eine Abmachung treffen«, sagte Himura.

»Eine Abmachung?« Kurara drückte ihren linken Arm an die Brust.

In dem Moment quoll ein dünner Rauchfaden aus dem kaputten Qipak hervor, das ein paar Schritte entfernt lag. Himura trat testweise dagegen. Der Motor ratterte unheilvoll. Mit gerunzelter Stirn drehte er das Qipak um und machte sich daran, es von der Lichtung zu schieben.

»Wenn wir hierbleiben, werden wir auf weitere Soldaten treffen. Lass uns woanders darüber reden, wo es sicherer ist.«

»Warte! Wohin gehst du?« Kurara kam stolpernd hoch.

Himura schaute zu ihr zurück. Die Schatten der Blätter tanzten über sein Gesicht.

»Zur Hauptstadt«, sagte er. »Kommst du nicht mit?«

KAPITEL 8

Die Räder des kaputten Qipak quietschten, während Himura es in Richtung Hauptstadt zog. Zahllose Gedanken gingen ihm durch den Kopf. Er hatte sein Luftschiff verlassen, um eine Gestalterin zu finden. Stattdessen war er auf einen Drachen, ein Shikigami in Menschengestalt und ein Mädchen gestoßen, das von der Außenwelt so gut wie keine Ahnung hatte.

Er schaute Kurara an. Das Mädchen sah vor sich auf den Boden. Sie weinte nicht, aber ihre Augen waren gerötet. Sie war zu Tode erschöpft und ging nur durch pure Entschlossenheit weiter.

Vermutlich wirbelten ihr alle möglichen Gedanken im Kopf herum. War es möglich, mit jemandem aufzuwachsen, ohne zu wissen, dass er ein Shikigami war?

Ich habe es auch nicht gesehen, dachte Himura.

Er hatte den Jungen zwar nicht gekannt, aber er war ein erfahrener Gestalter. Ihm hätte auffallen müssen, dass mit Kuraras »Freund« etwas nicht stimmte, dass er nicht menschlich war.

Die Lichter von Tomuri rückten näher. Himura zog ein Stück Papier aus seinem Armband. Er setzte es auf die Nase des Qipak und brachte es zum Drehen. Ob Prinzessin Tsukimi wohl von dem Jungen überrascht gewesen wäre? Mit ihrer Bibliothek uralter Schriften, hätte sie da sofort erkannt, was er war?

»Du hast etwas von einer Abmachung gesagt.« Kurara rieb sich mit dem Unterarm übers Gesicht.

Das Papier auf der Spitze des Qipak drehte sich schneller und schneller. Himura verspürte Unruhe. Seine ganze Welt war in Schieflage geraten, auf den Kopf gestellt worden, und das nur wegen eines Jungen, der aus Papier bestand. Er musste aber dennoch seine Arbeit machen und eine Gestalterin anheuern.

»Ich gehöre zu einem Jägerschiff. Wir brauchen noch einen Gestalter für die Shikigami-Jagd.«

»Shikigami?« Kuraras Miene wirkte sofort verschlossen.

»Ah, nicht falsch verstehen«, sagte Himura. »Nicht solche wie dein Freund, sondern wie der Drache, den du gesehen hast. Solche, die Menschen Schaden zufügen. Du hast viel Zeit mit Soldaten verbracht, oder? Du weißt, dass das Militär sich vor allem darauf konzentriert, Estia zu erobern, und dass der Krieg dort sich ewig in die Länge zieht. Die haben weder die Zeit noch das nötige Wissen, um gefährliche Bestien zu bekämpfen. Und da kommen die Jäger ins Spiel. Wir jagen Shikigami, und das Militär bezahlt uns für ihre Herzstücke – als Beweis für eine erfolgreiche Jagd.«

Kurara sah immer noch skeptisch aus. »Du willst also, dass ich ... jage?«

»Hast du eine Ahnung, wie schwierig es heutzutage ist, Gestalter zu finden? Die meisten stehen im Dienst der kaiserlichen Familie oder des Militärs, oder sie sind verdammte Einsiedler, die auf irgendeinem Berggipfel leben und sich von nichts als Kolbenhirse ernähren und beim Anblick eines anderen Menschen sofort die Flucht ergreifen. Du«, das auf der Spitze des Qipak tanzende Papier drehte sich und deutete auf Kurara, »bist die erste Gestalterin, die wir seit Monaten gefunden haben.«

Das Qipak gab ein lautes Ächzen von sich. Himura vergewisserte sich, dass der Treibstofftank nicht leckte. Außerhalb von Tomuri erstreckte sich überall nur gelbes Grasland, verbrannt von der Sommerhitze und trocken wie ein Pulverfass.

»Wir haben eine große Jagd vor uns. Wir brauchen noch einen Gestalter für den Kampf. Es wäre nicht schlimm, wenn du nicht mal einen Papierkranich hinbekommst; ich zeige dir, wie es geht. Du hilfst uns bei der Jagd, und ich bringe dich zu Prinzessin Tsukimi und sorge dafür, dass du zumindest eine Audienz bei ihr erhältst.«

Das Mädchen holte tief Luft. Ihr blieben nicht viele Möglichkeiten. Wohin sollte sie gehen, wenn sie ihn nicht begleiten wollte? Es wäre besser zusammenzubleiben. Himura wusste nur zu gut, wie gefährlich es in der Welt sein konnte, wenn man kein Geld und keine Freunde hatte, auf die man sich verlassen konnte.

»Momentan befindet sich die Prinzessin im Sommerpalast auf Sola-Il. Sie wurde bis zum Winter dorthin verbannt, weil sie eine Villa des Kaisers niedergebrannt hat.«

»Warum hat sie das getan?«

Himura zuckte mit den Achseln. »Es heißt, sie wollte Beweise vernichten, weil eines ihrer Experimente schiefgegangen ist. Angeblich wollte sie ein Shikigami erschaffen, aber dabei ist etwas Monströses entstanden. Egal, wie es wirklich war, das muss uns nicht kümmern. Ich will damit nur sagen, wenn alles gut geht, könntest du sie noch vor Ende des Sommers treffen. Ich werde eine so gute Gestalterin aus dir machen, dass sie dich nicht abweisen wird.«

Kuraras Augen nahmen einen entschlossenen Glanz an. »Wenn ich Haru damit retten kann, dann bin ich dabei.«

Himura lächelte. Das Stück Papier hüpfte vom Qipak, wirbelte durch die Luft und flog einmal im Kreis um ihn herum, bevor es wieder mit seinem Armband verschmolz.

Die Flagge von Mikoshima flatterte über den grauen Mauern, als die Hauptstadt endlich in Sicht kam. Tomuri war eine Stadt, die ständig weiterwuchs. Seit Himura sie das letzte Mal gesehen hatte, war sie noch größer geworden, hatte sich in einen gewaltigen Koloss verwandelt, der die umliegende Landschaft fraß.

Als die Wachen sie durchs Tor winkten, wirkte Kuraras Miene nicht mehr ehrfürchtig, sondern unbehaglich. Himura versuchte sich an seinen ersten Besuch in Tomuri zu erinnern; wie er sich gefühlt hatte, als er zum ersten Mal die vogelähnlichen Seilbahnen gesehen hatte, die den Himmel durchschnitten, oder die elektrischen Laternen, die gepflasterten Straßen und die vollen Marktstände. Alles an der Hauptstadt war groß, grell und laut. Für ein Mädchen, das sein bisheriges Leben fast ausschließlich in einem schwebenden Käfig verbracht hatte, musste es überwältigend sein.

Eine warme Brise trug den Geruch von gebratenen Nudeln und Sojasauce, überreifem Obst und einem Hauch Abwasser mit sich. Das Singen und Lachen von Menschen hallte durch die Luft. Wenn man sich die überfüllten Straßen so anschaute, würde man nie vermuten, dass nur wenige Kilometer entfernt gerade die Midori abgestürzt war. Die Fröhlichkeit der Menschen wirkte unpassend. Geradezu herzlos. Himura wollte Kurara so schnell wie möglich von den Hauptstraßen wegbringen.

Du kennst sie erst seit ein paar Stunden, und schon meldet sich dein Beschützerinstinkt, stichelte eine kritische Stimme in ihm. Aber wer hätte es ihm verdenken können? Er hatte schon lange keine anderen Gestalter mehr getroffen. Sie gehörte zu seinem Volk.

Himura schob das Qipak an Ständen vorbei, an denen Reisküchlein in lackierten Schmuckkästchen verkauft wurden, und durch müllübersäte Seitenstraßen.

Im Vorbeilaufen hörte er die Ladenbesitzer tuscheln. »Ein Shikigami! Und auch noch so nah an der Stadt! Ich habe gehört, dass Prinzessin Tsukimi in den verlassenen Minen ein paar Shikigami gefangen hält. Vielleicht war es eines von denen.«

»Sie pfuscht mit Dingen herum, von denen sie lieber die Finger lassen sollte. Warum geht sie nicht zu Prinz Ugetsu an die Front in Estia, anstatt Monster zu erschaffen? Da könnte sie sich mal nützlich machen!«

Himura beschloss, die Leute nicht vor den Soldaten zu warnen, die ein paar Schritte entfernt standen. Er führte Kurara am letzten Marktstand vorbei. Die Mauern der Stadt waren mit Kriegsplakaten bepflastert – Bilder von gut aussehenden Soldaten, die gegen groteske, dämonenähnliche Kreaturen kämpften. *Tu deine Pflicht für das Kaiserreich!*, stand in großen roten Buchstaben darauf. An den Schaufenstern klebten ebenfalls Plakate. Ein Mann in Militäruniform, der einem weinenden Waisenkind über den Kopf strich, dazu die Überschrift: *Der Kaiser ist unser aller Vater!*

An den Pfählen der Straßenlaternen prangten Bilder von Prinz Ugetsu; sein Schnurrbart war sorgfältig geölt und sein Lächeln strahlte ebenso wie die polierten Knöpfe seiner Uniform. Ein wahrer Goldjunge. Schade, dass der Prinz an Tsukimis Intelligenz niemals heranreichen würde. Vielleicht hatte der Kaiser deshalb bisher noch keinen Nachfolger benannt. Um ein Kaiserreich zu regieren, brauchte es mehr, als Schlachten zu gewinnen und schneidig auszusehen.

Himura erinnerte sich noch daran, wie er Prinz Ugetsu und Prinzessin Tsukimi zum ersten und einzigen Mal zusammen gesehen hatte. Er war über den von Kirschbäumen gesäumten Hof von Schloss Tomuri geeilt, in der Hoffnung, dass ihn niemand bemerkte, und hatte dabei einen Blick auf die beiden erhascht. Er konnte sich noch entsinnen, wie sie miteinander geredet hatten – jedes Wort war wie eine Nadel, die unter einen Fingernagel geschoben wurde. Immer auf der Suche nach einer Schwachstelle, die sich mit einer scharfen Erwiderung enthüllen ließe.

Er brach den Gedankengang an der Stelle ab. Diese Erinnerung wollte er nicht weiter verfolgen. Er wusste, wohin sie führte. Er zog das Qipak an den Toren von Villen im westlichen Stil vorbei, groß und beeindruckend, als seien Holz und Ziegel direkt aus der Erde hervorgebrochen. An der Ecke einer Kreuzung stand eine ausgebrannte und mit Unrat beschmierte Ruine. Auf einem zerbrochenen Schild stand: *Sorabito Kulturaustausch.*

»Wir sind da.«

Nicht weit von der Ruine entfernt lag das »Pfauenblau«, die Herberge, in der Himura immer übernachtete, wenn er in Tomuri war. Trotz seines Namens war das Gebäude weder blau, noch hatte es Ähnlichkeit mit einem Pfau. Wie ein zusammengesunkener Kuchen erhob es sich in einer schmalen Straße in den Außenbezirken von Tomuri. Die Steinblöcke, die das Gebäude stützten, waren an einer Seite weggebrochen, sodass die Herberge schief stand. Die Türen waren vom Wind ramponiert und die Tonziegel auf dem Dach gefährlich ins Rutschen geraten und teilweise auf dem Boden zerschellt. Die spitzen Scherben schnitten in Himuras Schuhe. Die Fenster im untersten Stockwerk waren allesamt zugenagelt.

Kurara musterte die Herberge mit besorgter Miene. »Das sieht ja aus wie eine …« Wahrscheinlich suchte sie nach einer höflichen Umschreibung für »Müllkippe« oder »Höhle für Dämonen und Kriminelle« – was beides zutreffend war.

Anfangs hatte er genauso gedacht, auch wenn er die brutale Ehrlichkeit einer solchen Unterkunft bald zu schätzen gelernt hatte. Die meisten Herbergen in Tomuri verlangten ein kleines Vermögen für wässrige Misosuppe, einen Futon voller Bettwanzen und Angestellte, die Spitzel der Militärpolizei waren. Hier dagegen spielte es keine Rolle, ob man ein Gestalter, ein König oder ein Dieb war. Im Pfauenblau erregte man kein Aufsehen und konnte ungestört seinen Geschäften nachgehen.

Himura ließ das Qipak draußen und betrat die schiefe Veranda. Eine Frau mit heiserer Stimme begrüßte sie. Ihr schmales, eingesunkenes Gesicht wurde von schwarzen Haarsträhnen umrahmt, die sich aus einem lockeren Knoten gelöst hatten. Auf ihre Stirn waren Blumen tätowiert, deren Blütenblätter weiße Tupfen zierten.

»Einen Vogel, eine Mahlzeit und ein Zimmer«, bestellte er.

»Geld.« Die Frau streckte ihre skelettartige Hand aus.

Himura griff in seine Brusttasche, holte ein Säckchen mit Münzen heraus und ließ es in ihre Hand fallen. Die Frau verschwand einen Moment und kehrte gleich darauf mit einer großen silbernen Krähe auf der Schulter und einem Fettstift in der Hand zurück.

Das Getriebe am Hals des Vogels und die Bolzen an seinen Flügeln quietschten, wenn er sich bewegte. Es war ein altes Modell, definitiv den Preis nicht wert, den Himura bezahlt hatte, aber sein Luftschiff war nicht weit weg. Die kurze Reise würde der Vogel wohl überstehen.

Himura nahm ein Stück Papier von seinem Armband und kritzelte rasch eine Nachricht darauf. Ein kurzes Tasten, dann sprang das Fach am Bein der Krähe auf. Himura gab die Koordinaten seines Schiffes ein und entließ den Vogel mit einer Botschaft in die Nacht:

Wir treffen morgen ein. Haltet euch bereit.

ZWISCHENSPIEL

Sternenstaub sind wir,
aus dem Himmel geschmiedet;
Weltall in Gestalt.

– Lied der Sorabito

Kazeno Rei befand sich in seinem natürlichen Umfeld. Das Pfauenblau war eine Herberge, die von Gaunern geführt und von Betrügern wie ihm besucht wurde. Er hasste es, am Erdboden zu sein, aber Unterkünfte wie diese unterschieden sich wenigstens nicht allzu sehr von denen, die er in den Himmelsstädten aufsuchte. Die Wände waren mit den Überresten vergammelter Plakate tapeziert – Kriegswerbung, alte Räumungsbescheide und Reklame für Luftschiffteile. Der Rauchgestank war überwältigend. Männer drängten sich um die Kartentische, zischten, wenn sie verloren, und kicherten leise, wenn sie gewannen, als fürchteten sie, das ganze Gebäude könnte über ihnen zusammenbrechen, wenn sie zu laut waren.

»Sir, wollen Sie jetzt was bestellen?«

Rei sah zu der Kellnerin hoch, die mit gerunzelter Stirn neben seinem Tisch stand. Die tätowierte Pflaumenblüte, die ihr halbes Gesicht bedeckte, wurde von ihrer verkniffenen Miene verunstaltet. Sie sah aus, als bräuchte es nur noch einen weiteren unfreundlichen Gast, damit sie jemandem die Nase einschlug.

»Ein Glas Tenmori-Shu«, sagte Rei.

Die Kellnerin verzog angewidert das Gesicht. »Das ist ein Sorabito-Getränk. Den billigen Fusel der Himmelsbewohner führen wir hier nicht.«

Rei hob eine Augenbraue. »Ich dachte, in der Hauptstadt könnte man alles kaufen.«

»Aber nicht diesen Fusel.«

»Wissen Sie überhaupt, wie Tenmori-Shu hergestellt wird? Die Tenmori-Blumen wachsen an der Unterseite der Himmelsstädte, an den Schwebeplatten, die sie in der Luft halten. Die Sorabito lassen sich an Seilen hinab, um sie zu ernten. Die Blumen werden von Hand gepflückt, während die Leute in zweihundert Metern Höhe in der Luft hängen.«

Die Kellnerin zuckte unbeeindruckt die Schultern. »Bestellen Sie jetzt was oder verschwinden Sie.«

Rei fletschte die Zähne zur Andeutung eines Lächelns. »Dann eben eine Flasche Nigori. Und zwei Becher. Ich erwarte noch jemanden.«

Die Frau verschwand und kehrte gleich darauf mit zwei nicht sehr sauberen Bechern und einer Tonflasche zurück. Rei goss sich ein wenig von der trüben Flüssigkeit ein und roch misstrauisch daran.

»Reingespuckt hat sie nicht, aber ein bisschen Falkenkraut untergemischt. Gerade so viel, dass du davon Durchfall kriegst«, sagte eine Stimme hinter ihm.

Rei zuckte nicht zusammen, erstarrte jedoch einen Moment. Er schob die Flasche weg und drehte sich um.

Die alte Frau vor ihm sah inmitten des Rauchs nicht fehl am Platz aus. Eigentlich wirkte sie genau wie die unheimliche Erscheinung, die man in heruntergekommenen Häusern wie diesem hier erwartete. Ihr Gesicht war von so vielen Falten durchzogen, dass sich nicht sagen ließ, wo eine aufhörte und die nächste begann. Obwohl sie über ihrem Kimono einen langen schwarzen Mantel trug, konnte Rei an ihrer Hüfte den grotesken Gürtel aus Papierhänden sehen, die einander umklammert hielten.

Trotz des furchteinflößenden Anblicks der Frau atmete Rei auf. »Erschreck mich doch nicht so, Inui.«

Das gackernde Lachen der Alten klang so, als würde der Wind hohle Knochen zum Rasseln bringen. Sie genoss es viel zu sehr, dass ihr Lachen anderen Leuten einen Schauer über den Rücken jagte.

Eine Dämonin, ging es Rei durch den Kopf. Obwohl sich die gruseligen Papierhände momentan nicht bewegten, wusste er, dass Inui nur daran denken musste, und schon würden sie sich um jemandes Kehle legen.

»Sei gegrüßt, oh mächtiger Anführer der Himmelsmenschen. Wie gefällt es dir in der Hauptstadt?«, fragte Inui.

Rei runzelte die Stirn. Sie machte sich wieder über ihn lustig. Er war lediglich der Anführer der Sohma – eine bunt zusammengewürfelte Rebellentruppe, die dafür kämpfte, die Himmelsstädte vom Kaiserreich zu befreien. Als Anführer der Himmelsmenschen konnte man ihn wohl kaum bezeichnen, auch wenn er manchmal davon träumte.

»Tomuri ist schmutzig und laut und die Leute sind dumm. Ich wünschte, ich hätte mich niemals darauf eingelassen, dich am Boden zu treffen«, brummte er.

Inui kicherte. »Hat dir der Drache gefallen? Er war nützlich, oder? Ich glaube, die Midori hat nicht mal zehn Minuten standgehalten.«

Reis Blick huschte durch die Taverne. Obwohl ihr Ecktisch durch einen hölzernen Deckenpfeiler vor neugierigen Blicken geschützt war, wollte er sicher sein, dass niemand lauschte, bevor er weitersprach.

»Er hat mehr Zerstörung angerichtet, als ich gedacht hätte«, sagte er.

Inui nahm Rei gegenüber Platz. »Die Midori war ein guter Test. Ein schwebendes Bauwerk, genau wie die Himmelsstädte. Und Prinzessin Tsukimis Sommerpalast sehr ähnlich.«

Rei schnaubte. Rauch wölkte sich um die dunklen Umrisse der anderen Gäste. Seine Finger zuckten. Am liebsten hätte auch er nach seiner Pfeife gegriffen, aber er hatte seiner Frau versprochen aufzuhören. Außerdem beschwerten sich seine Mädchen ständig über den furchtbaren Gestank und sagten, dass es seine Zähne fleckig machte.

»Bist du dir wegen des Plans sicher?«, fragte er. »Ich habe den Eindruck, es ist ein bisschen … zu viel des Guten. Ein Shikigami freizulassen, nur um einen einzelnen Menschen zu ermorden.«

Selbst wenn es sich um Prinzessin Tsukimi handelte – sie war auch bloß ein Mensch. Ein Shikigami auf sie loszulassen, schien ihm so, als wollte man einen Grashüpfer mit einem Berg zerquetschen. Normalerweise machte Rei sich über so etwas keine Gedanken, aber der Sommerpalast befand sich in einer Himmelsstadt. *Seiner* Stadt. Eine weniger zerstörerische Methode für den Mordanschlag wäre ihm lieber.

Inui kicherte. »Ermorden ist so ein hässliches Wort. Prinzessin Tsukimi macht aus ihrer Besessenheit keinen Hehl. Es heißt, dass sie für ihre Experimente gefährliche Shikigami gefangen hält. Wenn sie durch die Klauen einer der Bestien stirbt, würde sicher niemand von ›Mord‹ sprechen. Es wird nur ein kleiner … Unfall sein.«

»Hat Prinz Ugetsu das gesagt?«

Inui strahlte ihn an.

Rei fuhr mit dem Finger den Rand seines leeren Bechers entlang. Wenn der Prinz seine Schwester töten wollte, war ihm das gleich. Er hoffte, dass sie beide starben. Dieser Streit darüber, wer den Thron erben würde – das war nichts als eine Zankerei zwischen zwei verwöhnten Gören.

Aber Prinz Ugetsu hat versprochen, den Himmelsstädten ihre Unabhängigkeit zu geben. Wenn Prinzessin Tsukimi stirbt, ist der Weg zum Thron für den Prinzen frei. Und sobald er zum Kaiser gekrönt wird, schenkt er den Sorabito ihre Freiheit.

Nach jahrelangem Kampf war die Sohma unter Reis Führung von einer Handvoll wütender junger Männer zu einem Netzwerk aus Rebellen angewachsen, die für die Himmelsstädte ihr Leben geben würden. Doch trotz aller Aufstände und Attentate wuchs das Kaiserreich weiter, wie Unkraut, das sich über das Land ausbreitete. Zumindest hatte Prinz Ugetsu eine echte Veränderung versprochen. Und wenn der Anschlag auf seine Schwester glattlief, würde es eine kaiserliche Göre weniger auf der Welt geben.

Inuis Lippen verzogen sich zu einem Lächeln, das ihre gelben Zähne enthüllte. »Vergiss nicht, dass nur ein Gestalter ein Shikigami beherrschen kann. Ich habe es nach dem Angriff auf die Midori unversehrt zurückgeholt, und ich werde in der Nähe bleiben, um sicherzugehen, dass es sich benimmt. Zumindest so lange, bis du nach Sola-Il zurückkehrst.«

»Und was bekommst du dafür als Gegenleistung?«, fragte Rei.

»Als ich eine Gestalterin am Hof des Kaisers wurde, durfte ich nicht wählen, wem ich dienen wollte. Am liebsten wäre ich in Prinz Ugetsus Dienste getreten, stattdessen wurde ich der Prinzessin zugeteilt. Dieses unausstehliche Balg! Sie behandelt ihre Gestalter wie Spielzeuge. Ich würde mich freuen, sie tot zu sehen.« Die Papierhände an Inuis Taille wackelten mit den Fingern.

Rei fragte sich, ob das die Wahrheit war. Inui kam ihm nicht wie eine Person vor, die sich von Rachsucht leiten ließ. Er lehnte sich mit einem Stirnrunzeln zurück. Es spielte keine Rolle, solange er die volle Kontrolle über den Anschlagsplan hatte. Er war keine Marionette und würde nach niemandes Pfeife tanzen außer seiner eigenen.

»Du verrätst deine Herrin? Wenn du sie so sehr hasst, dann töte sie doch selbst«, sagte er.

»Warum sollte ich ein solches Risiko eingehen?« Inuis Lächeln war scharf und spitz. »Damit ein Attentat gelingt, braucht es einen Attentäter. Und wer ein Attentat auf einen Sprössling des Kaisers verübt, hat meist kein sehr langes Leben. Der Shikigami-Angriff ist perfekt. Von den Experimenten der Prinzessin, mehr Shikigami zu erschaffen, weiß jeder. Niemand würde mit der Wimper zucken, wenn sie dabei umkommt, einem ihrer Forschungsobjekte zum Opfer fällt.«

Sie und Prinz Ugetsu überließen es also Rei, die Drecksarbeit zu erledigen. Das war in Ordnung. Ihm war es gleich, ob Inui hierblieb, um zu helfen, oder Prinz Ugetsu meldete, was er getan hatte. Rei war es gewohnt, in den Schatten zu lauern, mit Blut an den Händen.

Inui wollte gerade aufstehen, als etwas hinter ihm ihre Aufmerksamkeit erregte. Rei erstarrte. Er schaute nicht hinter sich, aber seine Hand griff nach dem Katana an seiner Hüfte.

»Was?«

»Gestalter.« Sie nickte zu zwei Gästen, die gerade die Herberge betraten. Ein junger Mann und ein Mädchen.

»Das kannst du erkennen?«

»Leute, die so sind wie ich, erkenne ich immer.«

Rei drehte sich um und beobachtete, wie die beiden durch den Raum gingen. Das Mädchen war recht jung, vielleicht so alt wie seine älteste Tochter. Manchmal vergaß er, dass Gestalter wie alle Menschen geboren wurden und eine Kindheit hatten, anstatt einfach aus dem Nichts zu entstehen, erwachsen und dazu fähig, einen Menschen mit einem Briefumschlag entzweizuschneiden.

Wenn Rei erst das Sagen hatte, würde er dafür sorgen, dass solche gefährlichen Leute aus den Himmelsstädten verbannt wurden. Die Erdbewohner auch. Er würde Sola-Il von allem möglichen Abschaum befreien. Zum Ruhm der Sorabito würde er tun, was nötig war.

»Wenn wir unabhängig sind, werden die Himmelsstädte allein meinen Leuten gehören«, murmelte er. »Die Erdbewohner können den Himmel verlassen oder sterben.«

Inui lachte. »Glaubst du, den Prinzen interessiert das? Gib ihm, was er will, und du bekommst, was *du* willst.«

KAPITEL 9

Kurara erwachte, das Gesicht in das Kissen eines alten muffigen Futons gepresst. Es war so still; das Rumpeln der Motoren der Midori fehlte. Panik erfasste sie. Sie kam auf die Ellbogen hoch, ihr Herz schlug schnell. Warum hatte die Morgenglocke nicht geläutet? War sie zu spät für ihre Schicht? Sie musste Töpfe schrubben und bergeweise Wäsche waschen. Madam Ito würde fürchterlich wütend sein, wenn sie …

Langsam gewöhnten sich ihre Augen an die Dunkelheit. Die Panik ebbte ab, als ihre Erinnerung zurückkehrte und die langweilig braunen Wände der Herberge nach und nach um sie herum Gestalt annahmen. Der Angriff, das Shikigami, Himura. Ihre Gedanken stolperten übereinander, wollten sie nicht in Ruhe lassen. Die Midori gab es nicht mehr. Das hier war Tomuri. Sie war Himura zu einer Herberge gefolgt und sofort eingeschlafen, nachdem er die Futons in ihrem Zimmer ausgerollt hatte.

Sie hatte zugesehen, wie Haru verbrannt war.

Kurara holte tief und zittrig Luft und drückte sich langsam die Handflächen auf die Augen, bis ihr Herz nicht mehr wie eine Kriegstrommel hämmerte. Auch wenn sie das Leben in der Midori nie gemocht hatte, war dort zumindest immer klar gewesen, was sie erwartete. Das hatte etwas Tröstliches an sich gehabt. Hier hatte sie keine Ahnung, was die Zukunft bringen würde. Was, wenn sie Haru nicht retten konnte? Was, wenn sie als Gestalterin nie gut genug werden würde, um Prinzessin Tsukimi zu beeindrucken? Was, wenn es ihr doch gelang und die Prinzessin sie trotzdem nicht empfangen wollte?

Was, wenn Haru auf ewig eine Papierkugel in ihrer Tasche bleiben würde?

Sie schüttelte den Kopf. Wenn sie darüber nachdachte, würde sie zerbrechen, und dann wäre sie nutzlos, und nutzlose Mädchen wurden von Schiffen geworfen. Sie musste ihre Sorgen im Zaum halten, sonst würden sich ihre Gedanken immer weiter im Kreis drehen und ein Netz spinnen, in dem sie sich verfing.

Sie würde Haru retten. Für Schmerz war keine Zeit.

Als Kurara die Bettdecke ergriff, erstarrte sie. Mit ihrem linken Arm stimmte etwas nicht. Die Haut war durch das Feuer vernarbt und taub. Sie spürte nichts mehr. Selbst wenn sie die Finger ihrer linken Hand auf dem Kissen spreizte, nahm sie die harte Füllung nicht wahr.

Auf der anderen Zimmerseite gähnte Himura laut. Kurara fuhr zusammen und zog schnell den Ärmel ihres Kleids über die Verletzung. Sie wollte nicht, dass er sich deswegen Gedanken machte. Statt sich mit ihr zu befassen, sollten sie lieber zusehen, wie sie Haru helfen konnten.

Himura saß in einem ausgewaschenen braunen Kimono und einem etwas zu großen marineblauen Hakama im Schneidersitz und mit verschränkten Armen am Fenster. In den schwachen Lichtstrahlen, die durch die schmutzige Scheibe auf seinen Schoß fielen, tanzte Staub.

Nun, da Kuraras Gedanken nicht mehr von Panik oder Entsetzen erdrückt wurden, war sie sich nicht sicher, was sie von Himura halten sollte. Konnte sie ihm wirklich vertrauen? Letzten Endes blieb ihr kaum eine andere Wahl.

Als sie aufstand, spürte sie entlang der Wirbelsäule all die Schmerzen des vorangegangenen Tages. Ihre Schultern waren steif und ihr Nacken von dem harten Kissen verspannt. Als Himura sah, dass sie wach war, kam auch er hoch.

»Guten Morgen. Wie fühlst du dich?«

Kurara hielt inne. Ihren Gemütszustand einer genaueren Betrachtung zu unterziehen, kam ihr im Moment gefährlich vor.

»Als hätte ich auf einem Stein geschlafen«, sagte sie.

Himura schnaubte und warf ihr einen alten vergilbten Kimono zu, der sie im Gesicht traf. Zwischen den Falten des Kleidungsstücks lugte ein kleiner Beutel hervor.

»Komm mit runter und iss was. Ich habe Frühstück bestellt.« Er ging an ihr vorbei aus dem Zimmer.

Kurara zog sich an und steckte Harus Herzstück in den Beutel, den sie an ihrem Obi festband. Das Erdgeschoss der Herberge war kalt und wenig einladend. Der Gestank nach schalem Rauch hing in der Luft. Wie angekündigt stand das Frühstück auf dem Tresen. Die Reisbällchen waren matschig und wurden von einem schlaffen Algenblatt zusammengehalten, aber sie war so hungrig, dass sie das erste mit zwei Bissen verschlang und danach zügig den Rest verputzte.

Himura war draußen und bastelte am Motor des Qipak herum. In den frühen Morgenstunden war die Welt in grauem Licht erstarrt. Auf den Straßen war es so ruhig, dass das Quietschen, als Himura das Qipak aufschraubte, kilometerweit zu hören sein musste. Sein Armband, das gegen das Metall stieß, sah wie polierter Knochen aus, aber Kurara wusste, dass es aus Papier bestand.

»Neugierig?« Er hob die Hand mit dem Armband hoch, als er ihren Blick bemerkte. »Das ist einfacher, als haufenweise Papier mit sich herumzuschleppen. Und es jagt den Leuten weniger Angst ein. Gestalter machen die Leute nervös. Wir besitzen Kräfte, die normale Menschen nicht begreifen.«

»Ich will nicht, dass die Leute Angst vor mir haben.« Kurara senkte den Blick. Sie wusste, was für ein Gefühl es war, wie eine Maus zu leben, in der Hoffnung, nicht bemerkt zu werden, sich wie ein Origami zusammenzufalten, um nicht zu viel Raum einzunehmen.

Himura hörte nicht zu. Knurrend zog er etwas aus dem Motor. Das Fluggerät ruckte und der Motor fauchte und gab dann ein gesundes Brummen von sich.

»Na bitte.« Er wischte sich den Schweiß von der Stirn und bedeutete ihr einzusteigen.

Schnell kletterte Kurara auf den Rücksitz, wobei sie halb damit rechnete, dass das himmelsverfluchte Ding einfach wieder auseinanderfallen würde, aber als Himura einen Gang einlegte, setzte sich das Qipak anstandslos in Bewegung.

Mit surrendem Motor nahm es Geschwindigkeit auf. Die Stadt raste an ihr vorbei – die Lichter, die Gebäude, die Dampfsäulen pfeifender Züge. Das Qipak raste über Brücken, durch die Schatten schwebender Gärten und durch die Stadttore hinaus. Kurara seufzte erleichtert. Endlich verließen sie diesen Ort.

Sobald sie die Stadt hinter sich gelassen hatten, zog Himura an den Hebeln des Qipak und mit einem rostigen Kreischen fuhren am Bauch des Fluggeräts die Tragflächen aus. Es richtete sich auf und hob vom Boden ab. Himura griff in die Innentasche seines Kimonos und holte eine kleine Leuchtpistole heraus. Er hielt sie über den Kopf und feuerte in den Himmel. Das Geschoss beschrieb einen Bogen wie eine Sternschnuppe und zerbarst hoch über ihren Köpfen zu einer farbigen Rauchwolke.

Kurz geschah nichts. Dann hörte Kurara das Stampfen von Schiffsmotoren. Ihr tränten die Augen, während sie in den stürmischen Himmel starrte. In den Wolken tauchte ein dunkler Schatten auf und sank wie der Bauch eines Wals zu ihnen herab.

Kurara hatte schon jede Menge Luftschiffe gesehen, aber es waren alles Militärflugzeuge gewesen – stählerne Klippen, die sich allein durch die Kraft ihrer Levistein-Motoren durch die Luft schoben. Dieses Schiff war anders. Es war nicht für den Krieg gebaut worden, sondern für Schnelligkeit. Sein glatter Rumpf und die schrägen roten Segel schnitten durch die Luft wie eine Klinge durch Seide.

Der Name des Schiffes war mit gelber Farbe an die Seite gepinselt, neben einem dicken Klecks, der vermutlich eine Sternschnuppe darstellen sollte. Das Schiff bestand größtenteils aus Holz, das Deck dagegen war ein Flickenteppich aus verschiedenfarbigen, miteinander vernieteten Metallen. Im Bug war ein Rammbock vertäut. Doppelmaste bildeten ein umgedrehtes V, das von einem Ende des Schiffes zum anderen reichte. Aus rechteckigen Fenstern lugten Kanonen hervor. Es war ein schönes Schiff, und sie wünschte, sie könnte es Haru zeigen.

Mit einem Aufprall, der ihr den Magen anhob, landete das Qipak unelegant auf dem Deck. Kurara stieg aus. Ihr Blick ging zum Kommandoturm hoch, der über ihnen aufragte. Ein paar Stufen, die zu einem kleinen Balkon auf halber Höhe des Turms hochführten, und eine quadratische Luke im Boden waren die einzigen Zugänge zum Inneren des Schiffes. Es gab kein Anzeichen dafür, dass sie vom Ausguck aus jemand beobachtete, und hinter den dunklen Fenstern des Ruderhauses war nichts zu erkennen, aber irgendwo mussten Leute sein, die das Schiff in der Luft hielten.

»Mr Himura! Na endlich!«, bellte eine Stimme. Mit einem Knall flog die Balkontür auf.

Himura wirbelte herum, als ein Mann die metallene Treppe hinabstieg.

Ein Sorabito. Kurara holte scharf Luft. Die Sorabito waren die Nachkommen der Erbauer der Himmelsstädte und größer, schlanker und anmutiger als die Erdbewohner. Kurara hatte noch nie zuvor einen gesehen – Sorabito waren in der Midori nicht erwünscht –, aber sie hatte schon viel von ihnen gehört. Die Diener hatten gesagt, sie würden Vögel nachahmen und sich Federn unter die Arme nähen, um sich Flügel zu erschaffen. Andere behaupteten, ihre Fußnägel seien so hart wie Krallen, aber alle waren sich einig, dass die Sorabito nicht ganz richtig im Kopf waren. Sie waren zu lange in der Luft, was ihnen das Hirn vernebelte. Und in ihren Adern floss mehr Himmel als Blut.

Der Mann breitete zur Begrüßung die Arme aus. Er war gertenschlank und knochig, als bestünde er nur aus scharfen Kanten. Er hatte dunkle Augen und einen Mund, der sich zu einem schmalen Lächeln verzog.

»Himura, schön, dass Sie mal pünktlich sind. Wir haben Ihre Nachricht erhalten.« Er klang jünger, als er aussah. Sein lockerer mitternachtsblauer Kimono war am Kragen offen und entblößte seine nackte Brust.

»Danke für die herzliche Begrüßung.« Himura klang überhaupt nicht dankbar. Er deutete auf Kurara. »Darf ich vorstellen. Das ist Kurara.«

Der Mann wandte sich ihr zu und starrte sie mit seinen durchdringenden kohlrabenschwarzen Augen an. Er verneigte sich.

»Willkommen, willkommen, junge Dame! Sie können mich Kapitän Sakurai nennen. Freut mich, Ihre Bekanntschaft zu machen, Miss Kurara. Himura hat Ihnen vermutlich alles über uns erzählt?«

»Ich weiß, dass Sie Shikigami jagen.«

Aber nicht solche wie Haru. Nur die bösen, erinnerte sie sich. Wie der Drache, der die Midori angegriffen hatte.

Sakurais Lachen klang wie das Donnern einer Kanone. »Nur die gefährlichen. Die Armee hat keine Zeit, Monster zu jagen, also übernehmen wir das für sie. Wir jagen Shikigami und verkaufen die Herzstücke ans Militär. Es ist ein einträgliches Geschäft. Wenn man sein Handwerk versteht.«

»Und verstehen Sie Ihr Handwerk, Sir?« Kuraras Frage klang scharf. In der Midori hätte sie sich zurückgehalten. In der Midori hätte sie überhaupt keine Fragen gestellt. Aber das hier war nicht ihr altes Zuhause. Sie fühlte sich immer noch wund und verletzt und hatte keine Lust, auf die Gefühle anderer Menschen Rücksicht zu nehmen.

Sakurai wurde jedoch nicht wütend, stattdessen leuchtete sein Gesicht auf und er reckte ein wenig die Brust. »Der Beste in den sieben Himmelsstädten«, sagte er.

Kurara blieb skeptisch. Sie war es gewohnt, Männer prahlen zu hören.

»Ein Glück, dass Sie zurückgekehrt sind«, wandte sich Sakurai an Himura. »Ich habe gehört, was mit der Midori passiert ist.« Er warf Kurara einen freundlichen Blick zu, doch sie schaute weg. Sie wollte Sakurais Mitleid nicht.

»Wir haben es gerade so raus geschafft«, sagte Himura. »Etwas Unterstützung wäre schön gewesen.«

»Ha! Denken Sie, das Militär hätte es *schön* gefunden, wenn sich ein Sorabito einmischt?« Sakurais Ton klang liebenswürdig, aber sein Blick war unnachgiebig. »Nun gut, kommen Sie mit, ich bringe Sie nach drinnen. Ach, und Miss Kurara?«

Er blieb am Fuß der Treppe stehen und lächelte ihr zu.

»Willkommen an Bord der *Orihime*.«

KAPITEL 10

Die Leute starrten sie an. Auch wenn Kurara sie nicht sehen konnte, spürte sie sie doch am Rand ihres Blickfelds. Wie Mäuse huschten sie außer Sicht, wenn Kurara den Kopf drehte. Himura und Kapitän Sakurai bemerkten sie sicherlich auch, obwohl sie nichts sagten und Kurara einfach weiter durchs Schiff führten.

Die Gänge erinnerten Kurara an die schmalen Korridore, die die Angestellten der Midori benutzt hatten: sauber, funktional und von grellem elektrischem Licht geflutet. Hier und da waren die Holzwände verzogen und die Farbe des Bodens wirkte etwas stumpf, doch in den Gängen kam man schnell voran.

Während sie durchs Schiff liefen, begann die *Orihime* aufzusteigen. Der Erdboden blieb unter ihnen zurück, und die Wolken bildeten einen Vorhang, der Kurara die Sicht nahm. Sie legte die Hand auf den Beutel mit Harus Herzstück und drückte ihn fest an sich. Sie war zwar nur kurz auf dem Erdboden gewesen, aber sie war dennoch froh, wieder am Himmel zu sein, wenn sie ihrem Ziel, Haru zurückzubekommen, dadurch einen Schritt näher kam.

Sakurai öffnete die Türen zum Speiseraum. Der Anblick überraschte Kurara. In der Midori hatten die Angestellten das gegessen, was die Gäste übrig ließen, und sich in den leeren Bankettsälen an den Resten der Festessen bedient. Hier gab es neben der Tür zur Küche eine Warmhaltetheke mit Tabletts. Reihen langer Metalltische mit ordentlich daruntergeschobenen Stühlen glänzten im Licht.

Am anderen Ende des Raums saßen ein paar Mitglieder der Mannschaft und unterhielten sich. Noch mehr Sorabito. Die Männer trugen einfache gestärkte Hemden, die in den Bund ihrer Hakamas gesteckt waren. Die Kleidung der Frauen war ebenso ungewöhnlich; ihre Kimonos reichten nur bis zur Hüfte, darunter hatten sie Röcke an, die ihnen viel Beinfreiheit boten. Lederstiefel tippten auf den Boden. Statt eines Obi trugen sie breite Lederschärpen mit Schnallen. Kurara war überrascht, dass es hier überhaupt Frauen gab. Die Soldaten in der Midori hatten immer behauptet, mit Frauen an Bord zu fliegen, bringe Unglück.

Die Männer und Frauen nahmen Haltung an, als Sakurai den Raum betrat.

»Rühren.« Sakurai wedelte mit der Hand. »Himura ist wieder da, wie Sie sehen. Also lassen Sie uns aufbrechen. Kenji, suchen Sie Ichiro und sagen Sie ihm, auf dem Deck steht ein Qipak, das in den Hangar gezogen werden muss. Oder nein, sagen Sie ihm lieber gleich, dass er es auseinandernehmen und die Teile ausschlachten soll. Ich habe tote Verwandte, die flugtüchtiger sind als dieses Ding. Momo, begleiten Sie ihn.«

Mit zufriedener Miene sah Sakurai zu, wie seine Leute eilig seine Befehle ausführten. Dann ließ er den Blick suchend über den Rest der Gruppe gleiten. Er runzelte die Stirn.

»Wo ist Sayo? Ich habe ihr doch gesagt, sie soll sich hier einfinden.«

Die Leute murmelten untereinander, verstummten jedoch, als Sakurai ihnen einen strengen Blick zuwarf.

»Tomoe!«, sagte er zu jemandem weiter hinten und auf seinem Gesicht erschien ein schalkhaftes Lächeln. »Kommen Sie her, Tomoe!«

Die Mannschaft machte Platz, als ein Mädchen vortrat. Sie war etwa in Kuraras Alter. Auf den ersten Blick hatte ihr Gesicht nichts Bemerkenswertes an sich – ihre breite Nase und die Mandelaugen waren sicherlich kein Hingucker –, aber ihr Haar besaß einen Farbton, den Kurara noch nie zuvor gesehen hatte. Es war tiefrot und zu einem langen Zopf geflochten, der ihr bis unter die Schulterblätter reichte. Im Licht des Speiseraums leuchtete es wie ein brennender Fluss. Es musste gefärbt sein, obwohl Kurara keine Ahnung hatte, welche Pflanze eine solch kräftige Farbe erzeugte.

Wie die anderen trug das Mädchen einen abgeschnittenen Kimono. Darunter hatte sie einen grünen Faltenrock an, der am Saum mit weißer Spitze besetzt war und ihr bis zu den Knien reichte. Das Stück nackte Haut bis zu den Knöcheln war geradezu skandalös. Madam Ito hätte bei dem Anblick Schnappatmung bekommen.

Kurara zwang sich, woanders hinzusehen, zu Tomoes blassblauem Kimono, der an den Schultern heller war und zur Hüfte hin dunkler wurde und mit leuchtenden Mustern verziert war. Vögel, Vögel und noch mehr Vögel. Die Sorabito waren besessen von ihnen. Tomoes Ärmel waren mit Spatzen bedruckt, die zwischen roten Ahornblättern umherflogen. Ihren Obi zierten weiße Tauben. An der Hüfte trug sie ein Messer in einer kleinen Scheide, in deren Leder Kranichflügel geprägt waren.

Sakurai klopfte ihr auf den Rücken. »Kurara, das ist Kazeno Tomoe. Eine unserer Maschinistinnen.«

»Die *beste.*« Die Stimme des Mädchens klang seltsam melodisch, so als würde sie nicht sprechen, sondern singen.

»Tomoe, da Sayo nicht hier ist, können Sie bitte Miss Kurara herumführen?« Auf die Behauptung des Mädchens ging Sakurai nicht weiter ein.

Tomoe musterte Kurara vergnügt und neigte den Kopf. »Willkommen im Irrenhaus! Kazeno Tomoe, zu deinen Diensten! Wir von der *Orihime* beglückwünschen dich dazu, dass du so mutig und dumm bist, dich unserer kleinen Mannschaft anzuschließen!«

»Kurara. Das Vergnügen ist meinerseits, Miss Kazeno.« Kurara wusste nicht, was sie sonst sagen sollte. Madam Ito hatte ihr erzählt, dass die Sorabito direkt waren – »vulgär und ungesittet« waren ihre genauen Worte gewesen –, aber auf das hier war sie nicht vorbereitet gewesen.

»Du musst mich nicht Kazeno nennen«, sagte Tomoe. »Wir Sorabito haben keine Familiennamen, sondern sind nach unserer Heimatstadt benannt. Ich wurde auf Sola-Re geboren, also bin ich eine Kazeno. Genau wie alle anderen, die in dieser Stadt geboren wurden. So machen es die Sorabito, weißt du.«

Davon hatte Kurara noch nie gehört. Alles, was sie über die Welt wusste, verdankte sie dem Gerede der Diener und Dienerinnen, und was diese über die Sorabito erzählt hatten, wollte sie in höflicher Gesellschaft lieber nicht wiederholen.

»Wenn viele von uns auf einem Fleck sind, kann das ganz schön verwirrend sein«, fuhr Tomoe fort. »Wenn du zum Beispiel hier auf dem Schiff ›Hee, Hoshino!‹ rufst, melden sich gleich fünf Leute und fragen ›Was?‹! Die Hoshinos sind übrigens die Bewohner von Sola-Il, aber sprich sie bloß nicht drauf an. Wenn sie einmal anfangen zu reden, hören sie nicht wieder davon auf, dass Sola-Il die tollste der sieben Himmelsstädte sei und sooo viel Geschichte habe. Und ›*Oh, ist Sola-Il nicht überhaupt die beste von allen?*‹«

Die anderen Mannschaftmitglieder stießen empörte Rufe aus und Kurara zuckte zusammen.

»Sola-Il ist wirklich toll!«

»Keine Himmelsstadt lässt sich mit Sola-Il vergleichen!«

»Wo ist dein Stolz als Sorabito?«

Tomoe sah Kurara an und verdrehte die Augen. »*Siehst du?*«, flüsterte sie.

Kurara nickte. *Nichts Schlechtes über Sola-Il sagen*. Sie speicherte diese Information für ihr zukünftiges Überleben ab.

Kapitän Sakurai hob eine Hand, um die Wogen zu glätten. »*Tomoe.*« Seine Stimme klang warnend.

»Aye-aye, Captain.« Tomoe salutierte, ohne jedoch sonderlich schuldbewusst zu klingen. Dann schob sie Kurara aus dem Speiseraum, weg von der Mannschaft. Dabei musste sie eindeutig ein Grinsen unterdrücken. Ihre Augen leuchteten schelmisch.

»Komm mit!«, sagte sie. »Ich mache mit dir die *lustige* Führung!«

KAPITEL 11

Die »lustige Führung« bestand darin, dass sie sich die wichtigsten Bereiche der *Orihime* im Schnelldurchlauf anschauten. Kurara hatte Mühe, mit Tomoe Schritt zu halten, die eine Menge Fakten und Daten herunterratterte, die Kurara sicher morgen alle schon wieder vergessen haben würde.

»Das Schiff besitzt fünf Ebenen«, erklärte Tomoe. »Die unterste besteht aus Hangar und Maschinenraum. Wäscheschächte, Regenauffangrohre und Wasserleitungen führen zu den Frachträumen in der zweiten. In der dritten Ebene liegen die Mannschaftsquartiere, die Krankenstation und die Aufenthaltsräume und hier sind die Bäder, die Küche und der Speiseraum untergebracht. Das oberste Stockwerk ist das Deck.«

»Keine Rettungskapseln?« Kurara war gleich zu Anfang aufgefallen, dass sie fehlten.

Tomoe lächelte frech wie eine Brandstifterin. »Sorabito leben und sterben mit ihren Schiffen.«

Kurara wusste nicht, ob sie lachen oder in Panik verfallen sollte. Das war so ein wagemutiges und albernes Motto, und doch passte es zu den Sorabito.

Sie schaute sich im Gang um. An manchen Stellen hatten Metall und Holz eine andere Farbe. Offenbar war das Schiff dort mit allem, was gerade zur Hand gewesen war, repariert worden. Das zusammengestückelte Aussehen ließ das Schiff etwas altersschwach, aber gemütlich wirken. Ein Zuhause, an dem die Mannschaft so sehr hing, dass sie es mit ihrem Leben verteidigen würde. Wie es wohl sein mochte, sein Schicksal an ein Schiff zu ketten?

»Mit der Midori kann das hier bestimmt überhaupt nicht mithalten.« Tomoe führte sie an einer kleinen Wandnische vorbei. An einer Tür daneben hing ein Schild, auf dem stand: *Spart Wasser! Teilt euch ein Bad!* »Ah, die schwebende Welt! Das süße Paradies des Himmels!«

Nein, dachte Kurara und betrachte die zerschlissenen Vorhänge einer kleinen Fensterbank. Solche Gebrauchsspuren wären in der Midori niemals geduldet worden. Außerhalb der Quartiere der Diener und Dienerinnen war alles makellos, kalt und leer gewesen. *Das hier ist um Längen besser als die Midori.*

»Ich war nur eine Kellnerin. Ich konnte das alles nie wirklich genießen«, sagte sie.

»Bis Himura dich gefunden hat. Hat er dich mit seiner charmanten Art zum Mitkommen überredet?«

Kurara verzog das Gesicht. Himura schien eher ein Mann zu sein, der sie wie einen Sack Reis über die Schulter werfen würde.

Tomoe, die offenbar ihre Gedanken erraten hatte, lachte laut. Ihr sonniges Gemüt machte sie zu einer angenehmen Gesprächspartnerin. Sie hatte dasselbe träge Lächeln wie Haru, dieselben neugierigen Augen, denselben ruhelosen Blick.

»Sich einem Jägerschiff anzuschließen, kann am Anfang recht furchteinflößend sein.« Tomoe führte sie die Stufen zum dritten Stock hinunter. »Aber wir sind Profis. Wir jagen schon, seit … na ja, seit die *Orihime* gebaut wurde. Shikigami sind faszinierend, aber wir können nicht zulassen, dass sie Menschen Schaden zufügen.«

»Ja, wohl nicht«, sagte Kurara.

Aber Haru war nicht so gewesen. Oder war er einfach noch nicht an den Punkt gekommen? Wäre auch er mit der Zeit gewalttätig geworden? Nein, das konnte nicht sein. Sie musste daran glauben, dass Haru für mehr bestimmt war als für die Zerstörung.

»Natürlich sind nicht alle Shikigami böse. Akane zum Beispiel ist ein echter Schatz.« Tomoe lächelte.

»Akane?«, fragte Kurara, aber bevor Tomoe antworten konnte, öffnete sich im Korridor vor ihnen eine Tür.

Eine dürre Frau mit einer schwarzen Kastenbrille steckte stirnrunzelnd den Kopf heraus.

»Tomoe! Kapitän Sakurai hat gesagt, dass du zu mir kommst. Aber nicht, dass ich eine halbe Stunde auf dich warten muss!« Ihre Stimme klang scharf, jedes Wort ein Peitschenhieb.

»Die Zulassungspapiere!« Tomoe schlug sich mit der flachen Hand gegen die Stirn. »Ich schwöre, wir sind so schnell gekommen, wie wir konnten, Miss Fusa! Wir haben den Gängen des Schicksals getrotzt und die Treppe des Verderbens bezwungen, um hierher zu gelangen!«

Fusa schnaubte verächtlich und verneigte sich dann vor Kurara. »Das ist für Sie. Eine Kopie der Zulassungspapiere des Schiffes und Ihr neuer Ausweis«, sagte sie, als Kurara verwirrt die Stirn runzelte. »Sie mögen eine Erdbewohnerin sein und dazu noch eine Gestalterin, aber das hier ist ein Sorabito-Schiff, und das heißt, wir müssen uns doppelt absichern, damit das Militär keinen Grund hat, uns Schwierigkeiten zu machen. Ich habe Ihnen Papiere erstellt, die so blitzsauber sind, dass niemand etwas dagegen sagen kann. Sehen Sie zu, dass Sie alle Fragen dazu beantworten können, sollte sich einmal ein Soldat danach erkundigen.« Sie reichte Kurara eine kleine Schriftrolle und verschwand dann wieder in ihrem Raum.

Kurara löste die verknotete Schnur. Als die Schriftrolle sich öffnete, erkannte sie, dass es sich tatsächlich um Zulassungspapiere handelte, doch die Person, auf die sie ausgestellt waren, war ihr unbekannt. Zwar stand Kuraras Name darüber, alles andere gehörte jedoch zu einer Fremden. Den Nachnamen kannte sie nicht, und ihre Heimatstadt war ein Ort, von dem sie noch nie gehört hatte. Unter »Familie« standen die Namen einer Mutter und eines Vaters, denen sie nie begegnet war.

»Och, da hat Fusa dir aber einen langweiligen Nachnamen verpasst!« Tomoe spähte über Kuraras Schulter. »Du hättest was Cooleres verdient! Wie ›Kind des Mitternachtsdrachen‹ oder ›Göttin des Sternenstroms‹ oder so ähnlich!«

Kurara wusste nicht, was sie davon halten sollte. Obwohl sie sich an ihre Vergangenheit nicht erinnerte, gefiel es ihr nicht, dass man ihr so beiläufig eine – gefälschte – neue verpasste. Es war einfach nicht richtig und verursachte ihr ein mulmiges Gefühl.

»*Man hat Haru und dich in einer leeren Scheune gefunden. Ihr habt dort zusammen gelegen.*«

Das war alles, was sie über ihre Vergangenheit wusste. Vermutlich war das Ganze nicht so bedeutsam gewesen, dass es darüber irgendwo Aufzeichnungen gab, aber sie wünschte, es wäre so. Für sie war es bedeutsam.

Ihre Hände strichen über den Beutel mit Harus Herzstück.

Tomoe, die anscheinend ahnte, was in ihr vorging, legte ihr sanft eine Hand auf die Schulter. »Es ist nicht wichtig«, versicherte sie ihr. »Das ist nur fürs Militär. Wir sind ein Sorabito-Schiff, und die Beamten in den Häfen suchen bloß nach einer Ausrede, um uns das Leben schwer zu machen. Jemand aus deiner Familie zum Beispiel, der sich für ihren Geschmack zu sehr für die Unabhängigkeit stark macht, oder ein Nachbar, der irgendein Verbrechen begangen hat. Manchmal ist es leichter, sich einfach irgendwas auszudenken. Das heißt nicht, dass du alle anlügen musst, denen du begegnest. Oder dass du jetzt diese Person *bist*. Viele in unserer Mannschaft haben ausgedachte Familien oder eine ausgedachte Geschichte. Sogar ich.«

Kurara horchte auf. »Sogar du?«

»Mein Vater ist ein Penner. Er hat schon seit zehn Jahren keine richtige Arbeit mehr gehabt.«

»Und das reicht, dass du deswegen Probleme kriegst?«

»Ja, das reicht.« Tomoes Lippen verzogen sich zu einem bitteren Lächeln.

Das bin nicht ich. Kurara rollte die Schriftrolle zusammen und steckte sie in ihren Obi.

Tomoe streckte die Arme über den Kopf und ein Grinsen erschien wieder in ihrem Gesicht. »Genug der Schwarzmalerei! Lass uns an die frische Luft gehen!«

An Deck war es unfassbar hell. Sonnenlicht attackierte Kuraras Gesicht. Tosender Wind schlug ihr entgegen, packte die Ärmel ihres Kimonos und peitschte ihr die Haare in die Augen. In der Ferne schwebte eine Herde Kumuluswale vorbei, flaumig und regenschwanger. Ein summendes Heulen hallte durch die Luft. Aus der Distanz sahen die Wale wie seltsam geformte Wolken aus.

Obwohl die Midori in der Luft geschwebt hatte, war Kurara der Himmel dort durch die vergitterten Fenster betrachtet immer so weit weg vorgekommen. Hier war er dagegen so nah dran, dass sie das Gefühl hatte, ihn anfassen und in Flaschen abfüllen zu können. Die *Orihime* bewegte sich. *Sie* bewegte sich. Glitt durch den Himmel …

»Sag das noch mal!«

Kuraras Blick ging zur Mitte des Decks.

Im Schatten der roten Segel stand ein Mädchen in einem dunklen Kimono, umgeben von drei Männern. Die Männer schrien und gestikulierten wütend, während das Mädchen, das vielleicht ein oder zwei Jahre älter war als Kurara, sie mit trotzigem Stirnrunzeln anschaute.

»Ich hab gesagt: Sag das noch mal!«, brüllte sie.

Die Männer murmelten etwas, das Kurara nicht verstehen konnte. Bevor sie sich's versah, ballte das Mädchen die Hand zur Faust und verpasste einem der Männer einen kräftigen Kinnhaken.

Der dumpfe Aufprall hallte über das gesamte Deck.

»Oh, beim blauen Himmel!«, fluchte Tomoe. »Ich hol den Kapitän! Bleib hier und sorg dafür, dass niemand stirbt!«

»Stirbt?«, krächzte Kurara, aber Tomoe war bereits unter Deck gestürmt.

Der Kampf war inzwischen zu einer regelrechten Schlägerei ausgeartet. Von ihrem Aussichtspunkt auf dem Balkon konnte Kurara den knochigen Körper des Mädchens sehen. Sie bewegte sich wie eine Waffe, jeder Armschwung, jeder Schritt ein potenzieller Angriff. Leichtfüßig rannte sie übers Deck und stieß schwer atmend einen der Männer zu Boden.

Die beiden anderen griffen nach den Wischmopps und schwangen sie in ihre Richtung. Das Mädchen wich einem Hieb aus, der auf ihren Kopf gezielt war, dem anderen, der ihre Kniekehlen treffen sollte, konnte sie jedoch nicht entgehen. Sie stürzte zu Boden und schlug mit dem Kopf hart aufs Deck.

Die wollten einander tatsächlich umbringen.

»Halt!« Kurara rannte die Stufen hinunter.

Das Mädchen rollte sich herum und kam auf die Beine. Der Mann, den sie zu Boden gestoßen hatte, griff sich nun ebenfalls einen Wischmopp und schwang ihn nach ihr. Brüllend und mit geballten Fäusten wirbelte sie zu ihm herum.

»Hee!« Kurara trat zwischen die beiden und breitete die Arme aus, um sie voneinander zu trennen.

Der Stab des Wischmopps traf ihren verbrannten Arm mit solcher Wucht, dass sie die Erschütterung bis in den Ellbogen spürte. Es tat jedoch nicht weh. Eigentlich merkte sie gar nichts.

Ihr rechter Arm prallte direkt gegen die Nase des Mädchens. Kurara spürte die Wucht des Aufpralls, konnte ihn jedoch nicht mehr verhindern. Das Mädchen geriet ins Stolpern. Blut strömte ihr aus der Nase.

Kuraras Entsetzen war nur mit der Wut des Mädchens vergleichbar.

»Wer beim blauen Himmel bist du?« Die Augen des Mädchens funkelten zornig, während ihm das Blut über die Lippen und das Kinn tröpfelte.

War es so, wenn man sich einer Löwin gegenübersah? Von der Stupsnase bis zu den spitzen Augenwinkeln und den kantigen Ellbogen schien alles an dem Mädchen dazu gedacht, größtmöglichen Schaden anzurichten. Allein von ihrer Gegenwart ging eine wütende Bedrohung aus.

Bevor Kurara antworten konnte, packte das Mädchen sie am Kimono und riss sie nach vorn, sodass sich ihre Nasen fast berührten.

»Ich hab gesagt …«

»Was geht hier vor?« Eine strenge Stimme unterbrach sie.

Das Mädchen ließ Kurara los. Sie trat rasch einen Schritt zurück und salutierte, wobei sie trotz ihres blutverschmierten Gesichts einen äußerst professionellen Eindruck machte.

»Kapitän Sakurai, Sir!«

Sakurais Lächeln wirkte geradezu furchterregend. Wie ein Habicht, der eine Maus anlächelt, die er gleich verschlingen will. Die Männer nahmen sofort Haltung an und ließen klappernd ihre Wischmopps fallen. Sakurai sah von einem schuldbewussten Gesicht zum nächsten. Sein Blick blieb an Kurara hängen.

»Ah! Wie ich sehe, haben Sie Sayo gefunden, Miss Kurara.«

»Ähm … ja?« Kurara war sich nicht sicher, was hier vorging. Das blutende Mädchen funkelte sie so bedrohlich an wie eine Kohane, die mit voller Geschwindigkeit auf sie zuraste.

Sakurai legte lächelnd eine Hand auf die Schulter des Mädchens. »Sorano Sayo, unsere Navigatorin. Sie wird Ihre neue Zimmergenossin sein.«

KAPITEL 12

»Woher hast du die?«

Die Ärztin der *Orihime* war eine silberhaarige Frau, die die meisten Mannschaftsmitglieder überragte wie eine Kiefer, die von Hecken umgeben war. Als Kurara und Sayo in die Krankenstation gestolpert kamen, verengten sich ihre Augen sofort falkengleich. Sie eilte auf sie zu und packte mit ihren schmalen Händen erstaunlich kraftvoll Kuraras Arme, um sich die Blutergüsse darauf anzusehen. Kurara fuhr überrascht zusammen. »Von einem Wischmopp.«

Der Kampf war kurz gewesen. Sobald Kapitän Sakurai aufgetaucht war, hatte sich die Wut, die in der Luft lag, verflüchtigt und ein verbissenes »Er hat dies gesagt, sie hat das gesagt« begann, das bis zum Abend andauerte. Sakurai hatte sie alle mit einer Ermahnung davonkommen lassen und Kurara und Sayo befohlen, sich in der Krankenstation zu melden.

»Und das da? Woher stammt das?« Die Ärztin schob Kuraras Ärmel hoch und enthüllte die verfärbten Brandwunden an ihrem linken Arm.

»Da habe ich mich in einem Wald in der Nähe von Tomuri verbrannt. Aber es ist nicht schlimm. Es tut nicht weh.« Nichts zu spüren, war besser, als Schmerzen zu haben, oder?

Die Ärztin runzelte die Stirn. Kurara war noch nie bei

einer Untersuchung gewesen. Sie hatte den Eindruck, die Frau würde sie im Geist in Stücke schneiden, jedes einzeln betrachten und ihm eine Note von eins bis zehn verleihen.

»Du bist zu dünn. Iss das hier«, sagte sie. Sie reichte Kurara einen Teller mit kalter, in der Schale gebackener Süßkartoffel.

Kurara steckte sich ein Stück in den Mund. Es schmeckte wie Kreide.

»Übrigens blute ich.« Sayo ließ sich auf der Kante eines Betts nieder und stützte den Kopf in die Hände. Der Wattebausch in ihrer Nase, der die Blutung stillen sollte, ließ sie kaum weniger grimmig aussehen.

Sie ist meine Zimmergenossin. Kurara zwang sich, einen weiteren Bissen Kartoffel zu nehmen. Sie versuchte, das hohle Stechen in ihrer Brust loszuwerden, aber es gelang ihr nicht. Jahrelang war Haru ihr einziger Zimmergenosse gewesen, doch morgen früh würde sie in einer Welt erwachen, in der es sein schläfriges Gebrabbel und seine verwuschelten Haare, die unter der Bettdecke hervorlugten, nicht mehr gab.

Die Ärztin sagte nichts. Sie war zu ihrem Arbeitsplatz gegangen und mischte dort in einem Becherglas etwas zusammen. Sie tat alles Mögliche hinein: getrocknete Kräuter, Tropfen merkwürdiger farbiger Flüssigkeiten, einige Käferlarven und etwas, das verdächtig nach zermahlenen Knochen aussah. Der Inhalt des Becherglases nahm einen ekligen grünlichen Farbton an.

»Dr. Yuriha! Hören Sie mir überhaupt zu?«, grummelte Sayo.

Nun, da der Kampf vorbei war, hatte Kurara Gelegenheit, sich ihre neue Zimmergenossin genauer anzuschauen. Sayos schwarzes Haar ringelte sich über ihren Ohren und betonte ihre hohen Wangenknochen. Ihre Arme waren kräftig und an den Schultern wölbten sich schlanke Muskeln. Für eine Sorabito, die normalerweise viel Zeit in der Sonne verbrachten, war sie ziemlich bleich, aber ihre Körpergröße und ihre Haltung – so als würde sie auf Wolken laufen – waren typisch für ihr Volk.

»Hast du aufgegessen? Gut. Jetzt trink das hier.« Die Ärztin reichte Kurara das Glas mit der schlammig grünen Flüssigkeit. Sie roch wie Abwasser und schmeckte auch genauso schlimm.

»W-was war das?«, stotterte Kurara. Die Medizin lag ihr wie ein Stein im Magen.

»Eine Tinktur, um deine Seele vom Bösen reinzuwaschen.«

»Wie bitte?«

»Du hast Vögel gegessen, oder? In der Midori?«

Sayo würgte.

Kurara lief rot an. Es stimmte, sie hatte tatsächlich Vögel gegessen – als Angestellte in der Midori konnte man beim Essen nicht wählerisch sein –, aber auf der *Orihime* war das in etwa so, als hätte sie eine Leiche verspeist. So viel wusste sie immerhin über die Sorabito: Ihrer Überzeugung nach trugen Vögel die Seelen der Toten in sich. Deshalb ließen sie ihre Toten auch von Aasfressern zerpicken und schüttelten sich bei dem Gedanken, sie zu begraben oder zu Asche zu verbrennen. Kurara blickte auf ihre Füße und nickte.

»Schon gut«, beruhigte sie die Ärztin. »Wir verstehen, dass du keine von uns bist. Aber solange du dich auf diesem Schiff aufhältst, wirst du so leben wie die Sorabito. Komm in ein paar Tagen wieder für die nächste Dosis. Du musst das jetzt einen Monat lang einmal die Woche trinken.«

»Einen ganzen Monat lang?!«

»Willst du etwa, dass deine Seele auf ewig verdammt ist?« Dr. Yurihas Augen verengten sich zu Schlitzen.

»Kommt drauf an«, murmelte Kurara. »Zwingen die Dämonen einen, im Yomi Jauche zu trinken?«

»Wie war das?«

»Ich will, dass meine Seele gerettet wird«, sagte Kurara brav.

»Gut.« Die Ärztin klopfte ihr auf den Rücken und entließ sie.

Tomoe wartete draußen, als Kurara endlich aus der Krankenstation gestolpert kam.

»Wie fühlst du dich?«, fragte sie.

»Als hätte ich aus einer Toilette getrunken«, sagte Kurara, und als Tomoe verwirrt die Stirn runzelte, fügte sie hinzu: »Ich habe Vögel gegessen.«

Sie wartete auf Tomoes angeekelten Gesichtsausdruck, aber das Mädchen lachte nur und sagte: »Ach ja, die wunderbare Reinigungsprozedur! Tut mir übrigens leid, dass ich dich vorhin auf Deck zurückgelassen habe. Ich hätte nicht gedacht, dass du dich tatsächlich in eine Schlägerei einmischst.«

Bevor Kurara ihre Übelkeit hinunterschlucken konnte, um zu antworten, kam auch Sayo in den Gang hinaus. Ihre Blutergüsse waren mit einer Salbe beschmiert, die nach Yuzu roch, und ihre Nase blutete nicht mehr. Als sie Tomoe sah, lief ihr Gesicht sofort rot an und sie schaute finster drein.

»Tomoe.« Ihre Stimme klang seltsam erstickt. »Danke vielmals, dass du den Kapitän gerufen hast. Seine Strafpredigt hat drei himmelsverfluchte Stunden gedauert!«

Tomoes Grinsen war so strahlend wie die elektrischen Lichter über ihnen. »Aber gern doch, Sayo.«

Sayos Ausdruck wurde mordlustig. Kurara wäre am liebsten zurückgewichen, aber Tomoe lachte nur. Sayos Wut schien sie zu erheitern.

»Eigentlich wollte ich bloß nachsehen, ob es dir gut geht, Kurara. Gratuliere, du hast deinen ersten Tag überstanden! Wir sehen uns morgen. Wir auch, Sayo.« Sie salutierte und ging dann eilig davon.

Sayo und Kurara blieben vor der Krankenstation stehen und musterten einander.

»Dass ich mir jetzt mein Zimmer mit einer Vogelesserin teilen muss, brrr.« Seufzend fuhr sich Sayo mit der Hand durch ihr kurzes Haar. »Erdbewohner machen nur Ärger.«

»Ich bin keine Erdbewohnerin«, wollte Kurara protestieren, aber eigentlich stimmte das ja nicht, oder? Alle, die am Erdboden geboren wurden, egal woher sie stammten, galten als Erdbewohner. Selbst wenn sie sich nicht daran erinnern konnten.

»Na gut, dann komm mal mit«, sagte Sayo.

»Wohin?«

Das Mädchen schaute sie an, als hätte sie gerade gefragt, welche Farbe der Himmel hatte. »Zu meinem – *unserem* – Quartier natürlich.«

Es war schon fast Zeit, das Licht zu löschen. Die Sonne blutete in den Himmel; durch die Bullaugen fiel orangefarbenes Licht herein. Kurara ging hinter Sayo her, eine kurze

Metalltreppe hinunter und einen langen Korridor entlang, der von Papiertüren gesäumt war.

Vor der letzten Tür am Ende des Ganges blieb Sayo stehen. Sie stützte sich mit einer Hand am Türrahmen ab und stieß zittrig die Luft aus. Ihre Wut war noch da, aber sie war beherrscht, summte unter ihrer Haut. »Du hättest dich nicht einmischen sollen. Ich hatte alles unter Kontrolle. Den Kapitän zu holen, macht alles nur noch schlimmer.«

»Vielleicht habe ich mich ja eingemischt, um den armen Mann zu schützen, dem du einen Fausthieb verpasst hast«, sagte Kurara.

Sayo schnaubte. »Die Deckarbeiter benehmen sich wie ein Haufen Dreijährige«, sagte sie, als sie die Tür öffnete.

Im Inneren ihrer Kabine sah es chaotisch aus. Durch einen schmalen Fensterschlitz konnte Kurara ein Stück des Nachthimmels sehen. Im grellen elektrischen Licht leuchtete der Raum weiß, aber es waren die Wände, die ihren Blick anzogen. Sie waren von oben bis unten mit Land- und Himmelskarten und hastig hingekritzelten Wetterberichten bedeckt, kein Zentimeter war mehr frei. Als Kurara den mit Tatamis ausgelegten Raum betrat, fielen ihr die winzigen farbigen Reißzwecken auf, die in die Papiere gestochen waren, manche in Gruppen beieinander, andere weit über die Karten verteilt. Sie waren über kurze Schnüre miteinander verbunden, wie im Besprechungsraum eines Kommandostabs.

Einen Moment lang betrachtete Kurara die Wände. *Wenn doch bloß Haru hier wäre.* Sie umklammerte seinen Beutel. Es gab einen ganzen Berg von Dingen, die sie nicht verstand, aber zu seinem Gipfel hochzusteigen, wäre weniger furchterregend gewesen, wenn Haru bei ihr wäre.

Sayo kramte im Schrank nach einem zweiten Futon und drückte Kurara das Bettzeug in die Hand.

Kurara schwankte unter dem Gewicht. »Also … Zimmergenossinnen.«

Wenn sie auf so engem Raum zusammenleben sollten, wäre es gut, etwas mehr über Sayo in Erfahrung zu bringen. Außer dass sie einen kräftigen Kinnhaken hatte und es nicht mochte, wenn sich jemand Wohlmeinendes in ihre Kämpfe einmischte.

Sayo machte ein Geräusch, als würde ihr die Seele durch die Zähne herausgesaugt. »Erinnere mich nicht daran. Lass uns morgen reden. Es ist schon spät.«

Wie zur Bestätigung verdunkelten sich in diesem Moment automatisch die Lichter. Kurara breitete ihr Bett aus und schlüpfte unter die Decke. Doch der Schlaf wollte sich nicht einstellen. Der Futon war nicht unbequem, aber mit dem in der Midori war er nicht zu vergleichen. Er war zu dick und das Kissen zu weich. Außerdem roch das Bettzeug irgendwie falsch. Die Motoren der *Orihime* brummten, aber sie waren zu leise, nicht wie das lärmende Dröhnen der Levistein-Brenner.

Kurara lag auf dem Rücken und starrte die papierbedeckten Wände an. Mit einem Fingerschnipsen löste sie eine Karte des Kaiserreichs von der Wand. Sie schwebte über ihr in der Luft und faltete sich zu einer Lotusblüte.

»Lotus wächst im Schlamm«, hatte Haru ihr einmal gesagt. *»Vom Grund trüber Seen wuchert er nach oben, um an der Wasseroberfläche Blüten zu bilden.«*

Haru liebte Lotus. Die Pflanze erinnerte ihn an die, die in ihrer Heimat in den Bergen gewachsen waren. Einmal hatte

Kurara ihm gesagt, dass sie die Blüten hässlich fand. Ihr war klar gewesen, dass sie damit seine Gefühle verletzte, aber sie hatte es sattgehabt, ständig an die Lücke zwischen ihnen erinnert zu werden: eine Distanz aus verlorenen Erinnerungen, die Kurara nicht überbrücken konnte, sosehr sie sich auch mühte.

Sie wünschte, zurückgehen und sich entschuldigen zu können. Hatte Haru gewusst, dass er ein Shikigami war, und es vor ihr geheim gehalten, weil er Angst hatte, sie könnte deshalb wütend werden?

Der Papierlotus drehte sich über ihr im Kreis. Vielleicht war Haru auf dieselbe Art entstanden: Falte um Falte, die seine Hände bildeten, seinen Daumen, die Krümmung seines Mundes. Wer hatte ihn erschaffen und wie war er an Kuraras Seite gelandet? War er wirklich ein uraltes Geschöpf, wie Himura behauptet hatte?

Sie würde der Sache auf den Grund gehen. Sobald Haru seinen Körper wiederhatte, würde sie ihn so lange kopfstellen und schütteln, bis Antworten herausfielen.

Ihre Lider schlossen sich. Endlich fand der Schlaf sie doch noch und zog sie ins Nichts hinab.

KAPITEL 13

Die *Orihime* war kein einfaches Jägerschiff, sondern besaß genauso viel Geschichte wie ihre menschliche Besatzung. Himura kannte jeden Zentimeter des Schiffes von der Delle am Bug, wo eine vorbeifliegende Kohane sie gerammt hatte, bis zu den Rußflecken auf den Kanonen. Er strich mit den Fingern über einige raue Kerben im Holz – Spuren der Langeweile, die die Wachen in ereignislosen Nächten hinterlassen hatten. Im Frachtraum, der einmal eine Bibliothek gewesen war, hing noch der muffige Geruch alten Papiers in der Luft.

Diese kleinen Makel zeigten, wie sehr die Mannschaft ihr Schiff liebte, aber Himura hatte es nie als seine Heimat betrachtet. Ein Teil seines Herzens lag immer noch unter den Ruinen seiner Heimatstadt begraben, die von der Papierschildkröte zertrampelt worden war. Genau wie die sterblichen Überreste seiner Eltern, die ihm abends vor dem Zubettgehen immer leise Geschichten über ihre Vorfahren erzählt hatten.

»Früher, vor langer Zeit, haben wir Gestalter über das Land geherrscht. Damals waren wir so viel mehr, als wir es heute sind.«

Über die alten Gestalter hatten seine Eltern gesprochen,

als seien sie Götter gewesen, und sie waren mit der Sehnsucht nach einer Vergangenheit gestorben, von der sie nur träumen konnten. Eine Vergangenheit, die in den Büchern von Prinzessin Tsukimis Bibliothek unter Verschluss war.

Himuras Schritte in den leeren Gängen beschleunigten sich. Er drückte einen mechanischen Vogel an seine Brust. Die Silbermöwe war zu groß, um in eine Hand zu passen. Das Federwerk in ihren Flügeln war verbogen. Es sah sicher albern aus, wie er den Vogel an sich drückte wie einen Säugling, aber es war niemand da, der ihn sehen konnte.

Auf dem Schiff herrschte ein präziser Ablauf: Um sechs fanden sich die Piloten in der Andockbucht ein, um sieben begann die Wartung, von drei bis fünf und ein zweites Mal von sieben bis acht wurden Übungen durchgeführt, freitags waren die Maschinisten in den Kesselräumen, montags im Maschinenraum und samstags auf den Geschützplattformen.

Die Mannschaftsmitglieder bewegten sich wie Ameisen in einem fliegenden Ameisenhügel, gleich einem Uhrwerk immer im Kreis. Ihre Aufenthaltsorte waren stets vorhersagbar. Als Himura zur untersten Ebene ging, fand er Tomoe genau dort, wo er sie erwartet hatte: im Maschinenraum. Sie saß neben den Heizkesseln der *Orihime* und drückte ihr Ohr an die glatte Rundung des Metalls.

Die Motoren brummten. Flammen knisterten und tanzten hinter den vergitterten Kesselöffnungen. Die meisten Leute hätten die Hitze im Maschinenraum als drückend empfunden, aber Himura mochte die Dunkelheit und Wärme. Auch wenn es ihm lieber gewesen wäre, wenn es hier weniger offenes Feuer gegeben hätte.

Himuras Schritte hallten über den Boden des Maschinenraums. Schneeweißes Papier tanzte hinter ihm her und bildete einen Schwarm zwitschernder Spatzen. Die Vögel verschmolzen zu einem Wolf mit sich kräuselndem Papierfell und wurden dann zu einem Paar Katzen, die um seine Knöchel strichen. Er liebte einen guten Auftritt.

»Himura, du bist aber früh wach.« Tomoe klang so, als wäre sie überrascht, ihn zu sehen. Er selbst musste sich an keinen Zeitplan halten, außer seinen eigenen. Wenn es nicht gerade Zeit für die Jagd war, durfte er tun und lassen, was er wollte.

»Kannst du die hier reparieren? Sie fliegt immerzu gegen die Wände.« Ohne Vorwarnung warf er Tomoe die mechanische Möwe zu.

Das Mädchen gab gurrende Laute von sich, als würde es sich um ein echtes Tier handeln. »Natürlich fliegt sie gegen die Wände. Ihr Getriebe ist kaputt, das arme Ding.«

Himura begriff nicht, warum die Sorabito so besessen von Vögeln waren – sogar mechanischen. Es gab vieles über die Mannschaft, das er nie verstehen würde.

»Und wie lange wird es dauern, sie zu reparieren? Ich möchte einen Brief losschicken.«

Tomoe keuchte gespielt überrascht auf. »Aber Himura, hast du etwa mit jemandem Freundschaft geschlossen? Eine Brieffreundschaft?«

Himuras rechter Augenwinkel zuckte. »Er geht an die *Hikoboshi*. Kapitän Sakurai hat mir erzählt, dass sie vor Kurzem eine Kiste mit alten Büchern auf dem Schwarzmarkt gefunden haben.«

»Verstehe. Noch mehr Bücher über Shikigami und die Gestalter von früher, ja?«

»Es ist die einzige Möglichkeit, wie ich mehr über mein Volk in Erfahrung bringen kann.« Natürlich konnte es sein, dass die alten Bücher nicht das enthielten, wonach er suchte. Berichte über Gestalter waren so schwer aufzuspüren wie ein Fussel in einem Sack Reis. Und die wenigen, die ans Tageslicht kamen, schnappte sich meist Prinzessin Tsukimi. Es war vergebliche Mühe, aber Himura konnte es dennoch nicht lassen.

»Früher waren wir so viel mehr«, hatten seine Eltern gesagt. *»So viel mehr.«*

»Wer anderen erzählt, was ihm wichtig ist, verrät damit seine Schwächen. Das hat mein Vater immer gesagt.« Tomoe bastelte an den Flügeln des mechanischen Vogels herum. »Aber ich hasse meinen Vater, deshalb sage ich: Geh ruhig und jag deinen Träumen nach! Was ist das da?« Sie deutete auf die Papiere unter Himuras Arm.

»Sayos Berichte. Die sollen ebenfalls zur *Hikoboshi.*«

Die Schiffe der Sorabito standen in regem Austausch miteinander und blieben mithilfe der mechanischen Vögel in Kontakt. Hier draußen gab es viele Gefahren; Stürme und Shikigami und unberechenbare Himmelswale. Die Luftschiffe tauschten Informationen aus, um sich zu schützen.

Himura blätterte durch die Papiere. Bei den meisten ging es um Wettersysteme und Luftdruck. Nur der letzte Bericht weckte sein Interesse: *Militärschiffe beim Kumokiri-Gebirge und im Umkreis gesichtet. Offiziere durchsuchen Schiffe nach BOMBEn.*

Aus Gesprächen mit Sayo wusste Himura, dass »BOMBE« ein Codewort war. Man konnte nie wissen, wann ein Militärschiff, das nichts Besseres zu tun hatte, ihre Botschaften abfing. Die Berichte, die die Schiffe untereinander austauschten, enthielten deshalb absichtlich nichts, das die Erdbewohner wütend machen könnte. »Suchen nach BOMBEn« würde das Militär nur für eine merkwürdige Formulierung halten, aber die Sorabito kannten die wahre Bedeutung.

BOMBEn hieß: es krachen lassen. Spaß haben. *Offiziere durchsuchen Schiffe nach Lust und Laune*. Mit anderen Worten: Sie suchten nach einem Vorwand, um sich wichtigzumachen und dabei vielleicht ein bisschen was mitgehen zu lassen. Er reichte den Bericht Tomoe, die einen angewiderten Laut von sich gab.

»Militärpatrouillen! Warum können die uns nicht einfach in Ruhe lassen? Wir tun ihnen einen Gefallen, indem wir Shikigami jagen. Die sollten wirklich dankbarer sein!«

Mit einem Fingerschnipsen ließ Himura den Bericht aus Tomoes Hand fliegen und eine Rolle in der Luft machen, bevor er ihn wieder auffing.

»Wie lautet dieser Spruch von euch Sorabito? ›Lass dich nicht von den Würmern fressen.‹ Wenn man wütend wird, liefert man ihnen bloß einen Grund, einem Ärger zu machen«, sagte er, obwohl er auch einen Funken Mitgefühl verspürte. Die Gesellschaft war wie eine Leiter: Ganz oben stand die kaiserliche Familie, die Erdbewohner waren in der Mitte und die Sorabito ganz unten. Ständig wegen des Militärs auf der Hut sein zu müssen – weil man nie wusste, wann ein gelangweilter Soldat einem eins auf den Deckel geben wollte –, war auf die Dauer ziemlich anstrengend. Wer ganz unten auf der Leiter stand, hatte ständig jemanden über sich, der auf ihm herumtrampelte.

»Du hast gut reden«, schnaufte Tomoe.

»Ich arbeite für ein Sorabito-Schiff, oder nicht? Ich stehe auf der untersten Stufe, genau wie ihr.«

Für Gestalter gab es eine andere Leiter. Sie wurden danach beurteilt, für wen sie arbeiteten. Weil Himura sich der *Orihime* angeschlossen hatte, war er weniger angesehen als ein Gestalter beim Militär und noch weniger als einer, der dem Kaiser und seiner Familie diente.

»Aber zumindest hast du die Chance, höher aufzusteigen.« Tomoe zog das Messer, das sie an der Hüfte trug.

Das Tantō war edler als alles, was Tomoe sonst am Leib hatte, mit Vogelgravuren am Griff, dennoch drehte sie die schöne Waffe achtlos herum und benutzte die Spitze dazu, um das Fach in der Brust der mechanischen Taube zu öffnen.

»Ich werde das nur einmal sagen«, meinte Tomoe, »aber wenn du uns jemals verlassen solltest, um ein Leben als Schoßhund des Kaisers zu führen, werde ich es dir nicht verübeln. Na ja, an sich schon, aber nur weil ich an den weißen Reis und das Rindfleisch denken werde, die du dort zu essen bekommst. Für wen würdest du lieber arbeiten? Den Kaiser? Oder Prinzessin –?«

Papierschnipsel wirbelten wie Wespen um Himura herum. Tomoe zuckte zusammen. Ihre Hand packte unwillkürlich das Tantō fester.

»Früher haben die Gestalter über Mikoshima geherrscht. Ich würde mich niemals so weit erniedrigen, dass ich dem Kaiser und seiner Familie diene. Außerdem würden sie mich wahrscheinlich auch gar nicht nehmen – ich habe einmal versucht, Prinzessin Tsukimi zu bestehlen.«

Ein ungläubiges Lachen brach aus Tomoes Kehle hervor.

»Im Ernst? Warum habe ich davon noch nichts gehört? Und du hast es tatsächlich überlebt?«

Himura wünschte, er könnte die Geschichte mit Stolz erzählen. Stattdessen machte er stets einen Bogen darum, als sei es eine verschorfte Wunde, die jeden Moment wieder aufbrechen konnte.

»Ich habe überlebt. Ich bin ja hier, nicht wahr?«

Etwas an seinem Tonfall schien sie hellhörig zu machen. Ihr Blick wurde durchdringend. Wann immer sie ihn so ansah, hatte Himura das Gefühl, sie wollte ihn in seine Bestandteile zerlegen. Sie strich mit den Fingern über die offene Brust der mechanischen Möwe, schob die Zahnräder wieder an die richtigen Stellen und schloss das Fach.

»Hier«, sie reichte Himura den Vogel, »jetzt fliegt sie wieder.«

ZWISCHENSPIEL

Ach, wäre ich Schmutz!
Wären mir die Füße gleich,
die auf mich treten.
Was gibt es im Himmel denn,
noch göttlicher als das Nichts?

- Aus: Der brave Staatsbürger
(vom Patriotenamt genehmigt)

Du hast ihn in eine Kiste gesteckt? Wirklich?«, fragte Rei. Inuis Gürtel aus Papierhänden wackelte mit den Fingern. »Wo sollte ich sonst einen riesigen Drachen unterbringen?«

Ihr herablassender Ton stachelte Reis Wut an. Er hatte sich auf Prinz Ugetsus Abmachung eingelassen – Freiheit im Tausch für den Tod seiner Schwester, die Unabhängigkeit der Himmelsstädte als Gegenleistung für den Thron –, aber er hatte immer noch seinen Stolz. Der Anführer der Sohma war *er*. Und damit war er für den Plan zuständig, nicht Inui. Ihre Worte reizten ihn.

»Na gut«, knurrte er. »Er wird keinen Ärger machen, oder?«

Inui schritt wie eine Geistererscheinung über Tomuris Marktplatz, glitt durch die Menge, ohne von jemandem berührt oder auch nur bemerkt zu werden. »Selbst ein verrücktes Shikigami lässt sich noch ein Stück weit beherrschen. Mach dir keine Sorgen. Ich habe gerade genug Macht über ihn, dass er seine Aufgabe erfüllen wird«, versicherte sie ihm.

Rei war davon nicht ganz überzeugt, aber er hatte keine Ahnung, wie die Gestalter diese Bestien unter Kontrolle hielten. Er ließ das Thema fallen. Was immer Inui getan hatte, damit das Ding ihr gehorchte, es war nicht sein Problem. Er hatte Dringenderes im Sinn.

»Wir sollten uns darauf konzentrieren, den Drachen nach Sola-Il zu schaffen«, sagte er. »Wir lassen ihn auf einem Schiff in die Stadt bringen. Ich kenne einen Mann, der alles liefert, solange der Preis stimmt. Dann werde ich …«

»Du machst es zu kompliziert.« Die Scheinwerfer vorbeifahrender Straßenbahnen flackerten über Inuis Gesicht. »Sola-Il von hier zu erreichen, dauert mindestens zwei Wochen. Ist zu diesem Zeitpunkt nicht ein Fest geplant? Irgendwas mit Sternen?«

»Das Fest des siebten Sterns.« Rei runzelte die Stirn. Er konnte es nicht leiden, unterbrochen zu werden.

»Ja, genau das. Während dieser Zeit werden reichlich Schiffe an- und abreisen. Benutz das Fest als Ablenkung, um den Drachen in die Stadt zu schmuggeln.«

Rei verkniff sich eine scharfe Erwiderung. Er brauchte keine Ratschläge von der alten Schachtel.

»Ich entscheide, wie ich vorgehen werde, wenn ich den Drachen gesehen habe«, sagte er knapp.

Als sie den Fluss Tomuri erreichten, lag der Duft von Ramen-Brühe in der Luft, begleitet vom stechenden Geruch von Alkohol. Das Keifen einer Frau hallte über das Wasser.

»Warum begreifst du nicht, dass ich diese Gegend hasse? Es ist alles so furchtbar hier. Ich wünschte, ich hätte den Himmel niemals verlassen!«

Die Frau am Flussufer schrie ihren Gefährten an, ohne auf die Gaffer zu achten, die sie damit anlockte. Ihr Akzent ließ Rei aufhorchen. Sorabito und Erdbewohner sahen sich auf den ersten Blick ähnlich, aber sobald jemand den Mund aufmachte, wusste man sofort, woher er oder sie kam.

Der rollende Sorabito-Akzent der Frau war trotz ihres Geschreis eindeutig erkennbar. Rei fand ihn weitaus angenehmer als den hässlichen Akzent der Stadtbewohner.

»Ach, halt die Klappe, du verfluchte Himmelsratte!« Jemand warf einen Stein auf die Frau.

Rei wandte sich vom Geschehen ab und überließ es der Frau, sich selbst zu verteidigen. Auch wenn er liebend gern dazwischengegangen wäre, hatte er seinen Töchtern immer eingebläut, sich in nichts einzumischen, wovon man nichts hatte. Diese Frau zu retten, würde den Himmelsstädten nicht die Freiheit bringen.

Dennoch war er schlechter Stimmung, als sie den Hafen erreichten. Tomuri war eine alte Stadt, die zu einer Zeit erbaut wurde, als es noch keine Luftschiffe gab. Bis heute hatte sie kein Himmelsdock. Luftschiffe landeten auf dem Wasser und machten wie gewöhnliche Boote im Hafen fest. Der Anblick machte Rei wütend. Ein stolzes Luftschiff zu zwingen, wie ein einfaches Fischerboot ins Wasser zu plumpsen, war regelrecht eine Beleidigung.

Inui führte ihn an den Reihen ölverschmierter Frachtkähne, den rissigen Steinpfeilern und dem tintenschwarzen Wasser vorbei zu einem großen, schlanken Luftschiff, das auf den Wellen schaukelte. In den Bullaugen brannte kein Licht. Der Landesteg war hochgezogen und die gelben Segel gerefft, als sei niemand an Bord, aber als sie näher kamen, rief jemand vom Deck herunter: »Inui? Rei? Da sind Sie ja!«

Rei erkannte die Stimme und auch das Schiff.

»Nao?«

Ameno Nao gab sich keine Mühe, seine Herkunft als Sorabito zu verbergen. Sein Kimono wurde von großen bunten Mustern geziert, seine Ärmel waren wie eine Flickendecke zusammengestückelt. Mit seinen hohen Wangenknochen und den breiten Schultern bot er einen beeindruckenden Anblick. Sein Schiff, die *Hishaku*, war eines der größten Händlerboote im Hafen und die perfekte Tarnung, um zwischen den Himmelsstädten und dem Erdboden hin und her zu reisen und die Sohma mit Informationen zu versorgen, ohne Verdacht zu erregen.

Reis Stimmung verdüsterte sich. Ameno Nao war nützlich, aber zu weich. Ein Schwächling. Rei hatte immer den Eindruck, dass ihm sein Beruf als Händler wichtiger war als die Sohma.

Er hatte nicht erwartet, Nao hier zu treffen, und das allein ließ ihn die Stirn runzeln.

»Rei! Die ehrenwerte Inui hat mir alles erzählt. Kommen Sie! Kommen Sie rein!« Nao ließ den Landesteg hinab und holte sie an Bord.

»Es ist gut, dass wir uns auf deinen Kameraden verlassen können. Ich habe Nao gebeten, den Drachen in seinem Schiff unterzubringen.« Inui legte eine Hand auf Reis Schulter.

Verärgerung regte sich in ihm. Auch wenn Nao ein Schwächling war, so war er dennoch einer von *seinen* Männern. Inui hatte kein Recht, ihm Befehle zu erteilen und Entscheidungen zu treffen, ohne Rei darüber in Kenntnis zu setzen. Damit umging sie seine Befehlsgewalt und seine Pläne. Das Ganze stieß ihm sauer auf.

Im Inneren des riesigen Rumpfes der *Hishaku* lag der Drache zusammengerollt in seiner Kiste, als würde er schlafen. Die Vorderseite der Holzkiste stand offen, sodass Rei den Drachen aus der Nähe betrachten konnte: seine spitzen Barthaare, die scharfen Krallen, die Hörner, die aus einer langen Papierfellmähne hervorragten. Sein gewaltiger Körper war zusammengeringelt wie eine Schlange. Weiße Papierschuppen glänzten im trüben Lampenschein. Solange Inui in der Nähe war, blieb der Drache friedlich, aber Rei fand ihren Einfluss auf die Bestie eher ärgerlich als beruhigend. Er wollte Inui nicht noch mehr Macht geben, als sie ohnehin schon besaß.

»Erstaunlich, nicht wahr?« Inui seufzte. Ein sehnsüchtiger Blick erschien in ihrem Gesicht, ganz anders als der Ausdruck der boshaften Schadenfreude, den sie sonst zur Schau stellte.

»Ich kann nicht glauben, dass das ein echtes Shikigami ist!« Ehrfurchtsvoll schaute Nao zu der Bestie hoch.

»Nicht anfassen, Nao!«, fauchte Rei, als der Händler die Hand nach der Schnauze des Drachen ausstreckte. Er war wütend, dass Nao Inui gehorcht hatte. Eigentlich sollte es eine Befehlskette geben. Alle Anweisungen sollten von ihm erfolgen.

Nao riss die Hand zurück. »Verzeihung«, sagte er verlegen.

»Ich will nur nicht, dass Sie verletzt werden. Meine Leute

liegen mir sehr am Herzen.« Rei lächelte mit zusammengebissenen Zähnen.

Inuis gackerndes Gelächter hallte von den Wänden wider. »Hier ist der Plan: Nao wird dich und den Drachen zur Himmelsstadt bringen. Während des Fluges muss er in der Kiste bleiben und die Kiste im Bauch des Schiffes. Bevor ihr Sola-Il erreicht, lasst ihr die Wachen an der Anlegestelle von jemandem schmieren, um die Inspektion zu umgehen.«

Rei sog erstickt die Luft ein. »Ich habe dir doch gesagt, mein Plan ist es …«

»Alles ist schon in die Wege geleitet. Nao ist bereit, dich und deine Männer nach Sola-Il zu bringen, nicht wahr?«, sagte Inui. Nao nickte und strahlte dabei wie ein Idiot.

Rei würde sie umbringen. Er würde Inui den dürren Hals zudrücken, ihr die knochigen Beine brechen.

Alles, was ich tue, ist für die Sohma. Zum Ruhm der Sorabito. Das sagte er sich wieder und wieder, bis er sich beruhigt hatte. Wenn es ihn seinem Ziel, die Himmelsstädte zu befreien, einen Schritt näher brachte, dann konnte er seine Pläne an Inuis Vorschläge anpassen. Er war immer noch derjenige, der den Drachen nach Sola-Il bringen musste – derjenige, der das Shikigami auf den Sommerpalast loslassen würde.

Er war der Anführer.

»Wenn wir in Sola-Il angekommen sind, müssen wir den Drachen so schnell wie möglich von der Anlegestelle wegbringen. Die Sohma besitzt mehrere Lagerhäuser. Ich werde dafür sorgen, dass eins davon frei ist, damit wir dort unterkommen und auf den richtigen Moment für den Angriff warten können«, schlug er vor.

»Gute Idee«, sagte Inui. »Siehst du, Rei? Du trägst ja doch etwas bei!«

Rei verkniff sich eine unflätige Antwort. Er wusste, dass sich Inuis selbstgefälliges Lächeln in sein Gedächtnis einbrennen würde. Er würde es noch vor sich sehen, wenn sie längst gegangen war.

»Ich muss jetzt los«, sagte sie. »Ich werde auf eigene Faust nach Sola-Il reisen. Hoffentlich sehen wir uns dort.«

»Du gehst?« Auch wenn er Inui nicht mochte und ihr misstraute, war sie der Grund, weshalb das Shikigami sich so friedlich verhielt.

»Ich muss noch beim Schwarzmarkt vorbeischauen und ein paar Bücher über Shikigami kaufen. Prinzessin Tsukimi ist meine Abwesenheit nur deshalb nicht aufgefallen, weil sie denkt, dass ich ein Päckchen für sie zusammenstelle. Ihre Hobbys machen sie für alles andere blind.« Inui schnaubte. »Ihr kommt auch ohne mich zurecht. Der Drache wird ruhig bleiben. Zumindest die zwei Wochen, bis ihr die Stadt erreicht habt.«

Zwei Wochen waren knapp bemessen. Rei war sich sicher, dass Inui es genau so geplant hatte. Gerade genug Zeit, um Sola-Il zu erreichen, aber nicht, um Dummheiten zu machen, wie etwa, das Shikigami woanders hinzubringen.

»Für die Sohma!« Nao salutierte. Inui ging mit einem Lächeln von Bord, ihre Papierhände winkten über ihre Schulter, als sie in der Nacht verschwand.

Verärgert griff Rei nach seiner Pfeife. Seine Töchter würden mit ihm schimpfen, weil er sein Versprechen gebrochen hatte, das Rauchen aufzugeben, aber sie waren nicht hier, um ihm deswegen in den Ohren zu liegen. Außerdem war ihm nur seine älteste Tochter wirklich wichtig, und sie hasste ihn für weitaus mehr als für seine schlechten Angewohnheiten.

Der Rauch beruhigte ihn. Während seine Anspannung nachließ, stellte er sich vor, wie er, nachdem der Drache die Prinzessin getötet hatte, in Sola-Il die Herrschaft übernahm. Wie er erst gegen den Kaiser und dann gegen Prinz Ugetsu eine Armee aufstellte. Vielleicht würde er sie beide umbringen oder sie als Bürger zweiter Klasse in einem neuen, mächtigen Sorabito-Reich weiterleben lassen.

Er stellte sich vor, wie er sich zum Herrscher des Himmels krönen ließ.

»Für die Sohma«, murmelte er.

KAPITEL 14

Du bist erst seit einem Tag auf der *Orihime*, und schon fängst du Streit an.«

Himura gab eine beeindruckende Gestalt ab. Kurara war nicht sicher, ob es an seiner Größe, dem ernsten Gesicht oder dem ruhigen Selbstbewusstsein in seinen Augen lag, dass er so einschüchternd wirkte. Vielleicht war es auch nur das schwache Morgenlicht, das bleiche Schatten auf seine Wangen warf. Es war viel zu früh am Morgen. Selbst Sayo schlief noch.

»Genau genommen habe ich einen Streit beendet.« Kurara stand an der Tür zu ihrer Kabine.

Himura seufzte und reichte ihr ein Bündel Kleider. »Reservekleidung von der *Orihime*. Zieh dich um und komm dann nach draußen.«

Obwohl die Kleidung der Sorabito viel praktischer war als ein gewöhnlicher Kimono, kämpfte Kurara mit zitternden Händen mit den Schnallen des Obi. Eine Mischung aus Aufregung und Nervosität drehte ihr den Magen um, während sie Harus Beutel an der Schärpe befestigte. Sie war bereits einen Tag auf dem Schiff, aber die wahre Arbeit fing jetzt erst an. Sie wusste nicht, wie viel Zeit ihr blieb, bis sie Prinzessin Tsukimi treffen würde, aber sie musste jede freie Minute zum Lernen nutzen, damit sie auch wirklich die Audienz bei der Prinzessin erhielt. Kurara hatte schon immer gern Papier zum Tanzen gebracht – das Prickeln der Macht in ihren Fingern, das beruhigende Rascheln des Papiers –, aber diesmal würde sie ihre Fähigkeit nicht nur zum Spaß einsetzen. Sie tat es, um Haru zu retten.

Sie trat aus ihrer Kabine und folgte Himura zu dem Teil des Schiffes, in dem die Männer untergebracht waren. Sein Quartier sah Sayos sehr ähnlich, vom Heizkörper unter dem Fenster bis zu dem Schrank in der Ecke. Statt mit Land- und Sternkarten war seine Kabine jedoch mit Büchern gefüllt. Schwere ledergebundene Wälzer, die einen erschlagen konnten, wenn sie einem aus großer Höhe auf den Kopf fielen, türmten sich in ordentlichen Stapeln an den Wänden. Sie waren alt und abgegriffen, die Buchdeckel an einigen Stellen eingerissen. Bei manchen fehlten Seiten, bei anderen der Buchrücken. Kurara überraschte es nicht, dass Himura gerne las. Solch ein einzelgängerisches Hobby passte zu ihm.

Nur dass er nicht allein war.

In einer Ecke des Raums lag neben einem Stapel Papier zusammengerollt ein Fuchs. Von der Nasenspitze bis zum Schwanzende war an ihm alles weiß wie Schnee. Der buschige Schwanz verdeckte einen Teil seines Gesichts und seine Pfoten waren unter den Bauch gesteckt. Als er Kuraras Schritte hörte, hob er den Kopf. Selbst seine Augen waren farblos.

Ein Shikigami.

Ihr blieb keine Zeit zu reagieren. Kurara stolperte rückwärts, als sich der Fuchs auf sie stürzte. Seine Vorderpfoten drückten erstaunlich kraftvoll gegen ihren Bauch, sein

Schwanz peitschte hin und her. Eine trockene papierne Zunge fuhr über ihr Gesicht.

»Ein Mädchen! Ein Mädchen!«, hallte seine Stimme durch ihren Kopf, auch wenn sie nicht wehtat wie die Stimme des Drachen. *»Meister, schau nur, wie jung sie ist! Ein kleiner Welpe!«*

»Schluss jetzt, Akane!«, fauchte Himura und zog den Fuchs beiseite.

Kurara blieb wie erstarrt stehen. Sie wusste, dass Shikigami gefährlich waren. Dass sie Ungeheuer waren, die Menschen Schaden zufügten. Sie hatte gesehen, wie ein Shikigami die Midori angegriffen hatte. Alles in ihr schrie, dass sie in Gefahr war, doch auf Himuras Befehl hin sank der Fuchs auf alle viere nieder und schlich mit hängenden Ohren und eingeklemmtem Schwanz wie ein Hund davon.

Ihn hat Tomoe also gemeint. Kurara erinnerte sich, dass die Maschinistin während ihres Rundgangs etwas über »Akane« gesagt hatte.

»Du hast noch nie ein gewöhnliches Shikigami gesehen, oder?«, fragte Himura.

»Gewöhnlich?«, krächzte Kurara.

Shikigami werden verrückt und töten Menschen. So sagten es alle. Die Diener und Dienerinnen in der Midori und die Soldaten, die dort zu Gast waren, hatten immer über Shikigami-Angriffe geredet, über zerstörte Häuser und verlorene Menschenleben. Kurara hatte das nie infrage gestellt, bis sie die Wahrheit über Haru herausgefunden hatte. Sie hatte nie gedacht: *Wenn die Shikigami Menschen Schaden zufügen, sobald sie den Verstand verlieren, was ist dann mit denen, die nicht verrückt sind?*

Himura streichelte Akane zwischen den Ohren. »Was genau hast du an Bord der Midori gelernt?«

»Schrubben, waschen, nähen und fliegenden Töpfen ausweichen.«

»Fliegenden Töpfen?«

»Die waren dort häufiger, als man denken würde.« In Kuraras Geist herrschte immer noch Aufruhr.

»Dann weißt du also gar nicht, dass wir Gestalter früher Shikigami besessen haben?«

»Besessen?« Wenn sie das Wort »Shikigami« hörte, musste sie immer gleich an Haru denken, und bei der Vorstellung, jemand könnte ihn *besessen* haben, wurde ihr mulmig zumute. Ihr Blick ging zu Himuras Hand hin, die auf dem Kopf des Fuchses ruhte. War er Akanes *Besitzer*?

»Gestalter!« Der Fuchs, der nicht bemerkt zu haben schien, dass etwas nicht stimmte, jaulte freudig auf. Offenbar nur zum Spaß wiederholte er immer wieder dasselbe Wort. *»Gestalter! Gestalter!«*

»Dann hast du Akane also … erschaffen?«

Himura schüttelte den Kopf. »Niemand weiß, was Shikigami wirklich sind oder wie man sie erschafft. Nicht mehr. Die Gestalter haben die Shikigami vor vielen Jahrhunderten geschaffen, aber das Wissen ist verloren gegangen. Wir wissen nur, dass sich im Laufe der Jahrhunderte der Verstand der Shikigami abnutzt. Sie verlieren ihn, vergessen, wer sie sind, und fangen an zu randalieren, zerstören alles, was ihnen im Weg steht. Das ist mit den meisten passiert, von denen man heutzutage so hört.«

Er lächelte, aber seine Augen waren grimmig und voller Trauer über vergangene Zeiten. Kurara konnte das Gefühl gut nachvollziehen. Es war eine Sehnsucht nach etwas, das man nie wirklich gekannt hatte. Eine nostalgische Erinnerung an eine Vergangenheit, die man nicht erlebt hatte.

»Sobald sie den Verstand verloren haben, bleibt uns nichts anderes übrig, als sie zu vernichten. Das ist es, was wir hier auf der *Orihime* machen. Lass mich mal das Herzstück in deinem Beutel sehen.«

Kurara zögerte. Die Erinnerung an den Wald fuhr wie ein Dolch durch sie hindurch. Es war ihre Aufgabe, Haru zu beschützen. Sie holte das Herzstück heraus, hielt es jedoch eine Armlänge von Himura entfernt. Niemand außer ihr durfte Haru anfassen.

»Siehst du diese Symbole hier?« Himura deutete auf die Muster aus verschlungenen roten Linien, die über das Herzstück verliefen. »Wenn man das Herzstück mit Blut beschreibt, bildet sich eine Verbindung, sodass das Shikigami einem gehorcht. Eine Verbindung ist wie ein Anker. Sie verhindert, dass das Shikigami die Kontrolle verliert. Ohne einen Meister … Na ja, du weißt ja, was dann passiert. Du hast den Drachen in der Midori gesehen. Er hatte komplett den Verstand verloren.«

»Ihr habt einen Drachen gesehen?« Akane rannte im Kreis um Himuras Beine herum. *»Meister, warum hast du mir davon nichts erzählt? Akane wollte auch einen Drachen sehen! Warum hast du mich hiergelassen?«*

Der Fuchs ließ sich auf den Boden fallen, als sei es das Tragischste der Welt, dass er den Drachen verpasst hatte. Kurara musste ihn einfach anstarren. Verhielten sich Shikigami immer so? Sie dachte an die, die ihre Meister verloren hatten und seit Hunderten von Jahren durchs Land streiften, nur damit ihnen ein neuer Gestalter seinen Willen aufzwang. War es schmerzhaft? Oder waren sie dankbar, dass jemand sie davor bewahrte, gewalttätig zu werden?

»Dieses hysterische Wesen kannst du getrost ignorieren.« Himura runzelte die Stirn, weil Akane sich immer noch auf den Tatamis hin und her wälzte. »Wir sollten uns an die Arbeit machen.«

»Akane will auch helfen!« Der Fuchs spitzte die Ohren. Der Drache war vergessen und er schaute Kurara mit einem viel zu menschlichen Grinsen an.

Kurara schwieg. In ihrem Kopf drängten sich die Gedanken an Haru, daran, wie er mitten im Wald verbrannt war. Sie wollte lernen, eine bessere Gestalterin zu werden, aber sie war sich nicht sicher, ob sie diese Fähigkeiten wirklich für die Jagd einsetzen konnte, so wie Himura es wollte.

Nein, sie musste stark sein. Sie hatte den Drachen gesehen, der die Midori angegriffen hatte. Sobald ein Shikigami den Verstand verloren hatte, blieb keine andere Lösung mehr.

Himura zog ein Stück Papier aus seinem Armband. Es drehte sich auf seiner Fingerspitze und faltete sich langsam zu einem Wolf. Fasziniert und neidisch sah Kurara zu, wie der Wolf ein stummes Heulen von sich gab.

»Feuer ist die einzige Möglichkeit, einem Shikigami Schaden zuzufügen, aber es bleibt nicht einfach stehen und wartet, bis man es in Brand gesteckt hat. Da kommen wir ins Spiel. Wir benutzen Papier, um das Shikigami zu bändigen und dafür zu sorgen, dass es nicht entkommen kann. Wir schützen die Mannschaft und das Schiff und warten auf die Gelegenheit anzugreifen. Jeder Narr mit zwei Händen kann ein Origami falten, aber beim Gestalten geht es darum, das

Papier zu beherrschen, ohne es zu berühren. Papier in den Händen eines Gestalters wird Ofuda genannt.«

Der Papierwolf verwandelte sich in einen Adler mit ausgebreiteten Schwingen, dann in einen Hirsch, der über Himuras Handfläche galoppierte.

»Ofuda kann drei Dinge: Es kann seine Gestalt und Größe ändern, es kann sich bewegen und es kann stärker werden. Es gibt Grenzen, was man mit einem einzelnen Blatt Papier erreichen kann. Aber mit genügend Vorbereitung und Können kannst du diese Grenzen umgehen. Das will ich dir zeigen.«

»*Und Akane!*«, jaulte der Fuchs.

Ohne auf sein Shikigami zu achten, glättete Himura den Hirsch, bis er wieder ein Blatt Papier in den Händen hielt. Dann nahm er das Blatt zwischen die Zähne und blies darauf.

Mit einem Mal wurden die Ecken des Blattes nadelspitz. Himura nahm es vorsichtig aus dem Mund und warf es gegen die Wand.

Zischend flog das Papier durch die Luft. Als es auf die Wand traf, bohrte sich eine Ecke tief hinein. Mit zufriedener Miene zog Himura es heraus und hielt es Kurara hin. Ehrfürchtig streckte sie die Hand danach aus. Das Papier war messerscharf.

Als sie an die Papiertiere dachte, die sie in der Midori so gern gefaltet hatte, kam sie sich albern vor. Im Vergleich zu Himuras Kräften erschienen ihr ihre eigenen Origami-Schöpfungen unbedeutend. Sie war wie ein Frosch gewesen, der mit dem Wasser in seinem Brunnen zufrieden war und nichts vom Ozean wusste.

»Wie … wie gut muss ich sein, um Prinzessin Tsukimi zu beeindrucken?«

»Die Beste«, sagte Himura. »Du musst zu den Besten gehören.«

Kurara schluckte. *Die Beste, na klar.* Als ob das so einfach wäre.

»Als Erstes«, fuhr Himura fort, »musst du lernen, Ofuda nur mit deinen Gedanken zu beherrschen. Zwei Gestalter können nicht gleichzeitig Macht über dasselbe Stück Papier haben. Sobald du es in deiner Gewalt hast, gehört es dir. Manchmal versucht ein anderer Gestalter, dich durch Worte oder Taten aus dem Konzept zu bringen, damit du unkonzentriert wirst und er dir dein Ofuda abnehmen kann. Deshalb ist es wichtig, um jeden Preis die Konzentration zu behalten.«

Er reichte ihr einen Stapel Papier.

»Zeig mir mal, was du draufhast.«

An Himuras Blick erkannte Kurara, dass er ein Versagen nicht akzeptieren würde. Was würde die Mannschaft mit ihr machen, wenn sie es nicht schaffte? Würden sie sie vom Schiff werfen? Vielleicht würden sie nicht mal warten, bis sie in einer Stadt in der Nähe gelandet waren, sondern sie noch im Flug abwerfen, Tausende Meter über dem Erdboden.

Lotus wächst im Schlamm, hatte Haru ihr einmal gesagt. Kurara war ein Lotus, der über den schlammigen Untiefen ihrer Gedanken und Sorgen blühte. Sie konnte es schaffen.

Ohne das Papier zu berühren, konzentrierte sie sich darauf, das oberste Blatt auf dem Stapel zu bewegen.

Eine Pfingstrose. Sie beschwor das Bild der Blüte herauf, die Krone in der Mitte, die sanfte Rundung der Blätter. Die

Ecken des Papiers bogen sich nach oben und begannen sich zu falten. *Eine Krabbe.* Das nächste Blatt Papier stieg in die Luft auf. *Ein Kaninchen.* Wie jenes, das sie in ihrem Zimmer in der Midori gefaltet hatte. Nacheinander schwebten ihre Schöpfungen durch die Luft.

Himura betrachtete die Origami konzentriert, als glaubte er, sie mit seinem Blick zum Leben erwecken zu können. »Hat dir das jemand beigebracht?«

Kurara schüttelte den Kopf. »Bis wir uns begegnet sind, habe ich noch nie zuvor einen anderen Gestalter getroffen.«

Himuras Stirnrunzeln vertiefte sich.

»Beim Gestaltändern bist du weiter fortgeschritten, als ich gedacht hätte.« Es klang wie ein widerwilliges Eingeständnis. Bevor Kurara jedoch Stolz empfinden konnte, fügte er hinzu: »Aber beim Bewegen bist du noch viel zu ungelenk. Du musst lernen, mehr mit dem Papier zu machen, als es nur umherflattern zu lassen.«

Kuraras Hände krallten sich in den Stoff ihres Rocks. Sie durfte ihn nicht enttäuschen. Nicht, wenn sie ihren Platz hier behalten wollte. Nicht, wenn sie Haru retten wollte.

»Ich kann mehr als ein Stück Papier zur selben Zeit bewegen!« Mit einem Fingerschnipsen übernahm sie die Kontrolle über das Papier um sie herum. Der Stapel Ofuda flog in die Höhe. Auch Himuras Bücher wurden nach oben gerissen.

Eigentlich hatte Kurara gar nicht vorgehabt, alles Papier im Raum zu bewegen, doch nun erhob es sich in die Luft und geriet außer Kontrolle. Himuras schwere Wälzer krachten mit solcher Wucht gegen die Decke, dass sie darin ein kleines Loch hinterließen. Staub und Holzsplitter regneten herab.

»Bumm!« Akane kam auf die Beine. Kurara beging den Fehler, das Shikigami anzusehen. Sofort sprang es an ihr hoch und drückte ihr mit hechelnder Zunge die Pfoten in den Bauch. *»Bumm! Wie ein Feuerwerk! Ich liebe dich, Gestalter-Welpe! Ich liebe …«*

Akane verstummte, abgelenkt von den herabrieselnden Splittern. Jaulend sprang der Fuchs zur Seite, wackelte mit dem Hinterteil und rief: *»Bumm, bumm, bumm!«*

Kurara wandte sich verlegen Himura zu, als seine Bücher polternd zu Boden fielen. »Also … stell dir vor, die Zimmerdecke ist ein wild gewordenes Shikigami …«

Himura ließ sich nicht dazu herab, auf ihre Ausrede zu antworten. Ein Teil seines Armbands löste sich und bildete einen langen Besen mit weißen Borsten. Er reichte ihn ihr.

»Auffegen«, befahl er.

KAPITEL 15

Als Kurara damit fertig war, Himuras Kabine sauber zu machen, läutete die Frühstücksglocke. In ihrem Kopf hämmerte es, als hätte ihr jemand mit einer Enzyklopädie daraufgeschlagen. Am liebsten hätte sie sich auf ihren Futon geworfen und geschlafen, aber als die Glocke läutete, knurrte ihr prompt der Magen.

Kurara hatte sich noch nie so gefühlt – diese Mischung aus Enttäuschung, Ungeduld und Aufregung, die ihr in der Kehle steckte und ihren Geist beherrschte. Sie wollte so schnell wie möglich alles können, was Himura konnte. Wollte Papier so tanzen lassen wie er.

Der Hunger in ihrem Geist wurde nur von dem Hunger in ihrem Magen übertroffen. Als sie den Speiseraum erreichte, hing an der Metalltür ein Schild, auf dem in großen roten Buchstaben stand:

KEINE WAFFEN AM ESSTISCH!

Darüber hatte jemand ergänzt:

AUCH KEINE MESSER, SCHWERTER UND SPRENGSÄTZE BITTE!

Kurara zögerte. Drinnen hörte sie Stimmen. War sie bereit hierfür? Mit Tomoe als Begleitung ein oder zwei Leuten zu begegnen, war eine Sache, aber den Geräuschen nach zu urteilen, die durch die Tür drangen, befand sich die gesamte Mannschaft im Speiseraum.

Ihr Magen knurrte ihr zu, dass sie sich beeilen solle. Sie wappnete sich und öffnete die Tür.

Insgesamt waren es zwölf Leute, die im Speiseraum verteilt waren. Kurara erkannte ein paar Gesichter vom Vortag wieder. Auch wenn die Mannschaft nicht sehr groß war, machte sie so viel Lärm wie ein Levistein-Brenner. Männer und Frauen waren in lebhafte Gespräche vertieft und lachten laut, während sie sich gegenseitig von den Ereignissen des vorangegangenen Abends erzählten. Dr. Yuriha saß zusammengekauert in einer Ecke und spielte eine Partie Hanafuda.

Kurara war sich bewusst, dass die Mannschaft ihr Eintreten bemerkt hatte. Sie waren zwar nicht verstummt, aber ihre Blicke ruhten schwer auf ihr, während sie zur Essenstheke ging und sich in die Schlange stellte.

Das Frühstück bestand aus einer Schüssel wässrigem Okayu und einer hauchdünnen Scheibe gegrilltem Fisch. Hinter der Holztheke stand eine stattliche Frau mit schwarzem Haar, das sich an ihren Ohren silbern kräuselte. Sie lächelte Kurara an.

»Hallo! Wie geht es dir, Kurara?« Sie besaß eine tiefe, etwas blechern klingende Stimme, als würde sie durch ein Sprachrohr reden. »Madam Chiyoko, Chefköchin. Freut mich, dich an Bord zu haben!« Sie klatschte ein zweites Stück Fisch in Kuraras Schüssel.

»D-danke.« Kurara lief rot an. Es überraschte sie nicht, dass die Mannschaft bereits ihren Namen kannte.

»Gibt es Leckereien, die du magst? Ich bereite dir gern mal was Besonderes zu«, fuhr die Köchin fort. »Backpflaumen? Getrocknete Algen? Gedörrte Rinderzunge?«

Jemand am Ende der Schlange räusperte sich laut.

»Pflaumengelee? Rote-Bohnen-Küchlein? Frittierter Tintenfisch?«

Bevor Kurara das Weite suchen konnte, ging ein Mann in einem blauen Overall laut lachend an ihr vorbei und klopfte ihr so kräftig auf den Rücken, dass sie beinahe alles verschüttet hätte, was auf ihrem Tablett stand. »Hee, Gestalterin! Du wirst uns helfen, eine Menge Geld zu verdienen, oder? Wirst die Shikigami ablenken, während wir sie mit Feuer beschießen?«

Kurara öffnete den Mund, wusste jedoch nicht, was sie sagen sollte. Sie fühlte sich wie ein Elefant, der in einen Garten voller Vögel gewatschelt war: schwerfällig und ungelenk, verglichen mit den fröhlichen bunten Geschöpfen um sie herum. Wie sehr wünschte sie sich, ebenso mühelos elegant und selbstbewusst zu sein wie die lachende, redende, spielende Mannschaft.

Haru hätte es hier gefallen. Er wäre begeistert gewesen, so viele neue Leute um sich zu haben und auf einem Schiff zu leben, unterwegs zu großartigen Abenteuern. Obwohl der Speiseraum voller Menschen war, fühlte Kurara sich ohne ihn einsam.

»Guten Morgen!« Ohne Vorwarnung tauchte Tomoe hinter ihr auf und riss Kurara aus ihren Gedanken. »Wie war dein erster Unterricht bei Himura? Bist du Akane begegnet?«

»Woher weißt du, dass ich bei ihm zum Unterricht war?«

Kurara war froh, sich von Tomoe zu einem freien Tisch führen zu lassen.

»Auf einem Schiff dieser Größe spricht sich alles schnell herum.« Tomoe setzte sich in eine Ecke. »Wenn du irgendwelche Geheimnisse hast, dann rück lieber gleich damit heraus. Früher oder später kommt die Mannschaft sowieso dahinter!«

Bei dem Wort Geheimnisse tastete Kurara unwillkürlich nach dem Beutel mit Harus Herzstück. Sie wusste nicht, ob Himura jemandem etwas über ihre Abmachung erzählt hatte, aber sie selbst war noch nicht bereit, über Haru zu sprechen. Die Erinnerungen waren noch zu frisch.

Bevor sie etwas sagen konnte, ging erneut die Tür zum Speiseraum auf und Sorano Sayo kam herein. Sie kniff die Augen zusammen, als hätte das Licht sie beleidigt. Ihre Kleidung sah zerknittert aus und ihre Haare standen an einigen Stellen hoch.

»Hee, Sayo! Hier drüben!« Tomoe winkte. Dabei stieß ihr Ellbogen gegen ihre Teetasse und heißer Tee ergoss sich über Kuraras linken Arm.

Sie zuckte zusammen, verspürte jedoch keinen Schmerz. Auch als sie den Ärmel hochschob, nahm sie nicht wahr, wie der Stoff des Kimonos über ihre Haut strich.

»Tut mir leid! Oh, Himmel, ich bring dich sofort zur Krankenstation!« Beim Anblick von Kuraras Narben wurde Tomoe blass. Ein paar Köpfe drehten sich in ihre Richtung.

»Nein, nein! Schon gut – es ist nichts passiert!«, beharrte Kurara. Das Gewese, das Tomoe um sie machte, war ihr peinlich. »Ich habe mir den Arm bei einem Feuer verletzt. Mir geht's gut. Wirklich. Es sieht schlimmer aus, als es ist. Ich spüre gar nichts.«

Sie hob den triefenden Ärmel an, von dem heißer Tee auf den Tisch tropfte. Zumindest war es die Wahrheit, dass sie nichts spürte. Auch wenn ihr Arm keinen schönen Anblick bot, konnte sie ihn immerhin noch bewegen.

Außerdem wollte sie nicht schon wieder eine der widerlichen Arzneien von Dr. Yuriha einnehmen müssen.

»Jetzt mach doch den Neuzugang nicht schon am ersten Tag arbeitsunfähig.« Sayo nahm auf dem Stuhl Tomoe gegenüber Platz und goss sich eine Tasse Tee ein.

Tomoe wirkte verlegen. »Es war ein Versehen, Sayo! Schau mich nicht so strafend an – dieses Stirnrunzeln steht dir nicht! Warum erzählst du mir nicht lieber, wie dein Morgen bisher verlaufen ist?«

Sayos Gesicht glich einer überreifen Tomate. Kurara hatte nicht gewusst, dass der Kopf eines Menschen überhaupt so knallrot anlaufen konnte. Die Mundwinkel der Navigatorin wanderten wütend nach unten. Tomoe war unglaublich mutig, fand Kurara, sich über eine Frau lustig zu machen, die so aussah, als wollte sie gleich jemanden ermorden.

»Ich habe Berichte darüber gelesen, dass das Militär vorbeifliegende Sorabito-Schiffe belästigt«, grummelte Sayo und wich dabei Tomoes Blick hartnäckig aus. »Ich gebe mein Bestes, um ihnen aus dem Weg zu gehen, aber alle nerven mich immer nur damit, ob wir nicht bald den Großen Strom erreichen.«

»Den Großen Strom?« Kurara hätte beinahe ihre Stäbchen fallen gelassen. Sie erinnerte sich, dass Haru ein Schiff voller Soldaten erwähnt hatte, das vom Großen Strom zur Midori zurückgekehrt war. Er wollte mit ihr hingehen und den Geschichten lauschen.

Tomoe wandte sich ihr grinsend zu. »Ich dachte, du wüsstest Bescheid. Dort findet unsere nächste Jagd statt.«

»Deswegen wurdest du angeheuert«, warf Sayo ein. »Für die große Jagd.«

Kurara packte ihre Stäbchen fester. Himura hatte ihr von der Jagd erzählt, aber er hatte nicht erwähnt, dass sie beim Großen Strom stattfinden würde. Es hieß, die Winde dort seien so stark, dass sie ein Schiff innerhalb von Minuten auseinanderreißen konnten. Es war Selbstmord. Eine Todesfalle.

»Dort gibt es ein richtig berühmtes Shikigami namens Suzaku«, sagte Tomoe. »Zum Glück verlässt es die Gegend nicht, aber seit es aufgetaucht ist, konnte ihm bisher niemand etwas anhaben. Die Winde dort zerstören selbst das robusteste Schiff, wenn man nicht aufpasst. Vertrau mir, ich kann es bezeugen. Wir sind schon mal in die Nähe des Großen Stroms geflogen.«

»Das ist…« *Selbstmord. Schwachsinn. Pure Arroganz.* Kurara war sich nicht sicher, wofür sie sich entscheiden sollte.

»Wahnsinn, oder?« Tomoe klopfte sich stolz auf die Brust. Für sie hatte das Wort offenbar eine viel positivere Bedeutung als für Kurara. »Wir haben Suzaku sogar gesehen! Nur ein flüchtiger Blick, bevor die Winde uns wieder rausgeschleudert haben! Es war ein Vogel! So groß wie ein Luftschiff! Wie ein Phoenix, nur dass er schneeweiß war und, na ja, ein Shikigami. Er war wunderschön!«

Kurara hatte noch nie jemanden ein Shikigami schön nennen hören. Aber die Sorabito hatten nun mal eine merkwürdige Einstellung zu Vögeln. Zum zweiten Mal an diesem Tag fragte sie sich, ob sie sich wirklich dazu bringen konnte zu kämpfen. Eigentlich sollten die Shikigami Furcht in ihr auslösen, aber Kurara verspürte nur Mitleid. Shikigami, die Menschen Schaden zufügten, mussten natürlich aufgehalten werden, doch sie konnte sie nicht für Taten verantwortlich machen, über die sie keine Kontrolle hatten.

»Wird schon schiefgehen!« Tomoe klopfte ihr so fest auf den Rücken, dass sie beinahe mit dem Gesicht in der Schüssel gelandet wäre. »Und nachdem wir Jagd auf Suzaku gemacht haben, fliegen wir nach Sola-Il, um zu feiern!«

Die Erwähnung der Himmelsstadt ließ Kurara aufhorchen. Prinzessin Tsukimis Sommerpalast befand sich in Sola-Il.

»Das ist Sache des Kapitäns«, sagte Sayo.

»Stimmt«, Tomoe wischte sich ein Reiskorn vom Mundwinkel, »aber du kannst mit ihm darüber reden, nicht wahr? Ihm den Vorschlag machen. Schließlich bist du unsere Navigatorin. Bitte, Sayo? Bitte, bitte, und fünfhundert Ko obendrauf?«

Sayos hitziger Blick hätte Eis schmelzen können. Kurara begriff nicht, warum die Wut der Navigatorin Tomoe strahlen ließ, als hätte sie die richtigen Knöpfe einer verschlüsselten Kombination gedrückt, die nur sie sehen konnte. Oder warum Sayo so verärgert aussah, aber trotzdem nicht aufstand und sich woanders hinsetzte. Es war wie bei einem seltsamen Tanz, dessen Schritte allein die beiden kannten.

»… Ich werde sehen, was sich machen lässt«, murmelte Sayo in ihre Teetasse.

Tomoe jubelte. »Jaaa! Du bist die Beste, Sayo!«

Wieder wurden Sayos Wangen tomatenrot, ihre Miene wirkte zugleich wütend und zufrieden.

»Ich geh zurück in den Kommandoraum.« Sie trank ihren Tee aus und stand dann eilig auf. »Ein Unwetter zieht auf.«

KAPITEL 16

Wie Sayo vorausgesagt hatte, verdunkelte sich der Himmel und die sich sammelnden Wolken wurden schwer wie Kumuluswale. Während Kuraras ganzer erster Woche und auch noch in der nächsten peitschte heftiger Monsunregen gegen die Fenster und überschüttete das Deck mit so viel Wasser, dass es gefährlich war, einen Schritt nach draußen zu machen. Nachts rüttelte der Wind am Schiff wie ein rachsüchtiger Geist, der heulte, um eingelassen zu werden.

Kurara suchte Zuflucht im Herzen des Schiffes, aber sie hörte immer noch das Krachen des Donners und spürte die Winde, die die *Orihime* durchschüttelten. Zum Glück lenkte der Unterricht sie von dem Unwetter ab. Sie übte dreimal am Tag vor den Mahlzeiten in Himuras Kabine.

Himura war ein strenger Lehrmeister, nur selten zufrieden und schnell mit seiner Kritik, aber sie war froh darüber. Auf sich allein gestellt, hätte sie nicht mal gewusst, wo sie anfangen sollte. Unter seinem wachsamen Blick eignete sie sich rasch die Grundlagen des Gestaltänderns an und ging schon bald zu größeren, komplizierteren Schöpfungen über – eine riesige Schlange, die durch Himuras ganze Kabine reichte; der segmentierte Körper einer Gottesanbeterin; uralte Waffen und ein Zahnradpuzzle.

Jede kleine Verbesserung wurde von einem Funken Aufregung begleitet. Zufriedenheit durchzuckte sie, wenn sie eine schwierige Aufgabe endlich gemeistert hatte. Bald schon würde sie stark genug sein, um eine Audienz bei Prinzessin Tsukimi zu erhalten.

An den dunklen Abenden, wenn sie neben ihrem Kissen Papierblumen faltete, wusste sie, dass sie nicht nur für Haru so verbissen übte. Ein wenig Selbstsucht steckte auch dahinter. Es war einfach ein gutes Gefühl, sich in etwas zu verbessern, das sie liebte. Es war ein schlichtes Vergnügen, das ihr Genugtuung bereitete.

Nachdem das Unwetter vorbei war, ging sie mit Tomoe hinaus an die frische Luft, was auch bitter nötig war. Ein kühler Sommerwind wehte durch die Segel der *Orihime*. Schwaches Sonnenlicht wärmte das Deck, auch wenn der Himmel beharrlich grau blieb. Während Tomoe sich über ihr letztes Gespräch mit Sayo aufregte, konzentrierte Kurara sich darauf, eine kleine Taschenuhr aus Papier zu falten. Knifflige kleine Details wie die Zahnräder einer Uhr oder die Federn eines mechanischen Vogels waren am schwierigsten zu erschaffen, aber auch am lohnenswertesten, wenn man sie endlich richtig hinbekam.

»Und dann habe ich Sayo gefragt: ›Wenn Kumuluswale gar keine Wale sind, warum nennt man sie dann so?‹ Und weißt du, was sie gesagt hat? Sie sind Mollusken! So wie Schnecken. Kumuluswale haben diese merkwürdige durchsichtige Haut, ja? Darüber nehmen sie Luft auf. Sie haben gar keine Knochen. Trotzdem können sie dich in Stücke reißen, wenn du ihrer Herde zu nahe kommst.«

Tomoe redete immer weiter, während Kurara an der winzigen Apparatur herumbastelte. Sich auf ihr Ofuda zu konzentrieren und dabei gleichzeitig Tomoes Redeschwall zu lauschen, war eine Herausforderung für sich. Kurara war noch nie jemandem begegnet, der genauso viel redete wie Haru.

»Sie haben Zähne«, sagte Kurara. »Zähne sind Knochen.«

Tomoe öffnete den Mund, um zu widersprechen, als plötzlich die Schiffsglocke zu läuten begann. Sofort kam Sayo aus dem Ruderhaus und eilte übers Deck. Ihre Miene wirkte ernst. Noch ernster als sonst.

»Was ist los?«, fragte Kurara.

»Das geht dich nichts an.«

»Wenn mit dem Schiff was passiert, geht es uns alle was an«, sagte Tomoe.

Sayo lenkte ein. Kurara war ein wenig verärgert darüber, wie schnell die Navigatorin Tomoe Dinge erzählte, aber ihr nicht. »Im Ausguck wurde ein Schiff gesichtet, das näher kommt. Ein Militärschiff.«

Tomoe zischte durch die Zähne. »Suchen sie nach BOMBEn?«, fragte sie.

Kurara zuckte zusammen. *Bomben?*

Sayo nickte. Die Glocke läutete weiter, während Kapitän Sakurai bewaffnet mit einem Armvoll Papiere aufs Deck gelaufen kam. Himura begleitete ihn mit Akane im Schlepptau. Er machte eine Geste, um Tomoe unter Deck zu scheuchen. Kurara wollte ihr folgen, aber der Kapitän hob eine Hand.

»Sie nicht, Miss Kurara«, sagte er.

Ihr blieb keine Zeit zu protestieren. Ohne Vorwarnung tauchte ein langes silbernes Luftschiff aus den Wolken auf. Seine Fenster hatten getönte Scheiben. Eine schwarze Flagge mit einer goldenen Pfingstrose in der Mitte wehte im Wind. Kurara hatte schon viele Schiffe der Erdbewohner gesehen, aber jetzt erst fiel ihr auf, wie sehr die Militärschiffe sich von denen der Sorabito unterschieden. War die *Orihime* schnittig und farbenfroh, so wirkte das Luftschiff der Erdbewohner wie eine Klippe aus blankem Stahl. Klotzig und schwerfällig schob es sich mit heulenden Motoren durch die Luft.

Seufzend blätterte Sakurai durch den Stapel Papiere in seiner Hand. *Zulassungspapiere*, erkannte Kurara.

»Keine Sorge, es ist nur eine unangekündigte Inspektion. Mit ein paar gelangweilten Soldaten werden wir fertig. Die wollen sich bloß wichtigmachen. Also tun Sie ein bisschen eingeschüchtert. Das mögen sie.«

Kurara hoffte, dass das wirklich alles war, was die Soldaten wollten. Aber sie konnte die Erinnerung an ihre letzte Begegnung mit dem Militär nicht abschütteln, an die Soldaten, die Haru bei lebendigem Leib verbrannt hatten.

Das Schiff überragte die *Orihime*, während es sich neben sie schob. Akane versteckte sich hinter Himuras und Kuraras Beinen, als die Soldaten einen Landesteg ausfuhren und die beiden Decks miteinander verbanden. Ein Offizier in einer dunkelblauen Uniform trat aus dem anderen Schiff, begleitet von mehreren bewaffneten Männern. Er hatte einen Gehstock bei sich, obwohl er ihn gar nicht zu brauchen schien und nur dazu benutzte, um ihn beim Gehen auf den Boden zu hämmern. Sein schwarzes Haar war mit jeder Menge Pomade nach hinten gekämmt und lag wie eine Muschelschale an seinem Kopf an. In der Midori war Kurara Soldaten wie ihm begegnet: kleine Männer mit verächtlichen Mienen, die in den Klang ihrer eigenen Stimme verliebt waren und sich an ihrer Macht berauschten.

Der Offizier warf einen Blick auf die *Orihime* und rümpfte die Nase, als wollte er einen unangenehmen Gestank loswerden.

»Es heißt immer, keiner baut Schiffe wie die Sorabito. Das stimmt. Keiner sonst baut solchen Schrott.« Seine Stimme klang dünn und näselnd. Er redete mit zusammengebissenen Zähnen, als wollte er beim Sprechen nicht dieselbe Luft einatmen wie sie.

Kurara bemerkte, wie Sayo neben ihr wütend wurde.

»Willkommen auf der *Orihime.*« Sakurai ließ die Beleidigung ungerührt an sich abprallen. »Ich muss Sie darüber informieren, dass zur Mannschaft meines Schiffes …«

Ohne abzuwarten, bis er den Satz zu Ende gesprochen hatte, nickte der Offizier seinen Männern zu und bellte: »Durchsucht den Frachtraum! Ich habe gehört, dass Sorabito-Schiffe auf dieser Route Sohma an Bord haben.« Mit einem selbstgefälligen Lächeln wandte er sich Sakurai zu.

»Also Moment mal!« Kurara trat vor und stellte sich den Soldaten in den Weg. »Sie können nicht einfach ohne Beweise an Bord gehen!«

Das Lächeln des Offiziers entzündete ein schwelendes Feuer in ihrem Inneren. Es brannte, während sie an all die Tänzerinnen dachte, die sich für Männer wie ihn zu einem höflichen Lächeln gezwungen hatten, all die Kellner und Kellnerinnen, die ihnen Wein serviert und ihre Beleidigungen ertragen hatten, all die Diener, die hinter ihnen hatten aufräumen müssen.

Sie dachte an die Mannschaft, die nichts falsch gemacht hatte, außer dass sie Sorabito waren.

Sayo zischte ihr etwas zu, aber es klang nicht hitzig. Die Augen des Offiziers weiteten sich. Er ging auf Kurara zu und knallte bei jedem Schritt laut seinen Gehstock auf den Boden.

»*Halt!*« Akane kam hinter Kurara hervorgesprungen. »*Geh weg!*«

Der Klang von Akanes Stimme ließ den Offizier zusammenfahren. »Shikigami!« Seine Hand ging zu seinem Katana. Er zog das Schwert, Stahl zischte durch die Luft. Die Klinge erwischte Akanes Gesicht und hackte sich in die Wange des Fuchses.

»Akane!« Kurara trat zwischen den Offizier und das Shikigami.

Die anderen Soldaten brachten sich am Rand des Decks vor dem Fuchs in Sicherheit. Himura bellte einen Befehl und Akane erstarrte, die Augen des Fuchses waren jedoch weit aufgerissen und voller Schmerz.

»Sie haben ein Shikigami an Bord?« Schwankend zwischen Wut und Panik, wanderte der Blick des Offiziers von einem Gesicht zum nächsten, bis er bei Kapitän Sakurai hängen blieb. Seine Stimme klang fast hysterisch. »Wo ist der Meister des Dings? Wo ist Ihr Gestalter?«

»Das wüssten Sie, wenn Sie einmal zuhören würden, anstatt ständig zu unterbrechen!«, rief Sayo wütend.

»Was meine Navigatorin sagen will, ist …«

»Akane hat nichts falsch gemacht. Das Shikigami wollte mich nur beschützen!« Kurara ging neben dem Fuchs in die Hocke und legte ihm schützend eine Hand auf die Flanke.

Zorn strömte durch ihre Adern. Akane konnte nichts dafür, dass der Offizier ein Feigling war.

»Bist du die Gestalterin?« Der Blick des Offiziers verengte sich, als er Kurara musterte. Der Fuchs, der immer noch von Himuras Befehl gelähmt war, schaute sie ängstlich an.

Kurara nickte.

Einen Moment lang glaubte sie, dem Offizier mit ihrer Enthüllung so viel Furcht eingejagt zu haben, dass er einen Rückzieher machen würde, aber stattdessen griff er nach der Waffe an seiner Hüfte.

Kurara erstarrte. Diese Waffe … Es war dasselbe Modell wie das, das die Soldaten im Wald benutzt hatten.

Plötzlich war ihre Kehle trocken. Das Deck, die Soldaten – sogar Akane und Himura –, alles verschwamm vor ihren Augen. Sie versuchte, sich zu konzentrieren, aber sie sah nur noch Haru vor sich, wie er in einem Käfig aus Bäumen verbrannte.

Als der Offizier die Angst in ihren Augen bemerkte, gewann er genügend Zuversicht, um einen Schritt vorzutreten. »Wenn du auf einem Schiff der Himmelsratten arbeitest, anstatt der kaiserlichen Familie zu dienen, kannst du keine sonderlich gute Gestalterin sein. Wie hat ein Schwächling wie du es zu einem Shikigami gebracht, wo doch sonst nur den besten Gestaltern des Kaisers eine solche Ehre zuteilwird?«, spottete er.

Kurara sagte nichts. Was, wenn der Offizier Akane verbrennen würde?

Durch ihr Schweigen ermutigt, kam der Offizier auf sie zu und schwang seinen Gehstock. In seinen Augen leuchtete Wut. Himura, der die Zähne fest zusammengebissen hatte, als müsste er Gift schlucken, wollte zwischen sie treten, aber Kurara schob ihn beiseite.

»*Tu's nicht*«, formte sie mit den Lippen. Eine stumme Bitte. *Mach nicht alles noch schlimmer, als es ohnehin schon ist.*

Der Offizier holte mit der Hand aus und verpasste Kurara eine Ohrfeige.

Sie hörte Himura knurren, sah, wie Sakurai sich anspannte und Sayo zusammenzuckte, als das Geräusch übers Deck hallte. Sie stolperte rückwärts, von der Wucht des Schlags klingelte es ihr in den Ohren.

Es war nichts weiter, sagte sie sich. Das war kaum anders als die Strafen, die sie in der Midori erhalten hatte. Sie presste die Lippen aufeinander und schluckte ihre Demütigung und Wut hinunter. Sie hatte jahrelang unter Madam Itos Herrschaft gelebt. Sie wusste, wie man durchhielt.

»Beschlagnahmt die Hälfte ihrer Lebensmittel und ihres Treibstoffs!«, bellte der Offizier seinen Soldaten zu.

Wie vom Blitz getroffen, nahmen die Männer Haltung an und verschwanden im Schiff. Niemand sagte mehr etwas oder versuchte, sie aufzuhalten.

Der Offizier wandte sich Sakurai zu. Mit einem hinterhältigen Lächeln sagte er: »Sie fliegen nach Süden, nicht wahr? Wenn Sie das Kumokiri-Gebirge überleben sollten, werde ich meinen befreundeten Offizieren sagen, dass sie nach Ihrem Schiff Ausschau halten sollen. Sie werden Ihnen einen *herzlichen Empfang* bereiten.«

»Kumokiri?« Der Tonfall des Kapitäns blieb trotz der Drohung des Offiziers gleichmütig. »Ist bei den Bergen etwas passiert?«

Der Offizier gluckste. »Sind alle Sorabito so begriffsstutzig? Haben Sie noch nicht gehört, dass sich dieses Jahr eine Herde Kumuluswale im Gebirgsnebel eingenistet hat? Und Sie wissen ja, wie die ihre Jungen beschützen. Kleine Vögel wie Sie würden die einfach verschlingen. Wär doch schade, ein so schönes Ziel … Verzeihung, ich meine Schiff zu verlieren.«

»Wir werden vorsichtig sein.« Sakurai verneigte sich. Als hätte der Offizier nicht gerade ein Mitglied seiner Mannschaft geohrfeigt. Als würde er nicht die Hälfte seiner Vorräte beschlagnahmen.

Schließlich drehte das Militärschiff bei. Sobald es hinter den Wolken verschwunden war, bewegten sich alle gleichzeitig.

Akane, aus der Starre befreit, leckte eifrig Kuraras Fingerknöchel. Erst als Kurara die papierne Zunge des Shikigami auf ihrer Haut spürte, merkte sie, dass ihre Hände zitterten. Ungerechtigkeit war ihr nicht unbekannt, aber es war schon eine Weile her, dass sie sich so machtlos gefühlt hatte.

»Also, das war dumm von dir.« In Sayos finsterer Miene erschien ein Grinsen. »Aber zumindest hast du wohl doch ein Rückgrat.«

»Geht es dir gut?« Himura ergriff sie am Kinn und drehte ihr Gesicht, um ihre Wange zu begutachten. »Du hättest dich nicht einmischen sollen. Wegen Akane musst du dir keine Gedanken machen. Shikigami vergessen Schmerzen schnell wieder. Du solltest zu Dr. Yuriha gehen.«

Kurara riss sich von ihm los. »Aber dieser Mann – er war so furchtbar! Ich konnte nicht einfach zuschauen. Akane hätte ernsthaft verletzt werden können! Ist dir dein Shikigami denn völlig egal?«

Es war so unfair. Sie wünschte sich, sie hätte den Offizier und seine Männer mit einem Schwarm Papierwespen vom Schiff gejagt, auch wenn das alles nur noch schlimmer gemacht hätte.

Himuras Augen verdunkelten sich vor Zorn. Als er sie ansah, spürte Kurara, wie sich unter seiner Haut ein Unwetter zusammenbraute.

»Wir müssen unsere Flugroute ändern«, seufzte Sakurai. »Mit der Hälfte an Lebensmitteln und Treibstoff schaffen wir es nicht bis zum Großen Strom. Wir müssen einen zusätzlichen Halt einlegen. Außerdem möchte ich den Kumokiri-Pass umgehen.«

Sayo kniff die Lippen zusammen. »Sie glauben doch nicht etwa, was der Erdbewohner erzählt hat, oder?«

»Er hatte keinen Grund zu lügen.«

»Aber die nächste Himmelsstadt ist …«

»Ich weiß.« Der Kapitän wandte sich dem grauen Himmel zu, der weiteren Regen versprach. »Sayo, ändern Sie den Kurs. Wir fliegen nach Sola-Il.«

KAPITEL 17

In dieser Nacht wälzte sich Kurara auf ihrem Futon hin und her und drückte dabei Harus Herzstück fest an sich. Enttäuschung wühlte sich unter ihre Haut, begleitet von einem Anflug von Panik.

Sie konnten noch nicht nach Sola-Il fliegen. Sie war noch nicht bereit! Sie hatte geglaubt, dass ihr der ganze Sommer zum Üben bliebe und dazwischen eine Jagd, bevor sie die Stadt – und die Prinzessin – erreichte. Obwohl Himura ihr versicherte, dass sie nicht sofort zu Prinzessin Tsukimi würden gehen müssen, wenn sie in Sola-Il gelandet waren – beides lief ihnen ja nicht davon –, wusste sie, dass sie nicht abwarten konnte. Sie wollte Haru nicht länger als unbedingt nötig ohne Körper lassen. Sie musste ihn sofort retten. Wenn sie früher als erwartet in Sola-Il eintreffen würden, dann würde sie eben auch früher als erwartet ihre Kräfte beherrschen lernen. Jede andere Möglichkeit hinterließ einen bitteren Nachgeschmack in ihrem Mund.

Sie war nicht die Einzige, die schlecht gelaunt war.

Nach der »unangekündigten Inspektion« hatte Sakurai befohlen, ihre täglichen Mahlzeiten zu halbieren. Auch heißes Wasser wurde von nun an rationiert, damit sie mit dem Treibstoff die Motoren antreiben konnten, und Fleisch wurde nur noch einmal die Woche serviert. Die Stimmung auf der *Orihime* war so übel wie die Arznei, die Kurara auf Dr. Yurihas Anweisung trinken musste, und die stinkende Salbe, die sie ihr für ihre schmerzende Wange gegeben hatte.

Kurara vergrub das Gesicht im Kissen, um ein Stöhnen zu unterdrücken. Sie wollte doch bloß Haru zurückhaben. Warum musste alles so kompliziert sein?

»Durch den Kumokiri-Pass zu fliegen, wäre schneller. Aber die Wale … Dieser verfluchte Erdbewohner …« Sayos Stimme waberte durch die Kabine, während sie im Schein einer Öllampe über Landkarten brütete, um ihren neuen Kurs zu berechnen, obwohl längst Schlafenszeit war.

Es hatte keinen Zweck. Kurara rollte sich auf die Seite und dann auf den Rücken. Sie konnte nicht schlafen. Nicht mal eine Herde Origami-Schafe zu falten und über ihren Kopf springen zu lassen, half. Die Soldaten, nach Sola-Il fliegen, Prinzessin Tsukimi treffen – sie hatte einfach zu viele Dinge im Kopf, jede Sorge war mit einer anderen verbunden, und zusammen drehten sie sich wie ein Karussell des Kummers in ihrem Kopf. Sie brauchte etwas Bewegung an der frischen Luft.

Kurara schlich sich aus ihrer Kabine und ging in den Teil des Schiffes, in dem die Unterkünfte der Männer lagen. Himura war noch wach, als sie an seine Tür klopfte. Er hatte es sich unter seinem Fenster bequem gemacht, einen kleinen Stapel Bücher neben sich. Akane saß bei seinen Füßen und sang leise vor sich hin.

»Ein sterbender Stern fiel vom Himmel, und aus dem Stern wuchs ein Baum.« Der Fuchs kannte nur ein Lied, ein Wiegenlied, das Kurara irgendwo schon einmal gehört zu haben glaubte.

»Konntest du nicht schlafen?« Himura schloss das Buch, das er gerade gelesen hatte, und legte es vorsichtig auf den Stapel.

»Worüber hast du gelesen?« Kurara kam sich plötzlich albern vor, weil sie hergekommen war. Wie ein Kind, das einen Albtraum hatte und sich jetzt von einem älteren Bruder beruhigen lassen musste.

»Shikigami.« Himura legte vorsichtig eine Hand auf den Buchdeckel. »Ich wollte mehr über die herausfinden, die so sind wie dein Freund. Aber hier steht so wenig darüber drin. Ich brauche die Bücher in Prinzessin Tsukimis Bibliothek.«

»Vielleicht kannst du dir ja ein paar von ihr ausleihen, wenn wir sie treffen.«

Ein schmerzvoller Ausdruck trat in Himuras Gesicht. »Es ist ihre *persönliche* Bibliothek. Gewöhnlichen Leuten ist es nicht erlaubt, diese Schriften zu lesen. Besonders nicht dir und mir. Sie sind voller Anleitungen und Berichten von Gestaltern aus früheren Zeiten, die einst über dieses Land herrschten. Schriften, die nach Meinung des Kaisers zu gefährlich für Gestalter sind. Was, wenn wir wieder viel mehr werden, als wir es jetzt sind? Was, wenn wir dieses Wissen nutzen, um die kaiserliche Familie umzubringen? Obwohl das Wissen uns gehört. Obwohl es *unsere* Vergangenheit ist, die uns vorenthalten wird.«

In seiner Stimme klang Verbitterung mit. Wie eine dunkle Unterströmung beherrschte sie seine Worte.

Kurara erinnerte sich, dass er Prinzessin Tsukimi schon einmal begegnet war. Er hatte gesagt, die Prinzessin sei schwierig und unberechenbar. Es machte sie nervös. Es war eine Sache, wie verrückt zu üben und trotzdem zu versagen, aber wenn die Prinzessin sich weigerte, ihr zu helfen, und das aus Gründen, auf die sie keinen Einfluss hatte … Kurara wusste nicht, wie sie damit klarkommen sollte.

»Wie bist du der Prinzessin zum ersten Mal begegnet? War es so schlimm?«

Himuras Ausdruck wurde zurückhaltend, an seinen Augen war nichts abzulesen. »Sie wollte, dass ich sie beeindrucke, und ich habe versagt.«

»Wie hast du versagt? Was hat ihr nicht gefallen?«

»Ich bin gerade nicht in der Stimmung, dir Geschichten zu erzählen, Kurara. Ich bin wütend auf dich.«

»Du? Wütend auf mich?«, stotterte Kurara. Was hatte sie getan?

Himura verhielt sich nicht anders als sonst, sodass Kurara ihm anfangs gar nicht glaubte. Erst als er aufstand, bemerkte sie seinen ernsten Blick.

»Was du heute getan hast, war dumm. Ein Gestalter sollte sich niemals für ein Shikigami opfern. Ein Shikigami ist ersetzbar, du dagegen bist es nicht.«

»Wenn das Herzstück noch vorhanden ist, kann man ihnen neue Körper geben, ich weiß«, sagte Kurara. »Aber wenn …«

»Da draußen gibt es eine Menge Shikigami.«

»Aber keines davon ist Akane!«, rief Kurara, während Enttäuschung in ihr aufblühte. Sie war hierhergekommen, um sich trösten zu lassen, nicht um zu streiten. »Wenn Shikigami ersetzbar sind, warum hilfst du mir dann, Haru zu retten?«

Kein Shikigami könnte jemals Harus Platz in ihrem Herzen einnehmen.

»Er war tatsächlich etwas Besonderes.« Himura schnaubte.

»Letzten Endes ist ein Shikigami aber ein Objekt, das aus Papier und Blut geschaffen wurde. Sie sind erstaunlich, faszinierend. Aber letztlich doch nur Werkzeuge, die von Gestaltern gefertigt wurden, um ihnen zu dienen.«

Kurara holte scharf Luft. Ihn das sagen zu hören, tat mehr weh, als sie gedacht hätte. Ihr wäre es lieber gewesen, er hätte sie geschlagen. »Wenn du das, was ich tue, für dumm hältst, dann mach dir nicht die Mühe, mir zu helfen! Ich verlasse die *Orihime*. Ich bringe mir selbst bei, eine gute Gestalterin zu sein, und gehe auf eigene Faust zu Prinzessin Tsukimi!«

»Das habe ich nicht gesagt. Du steigerst dich in etwas rein«, fauchte Himura.

»Und du bist verbohrt!«

»Es ist spät!« Akane sprang zwischen sie, die Stimme des Shikigami klang schrill und laut. Die Spitze seines buschigen Schwanzes wedelte hin und her wie eine weiße Fahne, als es verkündete: *»Akane bringt den Welpen zu seiner Kabine zurück!«*

»Nicht herumtrödeln, Akane«, sagte Himura.

»Natürlich nicht, Meister!« Der Fuchs sah ihn an, als sei Himura sein Ein und Alles.

»Du willst mich loswerden?« Kurara hob das Kinn. »Na schön. Dann überlasse ich dich deinen heiß geliebten Büchern. Vielleicht steht ja in einem davon, wie man sich ein Herz zulegt!«

»Kurara«, rief Himura ihr hinterher. Sie drehte sich in der Tür um. Er hatte wieder unter dem Fenster Platz genommen und die Nase in ein Buch gesteckt. »Nicht verschlafen. Der Unterricht morgen findet trotzdem statt.«

Kurara blähte die Nasenflügel. Sie warf die Tür hinter sich

zu und stapfte wütend den Gang entlang. Akane trottete neben ihr her und beobachtete sie schweigend.

»Himura!« Sie knurrte seinen Namen wie einen Fluch. Heiße Entrüstung strömte durch ihre Adern. Dieser himmelsverfluchte Kerl! Sie würde es ihm zeigen. Sie würde als Gestalterin hundertmal klüger und besser werden als er, und dann würde ihm nichts anderes übrig bleiben, als ihr zuzuhören.

In der kühlen Dunkelheit des Ganges nahm sie ein Stück Papier aus den Falten ihres Obis. Es verwandelte sich in einen Fuchs wie Akane. Kurara ließ das Papiertier über ihre Handfläche tänzeln, bis sie sich wieder beruhigt hatte. Als sie sich daran erinnerte, wie Himura sich zwischen sie und den Offizier hatte stellen wollen, wie besorgt er sie angesehen hatte, nachdem die Soldaten gegangen waren, legte sich ihre Wut etwas, auch wenn sie nicht ganz verschwand.

»Macht dir das wirklich nichts aus? Wenn Himura so über dich redet?« Sie schaute zu dem Shikigami hinunter.

Der Fuchs sah sie seltsam an. Statt des etwas gedankenlosen Grinsens, das er sonst zur Schau stellte, hatte er die Lefzen zu einem allzu menschlichen Lächeln verzogen.

»Warum sich aufregen? Es stimmt. Akane wurde dazu geschaffen zu dienen.«

Kuraras Magen verknotete sich. Es war weniger der Gehorsam, der sie störte – schließlich hatte sie in der Midori gelebt –, sondern Akanes Bereitschaft, Himuras Marionette zu sein. Akane war kein geistloses Werkzeug, davon war Kurara überzeugt.

»Aber du hast doch auch eigene Gedanken und Gefühle! Himura hat dir nicht den Befehl gegeben, mich zu beschützen, und doch hast du dich eingemischt, um mich gegen den Soldaten zu verteidigen. Du hast Emotionen, oder nicht? Und Vorlieben und Abneigungen!«

Das Lächeln des Shikigami verschwand. Stattdessen wirkte es nachdenklich.

»Akane vergisst, wer Akane früher war«, sagte der Fuchs. *»Erinnerungen haben sich verabschiedet. Jetzt sind sie weg.«*

»Was?« Kurara blieb abrupt stehen. »Was bedeutet das?«

Akane schien verwundert. *»Es ist einfach. Man löscht Teile des Herzstücks und löscht damit die Erinnerungen!«*

Der Fuchs trottete weiter, aber Kurara blieb stehen.

»Du meinst ... du ... hast deine Erinnerungen gelöscht?«

»Nicht Akane! Der frühere Meister eines früheren Meisters!«

In Akanes Stimme lag keine Spur von Wut, doch dass der Fuchs so ungerührt blieb, entsetzte Kurara nur umso mehr. Sie hätte es nicht für möglich gehalten, aber Himura hatte ja gesagt, das Herzstück sei Herz und Hirn eines Shikigami. Wenn man als Mensch das Gedächtnis verlieren konnte, wenn man ein paar Schläge auf den Kopf erhielt, warum sollten Shikigami ihres dann nicht auch verlieren können? Ihr fiel Haru ein. Obwohl sie lieber nicht darüber nachdenken wollte, wusste sie, dass er als Shikigami irgendwann einen Meister gehabt haben musste. Damals im Wald hatte er ihr etwas sagen wollen. Hatte es vielleicht damit zusammengehangen? An die genauen Worte konnte sie sich nicht erinnern. Zu dem Zeitpunkt war von dem Haru, den sie kannte, schon nicht mehr viel übrig gewesen.

»Warum sollte jemand das tun?«

»Vielleicht, damit Akane nicht so traurig ist. Hat der kleine Welpe nicht auch Dinge, die besser vergessen wären?«

Haru, der im Wald verbrennt. Der Offizier, der ihnen ihre

Vorräte weggenommen hatte. Madam Ito, wenn sie wütend war. Kurara verzog das Gesicht. Ja, es gab tatsächlich einiges, das sie lieber vergessen würde, aber das hieß nicht, dass sie es auch sollte.

»Hast du dem zugestimmt, Akane? Ich meine, war es dein Wille? Bist du glücklich? Bist du …?«

Je mehr sie darüber nachdachte, desto mehr drehte sich alles in ihrem Kopf. Erinnerungen waren viel zu wichtig, um sie einfach auszulöschen wie Tintenflecke. Erinnerungen … wie die, die Kurara fehlten. Das Zuhause, das sie nicht kannte, die Lotusblüten, an die sie sich nicht erinnerte. Schmerz durchzuckte ihren Kopf. Wer war das Shikigami gewesen, bevor es seine Erinnerungen verloren hatte? Und wer war sie selbst?

»Kleiner Welpe?« Akane stieß sie mit der Schnauze an. *»Kurara?«*

»Kurara?« Sie zuckte zusammen, als es erneut in ihrem Schädel hämmerte. »Ist das überhaupt mein Name?«

Jemand hatte ihr mal gesagt, ihr Name bedeute sowohl Freude als auch Leid, aber sie wusste nicht mehr, wer es gewesen war. Sie hatte keine Ahnung, warum ihr eigener Name ihr plötzlich falsch vorkam, wie ein ausgeleierter Mantel, dessen Ärmel nicht mehr passten. Etwas Hohles und Hungriges nagte an ihrem Herzen. Sie dachte wieder an Haru im Wald, kurz bevor er in sich zusammengefallen war. Was hatte er ihr sagen wollen?

Akane stupste ihr Bein mit der Pfote an. *»Ein sterbender Stern fiel vom Himmel, und aus dem Stern wuchs ein Baum«*, sang der Fuchs, um sie zu beruhigen. Ein vertrautes Wiegenlied, das die Korridore ihrer Erinnerung heimsuchte.

ZWISCHENSPIEL

Binde die Sterne,
lass mich zum Himmel steigen.
Ach, wär ich daheim.

- Lied der Sorabito-Händler

Vom Bug der *Hishaku* schaute Kazeno Rei auf eine Vielzahl von Schiffen hinab. Der Hafen von Sola-Il war riesig und geräumig, er konnte mehr als tausend Schiffe aufnehmen. Als die *Hishaku* den blinkenden gelben Lichtern folgend hineingeflogen war, hatte Rei stolz die Brust gereckt. Obwohl er nicht in Sola-Il geboren worden war, war es die erste Himmelsstadt, die je gebaut wurde. Was auch geschah, sie würde ihm immer wie seine Heimat vorkommen.

Das Schiff landete mit einem Ruck. Der gesamte Flug war furchtbar anstrengend gewesen. Obwohl Inui versprochen hatte, dass der Drache friedlich bleiben würde, hatte Rei ihr nicht geglaubt. Er hatte fast den ganzen Flug über schlecht geschlafen und jederzeit damit gerechnet, dass das Shikigami plötzlich seine Kiste verlassen und sie alle umbringen würde.

Ich hoffe, Prinzessin Tsukimi stirbt eines schmerzhaften Todes. Es war der einzige Gedanke, der ihm nach dem zermürbenden Flug Trost schenkte. *Ich hoffe, Prinz Ugetsu hält sein Versprechen ein, den Himmelsstädten ihre Freiheit zu schenken, und erstickt danach bei der Krönungsfeier an einer Edamame-Bohne.*

Zumindest hatte er Sola-Il nun endlich erreicht. Nur noch ein Weilchen, und er könnte sich in dem Wissen entspannen, dass einem großartigen Attentat nichts mehr im Weg stand.

»An diesem Anblick kann ich mich nie sattsehen.« Nao trat zu ihm an die Reling. Obwohl Rei keine Lust auf seine Gesellschaft hatte, war es nun mal Naos Schiff, und er konnte kommen und gehen, wie er wollte. Er war es, der den Drachen bis hierher transportiert hatte. Auch wenn er nur deshalb hier war, weil Inui Rei hintergangen und Nao eingeweiht hatte.

»Der Anblick wird mir noch besser gefallen, wenn wir die Erdbewohner endlich losgeworden sind«, sagte Rei.

Nao wandte den Blick ab, so wie Reis Töchter, wenn sein Temperament mal wieder mit ihm durchging.

Zu weich, wollte Rei spotten. Jeder Sohma musste bereit sein, sich die Hände schmutzig zu machen. Sonst würde es keine Unabhängigkeit geben.

Am Boden wurde das Schiff von Hafenarbeitern festgemacht. Eine Wache in einer blau-goldenen Uniform kam auf sie zu und rief fröhlich: »Hallo, *Hishaku*. Sind Sie wegen des Fests hier?«

Rei erstarrte. Das war keine der Wachen, die seine Männer im Voraus geschmiert hatten.

»Hallo«, erwiderte er. »Verzeihung, aber Sie sind nicht der, den ich erwartet habe.«

»Ach ja, unsere Inspektoren sind momentan alle beschäftigt. Sie wissen ja, wie das ist, während des Fests. Keine Sorge, wir werden Sie auch nicht lange aufhalten, dann können Sie Ihren Spaß haben.« Der Wachmann lachte. »Bitte lassen Sie Ihren Landesteg herunter, damit wir Ihre Fracht überprüfen können.«

»Was sollen wir tun?« Nao geriet in Panik. Einen riesigen Drachen würden sie unmöglich vor dem Wachmann verbergen können. Wenn er an Bord ging, würde er unweigerlich die Kiste mit dem Shikigami entdecken.

Rei sah zur Decke der Anlegebucht hoch. Auf den Galerien oben in der Halle patrouillierten bewaffnete Männer, bereit, bei dem kleinsten Anzeichen von Schwierigkeiten sofort das Feuer zu eröffnen. Er musste sich schnell etwas überlegen. Sollte er darauf bestehen, dass die Inspektion von den Männern durchgeführt wurde, die er bezahlt hatte? Oder vielleicht könnte er diesen Wachmann ebenfalls bestechen?

»Ihr Landesteg bitte!«, rief der Wachmann nun schon ungeduldiger.

»Rei, wenn sie den Drachen finden, sind wir so gut wie tot. Weißt du, was die Soldaten mit Sohma machen, die sie entdecken?« Nao packte Reis Arm.

»Beruhige dich! Du verrätst uns!«, knurrte er, aber Nao hörte nicht auf ihn.

»Sie begraben sie! Bei lebendigem Leibe! In der Erde, mit den Würmern!«

Ihr Zögern machte den Wachmann misstrauisch. Rei sah, wie er ein paar andere Männer herbeirief und nach seiner Waffe griff.

Nao bemerkte die Waffe ebenfalls. Beim ersten Anblick des funkelnden Stahls stieß er den Landesteg nach unten und rannte los.

»Halt!«, rief Rei. Der Dummkopf hatte die Nerven verloren. Er würde alles verderben!

»Stehen bleiben!«, schrie der Wachmann, als Nao auf das Tor der Anlegebucht zustürmte.

Die Männer oben auf den Galerien zielten und feuerten; ihre Kugeln verfehlten Nao nur knapp, als er durch das Tor hinausrannte. Rei packte die Reling so fest, dass seine Fingerknöchel weiß hervortraten. Er wollte schreien und den Idioten verfluchen. Deshalb hatte er Nao nie dabeihaben wollen – der Mann war ein Feigling durch und durch.

»Keine Bewegung!«, rief eine strenge Stimme. Einer der bewaffneten Männer auf den Galerien sprang auf das Deck der *Hishaku*. Er richtete die Waffe auf Rei. »Hände hoch.«

»Was geht hier vor?«, unterbrach ihn eine vertraute Stimme.

»I-Inui!« Der Wachmann schreckte zusammen. »Was machen Sie denn hier?«

Rei erstarrte. Inui hatte zwar gesagt, dass sie in Sola-Il wieder zu ihnen stoßen würde, aber er hätte nicht erwartet, dass sie so plötzlich auftauchen würde. Statt des grauen Kimonos und des schweren Mantels, die sie sonst anhatte, trug sie jetzt einen grellroten Kimono und einen schwarzen Hakama. Ihr Gesicht sah jedoch genauso geisterhaft aus wie sonst. Die weiße Festmaske einer jungen Frau saß oben auf ihrem Kopf, als sei ihr ein zweites Gesicht aus dem Schädel gewachsen. Der Anblick des Mannes, der eine Waffe auf Rei gerichtet hielt, schien sie viel zu sehr zu amüsieren.

Die Papierhände an ihrer Hüfte wackelten mit den Fingern in Richtung des Wachmanns – ein Anblick, der Rei sicherlich bis in seine Träume verfolgen würde. Er zwang sich, nach oben in ihr Gesicht zu schauen. Ihr steifes Grinsen und die hellen, milchigen Augen erinnerten an eine uralte Bestie, die Unvorsichtige in ihr aufgesperrtes Maul lockte.

»Die *Hishaku* befördert eine spezielle Fracht für Prinzessin Tsukimi. Wir wollen die Prinzessin doch nicht warten lassen, oder?« Ihr breites falsches Lächeln enthüllte eine Reihe gelber Zähne.

Der Wachmann sah unschlüssig aus. »Aber der Mann, der ...«

»Er ist der Besitzer des Schiffes. Die Mannschaft und ich sind nur angeheuert. Überprüfen Sie die Schiffspapiere, wenn Sie mir nicht glauben«, sagte Rei.

Inui winkte ab. »Ich inspiziere das Schiff. Er muss einen guten Grund gehabt haben, von Bord zu rennen. Vielleicht hat er bei der Parade heute eine wichtige Rolle zu erfüllen und war spät dran?« Sie gackerte, viel zu belustigt von ihrem eigenen Witz. »Sie sollten sich darauf konzentrieren, ihn zu finden. Zerbrechen Sie sich über die *Hishaku* nicht ihren hübschen kleinen Kopf. Wenn etwas passieren sollte, übernehme ich die volle Verantwortung.«

Der Wachmann verzog das Gesicht, nickte aber.

Rei ließ Inui für die »Inspektion« an Bord. Sobald sie unter Deck waren, drehte er sich um und knurrte: »Was machst du hier? Ist das nicht verdächtig?«

Eine Papierhand löste sich von Inuis Gürtel und strich ihr die Haare aus dem Gesicht. »Komm schon, ich habe doch gesagt, dass ich euch in Sola-Il treffe. Jemand muss dafür sorgen, dass der Drache macht, was er soll.«

»Du hast nicht gesagt, dass du im Hafen auftauchen wirst. Hier, vor so vielen Zeugen.« Rei kochte vor Wut. Er wurde das Gefühl nicht los, dass er auf gefährliche Weise in Inuis Orbit geraten war und nun von ihren Launen mitgerissen wurde.

»Ach, jetzt mach dir doch nicht in die Hosen!«, sagte Inui. »Wenn du es unbedingt wissen willst: Ich war diejenige, die sich den ganzen Anschlagsplan ausgedacht hat. Prinz Ugetsu ist meinem Vorschlag gefolgt. Ich weiß, was ich tue.«

Reis Fingernägel bohrten sich in seine Handflächen. Es spielte keine Rolle, wer als Erster die Idee gehabt hatte, die Prinzessin mit einem Shikigami zu töten, Prinz Ugetsu hatte *ihn* mit dem Plan betraut. Die Freiheit der Himmelsstädte hing davon ab.

Ohne sich um Reis Wut zu scheren, legte Inui ihm eine Papierhand auf die Schulter.

»Überlass es deinen Männern, den Drachen von Bord zu schaffen. Wir sollten deinen Kameraden finden, bevor ihn noch jemand erwischt und ihm Fragen stellt.«

Das Fest war bereits in vollem Gange. Der ganze Weg vom Hafen zum Stadtzentrum bis zu den Windfarmen, die wie riesige Blumen am Stadtrand emporsprossen, war von Laternen gesäumt. Trommeln hallten durch die Luft. Akrobaten wirbelten hinter einer Prozession aus schwarzen Mänteln her, die von Tausenden Sternen glitzerten, gefolgt von Feuerspuckern und Frauen mit stählernen Flügeln. Die großen hölzernen Festwagen, auf denen Szenen von jungen Mädchen dargestellt wurden, die auf dem Rücken riesiger Vögel ritten, waren in ihrer Schönheit unvergleichlich. Sie erinnerten Rei daran, warum er so stolz war, ein Sorabito zu sein.

»Hier lang.« Inui verdarb den Moment, indem sie mit ihrer Skeletthand seinen Arm packte und ihn zu den Gassen zog.

Die Nebenstraßen bildeten ein enges Labyrinth, von beiden Seiten eingepfercht von hoch aufragenden Holzgebäuden, die dem Himmel entgegenwuchsen. Es dauerte länger, als Rei gehofft hatte, Nao zu finden. Der Händler kauerte schwer atmend neben einer Holzwand. Die Wachen waren nirgends zu sehen, aber bevor Rei einen weiteren Schritt machen konnte, schob Inui ihn plötzlich hinter eine Häuserecke. Gerade rechtzeitig, um sich vor einem Mann zu verbergen, der vom Himmel herabkam.

Ein Gestalter landete in der Gasse, direkt vor Nao. Papierschwingen falteten sich auf seinem Rücken zusammen und lösten sich in einem Wirbelwind auf, der bedrohlich um ihn kreiste.

Ein weiterer Gestalter in Prinzessin Tsukimis Diensten. Rei presste sich flach an die Wand und murmelte einen Fluch in den Wind.

»Halt!« Der Gestalter trug dieselbe schwarz-rote Uniform wie Inui. »Ich habe gesehen, wie du vor den Wachen weggerannt bist, Halunke! Was für ein Verbrechen hast du begangen?«

Als Rei um die Ecke spähte, hörte er eine Stimme durch seinen Kopf hallen.

»*Ich bin hier.*« Es hörte sich an wie Donnergrollen.

Rei erstarrte. Ein Shikigami.

Schritte flüsterten über den Stein, langsam und unheilvoll,

wie das Schlurfen eines Henkers. Ein großer weißer Tiger tauchte aus den Schatten hinter dem Gestalter auf. Obwohl er vollkommen farblos war, verliefen über seinen Körper schmale erhabene Flächen, die wie Streifen aussahen.

»Ruki.« Der Gestalter streckte liebevoll eine Hand aus.

»Wer ist das, Meister? Ein Feind? Dein Feind? Was soll ich mit ihm machen? Hat er dir wehgetan?« Der Tiger, Ruki, schob sich vor seinen Meister. Er war doppelt so groß wie ein gewöhnlicher Tiger und musste die Schulterblätter zusammenziehen, um überhaupt in die Gasse hineinzupassen. Er trat auf Nao zu. Starre weiße Augen richteten sich auf seine Beute.

»Warten Sie!« Nao wich zurück. »Bitte töten Sie mich nicht! Ich gestehe alles! Ich besitze Informationen, die nützlich für Sie sind!«

Dieser verfluchte Nao! Reis Herz krampfte sich zusammen. Er packte den Griff seines Katanas.

»Schh!« Inui legte Rei eine Hand auf die Schulter und trat aus ihrem Versteck.

»Fujiwa. Ruki. Was geht hier vor? Wer ist das?« Sie tat so, als wäre sie völlig unschuldig. Als wüsste sie nicht genau, was hier vor sich ging.

Naos Augen weiteten sich, als er sie erkannte. Erleichtert lief er auf sie zu.

»Inui –!«

»Geh weg von mir!« Inui wich zurück. Schneller, als Rei blinzeln konnte, schärfte sie ihr Ofuda zu einer Klinge und schlitzte Nao die Kehle auf.

Blut spritzte aus der Wunde.

Rei wandte sich vom Geschehen ab, aber er konnte sich

Naos überraschten Blick, als er zu Boden fiel, bildlich vorstellen.

»Inui!« Der Gestalter wirbelte wütend zu der Alten herum.

»Er wollte mich angreifen.«

»Du warst überhaupt nicht in Gefahr …!«

»Wer war er eigentlich?«, unterbrach Inui ihn. »Nur ein einfacher Verbrecher?«

»Ich weiß es nicht«, sagte der Gestalter. »Ich habe gesehen, wie die Wachen ihn vom Hafen verfolgt haben. Er führte irgendetwas im Schilde. Gerade wollte er mir alles gestehen.«

»Dann solltest du das der Prinzessin melden. Ich frage die Hafenwachen, was passiert ist.«

»In Ordnung«, kam die zögerliche Antwort. »Komm, Ruki. Lass uns gehen.«

Rei spähte noch rechtzeitig um die Ecke, um zu sehen, wie der riesige Tiger seinem Meister aus der Gasse folgte. Inui starrte dem Shikigami seltsam versonnen hinterher. Als die beiden verschwunden waren, trat Rei aus seinem Versteck. In der Ferne ging die Parade weiter. Fröhliche Musik hallte durch die Straßen, obwohl gerade jemand gestorben war.

»Der arme Nao.« Inui ging neben der Leiche in die Hocke. »Nun ja, er hat seinen Zweck erfüllt.«

Rei ballte die Hände zu Fäusten, damit sie aufhörten zu zittern. Naos Tod war es nicht, der ihn so aufbrachte – er hatte ihn nie wirklich gemocht. Nein, es war das Gefühl, keine Kontrolle über die Ereignisse zu haben. Nicht über Inuis Auftauchen, nicht über Naos Tod, nicht einmal darüber, wie sie den anderen Gestalter an der Nase herumgeführt hatte.

Inui stand auf und wischte sich den Staub von ihrem Kimono. Vorn waren ein paar Blutspritzer zu sehen. Naos Blut.

»Ach, komm schon. Jetzt zieh nicht so ein Gesicht. Du musst mich begleiten.«

Rei kochte. Das alles war *sein* Plan, den er so durchführen würde, wie er es für richtig hielt. Er war keine Marionette.

Doch er wusste, wenn er sich weigerte, konnte Inui ihn zwingen, mit ihr zu gehen, und er wollte sich lieber nicht von ihren Papierhänden durch die Straßen zerren lassen. Er folgte ihr aus der Gasse. Bei jedem Schritt spürte er die unsichtbaren Fäden an Inuis zahlreichen Papierfingern, die ihn zum Tanzen zwangen.

KAPITEL 18

Ihnen blieben noch fünf Tage. Fünf Tage. Himura hatte den Flugplan mit Sayo doppelt und dreifach überprüft, bis die Navigatorin ihn angefaucht hatte, sie in Ruhe zu lassen. Und doch hatte sich an der Zahl nichts verändert. Es war nicht genug Zeit. Wenn Kurara alles Nötige lernen sollte, bevor sie bei Prinzessin Tsukimi vorsprach, würde Himura den Unterricht beschleunigen müssen. Für Versagen blieb kein Platz.

Jede Unterrichtsstunde war kostbar, und doch ging Himura jetzt schon eine ganze Weile in seiner Kabine auf und ab und wartete darauf, dass Kurara erschien. Die Frühstückszeit kam und ging, aus Mittag wurde früher Nachmittag, und immer noch klopfte sie nicht an seine Tür. Mit jeder Minute wurde er gereizter. Normalerweise war Kurara eine eifrige Schülerin. Schlief sie etwa noch? Er hatte ihr doch gesagt, sie solle nicht zu lange aufbleiben.

»Akane, komm!« Mit einem Zungenschnalzen machte er sich auf den Weg zu den Kabinen der weiblichen Mannschaftsmitglieder. Er würde dafür sorgen, dass der Unterricht heute besonders anstrengend wurde.

Als er jedoch an Kuraras Tür klopfte, machte Sayo ihm auf.

»Sie spielt mit Tomoe!« Die Ringe unter Sayos Augen waren so dunkel, dass sie wie Blutergüsse aussahen. »Kannst du mich bitte mal in Ruhe lassen? Siehst du denn nicht, dass ich Flugpläne zu berechnen habe? Und der Treibstoff! Ich muss sehen, wie viel wir noch übrig haben!«

Sayo wedelte wie eine Verrückte mit ihren Karten und schlug Himura dann die Tür vor der Nase zu.

»Meister.« Akane grinste. *»Können wir auch spielen?«*

Soso, Kurara spielte also. Himura holte Luft und spürte, wie sich seine Verärgerung verzehnfachte.

Die Wolken, die über dem Deck vorbeitrieben, waren grau und unheilvoll. In der Ferne sah Himura die Berge, vor denen der Militäroffizier sie gewarnt hatte – zwei dunkle Steinwälle, die in Dunst gehüllt waren wie das Tor zur Festung eines Riesen. Das Summen von Walgesängen hallte von dort herüber.

Er trat durch die Balkontür aus dem Schiff. Als er die Stufen hinunterging, hörte er ein freudiges Rufen.

»Unentschieden!« Tomoe hielt ein Strohkörbchen hoch und bellte der versammelten Mannschaft einen Befehl zu.

Sofort warfen vier Leute Kupfermünzen in die Luft.

Kurara stand vor Tomoe und hatte der Mannschaft den Rücken zugekehrt, die hinter ihr einen Halbkreis bildete. Als die Münzen in die Luft geworfen wurden, wirbelte sie herum. Mit einer zusammengeknüllten Papierkugel schoss sie die Münzen herunter. Zwei landeten in Tomoes Körbchen. Die beiden anderen verfehlten es und hüpften über das metallene Deck, wo sie schließlich liegen blieben.

Himura riss die Augen auf. Kurara hatte zwar zweimal das Körbchen verfehlt, aber ihre Beherrschung des Ofuda war besser, als er erwartet hätte. Er wusste, dass Kurara ein Händchen fürs Gestaltändern hatte, bis jetzt war ihm jedoch noch nicht klar gewesen, dass sich ihr Talent auch auf andere Bereiche erstreckte. Sie lernte schnell.

»Erstaunlich! Der kleine Welpe ist schon fast so gut wie du!« Akane pfiff durch die Zähne.

»Du bist zu großzügig«, schnaubte Himura. Sie war nicht so gut wie er. Nicht einmal annähernd.

Aber, wisperte eine kleine Stimme in seinem Hinterkopf, *sie wird es bald sein*. Wofür er mehrere Monate gebraucht hatte, lernte Kurara in nicht mal einer Woche. Sie würde nicht bloß so gut werden wie er, sie könnte ihn sogar übertreffen.

»Unentschieden!«, rief Tomoe erneut und wieder warfen vier Leute ihre Münzen. Diesmal traf Kurara nur einmal das Körbchen, aber die anderen drei Münzen waren nah dran.

Die Mannschaft applaudierte.

Mit einem atemlosen Grinsen verneigte sich Kurara. Sie sah mit sich zufrieden aus. Sonnte sich in der Aufmerksamkeit der Mannschaft. Himura war nie von jemandem gefragt worden, ob er alberne Spiele spielen wollte. Das trauten sich die Leute nicht. Er war ein ehrwürdiger Gestalter. Wenn er seine Fähigkeiten auf Taschenspielertricks verschwendete, käme das einer Beleidigung gleich.

»Früher, vor langer Zeit, haben wir Gestalter über dieses Land geherrscht. Damals waren wir so viel mehr, als wir es heute sind«, hatten seine Eltern ihm zugeflüstert. Sie wären entsetzt darüber gewesen, wie Kurara ihre Kräfte einsetzte.

»Du bist kein verfluchtes Zirkustier!«, rief er, während er die restlichen Stufen hinunterstürmte.

Die Mannschaft erstarrte bei seinem Anblick.

Kurara drehte sich mit enttäuschter Miene zu ihm um. »Wir hatten nur ein bisschen Spaß.«

»Wir kommen gerade rechtzeitig zum Fest des siebten Sterns in Sola-Il an. Wir sollten uns schon mal in Stimmung bringen!«, sagte Tomoe.

Himura beachtete sie gar nicht. »Wenn du dich einer fahrenden Schaustellertruppe anschließen willst, dann nur zu. Aber wenn du lernen willst, eine gute Gestalterin zu sein, brauchst du meine Hilfe«, sagte er zu Kurara.

Ihr Blick hatte etwas Aufsässiges an sich, das Himura nicht gefiel. Er musste es im Keim ersticken, bevor es sich zu einem Problem auswuchs.

»Lasst uns allein!«, bellte er der Mannschaft zu. Ein Blick reichte aus, dass alle das Weite suchten. Er wandte sich wieder an Kurara. »Du bist eine stolze Gestalterin. Setze dich und dein Ofuda nicht dadurch herab, dass du simple Tricks vorführst.«

»Wenn ich mich herabsetze, was würdest du dann zu unserem Gespräch letzte Nacht sagen?«, murmelte Kurara kaum hörbar. »Wusstest du, dass dein Shikigami keine Erinnerungen daran hat, wie es erschaffen wurde?«

Himura hob eine Augenbraue. Damit hatte er nicht gerechnet. Die Vehemenz in ihrer Stimme überraschte ihn. Er begriff nicht, weshalb sie so aufgebracht war.

»Shikigami wurden dazu geschaffen, Gestaltern zu dienen. Das ist der Grund für ihre Existenz«, hatten seine Eltern ihm nachts zugeflüstert.

Wozu sich also über Akanes Erinnerungen aufregen? Der Fuchs kam auch ohne sie zurecht.

»Als ich damals eine Verbindung zu Akane hergestellt habe, hoffte ich, Informationen über meine Vorfahren gewinnen zu können, über die Shikigami. Aber Akane wusste nichts.« Er seufzte. »Was soll's? Meister können tun, was sie wollen. Shikigami besitzen keinen eigenen Willen. Sie verhalten sich wie eigenständige Wesen, aber ihre Persönlichkeit verdanken sie allein den Symbolen auf ihrem Herzstück. Sie sind nicht menschlich. Sie sind nicht wie du und ich.«

Außerdem war er kein schlechter Meister. Auch wenn er den Fuchs manchmal anblaffte, behandelte er ihn gut. Das reichte doch, oder?

Kuraras Augen leuchteten vor Wut. Doch bevor sie etwas sagen konnte, sprang der Fuchs zwischen sie.

»Akane denkt, dass ihr beiden euch nicht streiten solltet«, sagte das Shikigami traurig.

»Akane hat recht. Wir dürfen keine Zeit verschwenden.« Himura nahm sein Armband ab. »Das Treffen mit der Prinzessin solltest du nicht auf die leichte Schulter nehmen. Schwäche ist eine Beleidigung, und mit Leuten, die sie beleidigen, macht die Prinzessin kurzen Prozess. Entweder du kommst vorbereitet zu ihr oder gar nicht.«

Als er die Prinzessin zum ersten Mal getroffen hatte, war er unvorbereitet gewesen und sein Stolz hatte sich von der Begegnung immer noch nicht erholt.

»Dann komme ich vorbereitet«, sagte Kurara.

Himura wusste nicht, was er von dem Feuer halten sollte, das in ihren Augen brannte. Stolz und Unbehagen rangen in seinem Inneren miteinander. Kurara verdankte ihr Können seinem Unterricht, ihre Entschlossenheit spiegelte seine Fähigkeiten wider, aber er hatte das entschiedene Gefühl, dass sie bereit war, vorauszueilen und ihn hinter sich zu lassen.

Als Himura sich schließlich abwandte, hatte sich die Sonne hinter die Wolken geflüchtet. Er ging zu dem Körbchen, das Tomoe auf dem Deck hatte stehen lassen, hob es hoch und warf es in die Höhe. Es segelte durch die Luft und sein Ofuda schoss darauf zu. Auf ein Fingerschnipsen nahm das Ofuda die Gestalt eines Falken an, der den Rand des Körbchens mit dem Schnabel packte und zum Deck hinabgeflogen kam.

Der Vogel ließ das Körbchen auf Kuraras Kopf fallen. Mit einem beleidigten Quietschen fing sie es auf.

»Das Gestaltändern beherrschst du jetzt schon sehr gut. Es wird Zeit, dass wir zum Bewegen übergehen«, sagte Himura.

Kurara sah ihn nicht an. Sie hatte den Kopf gesenkt und starrte aufs Deck. Himura verspürte einen Stich der Verärgerung, bis er ebenfalls nach unten schaute und einige weiße Rauchwölkchen bemerkte, die über dem Boden hingen.

Nein, kein Rauch, Dunst. Die *Orihime* segelte über ein Nebelmeer dahin. Einen wogenden Schleier, der die Welt verbarg.

Als Himura hochsah, konnte er vage die Umrisse einer Felswand erkennen. Sie hatten sich in der Nähe des Kumokiri-Gebirges befunden, doch anstatt es außen zu umrunden, waren sie in den Pass hineingeflogen.

Aber Sakurai hat gesagt …

Bevor er den Gedanken zu Ende bringen konnte, stieß etwas gegen das Schiff. Gerade so fest, dass Himura eine Erschütterung spürte. Er hatte sich kaum von dem Schreck erholt, als ein weiterer Stoß folgte, diesmal kräftiger.

»Was war das?«, hörte er Kurara quieken. Akane jaulte warnend.

An der Steuerbordseite strich Nebel vorbei. Nein, das war kein Nebel. Himuras Entsetzen wuchs, als er ein großes schwarzes Auge sah, das ihn aus dem Dunst anstarrte.

Sie waren geradewegs in ein Nest der Himmelswale gestolpert.

KAPITEL 19

Warnglocken hallten übers Deck, und Kurara spürte, wie noch etwas gegen das Schiff stieß.

»Wir werden angegriffen«, sagte Himura grimmig. Bei seinen Worten rutschte Kurara das Herz in die Kniekehlen. Sie musste an die Midori denken – die Schreie, die Flammen, die zerbrochenen Fenster.

Sie spähte in die Dunkelheit und konnte gerade so die riesigen Felswände erkennen, die um das Schiff herum aufragten. Der Nebel war dermaßen dicht, dass sie die Felsen beim Hineinfliegen in den Kumokiri-Pass gar nicht bemerkt hatte. Weshalb flogen sie durch den Pass? Kapitän Sakurai hatte doch gesagt, dass sie einen Bogen darum machen würden.

Der Luftdruck fiel. Ein stechender metallischer Geruch drang ihr in die Nase: der vertraute Duft eines Gewitters. Der Nebel verbarg alles bis auf die Felswände, aber trotz der Finsternis konnte Kurara schattenhafte Umrisse sehen, die sich im Dunst bewegten. Geisterhafte Stimmen summten im Dunklen.

Kumuluswale. Wenn Kurara die Augen etwas zusammenkniff, konnte sie sie gerade so erkennen. Durchsichtige Haut, die sich über riesigen, mit Wolken gefüllten Mägen spannte und so dünn war, dass sie leicht aufplatzte. Schwarze Augen starrten stumpfsinnig aus flachen Köpfen, Flossen ruderten durch die Luft. Gelegentlich öffnete einer der Wale sein Maul und entblößte mehrere Reihen gelber Zähne.

Sie hatten eine Herde aufgeschreckt. Der Offizier hatte sie vor dem Nest gewarnt. Dass er recht gehabt hatte, hinterließ einen üblen Nachgeschmack in Kuraras Mund.

Als die *Orihime* einen Wal streifte, wackelte sein Körper unter dem Aufprall wie Gelatine. Der Sack an seinem Bauch platzte auf und Regen prasselte herab.

Die anderen Wale knirschten mit den Zähnen und spreizten ihre rasiermesserscharfen Flossen. Ein paar gewaltige Backenzähne näherten sich dem Bug des Schiffes und bissen den Rammbock entzwei. Scharfe Flossen durchschnitten die Reling.

»*Wale! Wale!*« Akane sprang erschrocken auf und nieder.

»Nimm das hier!« Himura reichte Kurara eine Handvoll Papier. »Und hilf mir!«

»A-aber das Wasser!«

»Wasser ist für Ofuda nicht ganz so schlimm wie Feuer. Pass nur auf, dass das Papier nicht völlig durchnässt wird!« Himuras Ofuda verwandelte sich in einen Schwarm schlanker Himmelsfische mit langen, eleganten Schwänzen und flügelähnlichen Flossen. »Ich hatte gehofft, dass uns noch mehr Zeit zum Üben bleibt. Aber wie's aussieht, wirst du spontan lernen müssen.«

Ein durchsichtiger Schwanz schob die *Orihime* beiseite. Kurara wurde herumgeschleudert und prallte mit dem Bauch gegen die Reling. Beinahe wäre sie über Bord gegangen, bekam aber gerade noch rechtzeitig die Reling zu fassen. Verzweifelt klammerte sie sich daran fest, während sich das Schiff zur Seite neigte. Durch den Regen war das Metall rutschig und schwer zu greifen.

»Was soll ich machen?«, rief sie.

Das Schiff war zwischen den Bergen eingepfercht. Wieder ein Schlag, diesmal vom Schwanz eines Wals, der unter ihnen vorbeiglitt. Kurara hörte Holz knirschen und Metall ächzen, der Aufprall hinterließ eine Delle in der Seite des Schiffes. Sie schaute zum Ruderhaus. War das Sayo, die dort stand und das Schiff in einem übelkeitserregenden Schlingerkurs hin und her steuerte, um die Wale abzuschütteln?

»Spreize die Finger und dirigiere dein Ofuda, so wie ich es mache.« Himuras Papierfische tanzten um ihn herum, schossen hierhin und dorthin, den Bewegungen seiner Hände folgend. »Verteile deine Aufmerksamkeit gleichmäßig auf jedes einzelne Stück Ofuda. Du solltest sie alle gleichzeitig bewegen können.«

Kurara machte es ihm nach. Ihre Papierfische sahen genau aus wie seine, schossen aber nicht so schnell umher wie Himuras und entfernten sich auch nicht so weit. Jedes Mal, wenn sie weiter als zwei Meter flogen, verlor Kurara die Kontrolle darüber und die Fische begannen sich aufzulösen.

Ein Wal knallte gegen den Rumpf. Kurara fiel nach hinten und rollte übers Deck. Sie konnte sich nicht mehr konzentrieren, und ihre Fische verwandelten sich in Papierblätter, die vom Wind erfasst und weggerissen wurden.

»Fürs Gestalten braucht man Konzentration! Wenn du in Panik gerätst, verlierst du die Kontrolle. Ruhig bleiben!«, rief Himura über den heulenden Sturm.

Er hatte leicht reden. Wie sollte sie sich konzentrieren,

wenn sie kaum aufrecht stehen konnte? Kurara rappelte sich auf, holte ihr Ofuda aus der Luft und sammelte es neben sich.

»*Wale!*«, bellte Akane warnend. Die Flossen eines vorbeifliegenden Kumuluswals verhakten sich in der Reling und rissen diese mit sich. Das Ächzen des Schiffes klang, als würde der Himmel entzweigerissen.

Bevor die Wale noch mehr Schaden anrichten konnten, ließ Himura seine Papierfische direkt vor ihre Nasen fliegen. Aufreizend tanzten sie vor ihnen hin und her und schossen dann vom Schiff weg. Ein paar Wale lösten sich aus der Herde, um den Fischen mit geöffnetem Maul hinterherzujagen, offenbar in der Hoffnung auf eine Mahlzeit.

»Betrachte das Ofuda als Verlängerung deines Körpers. Schaust du bei jedem Schritt deine Füße an? Oder denkst du an deine Beine, wenn du läufst? Dein Ofuda ist ein Teil von dir!«, sagte Himura und rannte zum Bug des Schiffes, um die Wale abzulenken, die sich dort versammelt hatten.

Kurara holte tief Luft. Der Unterricht in Himuras Kabine war schön und gut gewesen, aber das hier war die Wirklichkeit. Sie musste das Schiff beschützen. Es gab keine Rettungskapseln. Wenn die *Orihime* abstürzte, würde die Mannschaft sterben.

Ihre Hände zitterten und ihr Herz hämmerte lauter als Donnerschläge, aber sie durfte die Nerven nicht verlieren. Eines nach dem anderen verwandelten sich die Papierblätter in Himmelsfische. Sie streckte eine Hand aus und die Fische folgten ihrer Fingerspitze.

Die Kumuluswale rasten auf sie zu. Ihre gewaltigen Mäuler waren weit aufgerissen wie gähnende Schluchten.

»Nicht zu uns locken!«, schrie Himura. »Sondern von uns weg!«

Kurara rannte. Die Papierfische folgten ihr zum Bug. Und ebenso die Wale. Als sie das vordere Ende des Schiffes erreicht hatte, streckte sie die Hand aus, um die Fische wegzuschicken. Aber wie Kinder, die ihre Mutter nicht verlassen wollten, flogen sie nicht weit genug.

Einer der Wale tauchte nach den Fischen und hätte beinahe einen riesigen Bissen vom Schiff genommen.

»Bewegt euch!«, schrie Kurara. Warum war das so schwierig? Sie starrte ihr Ofuda an und konzentrierte sich, bis es hinter ihren Augen hämmerte und sie das Gefühl hatte, jemand wollte ihr den Schädel spalten.

»Dein Ofuda ist ein Teil von dir«, hatte Himura gesagt.

Kurara holte tief Luft.

Lass los. Versuche nicht, es zu erzwingen. Lass los.

Als sei ein Damm gebrochen, stiegen die Papierfische in den Himmel auf. Kurara wusste nicht, ob sie vor Erleichterung lachen oder weinen sollte. Ihr Ofuda schoss um die Wale herum, lenkte sie ab und lockte sie auf eine Verfolgungsjagd vom Schiff weg.

»Akane, hol uns noch mehr Papier!«, rief Himura.

Der Fuchs eilte gehorsam davon.

Haru, das wirst du mir nie glauben, wenn ich es dir erzähle! Kuraras Ofuda schwamm durch die Luft. Auch wenn es in ihrem Schädel pochte, war sie viel zu aufgeregt, um sich von Kopfschmerzen aufhalten zu lassen. Ein breites Grinsen trat auf ihre Lippen, als die Fische am Himmel hin und her flitzten, um die Felsvorsprünge und die Büsche herum, die an den Wänden des Passes wuchsen. Nun, da sie die Wale an der Nase herumführen konnte, kamen sie ihr gar nicht mehr so monströs vor.

Sie war derart guter Laune, dass sie auf den sengenden Schmerz, der plötzlich in ihrem Kopf explodierte, nicht vorbereitet war.

»Aki, du sollst die Fische nicht überfüttern!« Eine Stimme – eine Erinnerung – hallte durch ihren Kopf. Sie dröhnte in ihrem Schädel, fast wie die eines Shikigami, sodass sie sich schon fragte, ob womöglich eines in der Nähe war. Erschrocken wich Kurara zurück. Ihre Papierfische zerfielen sofort und verteilten sich in der Luft.

Wütend, weil ihre Beute verschwunden war, machten die Kumuluswale kehrt und rammten das Schiff. Die *Orihime* neigte sich und die Spitzen der Maste kratzten über die Felswand, aber Kurara konnte sich nur benommen an den Kopf greifen. Was war das gewesen? Eine Halluzination? Ein Tagtraum? Für einen kurzen Moment war es ihr vorgekommen, als stehe jemand vor ihr und spräche mit ihr – eine Stimme, die sie nicht erkannte und die ihr dennoch schmerzlich vertraut vorkam.

»Konzentriere dich, Kurara!«, rief Himura. Auch wenn sein Ton streng klang, verriet das Flattern seines Ofuda seine Besorgnis.

»Nein … Da war etwas …« Sie trat einen Schritt vor. Die Welt schwankte unter ihren Füßen.

Ein Wal stürzte sich auf sie. Sie sah ihr Spiegelbild auf einer Reihe schleimiger gelber Zähne.

»Aus dem Weg!« Himura zog sie beiseite, bevor sie zu Walfutter werden konnte.

»Schon in Ordnung! Mir geht's gut!«, keuchte Kurara. Ihr

tat immer noch der Kopf weh, und wenn sie blinzelte, könnte sie schwören, dass sie die Schatten von Kois sah, die im Wasser schwammen. Sie zwang sich, nicht mehr darauf zu achten. Sie hatte jetzt keine Zeit, darüber nachzudenken. Nicht, wenn sie ein Schiff retten musste.

Die *Orihime* flog weiter in einer Schlängellinie durchs Gebirge und Kurara geriet bei jedem jähen Kurswechsel ins Stolpern. Trotz des Nebels konnte sie das Ende des Passes sehen.

Akane kehrte mit einem Stapel Papier im Maul zurück.

Hier und da fiel Sonnenlicht durch den Vorhang aus Felsgestein. Zusammen gelang es Kurara und Himura, die letzten Kumuluswale abzulenken, bis das Schiff den Pass durchquert hatte. Die Wale würden das Gebirge nicht verlassen, weil sie stets bei ihren Nestern blieben. Als die *Orihime* den Pass hinter sich gelassen hatte, zogen die Wale sich in den Dunst zurück.

Erschöpft und bis auf die Haut durchnässt, drehte sich Kurara zu Himura um und schaute ihn ungläubig an. In ihrer Brust, die sich schwer hob und senkte, regte sich Stolz. Sie hatte es geschafft. Sie hatte geholfen, das Schiff zu retten.

Ebenfalls klatschnass und schwer atmend starrte Himura sie an. In diesem Moment ging etwas zwischen ihnen vor. Er grinste.

»Nicht schlecht«, sagte er.

Kurara war verlockt, ihm die Zunge herauszustrecken, aber dann kam Akane von hinten zu ihr gerannt, sprang mit einem triumphierenden Grinsen an ihr hoch und versuchte, ihr den Regen aus dem Gesicht zu lecken.

»Gut gemacht, kleiner Welpe! Gut gemacht! Dumme Wale – Akane hätte sich von dem Trick nicht täuschen lassen!«

Lachend schob Kurara den Fuchs weg.

Ein lautes Krachen ertönte.

»Sind sie alle weg?«

Ein Fernrohr rollte übers Deck; die Linse war beim Aufprall auf das Metall zerbrochen. Kurara schaute hoch und sah Sayo mit ängstlich aufgerissenen Augen vor sich stehen.

»Die Wale. Sind sie wirklich weg?«

Bevor Kurara antworten konnte, flog die Balkontür auf. Kapitän Sakurai stand mit grimmiger Miene oben auf der Treppe. Hinter ihm spähten die anderen Besatzungsmitglieder mit verärgerten Gesichtern durch die Tür.

»Sayo.« Sakurais Lächeln war angespannt wie eine Sprungfeder. »Ich dachte, ich hätte Ihnen gesagt, Sie sollen außen um das Gebirge herumfliegen.«

KAPITEL 20

Die Atmosphäre an Deck war aufgeladen. Sayo stand vor Sakurai, die Hände zu Fäusten geballt, den Blick zu Boden gerichtet. Kuraras Beine zitterten. Sie war müde und fror und hatte überall Schmerzen, aber sie wagte es nicht, sich von der Stelle zu rühren.

»Wollen Sie mir nicht erklären, was hier vor sich geht, Sayo?«

Die restliche Mannschaft sah mit empörten Mienen schweigend zu. Kuraras Fingernägel gruben sich in ihre Handflächen. Sie hatte es immer gehasst, wenn sie in der Küche alle hatten antreten müssen, um Zeuge zu werden, wie Madam Ito einen Angestellten ausschimpfte. Auch wenn Kurara nicht diejenige gewesen war, die Ärger bekam, hatte sie sich wegen der Anspannung in der Luft am liebsten wegschleichen und verstecken wollen.

Kapitän Sakurai schrie nicht und warf auch nicht mit Töpfen. Er wirkte nicht einmal wütend, nur enttäuscht, und das war noch schlimmer. Hundertmal schlimmer.

»Uns gehen Essen und Treibstoff aus.« Sayo presste die Worte zwischen zusammengebissenen Zähnen hervor, wie jemand, der Felsbrocken vom Boden eines Brunnens hochholte. »Wenn wir außen um das Gebirge herumgeflogen wären, bestand die Gefahr, dass beides zur Neige geht, bevor wir Sola-Il erreichen.«

»Das war ein Risiko, das ich bereit war einzugehen.« Sakurai blieb ruhig, doch sein Tonfall klang stählern.

Sayos Augen funkelten trotzig. »Aber ich habe uns mit minimalem Schaden durchgebracht und Treibstoff gespart! Unser Tank war schon halb leer. Wir konnten es uns nicht leisten, Levistein für einen längeren Flug zu verschwenden. Ich bin eine gute Navigatorin! Das weiß ich! Wie oft habe ich einen Kurs für dieses Schiff berechnet, ohne dass es Probleme gab?«

»*Sie* haben uns nicht mit minimalem Schaden durchgebracht«, sagte Sakurai. »Himura und Kurara waren das.«

»S-Sir –!« Sayos Stimme zitterte.

»Ich habe Sayo gebeten, uns durch den Kumokiri-Pass zu fliegen!«

Ein erschrockenes Murmeln ging durch die Mannschaft, als Tomoe vortrat. Ihr langes rotes Haar peitschte um ihr Gesicht, sie stand mit hoch erhobenem Kopf da.

»Ja, ich war das!«, rief sie schrill. Ihre Augen blitzten selbstbewusst. »Ich habe Sayo gebeten, durch die Berge zu fliegen, damit wir noch rechtzeitig zum Fest des siebten Sterns in Sola-Il ankommen. Warum, fragt ihr euch?«

»Tomoe …« Sakurai, der offenbar ahnte, dass es Probleme geben könnte, versuchte, sie zum Schweigen zu bringen.

Tomoe deutete auf Kurara. »Ich habe es für sie getan!«

»Für mich?« Kurara fuhr zusammen und wäre beinahe mit den Stiefeln auf dem nassen Deck ausgerutscht.

»Du!« Sayo musterte sie finster.

»Ja. Das arme Mädchen war sein ganzes Leben lang in

der Midori eingesperrt und hat noch nie ein Fest der Sorabito erlebt!« Tomoe gestikulierte in Richtung ihres gebannt lauschenden Publikums. »Lässt das nicht eine Träne in eure Augen steigen? Was muss man für ein kaltes, totes Herz haben, um nicht einen Funken Mitgefühl für unsere Lieblingsgestalterin zu verspüren?«

»*Lieblingsgestalterin*?«, murmelte Himura.

»Tja, Kameraden, ich bin nicht aus Stein! Ich musste einfach dafür sorgen, dass Kurara ihr erstes Fest nicht verpasst. Peitscht mich aus! Bindet mich an den Mast. Verfüttert mich an die Würmer! Tut, was ihr tun müsst, aber ich werde mich nicht entschuldigen!«

»Tomoe, beim blauen Himmel, seien Sie still!« Sakurai funkelte die Mannschaft wütend an, als jemand kicherte. Er rieb sich die Schläfen mit einem Ausdruck, als sei er in ein Kabuki-Theater marschiert und der Hauptdarsteller hätte soeben die Bühne in Brand gesteckt. Er wandte sich Kurara zu und fragte: »Haben Sie davon gewusst?«

»Ähm …« Kurara zögerte.

Sie war nicht mit Sayo befreundet. Es gab Tage, an denen sie kaum zwei Worte miteinander wechselten. Aber sie erinnerte sich daran, wie hart Sayo gearbeitet hatte, um sie hierher zu bringen, wie sie bis spät in der Nacht bei Laternenschein Wetterkarten gelesen und Flugrouten niedergeschrieben hatte. Eine solche Loyalität musste belohnt werden.

Hinter dem Rücken des Kapitäns nickte Tomoe energisch.

»Ja?«

Sakurai seufzte und seine Schultern sanken herab. »Na gut, seien Sie froh, dass wir heil durchgekommen sind. Trotzdem sollten Sie es besser wissen, als einen Befehl zu missachten, Sayo. Tomoe und Kurara, es geht nicht, dass Sie beide einfach tun, wonach Ihnen der Sinn steht. Also«, sein Blick glitt über sie drei hinweg, »werden Sie alle bestraft werden.«

»Hätte ich bloß nichts gesagt.«

Kuraras Arme taten weh. Die Sonne brannte ihr im Nacken, aber sie konnte sich nicht bewegen. Sie stand vollkommen still, die Füße aufs Deck gepflanzt, und hielt mit schmerzenden Muskeln ein Stück Reling gerade, während Sayo es mit einem Hammer festschlug.

Es war die reinste Folter. Eine besonders grausame Strafe. Kapitän Sakurai hatte keine Gnade walten lassen und ihnen befohlen, das Schiff zu reparieren. Und jetzt wurde Kurara bei lebendigem Leib geröstet. Nachdem sie die Berge und den Monsunregen hinter sich gelassen hatten, war der Himmel aufgeklart. Als hätte die Sonne sich daran erinnert, dass eigentlich Sommer war, brannte sie jetzt aufs Deck. Schweiß tropfte an Kuraras Gesicht hinab und sammelte sich an ihrem Schlüsselbein. Ihre Ärmel waren bereits feucht, weil sie sich ständig die Stirn abwischen musste. Ihr Ofuda wedelte ihr in Gestalt eines riesigen Papierfächers Luft zu, sorgte jedoch nur für wenig Abkühlung. Die Luft war dick, bei jedem Atemzug kam es ihr vor, als würde sie Suppe trinken.

»Wo ist Tomoe hin?« Sie schaute sich auf dem Deck um. Die Maschinistin war gegangen, um ihnen eine »leichte Erfrischung« zu besorgen, und war bereits seit einer halben Stunde fort. Kurara würde nicht zulassen, dass sie sich vor den Reparaturen drückte. Immerhin war es Tomoes Schuld, dass sie jetzt unter der sengenden Sonne schuften mussten.

Sayos Gesicht war rot wie eine Tomate und sie blies bei jedem Hammerschlag die Wangen auf.

»Wenn du noch die Kraft hast, dir über Tomoe Gedanken zu machen, dann schaffst du es auch, die Reling ein Stück höher zu halten!«, bellte sie.

Kurara keuchte, ihre Arme zitterten unter dem Gewicht der Metallstange. Um sie herum drehte sich alles. Womöglich hatte die Hitze ihr Hirn durchbrennen lassen, denn sie könnte schwören, dass sie zu ihren Füßen Lotusblüten sah.

Das Deck verschwand. Sie stand oben auf einem grasbewachsenen Hügel und schaute zu einem kleinen Dorf hinunter.

»Aki«, rief jemand. *»Aki!«*

»Hä? Was?« Kurara riss den Kopf hoch. Das Deck nahm um sie herum wieder Gestalt an.

Ließ die Hitze sie halluzinieren? Dasselbe war auch passiert, als sie gegen die Wale gekämpft hatte. Wurde sie vielleicht krank? Sie breitete ihr Ofuda über ihrem Kopf aus und schuf einen Sonnenschirm, der einen kreisrunden Schatten warf.

»Ich sagte«, fauchte Sayo, »ich habe uns nicht bloß zum Spaß durch den Kumokiri-Pass gelenkt. Ich habe das wirklich für die beste Entscheidung gehalten. Außerdem«, fügte sie leise hinzu, »hat uns dieser Erdbewohner geraten, nicht durch den Pass zu fliegen. Und auf Erdbewohner höre ich grundsätzlich nicht. Das sind alles Lügner und Betrüger! Man kann nicht darauf vertrauen, dass sie über irgendwas die Wahrheit sagen.«

»Genau so würden Sohma reden.« Tomoe steckte den Kopf aus der Deckluke.

Vor Schreck ließ Kurara die Reling fallen. Sie sprang vor, um sie aufzufangen. Als ihr das Metall auf den Unterarm knallte, war sie froh, dass ihr linker Arm völlig taub war. Wäre es der rechte gewesen, hätte sie wohl vor Schmerz aufgeheult.

»Wo warst du?«, fauchte Sayo. »Schnapp dir einen Hammer und hilf uns, sonst sind wir hier noch beschäftigt, wenn wir Sola-Il erreicht haben!«

»Ich habe euch beiden was zu essen mitgebracht!« Tomoe stellte einen Teller Nudeln zwischen ihnen ab. Leicht säuerlich bemerkte Kurara, dass Tomoe im Gegensatz zu ihnen nicht rot und schweißgebadet war. »Eine meiner Spezialitäten: kalte Rindfleisch-Soba ohne Rindfleisch!«

»Also nur die Nudeln.« Sayo ließ sich von Tomoe ein Paar Stäbchen reichen.

»Soll das etwa eine Beschwerde sein? Also wirklich, Sayo, ich bemühe mich, dich vor Kapitän Sakurais Zorn zu retten, bringe dir was zu essen, und so dankst du es mir? Du brichst mir das Herz!«

Sayo starrte Tomoe unbeeindruckt an. »Was hast du über die Sohma gesagt?«

»Nur, dass du deine Meinung für dich behalten solltest, wenn wir Sola-Il erreichen.«

»Darf man denn über die Sohma nicht reden?« Kurara legte die Metallstange der Reling beiseite und nahm sich ebenfalls etwas zu essen. Wenn sie die beiden einfach weitermachen ließe, würden sie gleich wieder in Streit geraten. Oder jedenfalls würde Tomoe Dinge sagen, die Sayo vor Wut rot anlaufen ließen, und dann würde Tomoe sie weiter aufziehen – ein seltsamer Tanz, der zwischen den beiden fast schon zu einem Ritual geworden war.

»Na ja, Sola-Il ist Teil des Kaiserreichs. Und alles im Kaiserreich gehört den Erdbewohnern. Deswegen sind der Bürgermeister und die Polizei in Sola-Il Erdbewohner. Und Prinzessin Tsukimi darf sich einfach einen Palast mitten in der Stadt bauen, ohne uns Sorabito um Erlaubnis zu fragen. Es ist zwar unsere Stadt, aber wir haben keinen Einfluss darauf, wie sie regiert wird. Über eine Rebellengruppe zu reden, die die Erdbewohner hasst, ist deshalb definitiv verboten!« Tomoe ließ sich aufs Deck fallen, wie eine Katze, die sich in der Sonne ausstreckt. »Und während des Fests des siebten Sterns ist die Militärpolizei doppelt so gestresst und reizbar.«

Kurara hatte fast vergessen, dass ihre Ankunft mit dem Fest der Sorabito zusammenfiel. Sie war so mit ihrem Unterricht beschäftigt gewesen, dass es ihr völlig entfallen war.

»An der Sohma gibt's nichts auszusetzen«, sagte Sayo.

»Ich glaube, du vergisst die ganzen Morde. Und wie besessen sie von der Reinheit der Sorabito sind«, sagte Tomoe kalt. »Sie sind dafür, Halb-Sorabito zu erschießen und jeden hinzurichten, der einen Erdbewohner geheiratet hat.«

Zum ersten Mal sah Tomoe nicht so aus, als würde sie Witze machen. Sayos Miene wirkte verletzt.

»Du musst dir aber keine Sorgen machen«, sagte Tomoe zu Kurara. »Die Militärpolizei ist es gewohnt, Sorabito einzuschüchtern. Mit Gestaltern wissen sie dagegen nicht umzugehen. Sie werden dich in Ruhe lassen. Und Prinzessin Tsukimi hat bekanntermaßen eine Schwäche für Leute wie dich. Wobei ›Schwäche‹ vielleicht nicht das richtige Wort ist.

Wahrscheinlich will sie dir ein Halsband umlegen und dich zu ihrem edlen Schoßhündchen machen.«

Kuraras Lächeln war angestrengt. Eigentlich hatte sie ihren Plan, Prinzessin Tsukimi aufzusuchen, gar nicht bewusst verschwiegen; schließlich bewahrte sie Harus Herzstück gut sichtbar in einem Beutel an ihrem Obi auf. Sie hatte nur bisher nicht gewusst, wie sie es ansprechen sollte. Die Mannschaft lebte davon, Shikigami zu jagen. Selbst wenn sie es nur auf die gefährlichen abgesehen hatten – würden sie es verstehen, wenn Kurara ihnen sagte, dass ihr bester Freund ein Shikigami war? Würden sie ein so seltsames und ungewöhnliches Shikigami wie Haru überhaupt akzeptieren?

»Ich glaube, ich bin eher so was wie eine Promenadenmischung«, murmelte sie.

Tomoes Lachen klang glockenhell. Kurara lehnte sich zurück und nahm ihre schmerzenden Muskeln und ihren von Soba-Nudeln gefüllten Magen wahr. Die stille Sommerluft erschien ihr fast wie die Ruhe vor einem Sturm.

KAPITEL 21

Aki, wir müssen fliehen!«

»Haru!« Kurara schreckte hoch und riss die Augen auf. Schwer atmend saß sie da.

Der Flug durch den Kumokiri-Pass hatte ihre Reise um ein paar Tage verkürzt. Die wenige Zeit, die ihnen vor ihrer Ankunft in Sola-Il noch blieb, hatte Kurara damit verbracht, mit ihrem Ofuda zu üben, Tomoes Geschichten über die Himmelsstadt zu lauschen und nicht in Panik zu verfallen.

Heute war der letzte Tag und Kurara war nervös und unruhig. Sie hatte nicht gut geschlafen, war zu ängstlich und aufgeregt gewesen und hatte deshalb erst lange nach dem Ausschalten der Lichter die Augen zugemacht. Im Schlaf war sie von seltsamen Träumen heimgesucht worden, dem Widerhall von Stimmen irgendwo in ihrem Hinterkopf. Doch als sie aufstand, kam sie sich überhaupt nicht müde vor. Im Gegenteil, sie fühlte sich so wach wie noch nie.

Es ist heute, heute, heute! Steifbeinig stieg sie zum Deck hoch. Schmetterlinge wirbelten in ihrem Bauch. Sie hätte nicht sagen können, ob sie aufgeregt oder nervös war, aber sie war froh, die in ihr brodelnde Energie für etwas verwenden zu können.

Als sie nach draußen trat, herrschte dort drückende Sommerhitze. Die Luft flimmerte über dem Deck. Vögel kreischten hoch über ihrem Kopf. Die Segel des Schiffes bewegten sich wie rote Wellen und zerrten an den Schnüren, mit denen sie an den Masten befestigt waren, während die auf dem Metall funkelnde Sonne einen langen, herrlichen Sommertag versprach.

Himura wartete in der Mitte des Decks auf sie. Ofuda kreiste um ihn herum wie Laub, das in einer trägen Brise gefangen war.

»*Welpe! Heute werden wir eine Menge Spaß haben!*«, versprach Akane wie ein übermütiges Kind, das einem Erwachsenen sein Spielzeug zeigen wollte.

Kurara nickte, während sie auf den Ballen wippte. Sie konnte es kaum erwarten, mit dem Unterricht zu beginnen – dem letzten vor ihrem Treffen mit Prinzessin Tsukimi. Es gab noch so vieles, das sie lernen musste, und sie musste es alles sofort lernen.

»Weißt du noch, was ich zu dir gesagt habe, als du an Bord der *Orihime* gekommen bist?« Himuras Ofuda wand sich um seinen Körper. »Ofuda ist zu drei Dingen fähig: Gestaltändern.«

»Bewegung«, sagte Kurara.

»Und Stärke«, schloss Himura. Sein Ofuda bildete eine massive Wand, die ein paar Zentimeter über dem Deck schwebte. Als er mit der Faust dagegenschlug, zerbrach sie nicht. Stattdessen erzeugten seine Knöchel, als sie auf die Papierwand trafen, ein hohles metallisches Echo, als hätte er einen Gong angeschlagen. »Letzteres verleiht einem Gestalter erst seine Macht. Aus Papier kannst du ein Schwert machen, das schärfer ist als Stahl, oder einen Schild, der fester ist als

Eisen. Als ich dir zugesehen habe, wie du die Kumuluswale abgelenkt hast, ist mir etwas klar geworden ...«

Die Wand zerfiel und wurde stattdessen zu einer langen Stange. Ohne Vorwarnung schwang Himura die Stange mit solcher Wucht, dass Kurara den Luftzug spürte, als sie sie direkt in den Bauch traf.

»Du lernst viel schneller, wenn du unter Druck stehst.«

Atemlos stolperte Kurara rückwärts. Das würde einen blauen Fleck geben. Sie hatte nicht die geringste Lust, wieder eine von Dr. Yurihas ekligen Arzneien trinken zu müssen.

»Im Gestalten spiegelt sich das echte Leben«, sagte Himura. »Um dein Ofuda zu stärken, denk an die metallene Schiffsreling oder an ein Schwert, das durch Seide schneidet. Stell dir Eisen oder Stahl vor.«

Kurara wich einem zweiten Schlag aus und sammelte ihr Ofuda, um zwischen sich und Himura eine Barriere zu schaffen.

Stell dir Eisen oder Stahl vor.

Als Himuras Stange niedersauste, traf sie klirrend auf ihren Schild. Von dem Aufprall flogen seine Arme zurück und er schwankte einen Moment auf den Fußballen. Kurara nahm den Schlag ebenfalls wahr; er vibrierte in ihrem unversehrten rechten Arm. Im linken dagegen spürte sie wie immer nichts.

Himura knurrte überrascht. Kurara wehrte einen weiteren Hieb ab, der auf ihren Kopf gezielt war. Sie würde stärker werden als Himura, stärker als alle Gestalter auf der Welt. Stark genug, um Prinzessin Tsukimi zu beeindrucken.

Als Himuras Stange erneut herabfuhr, verwandelte Kurara

ihren Schild in ein Katana und parierte den Hieb. Die Waffen trafen knirschend aufeinander.

»*Kleiner Welpe!*«, warnte Akane.

»Halte dich da raus, Akane!«, befahl Himura dem Shikigami.

Kurara stach mit dem Schwert nach Himuras Bauch, aber er sprang beiseite. Er machte einen Satz auf die Reling und sammelte sein Ofuda vor sich, um daraus mehrere in der Luft schwebende Platten zu schaffen. Dann hüpfte er von einer zur nächsten, bis er die höchste erreicht hatte. Das Papier hatte eine Wendeltreppe gebildet, die in die Luft hinaufführte.

»Was ist los?« Mit überkreuzten Beinen ließ er sich auf der obersten Stufe nieder, während Kurara mit offenem Mund zu ihm hochschaute. Er stützte den Kopf in die Hand und sah belustigt zu ihr herunter, wie ein König, der auf den Pöbel hinabblickt. »Kommst du nicht an mich ran?«

Ein bellendes Lachen drang aus Kuraras Kehle. Ihr Ofuda sammelte sich um ihre Füße und bildete Trittsteine, die in die Luft hinaufführten. Wenn sie daraufstieg, knirschten sie unter ihrem Gewicht, aber sie lief blitzschnell nach oben, bis sie ihr Katana nach Himura schwingen konnte.

Beunruhigung leuchtete in seinen Augen, als die Papierklinge nur Zentimeter von seinem Gesicht entfernt durch die Luft zischte. Kurara grinste siegessicher. Sie würde ihn schon lehren, sie nicht zu unterschätzen!

Himura ließ sich aufs Deck fallen und benutzte sein Ofuda, um seinen Sturz abzufangen. Kurara sprang hinter ihm her und im selben Moment schwang Himura wieder die Stange nach ihr. Sie zog noch gerade rechtzeitig ihren

Schild hoch, aber der Hieb war fester und härter als beim letzten Mal. Die Wucht des Aufpralls schleuderte sie ein paar Schritte nach hinten.

Inzwischen meinte Himura es ernst.

Ein paar Minuten lang lieferten sie sich einen Schlagabtausch; keiner war bereit, dem anderen die Oberhand zu lassen. Kurara verlor sich im Rhythmus des Kampfes und dem Rascheln des Papiers. Gestalten war ihr noch nie so aufregend vorgekommen. Es war, als würde ihr Ofuda tanzen.

Himura warf seine Stange wie einen Speer nach vorn, aber Kurara war in der Midori ihr Leben lang Töpfen ausgewichen. Sie duckte sich, um den Speer über ihren Kopf hinwegzischen zu lassen.

Im letzten Moment löste er sich jedoch in winzige Papierschnipsel auf, die um sie herum flogen und sich hinter ihr wieder zusammensetzten.

Ihr blieb keine Zeit, sich umzudrehen. Sie spürte, wie die Waffe ihre Schulter traf und danach ihre Kniekehlen. Ihre Beine gaben nach. Ein weiterer Hieb landete auf ihrem linken Arm. Diesmal zumindest spürte sie nichts.

Aus dem Gleichgewicht gebracht, stolperte sie auf Himura zu. Sein Ofuda kehrte in seine Hand zurück und bildete wieder die Stange, mit der er anfangs ihren Bauch getroffen hatte. Mit zwei schnellen Schritten überwand er die Entfernung zwischen ihnen und wollte erneut zuschlagen.

Kurara sah, wie er ausholte, und stürmte vorwärts.

Sie ballte die linke Hand zur Faust und schlug ihm mitten ins Gesicht.

Den Hieb spürte sie nicht. Sie spürte gar nichts. Aber sie

hörte, wie ihre Knöchel auf Fleisch trafen, und das gedämpfte Uff, das über Himuras Lippen kam, als er rückwärtsstolperte.

Sie erstarrte.

»*Oooh!*«, jubelte Akane und sprang kichernd um sie herum. »*Oooh!*«

Himura brauchte nicht lange, um sich von dem Fausthieb zu erholen. Blitzschnell wickelte sich sein Ofuda um Kuraras Fußgelenke und wand sich an ihrem Körper hoch. Es drückte ihr die Arme an die Seiten und zog ihre Knie zusammen. Mit einem erschrockenen Aufschrei fiel sie um und knallte schmerzhaft aufs Deck.

»Gewonnen.« Erleichterung färbte Himuras Stimme. Mit einem triumphierenden Funkeln in den Augen schaute er zu ihr herab. Seine Nase war blutig.

Kurara runzelte die Stirn. Er hatte sie überrumpelt. Es war kein fairer Kampf gewesen.

Selbst nachdem Himura sie befreit hatte, blieb sie am Boden liegen. Ihr Ofuda zu benutzen, strengte ihren Geist an. Sie hatte das Gefühl, ihr Kopf sei mit Baumwolle ausgestopft. Akane trippelte auf sie zu. Als das Shikigami ihr mitfühlend die Wange ableckte, spürte sie nur trockenes Papier.

»Das reicht.« Als Himura sie hochzog, wirkte seine Miene stolz. »Du lernst schnell. Fast zu schnell, würde ich sagen«, fügte er so leise hinzu, dass Kurara es kaum hören konnte.

»Das ist doch nichts Schlechtes, oder? Ich muss vorbereitet sein, wenn ich Prinzessin Tsukimi treffe.« Kurara klopfte sich den Staub ab.

»Nein, überhaupt nicht schlecht.« Himura schien in Gedanken versunken. Sein Ofuda zerfiel in Dutzende Papierschnipsel, die sich um ihn drehten wie Satelliten um ein

Zentralgestirn. Ehrfürchtig sah Kurara zu, wie er eine ganze Galaxie schuf – Kometen aus Papier, die zwischen seinen Händen hin und her schossen, sich drehende Monde, Nebel, die sich ausdehnten und wieder zusammenzogen und zu Sternen zerplatzten.

Himura hatte etwas auf dem Herzen, das sah Kurara ihm an. Sie erschuf ebenfalls Asteroidengürtel und Planeten aus ihrem Ofuda und bewegte sie im Einklang mit seinen Schöpfungen. Mit Worten konnte er nicht annähernd so gut umgehen wie mit Papier, aber die stumme Sprache des Ofuda beherrschte er fließend. Daran, wie seine Papiermonde kreisten, erkannte sie, dass etwas an ihm nagte.

Bevor sie jedoch nachfragen konnte, senkte Himura die Hände und ließ die Sterne verschwinden. Mit einer Geste teilte er sein Ofuda in zwei Hälften. Die eine kehrte wie sonst an sein Handgelenk zurück und fügte sich dort zu einem festen Armband zusammen. Kurara erstarrte, als die restlichen zwölf Papierstücke sich um ihren Hals legten und eine dünne weiße Kette bildeten, deren Farbe und Beschaffenheit mit Himuras Armband identisch waren.

Auf sein Fingerschnipsen hin bildete sich an der Kette ein kleiner, runder Anhänger. Striche erschienen darauf wie Kerben in einem Stein – ein Gesicht mit großen, buschigen Augenbrauen und einem Schnurrbart über einem grimmig verzogenen Mund. In der Mitte befanden sich zwei Vertiefungen an den Stellen, wo die Augen sein sollten.

Es war ein Daruma – ein Glücksbringer, der die Träume und Wünsche seines Besitzers enthielt. Kurara hatte noch nie einen besessen, aber sie hatte in den Kabinen der Tänzerinnen welche gesehen: einäugige Püppchen, die aus leeren

Regalen zu ihr herabschauten. Madam Ito hatte gesagt, man gab dem Daruma ein Auge, wenn man sich etwas wünschte, und ein zweites, wenn der Wunsch in Erfüllung ging.

Kurara hatte noch nie einen Daruma mit zwei Augen gesehen.

»Ich weiß, wir sind nicht immer einer Meinung«, sagte Himura.

»Das ist blanke Untertreibung.«

Himura ließ sich nicht beirren. Sie wusste, er versuchte, das Thema Shikigami anzusprechen, ohne wieder einen Streit vom Zaun zu brechen. »Was ich sagen will«, fuhr er fort, »wir sind beide Gestalter. Ich werde mich niemals von dir abwenden. Ich habe versprochen, dir zu helfen, und das werde ich auch. Diese Kette ist ein Zeichen dafür.« Er deutete auf den Daruma. »Ich werde dafür sorgen, dass Prinzessin Tsukimi dein Shiki…, deinen Freund wiederherstellt. Was auch geschieht.«

»Danke.« Kurara hatte Mühe, sich ein leises Lächeln zu verkneifen. Sie war gerührt. Außer Haru hatte ihr noch nie jemand etwas geschenkt. Sie berührte den Anhänger mit den Fingern und gab ihm ein Auge. Das andere ließ sie leer.

Bevor Himura noch etwas sagen konnte, rief im Kommandoturm über ihnen plötzlich jemand: »Sola-Il! Sola-Il ist in Sicht! Alle auf ihre Posten und vorbereiten zum Andocken!«

Kurara fuhr zusammen. Waren sie früh dran oder hatte sie nur die Zeit aus den Augen verloren? Sie drehte sich um, als die Mannschaft aufgeregt aufs Deck gelaufen kam. In einer Wiege aus Wolken glitzerte etwas am blauen Himmel.

Eine Himmelsstadt. Sola-Il.

ZWISCHENSPIEL

Echo der Freude,
Vater unseres Landes
schaut lächelnd auf uns.

– Aus: Ruhm unserem Kaiserreich
(vom Patriotenamt genehmigt)

Mit Naos Leiche gab sich Inui nicht weiter ab. Sie ließ sie einfach in der Gasse liegen, wo die Polizei sie finden würde, und bedeutete Rei dann, ihr zum Militärhafen zu folgen.

Wie Inui nur mit einem kurzen Vorzeigen ihrer Papiere und einem lässigen Deuten auf ihre Uniform an sämtlichen Hafenwachen und Sicherheitsoffizieren vorbeirauschte, ärgerte Rei. Gestalter hatten es leicht. Was würde er nicht dafür geben, wenn die Soldaten auch vor ihm Haltung annehmen und zittern würden so wie vor Inui.

»Ich hätte einfach mein Ofuda benutzen können, um uns runterzubringen, aber du sahst aus, als würdest du lieber in ein Schiff steigen, als meine Papierflügel zu benutzen.« Ein trockenes Lächeln umspielte Inuis Lippen, während sie mit einer alten Militärkohane zum Erdboden hinabflogen. Sie landeten im Schatten von Sola-Il, neben einer ehemaligen Levistein-Mine, die die Stadt früher mit Treibstoff versorgt hatte.

Die Mine war ziemlich verfallen. Die alten Baracken, in denen einst die Arbeiter gewohnt hatten, standen leer und überall rosteten kaputte Schwebekapseln vor sich hin. Drinnen sah es noch schlimmer aus. In den Tunneln kam Rei sich wie eine Ratte vor, die in einem Labyrinth gefangen war.

»Ganz ruhig. Hier kommt niemand mehr her«, sagte Inui. »Die Mine ist fast völlig erschöpft worden, um Sola-Il in der Luft zu halten. Bei den Levistein-Adern, die noch übrig sind, war der Abbau schlicht zu gefährlich. Eine einzelne offene Flamme reicht schon aus, um die ganze Höhle in die Luft zu jagen. Also halte das Ding lieber ruhig.«

Sie deutete auf die Laterne, die sie Rei am Eingang zur Mine gegeben hatte. In der Metallhalterung brannte eine einzelne Kerze, von der Wachs hinabtropfte und sich unten im Gefäß sammelte. Die Minen unter Sola-Il erinnerten an einen Ameisenhaufen. Enge Gänge gruben sich immer tiefer in die Erde hinein, je weiter man ging. Sie verzweigten sich ständig und trafen wieder aufeinander, sodass es eine Herausforderung war, sich nicht zu verlaufen. In den Felswänden leuchteten blaue Adern aus Levistein und warfen ein eisiges Licht auf Inuis wettergegerbtes Gesicht.

»Verrätst du mir, was wir hier machen?« Rei hielt die Laterne hoch.

»Ich habe dir doch gesagt: Es ist eine Überraschung.« Inui duckte sich unter einigen durchhängenden Holzbalken hindurch, die die Decke abstützen sollten.

»Nao ist tot. Du hast ihn umgebracht.«

Der Mangel an Luft machte Rei schwindelig. In der Mine stank es nach feuchter Erde und dem metallischen Geruch von Blut. Er hoffte, es lag nur am Levistein.

Inui kicherte. »Du hättest dasselbe getan, wenn du die Chance dazu gehabt hättest. Dank mir hat er immerhin unsere Pläne nicht ausgeplaudert.«

Sie hatte recht, Rei hätte ihn tatsächlich umgebracht. Aber das war es nicht, was ihn aufregte. Stattdessen ärgerte ihn, wie vollkommen machtlos er sich gefühlt hatte. Und dass alles offenbar genau so lief, wie Inui es wollte. Er hasste das Gefühl, die Kontrolle über das Geschehen zu verlieren.

Er hob die Laterne, um die Wände zu betrachten. »Weiß Prinzessin Tsukimi, dass du hier bist?«

Inui lachte. »Bei Dingen, die nichts mit Shikigami zu tun haben, besitzt die Prinzessin die Aufmerksamkeitsspanne einer Mücke! Wegen ihr musst du dir keine Sorgen machen.«

Unbehagen regte sich in Reis Brust. Gab es eigentlich irgendjemanden, den sie nicht anlog? Was verschwieg sie ihm sonst noch? Inui war voller Geheimnisse, und er hatte den schrecklichen Verdacht, dass diese Geheimnisse noch sein Untergang sein würden.

»Und der Gestalter?« Der Mann mit dem riesigen Shikigami-Tiger war ihm nicht wie jemand vorgekommen, der sich einfach so abwimmeln ließ.

»Du meinst Fujiwa? Ich fürchte, er hat die *Hishaku* inzwischen schon konfiszieren lassen. Aber deine Männer haben es sicher noch geschafft, die Kiste mit dem Drachen wegzubringen, bevor er im Hafen eingetroffen ist. Wenn es so weit ist, wirst du allerdings eine andere Möglichkeit finden müssen, Sola-Il zu verlassen.« Inui führte ihn tiefer in die Höhle hinein, weiter weg von Sonne und Himmel. »Keine Sorge. Sei einfach ein braver Junge und folge mir, dann wird alles gut.«

Rei kochte. Nicht zum ersten Mal stellte er sich vor, seine Hände um ihren dünnen Hühnerhals zu legen und ihr die Kehle zu zerquetschen.

Noch nicht. Er brauchte sie, um den Drachen unter Kontrolle zu halten. Später. Er würde es nach dem Attentat tun.

Die Tunnel verengten sich an einer Stelle, bevor sie sich zu einer großen Höhle weiteten. Eisblaue Stalaktiten hingen nadelförmig von der Decke herab. Auch wenn er es ungern zugab, besaß das Ganze eine ätherische Schönheit. In der Mitte der Höhle befand sich eine kleine Feuerstelle; hoch aufgestapelte Steine bildeten einen Kreis um einen Haufen kalter Asche. Zerknüllte und mit merkwürdigen Symbolen bedeckte Papierkugeln lagen überall auf dem Boden verteilt. Manche waren zerdrückt, andere aufgebrochen, sodass Asche und Knochen herausrieselten.

»Was ist das?« Rei blieb vor einer mit Asche gefüllten Vertiefung stehen. Um ihn herum leuchteten Levistein-Adern.

»Eines der Labore von Prinzessin Tsukimi. Du stehst im Weg.« Inui schob Rei beiseite, damit sie an die Höhlenwand hinter ihm herankam. Ein Dutzend Papierhände lösten sich von ihrem Gürtel und zogen an einem Felsbrocken, der an der Wand lehnte.

Rumpelnd rollte der Stein beiseite, und dahinter kam eine kleine Nische zum Vorschein. Drinnen lag, im Laternenschein kaum zu sehen, ein schneeweißer Vogel von der Größe einer Pferdekutsche.

Rei stieß die Luft aus. Ein Shikigami. Es war mit Ketten an den Boden gefesselt. Die Papierfedern leuchteten im Licht. Es war so zusammengekauert, dass er nicht erkennen konnte, was für ein Vogel es war. Er sah nur Flügel, einen

Schnabel und Klauen. Wie die Höhle besaß auch das Shikigami eine Schönheit, die davon ablenkte, dass es jeden zerstören konnte, der ihm im Weg war.

»Eine Schöpfung der Prinzessin. Lass dich von seinem Äußeren nicht täuschen. Es mag wie ein echtes Shikigami aussehen, aber in Wahrheit ist es ein Fehlschlag. Es gehorcht niemandem, nicht mal einem Gestalter. Die Prinzessin wird es bald vernichten.« Inui legte dem Vogel eine Hand auf den Kopf und die Bestie regte sich. Rei schaute der Kreatur in die Augen; ihr Blick war so menschlich, dass er unwillkürlich einen Schritt zurücktrat.

Schatten malten monströse Bilder auf Inuis Gesicht. Die Papierhände schwebten um sie herum und deuteten auf Rei.

»Es gab eine Planänderung.«

Reis Auge zuckte. Sie tat es schon wieder. Traf Entscheidungen, ohne ihn darüber in Kenntnis zu setzen, und erwartete dann, dass er nach ihrer Pfeife tanzte. »Nein. Es gibt keine Planänderung, weil nämlich *ich* entscheide, wie der Plan aussieht!«

Inuis Mund verzog sich zu einem hämischen Lächeln. Ihr Gelächter hallte von den Wänden wider. »Kleiner Junge, wo wärst du ohne mich? Hättest du die Midori angreifen können? Und das Shikigami hinterher wieder einfangen? Wäre ich nicht eingeschritten, dann hätten die Wachen den Drachen entdeckt. Dein Freund Nao hätte dich verraten und dein Kopf würde jetzt auf einem Spieß stecken.«

Rei zitterte vor Wut. Er konnte sich nicht erinnern, schon einmal so sehr in Rage gewesen zu sein – ein weiß glühender Zorn, der ihn zu blenden drohte.

»Du bist mir einiges schuldig, meinst du nicht?«, fuhr

Inui unbeirrt fort. »Ich habe alles riskiert, um mir diesen Plan auszudenken. Wäre ich nicht gewesen, würdet ihr beiden, Prinz Ugetsu und du, immer noch dasitzen und Däumchen drehen und nur davon träumen, Prinzessin Tsukimi zu töten. Nach allem, was ich für dich getan habe, könntest du auch mal eine Kleinigkeit für mich tun.«

Tausend hässliche Gedanken erfüllten Reis Kopf. »Und was willst du?«

Es war ein Fehler gewesen hierherzukommen. Mit einem Gestalter allein zu sein, war so, als wäre man mit einem tollwütigen Wolf allein – das hatte er vergessen. Man wusste nie, wann er einem an die Kehle sprang.

»Der Drache«, sagte Inui. »Weißt du, wie ich ihn die ganze Zeit ruhig gehalten habe? Natürlich nicht. Mit Gestaltern und Shikigami kennst du dich nicht aus, oder?«, fügte sie hinzu, bevor er antworten konnte.

Rei schaute sie wütend an.

»Ich habe eine Verbindung zu ihm. Auch wenn er wahnsinnig und schwer zu beherrschen ist, habe ich sein Herzstück mit meinem Blut beschrieben«, sagte sie. »Er gehört mir.«

»*Mir.*« Bei diesem Wort kam plötzlich Leben in das Shikigami. Es hob unruhig den Kopf und warf sich gegen die Ketten.

»Ich habe mir immer ein Shikigami gewünscht, aber ich war bereit, den Drachen für den Plan zu opfern. Jetzt bietet sich jedoch noch eine andere Möglichkeit.«

Angewidert schaute Inui den Vogel an. Ihre Papierhände rissen an den Ketten des Shikigami und zwangen es, zur Felswand zurückzuweichen.

»Ich habe ein paarmal versucht, zu dem hier eine Verbindung aufzubauen, aber selbst wenn ich sein Herzstück mit Blut beschreibe, will es mir nicht gehorchen. Etwas stimmt nicht mit ihm, etwas fehlt. Also lass uns einen Tausch machen. Benutze dieses Shikigami hier für den Angriff auf den Sommerpalast, dann kann ich den Drachen behalten. Wenn du den Vogel im Palast freilässt, garantiere ich dir, dass er genauso viel Verwüstung anrichten wird wie der Drache. Du wirst Prinzessin Tsukimi trotzdem töten können, und ich habe endlich ein Shikigami, wie ich es verdient habe. Alle sind glücklich.«

Rei trat aus der Nische. Er wusste nicht, wie Gestalter ihre Shikigami bekamen, aber es war seltsam, dass Inui als Gestalterin des Kaisers keines hatte. Besonders da der andere Gestalter einen so großen und beeindruckenden Tiger besaß, der ihm diente.

»Wenn du unbedingt ein Shikigami willst, warum bittest du dann nicht deine Prinzessin, dir eins zu geben?«

Inui kicherte. »Ich habe den … Ruf, Shikigami zu schnell zu verschleißen. Nachdem mein fünftes gestorben war, wollte die Prinzessin mir keines mehr geben. Shikigami sind schließlich *wertvoll.*«

Fünf Shikigami … Rei erschauerte. Wie schaffte man es, eine solche Bestie zu töten?

»Es ist nur natürlich, sich als Gestalter ein Shikigami zu wünschen. Sie gehören uns. Ich würde sagen, ohne sie sind wir keine richtigen Gestalter.« Inui riss dem Vogel eine Feder aus dem Flügel. Das Shikigami krächzte schmerzerfüllt und hackte nach ihren Augen, aber sie schenkte ihm keine Beachtung. Stattdessen drehte sie die Papierfeder zwischen den Fingern, als wäre sie ein faszinierendes Spielzeug.

Rei konnte nicht mehr an sich halten. Er war mit seiner Geduld am Ende. Er hatte die Sohma gegründet, er hatte den Plan ersonnen und die Unabhängigkeit würde sein Verdienst sein – aber Inui würde alles verderben. Dieser Frau war nicht zu trauen.

»Nein.« Er trat noch einen Schritt zurück und wäre beinahe über die Vertiefung gestolpert, die unter der Ascheschicht verborgen war. Die Laterne schaukelte in seiner Hand, als er sich aufrichtete.

»Du kannst nicht ablehnen.« Die Papierhände, die über Inui schwebten, kamen auf ihn zu. Neben ihr schlug der Vogel mit den Flügeln, seine Kette knarrte. »Du brauchst mich.«

Rei hob die Laterne vor sein Gesicht. »Ich brauche niemanden. Du kannst im Yomi brennen.«

Gerade als er die Laterne auf Inui und die freiliegende Levistein-Ader hinter ihr warf, hörte er das Knallen einer reißenden Kette. Rei blieb nicht stehen, um zuzusehen, wie der Vogel sich befreite. Augenblicklich rannte er los und warf sich in die Feuerstelle. Das Shikigami brach durch die Höhlendecke und flog davon. Gleich darauf explodierte die Welt um ihn herum.

KAPITEL 22

Kurara hielt den Atem an. Einen Moment lang vergaß sie den Unterricht und rannte zum Rand des Decks. Ihre Hände strichen zitternd über den Daruma-Anhänger an ihrem Hals. Sie waren endlich da. Jetzt würde sie die Chance erhalten, Prinzessin Tsukimi zu treffen.

Je näher die *Orihime* der Stadt kam, desto besser verstand Kurara, warum die Mannschaft Sola-Il »Stolz des Himmels« nannte. Die Stadt wuchs auf kreisrunden Platten nach oben und bildete sechs Kuppeln, die wie eine Kirschblüte angeordnet waren. Die mittlere Kuppel war über regenbogenförmig gewölbte Brücken mit den anderen verbunden. Dünne Perlglasscheiben bildeten über der Stadt einen durchsichtigen Panzer. Navigationstürme bohrten sich wie imposantes Elfenbein in den Himmel.

Unter der Stadt befand sich ein Dschungel aus Kabeln und Schächten: riesige Motoren, die die Stadt in der Luft hielten. Rotierende Solarpaneele schimmerten wie Schuppen. Windfarmen drehten ihre kreiselnden Rotorblätter. Leuchtende Banner flatterten im Wind. Darauf stand das Motto der Stadt: *Hier ist der Himmel.*

»Haru …« Kurara drückte den Beutel fest an sich, als sie zum Bug des Schiffes eilte.

Sie hatten es endlich geschafft.

Die Freude wich jedoch rasch einem Gefühl des Verlusts. Nicht sie hatten es geschafft. *Kurara* hatte es geschafft. Haru war nicht hier, um diesen Moment zu erleben. Er war nicht hier, um ihre Hände zu greifen und auf die Regenfänger zu deuten, die in der Sonne glänzten, oder auf den Schwarm Himmelsfische in der Ferne. Es gab keine Diskussionen darüber, was sie als Erstes tun oder essen oder sich anschauen sollten, kein aufgeregtes Geplapper, kein freudiges Jauchzen.

Trotz der Mannschaft um sie herum fühlte sie sich einsam.

»Alle auf ihre Posten!«, ertönte der Ruf aus dem Ausguck.

Die Besatzung verteilte sich, um die Landung vorzubereiten. Mit einem knappen Nicken klopfte Himura ihr auf die Schulter, bevor er mit Akane unter Deck verschwand.

Jetzt war sie wirklich allein.

Kurara stand im Bug und schaute auf die Stadt hinunter. Aus der Vogelperspektive konnte sie die Seen und Wiesen sehen, die zahlreichen übereinandergestapelten Gebäude, die sich wie Türme zur Sonne emporwanden. Der Himmel wurde von Seilbahnkabeln durchschnitten. Der Rauch von Fabriken stieg in die Luft auf und traf auf die Glasscheiben der Kuppel. Sie kamen immer näher.

Es gab so vieles zu sehen. Selbst die Gegend um Sola-Il herum war faszinierend. Im Schatten der Stadt, tief unten am Boden, lagen Minen. Aus der Ferne sahen sie wie lange Narben aus, die sich über die aufgerissene Haut der Erde hinzogen. Darum herum befanden sich einige Militärkasernen, deren winzige rote Dächer inmitten der mattbraunen Hütten und Minengebäude die einzigen Farbkleckse bildeten.

Plötzlich wurde Kurara von einer hellen Explosion geblendet, gefolgt von einem ohrenbetäubenden *BUMM!*

Ein Windstoß traf sie so heftig, dass sie das Gefühl hatte, jemand hätte sich auf sie gestürzt. In ihren Ohren klingelte es. Das Schiff schaukelte wie ein Boot bei einem Sturm. Einen Moment lang hüllte das grelle Licht die ganze Welt ein und verblasste dann, sodass wieder der blaue Himmel zu sehen war.

Kurara schaute nach unten. Von den Minen stiegen dicke schwarze Rauchwolken auf. Inmitten eines verzweigten Straßengeflechts klaffte ein Krater. Steinbrocken waren in die Kasernen und Häuser geschleudert worden. Und aus dem ganzen Durcheinander schoss ein weißer Adler hervor und flog an der *Orihime* vorbei in den Himmel.

Ein Shikigami.

Die Alarmglocken der *Orihime* begannen zu läuten. Sonnenlicht fiel auf die Flügel des Shikigami und ließ sie wie Schuppen glänzen. Jede einzelne Feder war detailreich geformt, der Schnabel krümmte sich zu einer scharfen Spitze, die Stahl durchbohren könnte. In seinen leeren weißen Augen spiegelte sich Intelligenz – und Wildheit.

Und es kam in ihre Richtung.

KAPITEL 23

Die kurzen Krallen des Vogels packten die Seite des Schiffes. Der Adler war größer als ein Pferd, sein Schnabel so riesig, dass er ein Kind im Ganzen hätte verschlingen können. Die Reling verbog sich kreischend unter dem Gewicht seiner verbrannten und halb abgebrochenen Füße. Kurara warf sich zu Boden und spürte den Luftzug seiner Schwingen wie einen Kanonenschuss über sie hinwegrauschen.

Die alabasternen Augen richteten sich auf sie.

»Lauf weg, Kleines.« Die Stimme des Shikigami hallte durch ihren Kopf, laut, dann sanft, dann wieder laut, drückte gegen ihre Schädelwände, als könnte sie mit der richtigen Kombination ihren Kopf aufbrechen. Der Adler streckte seinen riesigen Hals, dick wie ein Baumstamm, über das Deck aus. Sein Schatten fiel auf Kurara wie der eines Berges. *»Menschen sind hungrig. Fressen dein Fleisch mit dem Mund; fressen deine Seele mit den Augen. Verschlingen, verschlingen.«*

Die *Orihime* sackte so plötzlich nach unten, dass es Kurara den Magen anhob. Alle ihre Organe schienen ein paar Zentimeter nach oben zu hüpfen und ihre Füße hoben vom Boden ab. Das Schiff flog von Sola-Il weg und lockte das Shikigami mit sich.

»Kurara! Duck dich!« Die Balkontür wurde aufgerissen.

Sayo stand oben auf der Treppe, eine große zylindrische Waffe in der Hand, die wie die Handkanonen aussah, mit denen in der Midori Feuerwerkskörper in den Himmel geschossen wurden.

Sayo steckte die Zündschnur in Brand und zielte auf den Adler. Funken fraßen die Schnur bis zum Steinschloss. Als Kurara auf die Balkontreppe zurannte, stieß der Adler mit ausgestreckten Klauen zu ihr herab.

»Feuer!«, schrie Sayo.

Kurara drückte sich die Hände auf die Ohren. Aus der Mündung von Sayos Waffe brachen Flammen hervor. Selbst aus der Entfernung spürte Kurara noch die Hitze über ihren Rücken lecken. Wellen heißer Luft trafen pulsierend auf ihr Gesicht. Hinter ihr stieß der Adler einen Schrei aus. Ein schreckliches Knistern von brennendem Papier war zu hören.

Wütend warf das Shikigami die brennenden Federn ab, um die Flammen daran zu hindern, sich bis zu seinem Herzstück auszubreiten. Klumpen aschegrauen Papiers verteilten sich auf dem Deck, die Luft war von Rauchgestank erfüllt. Mit einem Kreischen stürzte sich der Vogel auf Sayo. Kurara rannte die Balkontreppe hoch, zog die Navigatorin mit sich nach drinnen und warf die Tür zu. Das Shikigami knallte gegen das Metall und hinterließ darin eine Delle von der Größe einer Kanonenkugel.

»Komm mit!« Kurara packte Sayos Hand und rannte los.

Im Schiff herrschte hektische Geschäftigkeit. Die Mannschaft eilte hin und her und brachte Schießpulver und Kanonenkugeln zu den Artillerieräumen, wo die Kanonen am Boden vernietet waren. Kurara entdeckte Tomoe. Sie hatte ihr Haar zu einem langen Zopf geflochten und rannte umher, um Schießpulver in die hungrigen Mäuler der Kanonen zu stopfen.

»Sayo! Ich dachte, du steuerst das Schiff.« Tomoes Augen weiteten sich, als sie sie bemerkte.

»Bin auf dem Weg dorthin.« Sayo schüttelte Kuraras Hand ab, als hätte sie sie nicht gerade noch wie ein Schraubstock umklammert.

»Rauch!«, schrie jemand. Aufs Stichwort schoben die Männer und Frauen an den Kanonen Rauchkanister in die Mündungen, steckten die Zündschnüre in Brand und hielten sich die Ohren zu.

Die Kanonen donnerten. Das wiederholte Krachen schwerer Artillerie zerriss das Schiff. Ein feiner grauer Nebel breitete sich über den Himmel aus.

Der Adler segelte an den Fenstern vorbei und schoss durch den Rauchschleier auf sie zu.

»Er kommt direkt hierher!« Die Mannschaft brachte sich noch gerade rechtzeitig in Sicherheit, als der riesige Adler auch schon mit dem Schnabel die Wand durchbohrte, die Bullaugen herausriss und inmitten von aufspritzenden Holzsplittern die Kanonen beiseiteschleuderte. Der Vogel hielt sich an der Seite des Schiffes fest, stieß immer wieder zu und schnappte mit dem Schnabel nach der Besatzung.

Kurara formte ihr Ofuda zu einer langen Kette und peitschte damit auf das Shikigami ein. Als der Adler die Kette packte, wickelte sich das Papier um seinen Schnabel und verschloss ihn. Der Adler warf den Kopf hin und her, aber Kurara hielt ihn fest, bis die Mannschaft geflohen war. Als das Shikigami den Kopf zurückzog, lockerte Kurara den

Maulkorb. Das Papier kehrte zu ihr zurück und bildete einen Rammbock, den sie in die Brust des Adlers stieß. Kreischend fiel der Vogel nach hinten.

»Verschwinde!« Sie legte all ihre Kraft in den nächsten Stoß und traf das Shikigami erneut, diesmal so heftig, dass sich seine Klauen von der Seite des Schiffes lösten. Bevor es jedoch herabfiel, schoss sein Kopf nach vorn. Sein Schnabel packte Kuraras linken Arm und riss sie aus dem Schiff wie einen Wurm, der aus einem Loch gezogen wurde.

Tomoe und Sayo riefen voller Panik ihren Namen.

Der Schnabel des Adlers quetschte ihr die Haut ein. Sie hatte Glück, dass sie im linken Arm nichts spürte, nicht mal, als ihre Knochen unter dem Druck zerbrachen und sie durch die Luft gezerrt wurde. Die Muskeln in ihrer Schulter drohten jedoch zu reißen und sie suchte mit ihrem unversehrten Arm nach Halt. Ihre Finger schlossen sich um eine Handvoll Papierfedern.

Kuraras Beine strampelten in der Luft, während der Adler sie durch den Himmel trug. Die Erde war so tief unter ihr, dass nicht abzuschätzen war, wie lange es dauern würde, bis sie bei einem Absturz auf dem Boden aufkam.

Ihr Ofuda wirbelte um sie herum. Das Rascheln der Papierschnipsel beruhigte ihre Nerven. Die Schnipsel wuchsen an und dehnten sich in die Länge, verschmolzen zu einem langen Spieß.

Stell dir Eisen vor … Die Waffe schwebte direkt über ihrem Kopf in der Luft. Kurara richtete sie auf das Auge des Shikigami und schleuderte sie nach vorn.

Der Spieß traf sein Ziel. Der Adler schrie vor Schmerz auf und riss den Kopf zurück. Im nächsten Moment fiel Kurara hinab. Sie verlor keine Zeit, sondern rief ihr Ofuda zu sich. Der Spieß löste sich aus dem Kopf des Shikigami, kehrte zu ihr zurück und zerfiel dabei in Dutzende Papierschnipsel. Wie ein Schwarm winziger weißer Vögel sammelten sich die Schnipsel an Deck und blähten sich zu einem großen Pilz auf. Kurara landete auf ihrem Ofuda, das Papier blies sich auf, um ihren Sturz abzufedern.

Sie purzelte aufs Deck. Wind peitschte gegen das Schiff, der Geruch von Schießpulver lag schwer in der Luft. Wieder stieß das Shikigami zu ihr herab. Als Kurara sich hochstemmen wollte, gab ihr verletzter Arm plötzlich nach. Ein grässliches Knacken war zu hören, als er unter ihrem Gewicht brach.

Sie sog scharf die Luft ein.

Ihr Arm war einfach abgebrochen.

KAPITEL 24

Die Überreste ihres Arms lagen etwa einen Meter entfernt auf dem Deck und sahen aus wie zerbröckelter Gips. Der Wind blies Hautfetzen wie Asche von der Innenseite ihres Arms fort. Ihre Sicht verschwamm. Sie blutete nicht, auch wenn sie nicht begriff, wie das sein konnte. Ihre verbliebene Hand umklammerte den leeren Ärmel. Ihr Arm lag auf dem Boden vor ihr. Ihr Arm. Auf dem Boden.

Das Shikigami kreischte und streckte die Klauen aus. Kurara konnte sich nicht von der Stelle rühren. Sie wusste, dass sie sich in Sicherheit bringen musste, aber ihre Gliedmaßen gehorchten ihr nicht. In einem letzten verzweifelten Versuch riss sie das Kissen aus Ofuda nieder und formte es zu einem Schild. Dabei hoffte sie inständig, dass er robust genug wäre, um dem Shikigami standzuhalten.

Gerade wollte der Adler zuhacken, da wurde er von etwas Weißem beiseitegeschleudert. An der Kehle der riesigen Bestie hing Akane. Die Hinterläufe des Fuchses zappelten in der Luft, als der Vogel den Kopf zurückriss.

Der Adler schüttelte Akane ab, stürzte sich auf den Fuchs und drückte ihn mit einer riesigen Kralle aufs Deck. Der Fuchs zappelte heulend, als sich der Schnabel des Adlers in seinen Schwanz bohrte.

»Lenk ihn weiter ab, Akane!« Himura kam aufs Deck gerannt. Sein Ofuda wirbelte um ihn herum und verschmolz zu einem langen Speer, den er auf die Bestie warf. Als der Adler den Kopf drehte, flog der Speer durch die Luft und durchbohrte einen Flügel mit solcher Wucht, dass der Vogel nach hinten geschleudert und aufs Deck genagelt wurde.

Der Adler kreischte. Himura ging auf ihn zu, sein Ofuda tanzte um ihn herum. Ein weiterer Speer bohrte sich durch den anderen Flügel des Adlers. Papierketten legten sich um seine Füße und zogen sich fest.

Der Vogel strampelte, seine Flügel klatschten hilflos aufs Deck. Seine Schreie gingen Kurara durch und durch. Seine Augen waren weit aufgerissen. Sie erkannte seinen Blick. Sie hatte ihn auch bei den jungen Soldaten gesehen, die nach ihrer ersten Schlacht die Midori besucht hatten und deren Mienen noch die Dinge spiegelten, die sie erlebt hatten.

»Du bist nicht verrückt, du hast nur Angst«, erkannte sie. Der Gedanke traf sie wie ein Donnerschlag aus heiterem Himmel. Er brach all ihre vermeintlichen Gewissheiten entzwei.

Himura kam heran und riss an einem harten Stück Ofuda ein Streichholz an.

»Himura, warte!«, rief sie.

In einer fließenden Bewegung warf Himura das Streichholz auf das Shikigami.

Akane sprang zur Seite, als der Adler in Flammen aufging. Mit letzter Kraft warf er sich nach vorn, seine Flügel rissen an den Speeren. Teile seines Körpers waren rußgeschwärzt und zerbröselten bei jedem Flattern der Flügel. Federn und Haut lösten sich ab und enthüllten die Hohlräume im Inneren seines Körpers. Seine Beine brachen unter ihrem eigenen Gewicht zusammen.

»Lauf, Kleines, lauf!«

Voller Entsetzen sah Kurara, wie das Shikigami sich auf dem Deck wand. Warum forderte es sie auf wegzulaufen? Dabei war es doch der Adler selbst, der in Gefahr war.

Himuras Speere schwebten in der Luft, bereit, ein weiteres Mal zuzustoßen.

»Lauf, bevor sie …«

Die Speere durchbohrten die Brust des Shikigami und durchtrennten die Schnüre, die sein Herzstück mit seinem Körper verbanden.

Wie eine Marionette mit durchschnittenen Fäden sank der Adler aufs Deck und blieb dort schlaff und reglos liegen. Himura hob einen Fuß und trat mit dem Stiefel die Flammen aus, bevor sie das Herzstück erreichen konnten. Als das letzte Feuer gelöscht war, drehte er sich um und ging auf Kurara zu.

»Komm nicht näher!« Sie stolperte rückwärts und prallte gegen die Reling. Er durfte sie so nicht sehen. Ohne ihren Arm. Ohne Blut.

»Was ist passiert?« Er eilte vorwärts und sein Ofuda sauste besorgt um seine Ohren herum. »Bist du verletzt?«

In der Midori hatte Kurara sich häufig gewünscht, einfach irgendwo in einem Loch versinken und sich verstecken zu können. Doch das war nichts im Vergleich dazu, wie sie sich jetzt fühlte.

Etwa einen Schritt von ihr entfernt blieb Himura abrupt stehen. Sein Blick fiel auf ihren abgebrochenen Arm und dann auf Kurara, die den leeren Stoff ihres Ärmels umklammerte.

»Ich habe keine Ahnung, wie das passiert ist! Ich weiß nicht, was ich tun soll!« Ihr Gesicht brannte vor Scham. Das hatte sie nun davon, dass sie Dinge für sich behalten hatte – dass sie gelogen und behauptet hatte, es ginge ihr gut. Madam Ito hatte immer gesagt, Lügnerinnen würden in der fünften Ebene des Yomi die Zungen herausgeschnitten. Vielleicht verloren sie auch ihre Arme.

Himura ging neben ihr in die Hocke und zog ihren leeren Ärmel hoch, um sich die Überreste ihres Arms anzuschauen. Sie zuckte zusammen und wollte ihn wegstoßen, aber er ließ sich nicht beirren.

An der Rundung ihrer Schulter sah ihre Haut ganz normal aus, aber weiter unten am Ellbogen wurde sie immer weißer und weißer bis hin zum Armstumpf. An der Stelle, an der der Arm abgebrochen war, besaß ihre Haut die Farbe und Beschaffenheit von abgeplatztem Gips.

Papier. Sie bestand aus Papier.

KAPITEL 25

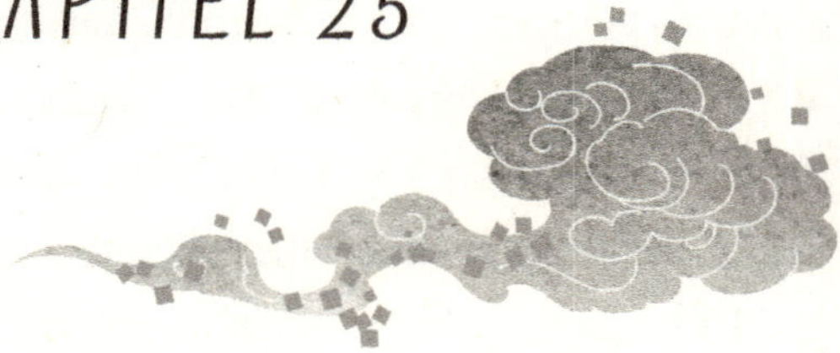

Himuras Finger zitterten. Er ließ den Ärmel los, als hätte er sich daran verbrannt. Kurara stieß ihn weg und krümmte sich vor, um sich auf das Deck zu übergeben. Seltsamerweise verspürte er bei dem Anblick Erleichterung. Bis ihm Kuraras Freund wieder einfiel und das Geflecht aus Papierorganen in seinem ansonsten hohlen Körper, sein Papierbauch, der mit Gallensaft gefüllt war.

»Du bist auch ein Shikigami?«

Das war unmöglich. Ihr Freund war eine Sache, aber Kurara konnte Ofuda benutzen, sie stritt gerne, sie besaß Meinungen und Ängste und Hoffnungen, sie war einfach so … menschlich.

Etwas brodelte in seiner Brust, aber er erkannte erst, dass es Panik war, als er Kurara keuchend Luft holen hörte. Das Geräusch brachte ihn wieder zu Verstand. Er musste seine Gefühle im Zaum halten. Er musste etwas unternehmen, bevor noch jemand anderes die Wahrheit herausfand.

Himura zog Kurara auf die Beine. »Mach dir einen Arm. Du weißt, wie.«

In seinem Inneren tobte ein Sturm. Sein Ofuda war ein unruhiger Wirbelwind, der um ihn kreiste.

Kurara sammelte ihr Ofuda, um daraus einen Arm zu erschaffen. Er fügte sich an die leere Stelle an ihrem Ellbogen ein und sie befestigte ihn dort und wickelte noch mehr Ofuda als Band um das Gelenk. Der neue Arm bestand eindeutig aus Papier, Kuraras Hautfarbe übertrug sich nicht darauf – aber es war besser als nichts.

Himura ging zu der Stelle, an der der abgebrochene Arm lag. Bevor ihn noch jemand entdecken konnte, stampfte er darauf herum, bis nur noch Papierklümpchen übrig waren, die vom Wind auseinandergeweht wurden.

Nachdem er den Arm zerstört hatte, wandte er sich wieder Kurara zu.

»Himura«, sagte sie, so leise, dass es wegen des Winds kaum zu hören war. Er hatte keine Ahnung, was für einen Gesichtsausdruck er hatte, aber er wusste, wie er sich fühlte: belogen, ausgetrickst und gedemütigt, während alles, was er zu wissen glaubte, in sich zusammenbrach.

»Meister, geht es dir gut?« Akane kam aufs Deck gesprungen.

»Akane, hast du das gewusst?«, fauchte er.

Der Fuchs blieb abrupt stehen, als er die Wut in seiner Stimme hörte. *»Meister?«*

Eine seiner Schläfen begann zu pochen. Log Akane ihn ebenfalls an? Stellte das Shikigami sich absichtlich dumm? Nein, das war unmöglich. Ein Shikigami konnte seinen Meister ebenso wenig belügen, wie es sich seinen Befehlen widersetzen konnte.

Er packte Kuraras Handgelenk. Das unversehrte. Dasjenige, das wie das eines Menschen aussah.

»Komm mit.« Er zog sie nach drinnen.

Unter Deck wurde Himura von hektischem Durcheinander empfangen. Die Mannschaft rannte hin und her, mitgenommen, aber erleichtert. Obwohl noch einiges zu tun war, lag Feierstimmung in der Luft.

»Himura! Eine unerwartete, aber erfolgreiche Jagd!«, riefen die anderen ihm zu, als sie ihn den Gang betreten sahen.

»Ein neues Herzstück! Und wir waren nicht mal darauf vorbereitet, einem Shikigami zu begegnen! Sind wir die besten Jäger der Welt, oder was?«

Angesichts ihres Übermuts verfinsterte sich Himuras Stimmung noch mehr.

»Kurara, mir ist fast das Herz stehen geblieben, als du aus dem Schiff gezerrt wurdest! Geht es dir gut? Du siehst blass aus«, fragte jemand.

Sie sah tatsächlich blass aus. So als könnte ein starker Windzug sie ins Wanken bringen. Himura legte ihr eine Hand auf die Schulter und packte fester zu.

»Sie hat sich nur überanstrengt. Sie braucht etwas Ruhe.« Er machte eine wegwerfende Handbewegung und zog Kurara mit sich.

Die Mannschaft nagelte grobe Holzbretter über die Löcher im Rumpf und verdeckte die Kerben in den Wänden mit Segeltuch.

»Fleißig wie die Bienchen.« Der Fuchs sah der Mannschaft bei der Arbeit zu. Er fand immer alles interessant. Es musste anstrengend sein, ständig so gute Laune zu haben, aber wahrscheinlich ermüdeten Shikigami nicht so wie Menschen.

Warum sah Kurara dann so aus, als könnte sie jeden Moment zusammenbrechen?

Sie schafften es zu seiner Kabine, ohne von jemandem angehalten zu werden. Kurara wartete nicht, bis er den Futon herausgeholt hatte. Sie sank in einer Ecke des Raums in sich zusammen und lehnte sich gegen die Wand.

»Was geschieht hier?« Sie klang wie halb im Fieberwahn, gefangen zwischen Panik und Erschöpfung.

»Ich habe keine Ahnung.« Himura war gar nicht aufgefallen, wie angespannt er war, bis er sich zwingen musste, seinen Mund zu öffnen, um zu sprechen.

»Warum bist du dann so wütend?«

Seine Fingernägel gruben sich in seine Handflächen. Er hatte Kurara für eine Gestalterin gehalten. Er hatte geglaubt, sie wäre wie er. Er hatte sie gemocht.

Du warst ein Narr, spottete eine leise Stimme in seinem Inneren. *Wie konntest du übersehen, dass sie ein Shikigami ist?*

»Hast du mich angelogen? Die ganze Zeit?«

»Natürlich nicht! Ich wusste es nicht!«, rief sie.

»Wie kannst du das nicht gewusst haben?« Himura spürte Wut in sich aufsteigen. »Es ist doch dein Körper, oder nicht? Willst du mir erzählen, dass du in deinem ganzen Leben noch nie geblutet hast? Dich noch nie an einem Küchenmesser geschnitten hast? Noch nie in einen Faustkampf verwickelt warst? Wie ist es mit deiner Monatsblutung?«

»Madam Ito hat gesagt, ich sei eine Spätentwicklerin!« Kuraras Wangen färbten sich purpurrot.

In Himuras Kopf drehte sich alles. War diese Rötung nicht der Beweis, dass ihr Blut in die Wangen stieg? Wenn er es versuchte, könnte er sich dann einreden, dass er sich alles nur eingebildet hatte? Dass Kurara doch menschlich war?

Nein, Wahrheit war Macht. Er könnte nie die Augen davor verschließen, auch wenn es noch so verlockend war.

»Natürlich wurde ich schon mal verletzt«, sagte Kurara und klang dabei immer verzweifelter. »Aber es waren nur blaue Flecken und Beulen und oberflächliche Schnittwunden. Die Messer durfte ich nicht anrühren. Ich habe mich noch nie ernsthaft geschnitten! Das mag dir seltsam vorkommen, aber es ist die Wahrheit!«

Sie lügt. Dass sie über ihren Freund nicht Bescheid gewusst hatte, war eine Sache, aber wie konnte sie nicht gewusst haben, was sie selbst war?

Andererseits, was wusste er schon über Shikigami? Nur das wenige, das seine Eltern ihm erzählt hatten, und die Dinge, die er in den Büchern vom Schwarzmarkt gelesen hatte. Bücher, die Fälschungen sein konnten. Oder schlicht falsch. Die einzigen verlässlichen Informationen befanden sich in Prinzessin Tsukimis Bibliothek. Nur sie konnte mit Sicherheit wissen, was Kurara war.

Wut durchflutete ihn. Warum durfte die Prinzessin das wissen und er nicht? Er war ein Gestalter, das Wissen gehörte seinen Vorfahren, seinem Volk, und doch wusste er weniger als jemand, für den das Gestalten ein reiner Zeitvertreib war. Und zwar, weil Prinzessin Tsukimi dieses Wissen vor ihm verborgen hielt.

»Früher … waren wir so viel mehr, als wir es heute sind.«

Wenn es ihm doch nur gelungen wäre, Prinzessin Tsukimis Bücher zu stehlen … dann hätte er sich von dieser Sache niemals so überrumpeln lassen.

»Ich … muss mich um etwas kümmern«, presste er mit zusammengebissenen Zähnen hervor. So schwer es ihm auch fiel, er hielt seine Verdrossenheit sorgfältig im Zaum. »Wir sprechen später darüber.«

Sobald er seine Kabine verlassen hatte, hämmerte er mit der Faust gegen die Wand. Er hasste es, nicht Bescheid zu wissen. Das Gefühl, dass es Geheimnisse gab, in die er nicht eingeweiht war.

»*Meister.*« Sein Shikigami stupste seinen Handrücken an.

»Sei still, Akane.« Er war nicht in der Stimmung.

Ein Ruck durchlief das Schiff. Die *Orihime* setzte sich wieder in Bewegung. Durch das Fenster sah Himura, wie sie sich dem Hafen von Sola-Il näherten. Unten an der Stadt öffneten sich Tore wie ein gähnender Schlund und die *Orihime* flog durch den Eingang in einen langen Metalltunnel.

Die Andockbucht war voller Schiffe. Von oben sah es aus, als flöge man über ein Kästchen mit funkelnden Juwelen hinweg.

Männer in grellbunten Jacken dirigierten das Schiff zu einer Andockstelle. Die *Orihime* erzitterte, während sie hinabsank, und kam holpernd in der Landebucht zum Stehen. Zwei große Gerüsttürme rollten heran, die das Schiff an Ort und Stelle hielten. Hafenarbeiter in blauen Uniformen halfen dabei, die *Orihime* zu verankern. Über ihnen patrouillierten auf den Galerien Wachen in Blau und leuchtendem Gold, die hin und wieder wie funkelnde Spatzen zum Hafenboden hinabsahen.

Akane stieß ihn am Oberschenkel an.

»*Der kleine Welpe ist eingeschlafen. Akane wollte nicht, dass er das hier zerquetscht.*«

Im Maul des Fuchses baumelte ein Beutel. Es war der, den Kurara stets an ihrem Obi trug und in dem sich das Herzstück ihres Freundes befand.

Himura nahm ihn entgegen. Das Herzstück war schwerer,

als er in Erinnerung hatte. Er nahm es aus dem Beutel. Das Papier war hart wie eine Eierschale und auch genauso zerbrechlich. An manchen Stellen war es eingedellt und einige der Blutsymbole waren verschmiert.

Etwas Ähnliches befand sich auch in Kuraras Körper. Und in Akanes. Anstelle eines Herzens bestimmte eine Papierkugel über ihre Vorlieben und darüber, wer sie waren. Sie waren keine echten Menschen.

»Himura!«, rief Sakurai.

Himura riss den Kopf hoch und sah den Kapitän auf sich zukommen. Sakurai verschwendete keine Zeit mit Begrüßungen.

»Wir müssen über die Reparaturen reden.« Sein Lächeln war angespannt. »Es sieht nicht gut aus. Zumindest haben wir das Herzstück des Adlers, das wir verkaufen können.«

Natürlich, dachte Himura. Schließlich waren sie Jäger. Er betrachtete Harus Herzstück. Wie viel mochte dieses hier wert sein?

»Meister?«

»Bleib hier, Akane«, befahl er dem Fuchs. Bevor er Sakurai folgte, steckte er das Herzstück in den Beutel zurück und band ihn an seinem Obi fest. »Ich passe darauf auf.«

Akane schaute ihm hinterher. Hätte Himura es nicht besser gewusst, dann hätte er denken können, der Fuchs sähe missbilligend aus.

Es spielt keine Rolle, erinnerte er sich. *Ein Shikigami hat nur zu gehorchen.*

KAPITEL 26

Eine sanfte Brise strich über Kuraras Wangen. Sie blinzelte und wischte sich den Schlaf aus den Augen. Die Welt um sie herum war trübe, wie ein unvollendetes Gemälde, die Konturen verwischt, die Farben ineinander verlaufen. Wo war sie? Kurara hatte das Gefühl, die Antwort verberge sich irgendwo in den Winkeln ihres Gedächtnisses, knapp außer Reichweite.

Sie saß auf der Stufe einer hölzernen Veranda und schaute sich um. Hinter ihr öffneten sich papierne Schiebetüren zu einem kahlen Raum. Ein gut gepflegter Garten breitete sich vor ihr aus. Mondlicht schimmerte auf einem kleinen Teich, unter dessen Oberfläche Papierfische träge umherschwammen. Der Himmel über ihr war tintenschwarz. Bleiche Wolken breiteten sich dünn darüber aus und Schnee rieselte wie Puderzucker herab und bedeckte den Garten mit einer Frostschicht.

»Aki …« Eine Stimme rief nach ihr, voller Wehmut und doch unvertraut. Ihre Brust schmerzte wie eine Wunde. Sie wusste nicht, warum, und deshalb tat es nur noch mehr weh.

»Aki.« Jemand berührte sie an der Schulter.

Kurara drehte sich um und sah einen Jungen in ihrem Alter, der neben ihr kauerte.

»Fühlst du dich jetzt besser, Aki?«

Sie blinzelte. »Haru?«

»Willst du das wirklich?«, fragte er.

Kurara wusste nicht, was er meinte. Es war so lange her, dass sie Haru gesehen hatte – ihn wirklich gesehen hatte. Sie wollte ihn einfach nur umarmen, aber als sie es tun wollte, stellte sie fest, dass sie sich nicht bewegen konnte.

Stattdessen teilten sich ihre Lippen. Als hätte jemand anderes die Kontrolle über ihren Körper übernommen, kamen Worte aus ihrem Mund.

»Ich habe darüber nachgedacht. Es tut mir leid, dich zurückzulassen, aber ich sehe keine andere Möglichkeit.« Sie griff nach seiner Hand. Sie war warm, so als ströme tatsächlich Blut durch seine Adern. Sanft löste er ihre Finger von seinen.

»Wenn du das tust, wirst du nicht mehr Aki sein. Du wirst alles vergessen.«

Die Welt um sie herum begann zu verschwimmen. »Ich weiß«, sagte Kurara, während die Sterne miteinander verschmolzen. »Und es tut mir leid.«

Kurara erwachte mit einem Ruck. Als die Umgebung Gestalt annahm, beruhigte sich ihr Atem, und sie erkannte, dass sie sich in Himuras Kabine befand.

Schlaftrunken setzte sie sich auf. Ihr Kopf schmerzte.

Was hatte sie gerade gesehen? Es war ihr wie mehr vorgekommen als nur ein Traum, schlimmer als ein Albtraum.

Ein Shikigami ..., erinnerte sie sich. *Ein Shikigami hat uns angegriffen, und dann bin ich ...*

Ein Beben durchlief ihren Körper, als sie nach unten sah.

Ihr linker Arm war weiß wie Papier und doch so kräftig und robust, als wäre er aus Fleisch und Blut. Die Finger ihrer rechten Hand zitterten.

Ich bin auch ein Shikigami.

Aber was bedeutete das? Tausend Fragen wirbelten gleichzeitig durch ihren Kopf. Sie holte tief Luft. Bildete sie sich nur ein, dass ihre Lungen sich mit Luft füllten? Ihr drehte sich der Magen um. Bildete sie sich die Übelkeit auch nur ein? Sie wusste es nicht. Eine Wolke aus Furcht füllte ihren Geist und machte es unmöglich nachzudenken.

Sie stieß mit dem Ellbogen gegen einen Stapel Bücher, der umfiel. In dem Moment öffnete sich die Tür und Akane trabte herein, mit einem schwarzen Handschuh im Maul.

»Der kleine Welpe ist wach!« Der Fuchs klang so fröhlich wie immer. Als würde Kurara nicht langsam den Verstand verlieren. Akane legte den Handschuh auf den Tatamis ab und strahlte vor Stolz. *»Zieh ihn an! Akane hat ihn für dich gefunden!«*

Kurara hob den Handschuh auf. Das Material war dick, aber weich und aus der Haut irgendeines Tiers gefertigt. Als sie ihn anzog, reichte er ihr bis über den Ellbogen.

Natürlich mussten sie das Ganze geheim halten. Niemand durfte es erfahren. Würde die Mannschaft herausfinden, dass sie ein Shikigami war, dann würden sie – na ja, sie hatte keine Ahnung, was sie tun würden, aber sie wollte es auch nicht erleben. Würde Himura ihr Meister werden? Und wenn nicht, würde sie irgendwann den Verstand verlieren? Würden dieselben Leute, die sie jeden Morgen grüßten und ihr im Vorbeigehen auf dem Gang ein Lächeln schenkten, diejenigen sein, die ihr das Herzstück aus der Brust rissen?

Ich bin ein Lotus, sagte sie sich, während ihr der Herzschlag in den Ohren dröhnte. *Ich bin ein Lotus auf dem Wasser. Die trübe Welt unter mir kümmert mich nicht. Ich bin ein Lotus, ein Lotus, ein Lotus.*

»Akane.« Sie zog die Knie an die Brust. Es war alles zu viel. »Hilf mir!«

Akane ließ sich neben ihr nieder und rieb das Papiergesicht an ihrer Wange. *»Nicht weinen, kleiner Welpe. Nicht weinen.«*

Kurara konnte nicht anders. So elend hatte sie sich das letzte Mal gefühlt, als sie Haru verloren hatte. Sie hatte Angst. Alles, was sie zu wissen glaubte, war auseinandergerissen worden, und sie wusste nicht, wie sie damit umgehen oder was sie als Nächstes tun sollte.

»Was stimmt mit mir nicht?«

»Nichts«, sagte der Fuchs. *»Der kleine Welpe ist wie Akane!«*

»Shikigami besitzen keinen eigenen Willen«, hatte Himura gesagt, aber jetzt war Kurara sich sicher, dass das nicht stimmte.

Akane war hier und tröstete sie, weil der Fuchs freundlich und gut war und so viel mehr, als Himura ihm zutraute. Shikigami besaßen ihre eigenen Wünsche, ihre eigene Persönlichkeit – sie waren nicht bloß Dinge. Kurara war ein Shikigami, und trotzdem wünschte sie sich nichts sehnlicher, als Haru zu retten, ihre Fähigkeiten im Umgang mit dem Ofuda zu verbessern und die Welt zu erkunden. Den schwer greifbaren Ort wiederzufinden, den sie einst ihr Zuhause genannt hatte, und all die vergessenen Erinnerungen, die damit verbunden waren.

Niemand hatte ihr befohlen, so zu empfinden. Alles, was sie fühlte und woran sie glaubte, ihre Gedanken, ihre Persönlichkeit, all das gehörte ihr. Es war nichts, was ein längst verstorbener Gestalter in Blut niedergeschrieben hätte. Ihre Fingernägel kratzten über ihren Arm, bis sich rote Striemen bildeten, aber als sie endlich die Haut durchbohrt hatte, quoll kein Blut hervor.

Kurara wandte rasch den Blick ab und musterte stattdessen die Bücher, die im Raum verteilt waren. Vielleicht enthielten sie die Antworten auf ihre Fragen? Andererseits verdankte Himura sein Wissen über Shikigami allein diesen Büchern, und über Haru und sie hatte er nichts gewusst. Was wusste er also wirklich? Was konnten ihr diese Bücher mitteilen, das nicht gelogen war?

»Warum bin ich so anders?«

Akane antwortete nicht. Stattdessen summte das Shikigami ein vertrautes Lied. *»Ein sterbender Stern fiel vom Himmel, und aus dem Stern wuchs ein Baum.«*

Kurara ließ das Wiegenlied über sich hinwegspülen. Sie war ein Shikigami. Sie war kein Mensch. Kein Erdbewohner und auch kein Sorabito, sondern ein Geschöpf aus Papier. Die Feststellung sank wie ein Stein auf den Grund ihres Magens. Vielleicht war es gar nicht so schlimm. Eigentlich hieß das doch nur, dass sie wie Haru war.

Ihre Hände tasteten nach seinem Herzstück. Ihr Magen schlingerte, als sie bemerkte, dass es nicht da war.

Harus Beutel war weg.

Mit einem beunruhigten Aufschrei tastete sie ihren Bauch, ihre Körperseiten und ihre Beine ab. Fieberhaft öffnete sie die Schnallen ihres Obi und legte ihn ab, sodass ihr Kimono sich öffnete. Sie sprang auf, durchwühlte die Bücher und warf sie beiseite.

Haru war weg. Sein Herzstück fehlte. Was, wenn sie ihn verloren hatte? Nein, so unvorsichtig war sie nicht, aber – aber zu dem Zeitpunkt war alles so chaotisch gewesen. Wenn ihr das Herzstück heruntergefallen wäre, hätte sie es nicht einmal bemerkt. Aber was sollte sie tun, wenn sie ihn wirklich verloren hatte? Wie konnte sie nur so dumm sein?

»Haru? Wo ist Haru?«

Die Miene des Fuchses wurde undurchdringlich.

»Akane hat deinen Freund an Meister gegeben, damit er auf ihn aufpasst.«

Eine Welle der Erleichterung ließ Kuraras Knie weich werden. Sie sank zu Boden und ihre Panik ebbte ab. Sie legte eine Hand auf ihre Halskette, den Daruma, den Himura für sie gemacht hatte.

Zum Glück. Haru war bei Himura in Sicherheit. Sie hatte keine Ahnung, was sie getan hätte, wenn sie ihn wirklich verloren hätte.

KAPITEL 27

Der Reparaturlärm war so laut, dass Kurara kaum ihre eigenen Gedanken hören konnte. Hämmer schlugen gegen den Schiffsrumpf, ein konstanter Rhythmus, der zur Hintergrundsymphonie des Lebens auf der *Orihime* geworden war.

Kurara fühlte sich ein wenig schuldig, weil sie nicht bei den Arbeiten half, aber im Moment hatte sie drängendere Probleme. Sie wollte Himura finden, damit sie Haru zurückbekam und ihre Audienz bei Prinzessin Tsukimi mit ihm planen konnte, aber auch, um mit ihm zu reden.

Sie konnte sich nicht mehr an alles von ihrem Gespräch mit Himura erinnern, aber sie wusste noch, dass er aufgebracht gewesen war. Sie konnte es ihm nicht verdenken. Sie hatte noch in Erinnerung, wie es gewesen war, als sie herausfand, dass Haru ein Shikigami war. Es hatte wehgetan, nicht weil Haru kein Mensch war, sondern weil sie das Gefühl hatte, er hätte ihr nicht genug vertraut, um ihr die Wahrheit zu sagen. Dass sie einander vielleicht doch nicht so nahe gewesen waren, wie sie geglaubt hatte.

Sie war sich wie eine Närrin vorgekommen.

Jetzt konnte Kurara nachvollziehen, wie Haru sich in seinen letzten Augenblicken gefühlt haben musste. Ob er nun gewusst hatte, dass er ein Shikigami war, oder nicht, er hatte ihr nie wehtun wollen, davon war sie überzeugt. Wenn sie doch nur Himura klarmachen konnte, dass sie das auch nie gewollt hatte.

Kurara lief durch die mit Trümmern übersäten Gänge, an knarrenden Gerüsten und langen Kerben in den Wänden vorbei. Sie steckte den Kopf in den Speiseraum und ging mehr als einmal zu Himuras Kabine, aber er war verschwunden. Die Deckarbeiter, die sie im Vorbeigehen fragte, wussten auch nicht, wo er war. Es war, als hätte Himura sich in einen Geist verwandelt und niemand könnte ihn mehr sehen. Selbst der Fuchs wusste nicht, wohin sein Meister gegangen war.

»Hat er irgendwas zu dir gesagt?«, fragte sie ihn.

Der Fuchs schüttelte den Kopf, während er neben ihr hertrabte.

Nachdem sie das ganze Schiff durchkämmt hatte, fand Kurara sich vor der Kabine des Kapitäns wieder. Die Tür stand offen, und sie hörte Sakurai, der in ein Gespräch mit jemandem verwickelt war.

»Wie weit kommen wir mit dem, was wir noch haben?« Der Kapitän klang ernster, als Kurara es je erlebt hatte. Er saß an seinem Schreibtisch mit dem Rücken zum Fenster; sein Gesicht lag im Schatten.

»Bis zur nächsten Himmelsstadt.« Sayos Stimme kam von irgendwo im Raum.

»Und das Schiff?«

Tomoe, die mit dem Rücken zur Tür stand, blätterte durch die Notizen in ihren Händen. »Nach meiner Schätzung dauert es maximal zwei Tage, die kaputte Reling zu ersetzen. Der Rumpf und die anderen Teile des Schiffes werden vielleicht eine Woche in Anspruch nehmen. Das Problem ist, wir besitzen kaum noch Geld. Wenn wir alle Lebensmittel und den Treibstoff wieder aufgefüllt haben, die dieser Offizier uns während seiner ›Inspektion‹ gestohlen hat, sind wir mit ziemlicher Sicherheit pleite.«

In diesem Moment bemerkte der Kapitän Kurara in der Tür. Lächelnd winkte er sie herein.

»Miss Kurara! Ich habe gehört, Sie haben während des Kampfes einiges abbekommen. Wie geht es Ihnen jetzt?«

Kurara schob die Tür ganz auf und trat in den Raum. Tomoe und Sayo drehten sich zu ihr um.

Die beiden wussten nicht, was sie war. Wie sollten sie auch? Kuraras Papierarm war verborgen. Sie sah vollkommen menschlich aus. Und klang und verhielt sich auch so. Es gab keinen Grund, weshalb jemand vermuten sollte, dass etwas nicht stimmte. Doch als sich die Blicke der anderen auf sie richteten, hatte Kurara das Gefühl, auf einem Drahtseil zu laufen, das jeden Moment reißen könnte.

Sei nicht albern! Das bildest du dir alles nur ein, ermahnte sie sich. Sie riss sich zusammen, schluckte den dicken Kloß in ihrer Kehle hinunter und fragte: »Haben Sie Himura gesehen?«

Sakurai zuckte mit den Achseln. »Er ist gerade eben losgegangen. Und er hatte es offenbar eilig. Ich hätte nie gedacht, dass das Fest ihn interessieren würde, aber er ist wie eine Kohane losgeflitzt.«

Der Fuchs machte ein Geräusch, als würde er es als grausamen Verrat empfinden, dass Himura ihn zurückgelassen hatte. Kurara biss sich auf die Lippe. Ausgerechnet jetzt musste Himura verschwinden!

»Jedenfalls«, Sayo räusperte sich laut, »müssen wir noch mehr Treibstoff besorgen. Unsere Vorräte reichen vielleicht bis zur nächsten Himmelsstadt, aber auf keinen Fall bis zum Großen Strom.«

»Na ja, zumindest haben wir jetzt etwas, das wir verkaufen können.« Sakurai griff in seinen Schreibtisch und holte das Herzstück eines Shikigami heraus. Es war das des Adlers, der sie angegriffen hatte. »Tomoe, Sie kennen sich doch in der Stadt aus. Wo befindet sich der nächste Militärstützpunkt?«

»Im Restaurantbezirk gibt es ein Patriotenamt«, sagte Tomoe.

»Sehr schön. Handeln Sie einen guten Preis für uns aus.«

»Sie wollen das Herzstück verkaufen?« Kurara sog scharf die Luft ein.

Sayo sah sie an, als sei ihr ein zweiter Kopf gewachsen. »Wir sind Jäger, weißt du.«

Natürlich wusste Kurara das, aber jetzt erschien ihr alles in einem anderen Licht. Wie viel bekamen sie für ein Herzstück? Was war der Preis einer Seele?

»Ja, schon klar«, krächzte sie. Auf die Mannschaft konnte sie nicht wütend sein. Sie hatten ihr erzählt, womit sie ihr Geld verdienten, und es war für sie in Ordnung gewesen. Sie hatte sich gesagt, dass es einen Unterschied gab zwischen Haru und Akane und den Ungeheuern, die Menschen angriffen. Dass die Shikigami, die sie jagten, ohnehin nicht mehr zu retten waren.

Doch selbst wenn das stimmte, war es ein trauriges, bedauernswertes Schicksal.

Sakurai machte eine Handbewegung. »Wegtreten.«

Mit einem schweren Gewicht auf den Schultern folgte Kurara den anderen aus dem Raum.

»Hee, Kurara.« Tomoe passte sie ab, bevor sie gehen konnte. »Willst du mich zum Patriotenamt begleiten?«

Kurara schüttelte den Kopf. Seit sie die Midori verlassen hatte, waren ihre Begegnungen mit dem Militär ausnahmslos unerfreulich gewesen, und das Patriotenamt war nur ein hochtrabender Name für den Ort, an dem der ganze Papierkram des Kaiserreichs erledigt wurde. Dort würde es vor Soldaten nur so wimmeln. Außerdem hatte sie wichtigere Sorgen.

»Zuerst muss ich mit Himura sprechen.« In ihrem Geist gab es für nichts anderes Platz.

Tomoe zuckte die Achseln. »Na gut, aber du hast doch noch nie das Fest des siebten Sterns erlebt, oder? Ich weiß, momentan sieht alles düster aus, aber du musst auch mal abschalten, sonst wirst du noch alt und grau, bevor du dreißig bist! Warum gehen wir nicht alle zusammen hin? Du kommst doch mit, oder, Sayo?«, rief sie der Navigatorin im Vorbeigehen zu.

»*Und Akane!*« Der Fuchs sprang auf und ab.

»Natürlich, wie könnte dich irgendjemand vergessen, Akane?« Tomoe beugte sich vor und streichelte dem Shikigami den Kopf.

Ein Shikigami ist kein Haustier!, wollte Kurara fauchen. Die Wut loderte so plötzlich in ihr hoch, dass es sie unvorbereitet traf. Woher kam dieser ganze Zorn? Mit jedem Atemzug spürte sie ihn schwer in den Lungen. Er wickelte sich um ihre Kehle wie Ranken, die sie zu ersticken drohten.

»*Auf dem Fest gibt es Essen! Und Feuerwerk! Und lustige*

Spiele!« Der Fuchs hechelte aufgeregt, seine Zunge hing ihm aus dem Maul.

Sayo schnaubte. »Wir sind doch keine kleinen Kinder mehr. Was soll an einem dummen Fest so aufregend sein?«

Das ganze Gerede über Feste und Spaß ließ die Verärgerung in Kuraras Brust anwachsen. Es gab tausend Dinge, die wichtiger waren als irgendein Fest. Prinzessin Tsukimis Sommerpalast war in der Nähe. Himura war verschwunden. Sie war ein Shikigami. Sie war ein Shikigami.

»Geht ihr zwei zusammen«, gelang es ihr, mit zusammengebissenen Zähnen hervorzupressen.

»Aber …«

»Ich habe Wichtigeres zu tun!«

Noch im selben Moment bereute sie ihre Worte. Tomoe machte mit weit aufgerissenen Augen einen Schritt rückwärts. Sayo funkelte sie wütend an.

»Hee, Erdbewohnerin! Lass deine miese Stimmung nicht an Tomoe aus!«

»T-tut mir leid …«, murmelte Kurara und machte schnell auf dem Absatz kehrt. Akane sprang hinter ihr her.

»Was ist denn mit ihr los?«, hörte sie Sayo knurren, als sie von Sakurais Kabine weglief.

»Schon gut. Dann gehen wir eben zu zweit«, sagte Tomoe.

»Ich habe nie gesagt …«

»Ach, komm schon! Wir machen ein Date daraus! Warte hier auf mich! Wenn ich fertig bin, komme ich zum Schiff zurück, und dann gehen wir zusammen zum …«

Kurara beschleunigte ihre Schritte, bis sie die beiden nicht mehr hören konnte. Sie musste nur Himura finden. Dann würde alles gut werden.

ZWISCHENSPIEL

Meide die Erde.
Du bist Wolken und Himmel;
Erde ist schmutzig
und die Augen des Himmels
dulden keine Unreinheit.

- Aus: Die dreizehn Erlasse des Tenyo,
religiöser Text der Sorabito

Die Höhle wurde aufgesprengt. Als Rei endlich den Kopf hob, um aus der Feuerstelle hinauszuspähen, sah er nur rauchende Steinbrocken und eine gewaltige Öffnung in der Decke, die aussah, als hätte die Faust eines Riesen die Höhle durchstoßen.

Er kroch aus der Feuerstelle und kam schwankend auf die Beine. In seinen Ohren klingelte es laut. Er schaute sich um.

Überall lagen Felsbrocken und Stücke von Levistein auf einem Aschebett verteilt. Rei stolperte vorwärts zu der kleinen Nische, in der das Shikigami angekettet gewesen war. Trotz des Lichts, das durch die Decke hereinströmte, war es schwierig, etwas zu erkennen. Die Wände waren eingestürzt und die Nische mit Felsgestein gefüllt. Wenn Inui nicht in die Luft gesprengt worden war, dann war sie unter dem Geröll begraben.

Ein kleines Lachen sprudelte in seiner Kehle hoch. Seine Ohren klingelten immer noch. Rei ließ sich gegen die Felswand sinken, und sein Kichern steigerte sich zu lautem Gelächter, bei dem sich sein Magen zusammenzog.

Er hatte eine Gestalterin getötet und überlebt. Er hatte sie verbrannt, zerquetscht, in Stücke gesprengt. *Auf Nimmerwiedersehen!*, dachte er. Die alte Schachtel hatte es verdient. Es geschah ihr recht, weil sie versucht hatte, die Sohma zu benutzen. *Ihn* zu benutzen. Das passierte mit Leuten, die es wagten, ihn zu verärgern.

Was, wenn Prinz Ugetsu es herausfindet?, ging es Rei durch den Kopf. Inui war diejenige gewesen, die die Abmachung zwischen Rei und dem Prinzen vermittelt hatte. Zweifellos hatte die Alte alles, was Rei gesagt und getan hatte, an den Prinzen gemeldet. Was, wenn der Prinz Inuis Tod für ein Zeichen von Verrat hielt?

Ein Dutzend Sorgen nagten an Rei, aber er unterdrückte sie schnell. Dann musste er sich eben doppelt so viel Mühe geben, damit Prinzessin Tsukimi auch wirklich starb.

Das Klingeln ließ nach, als er die Höhle verließ. Die Umgebung bot keinen schönen Anblick – lange Narben zogen sich durchs Land, die Minengebäude und Teile der Ausrüstung waren in Stücke gesprengt und die Trümmer bildeten einen kreisrunden Ring um die Explosionsstelle. Rei fand die Kohane, mit der Inui sie zu den Minen geflogen hatte. Sie war noch unversehrt. Er richtete sie auf und machte sich auf den Weg zurück in die Stadt.

Als Rei Sola-Il erreicht hatte, fühlte er sich viel ruhiger. In den Straßen wurde über das plötzliche Auftauchen des Shikigami viel geredet. Es war nur wenige Minuten frei gewesen, dann war es von ein paar Jägern verbrannt worden.

Was für ein glücklicher Zufall. Hysterisches Gelächter drohte Rei erneut den Atem zu rauben. Seine Kleider waren angesengt. Sein Herz hämmerte. Aber die Götter waren ihm heute wohlgesinnt.

Es war schön, am Leben zu sein. Zu Hause zu sein. Rei blieb einen Moment stehen, um die wiederaufbereitete Luft einzuatmen und Sola-Il zu bewundern.

Die Kuppeln erstreckten sich über der gesamten Stadt, regulierten Temperatur und Atmosphäre, sodass es im Sommer kühl und im Winter warm war. Übereinandergestapelte Gebäude säumten die Straße, die einzelnen Stockwerke so willkürlich aufgetürmt, dass Teile vorragten oder sich das ganze Bauwerk gefährlich zur Seite neigte. Eigentlich hätte schon ein leiser Windzug reichen müssen, um die Häuser umzukippen, doch sie blieben stehen, trotzten der Schwerkraft, wuchsen nach oben, als wollten sie sich der Herausforderung stellen, die Kuppeldecke der Stadt zu erreichen. Auf den Balkonen blühten Blumen, ergossen sich kaskadenartig über die Holzfassaden und bildeten Teppiche aus leuchtendem Orange, sattem Purpur und loderndem Karminrot. An Pfählen zwischen den Gebäuden flatterte frische Wäsche in der Sonne.

Wie sehr die Stadt ihn doch mit Stolz erfüllte.

Er ging an den riesigen Regenfängern vorbei auf das Zentrum zu. Nun, da Inui von der Bildfläche verschwunden war, wandten sich seine Gedanken wieder dem Anschlag zu. Endlich konnte er mit dem Plan weitermachen, und zwar genau so, wie er es wollte.

Die Militärpolizei war überall präsent, für den Fall, dass es Ärger gab, und Rei ging schneller. Es war leicht, in der Menge unterzutauchen. Wie ein wogender Ozean war das Stadtzentrum ein sich ständig wandelndes Labyrinth aus Läden und Verkaufsständen. Ein singender Verkäufer warb für eine Auslage exotischer Himmelsfische. Neben ihm verkündeten riesige Poster an den Häuserwänden: *Madam Tais Teeladen – über siebenhundert verschiedene Teesorten! Emporium Rotes Glück! Heute: Krabben-Sumo. Mindesteinsatz: Zwanzig Ko.*

Rei bemühte sich, mit niemandem zusammenzustoßen, während er sich durch die Menge drängte. Auf dem Marktplatz wimmelte es nur so von Händlern aus dem gesamten Kaiserreich – nicht bloß Sorabito, sondern auch Nordmänner mit Gewürzen aus den fernen Kolonien und Wolle aus dem Osten. Erdbewohner flitzten wie Ratten umher. Die Straßen waren von ihrem Gestank erfüllt.

An einer ruhigen Straßenecke im Stadtzentrum stand ein baufälliges Armenhaus mit dicken blauen Fensterrahmen, weit weg vom geschäftigen Treiben. Jemand lehnte an der altersschwachen Tür. Auf den ersten Blick wirkte der Mann nicht sonderlich auffällig, aber er war genau der, den Rei suchte.

»Yuzo.« Er ging auf das Armenhaus zu. »Ist alles bereit?«

»Wir haben den Drachen erst mal in einem der Lagerhäuser untergebracht. Dort haben wir die Bestie aus der Kiste geholt und angekettet.« Yuzo nickte ruckartig und reichte Rei eine Übersicht der Schiffe, die im Laufe der vergangenen

Woche im Stadthafen festgemacht hatten. Ohne Nao und die *Hishaku* würden Rei und seine Männer eines der anderen Schiffe im Hafen für ihre Flucht nutzen müssen. Rei nahm die Liste entgegen und musterte Yuzo kurz.

Als er den jungen Mann rekrutiert hatte, war er ihm wie ein wilder Kerl vorgekommen, der für die Sache bereitwillig in einen Kugelhagel laufen würde. Jetzt waren seine eingesunkenen Augen von dunkelvioletten Ringen umgeben. Er sah aus, als hätte er über eine Woche nicht mehr gebadet, und sein Kimono war zerknittert und fleckig.

»Was ist los?«

Yuzo fuhr sich mit der Hand durch sein dünnes Haar und seufzte. »Nao hat sein Leben gegeben, um die Erdbewohner abzulenken. Weißt du, was nach der Parade passiert ist? Was sie mit Naos Leiche gemacht haben, nachdem sie ihn erwischt hatten?«

Yuzos Blick wurde noch gequälter. »Sie haben ihn begraben!«, fauchte er. »Sie haben ihn in der Erde begraben, wo die Vögel seine Seele nicht erreichen können! Er hat uns in die Stadt gebracht. Und jetzt sieh nur, was aus ihm geworden ist.«

Armer Nao. Rei hätte noch mehr Mitleid mit ihm gehabt, wenn dieser nicht so ein Feigling gewesen wäre. Nao hatte sein Schicksal selbst gewählt, als er getürmt war.

Rei trat vor und drückte Yuzos Schultern. »Das ist genau der Grund, warum wir das alles tun! Nao hatte so viel mehr verdient, und was haben die Erdbewohner getan? Sie entehren unsere Toten. Lassen nicht mal seine Seele in Frieden ruhen! Nao war einer von uns. Er war ein Freund! Deswegen dürfen wir nicht aufhören. Denn *sie* werden auch nicht aufhören, bis sie unseren Willen gebrochen und uns in gehorsame Marionetten des Kaiserreichs verwandelt haben! Deswegen gibt es uns – deswegen gibt es die Sohma. Wir werden nicht eher ruhen, ehe nicht jede einzelne Erdratte aus unserer Stadt verjagt ist!«

Er würde sich seine Pläne nicht von schwacher Moral zunichtemachen lassen. Während er sprach, sah er, wie seine Worte Wirkung zeigten. Yuzo nickte, seine Zuversicht war eindeutig gestärkt.

»Übrigens«, Yuzo schwankte leicht, als Rei ihn losließ, »vor ein paar Stunden hat der Drache angefangen, sich zu regen. Ich weiß nicht, wie lange er noch ruhig bleibt. Inui muss herkommen und das verfluchte Vieh wieder unter Kontrolle bringen!«

Rei schnalzte verärgert mit der Zunge. Er durfte Yuzo nicht erzählen, dass Inui tot war – das hätte ihn bloß in Panik versetzt –, aber ohne die Alte mussten sie schnell handeln. Er durfte nicht zulassen, dass der Drache seine Männer angriff.

Ein missmutiges Seufzen entwich seinen Lippen. Er schlug das Hafenregister auf. Als er die Liste der Schiffe durchging, blieb sein Blick an einem vertrauten Namen hängen. Die Götter waren ihm heute wirklich gewogen.

»Das Lagerhaus, in dem ihr den Drachen untergebracht habt … Es ist das direkt neben dem Sommerpalast, oder?«, fragte Rei.

»Ja«, bestätigte Yuzo.

Das war gut. Tobende Shikigami waren wie wütende Stiere. Sie griffen stets das an, was sich direkt vor ihrer Nase befand.

»Warte hier!« Er drückte das Register gegen Yuzos Brust und eilte durch das Stadtzentrum zurück zum Hafen.

Er traf gerade in dem Moment ein, als die Tore geöffnet wurden. Menschen strömten aus der Andockbucht auf die gepflasterten Straßen. Rei eilte durch die Menge und musterte im Vorbeigehen die Gesichter. Sie war hier. Sie musste hier sein – die Lösung für all seine Probleme.

Bevor er das Tor zum Hafen erreichte, sah er aus den Augenwinkeln einen vertrauten roten Haarschopf. Das Mädchen ging von der Andockbucht zur Hauptstraße.

Die Götter lenkten wahrlich seinen Weg.

Reis Herz klopfte im Gleichtakt mit seinen Schritten, als er dem Mädchen folgte. Wie lange war es her? Sie sah immer noch genauso aus wie damals, als sie ihr Zuhause verlassen hatte – ihr rebellisches rotes Haar leuchtete in der Sonne, ihre mandelförmigen Augen glänzten feurig, und das Tantō, das er ihr geschenkt hatte, trug sie an der Hüfte.

Ohne zu bemerken, dass es verfolgt wurde, ging das Mädchen durch die Gassen mit den Verkaufsständen auf eine große graue Villa am Ende der Straße zu.

Das Patriotenamt war ein hässliches Gebäude voller hässlicher Erdbewohner. Man merkte sofort, dass es nicht von Sorabito erbaut worden war. Es sah ganz anders aus als die schmalen Holzgebäude im Umkreis – eine umzäunte Villa aus mattem grauem Stein, die sich statt nach oben zu wachsen, wie die Gebäude der Sorabito, nach außen verbreiterte. Den Eingang zierten Statuen von Tigern statt von Vögeln; und das Grundstück war von einem schwarzen Eisenzaun umgeben. Die lang gezogenen, rechteckigen Fenster verliehen dem Gebäude ein brutales Aussehen.

Die Männer, die davor Wache hielten, trugen hochgeschlossene schwarze Uniformen mit goldenen Knöpfen in Form von Pfingstrosen, die im Licht funkelten wie die Augen von Dämonen. Als das Mädchen sich ihnen näherte, blickten sie ihm finster entgegen. Sie befragten sie länger als üblich, ließen sie am Ende aber doch durch. Eine höhnische Bemerkung und ein Kichern konnten sie sich dabei nicht verkneifen.

Himmelsverfluchte Würmer! Rei hielt Abstand, malte sich jedoch aus, wie er einem der Wachmänner die Spitze seines Katanas die Kehle hinabstieß.

Er blieb in einer Nebengasse stehen, außer Sichtweite der Wachen, und wartete. Als das Mädchen wieder auftauchte, hatte es einen kleinen Beutel mit Ko bei sich und zog eine finstere Miene.

Rei folgte ihr durch die Straßen und engen Gassen. Alte Männer schliefen in winzigen Nischen, die in die Fassaden der Gebäudetürme eingelassen waren. Er wartete, bis das Mädchen in ruhigere Straßen einbog, wo niemand ihn sehen würde. Wäscheleinen baumelten über ihm und schwankten im künstlichen Wind.

Aus einem Fenster in der Nähe drang der Geruch überreifer Früchte herüber und erinnerte Rei an die Pfirsiche, die seine Töchter ihm immer geschenkt hatten, um sich seine Aufmerksamkeit zu erkaufen, bis sie begriffen hatten, dass ihn nur interessierte, ob sie bereit waren, mit ihm gemeinsam Erdbewohner auszumerzen.

»Ich weiß, dass du mich verfolgst. Du hast mich aus dem Patriotenamt kommen sehen, nicht wahr?« Das Mädchen blieb unvermittelt stehen. Ohne sich umzudrehen, griff sie nach ihrem Tantō. Rei war nicht sicher, wann ihr aufgefallen war, dass er sie verfolgte, aber sie hatte darauf geachtet, dass sie Abstand zu ihm hatte. »Tja, ich habe schlechte Neuigkeiten für dich. Die verfluchten Erdbewohner haben mir das Herzstück eines Shikigami abgekauft, aber mir nur ein paar wertlose Münzen dafür gegeben. Diese Lügner hatten die Frechheit zu behaupten, es sei ein verdammter Blindgänger gewesen!«

Der Gedanke, für einen einfachen Dieb gehalten zu werden, brachte Rei zum Kichern. Dabei führte er so viel Großartigeres im Schilde!

Als das Mädchen ihn lachen hörte, wirbelte es herum. Ihre Augen weiteten sich.

»Hallo, Tomoe.« Rei schenkte seiner Tochter ein Lächeln.

Tomoe starrte ihn ungläubig an.

»Wir müssen uns unterhalten.«

Sie erstarrte. Ihre Hand blieb auf dem Griff ihrer Klinge liegen. »Unterhalten? Worüber?«

»Darüber, dass du mir helfen wirst, Prinzessin Tsukimi zu töten.«

KAPITEL 28

Himura drängte sich durch die Menge, vorbei an Ständen mit funkelndem billigem Schmuck und Buden, an denen die Leute Schlange standen, um Korkkugeln auf vorbeigleitende Ziele zu schießen. Er stieß mit kaum jemandem zusammen: Meistens schaffte er es, Platz zu machen und den zahllosen Kindern auszuweichen, die ihm unbedacht vor die Füße liefen. Der Beutel mit dem Herzstück baumelte an seiner Hüfte und zog seinen Körper ebenso hinunter wie seinen Geist.

Leute, die das weiße Armband an seinem Handgelenk bemerkten, machten einen weiten Bogen um ihn. Andere gingen ihm auch einfach deshalb aus dem Weg, weil er offensichtlich kein Sorabito war. Ob es Kurara wohl genauso ergehen würde, wenn sie endlich die Stadt betrat? Doch Himura unterdrückte den Gedanken schnell wieder.

Er verließ die Menge und ging einige schmale Gassen entlang, vorbei an den dunklen Fenstern leerer Gebäudetürme. Er musste einen ruhigen Ort finden, wo er seinen Gedanken freien Lauf lassen konnte.

Seine Füße trugen ihn zum Anwesen des Sommerpalasts. Ein großer See umgab den gewaltigen schwebenden Felsbrocken, auf dem der Palast errichtet worden war. Blaue

Levistein-Adern tief im Gestein leuchteten in der Dunkelheit. Über die Kanten des Felsbrockens strömte Wasser und ergoss sich kaskadenartig in den See.

»*Beeindrucke mich*«, hatte Prinzessin Tsukimi mit einem spöttischen Grinsen gesagt, als er sie vor vielen Jahren um einen Gefallen gebeten hatte. War Kurara bereit für die Prügel, die die Prinzessin austeilen konnte? Aber eigentlich kümmerte ihn das nicht mehr. Kurara konnte allein zur Prinzessin gehen und sie um Hilfe bitten.

Seine Finger strichen über den Beutel. Das Herzstück darin war wahrscheinlich wertvoller als alles, was die *Orihime* je gejagt hatte. Vermutlich war es das Herzstück eines der ersten Shikigami, die jemals erschaffen wurden. Wenn Kurara es der Prinzessin zeigte, würde Tsukimi mit Sicherheit beeindruckt sein. Vielleicht würde sie sogar so erfreut sein, dass sie Kurara alles gab, was das Mädchen wollte – den Körper seines Freundes, so viel weißen Reis, wie es essen konnte, die Kronjuwelen. Macht. Wissen.

Himura trat zurück, um den Sommerpalast besser betrachten zu können. Er wurde gut bewacht. Der schwebende Felsbrocken war ein natürliches Hindernis, das die meisten Menschen nicht überwinden konnten, aber Himura war nicht wie »die meisten Menschen«.

Er nahm sein Armband ab. Papier wirbelte über den Boden. Sein Ofuda formte ein Paar Schwingen, verlängerte sich zu Klauen und Schwanzfedern und wanderte stufenförmig nach oben, um einen gebogenen Schnabel zu bilden.

Einen Falken dieser Größe hatte er das letzte Mal geschaffen, als er zur Midori aufgebrochen war. Der Vogel senkte den Hals und Himura kletterte hinauf. Mit einem kräftigen Flügelschlag erhob sich der Falke in die Luft und flog über den Palast. Sorgfältig gepflegte Gärten breiteten sich unter Himura aus. Bäume, die von den stufenförmigen Pagoden neben ihnen überragt wurden, streckten ihre Äste nach ihm aus, als wollten sie ihn vom Himmel holen.

Die Wachen in den Türmen entdeckten ihn sofort und richteten ihre Kanonen auf ihn. Bevor sie ihn jedoch abschießen konnten, ließ Himura sich vom Hals des Falken gleiten und sprang über dem Palasthof ab. Der Vogel zerfiel und bildete ein Kissen unter ihm, um seinen Sturz abzufangen. Er landete mitten im Garten und erschreckte einen Mann, der vor einem Koi-Teich saß und die Fische fütterte.

»Ich will eine Audienz bei Prinzessin Tsukimi«, sagte er, als der Mann aufsprang.

»Wie unhöflich!«

Jetzt war es an Himura, überrascht zu sein. Die weiße Krähe, die über ihm kreiste und mit ihren leeren Knopfaugen zu ihm hinabsah, hatte er gar nicht bemerkt.

»Meister, gestatte mir, diesem Mann die Augen auszuhacken! Dieser Niemand besitzt die Frechheit, eine Audienz bei Ihrer Kaiserlichen Hoheit zu verlangen!«

»Noch nicht, Yui.« Der Gestalter winkte die Krähe fort. Er war ein kräftiger Mann, anderthalb Köpfe größer als Himura. Seine Füße stampften über den Boden, als wollte er die Erde erzittern lassen. Ein statisches Prickeln tanzte über Himuras Haut – eine machtvolle Begrüßung, die bei Gestaltern als Erkennungszeichen diente. Die Finger des Mannes wurden von Papierringen geschmückt.

Der Kerl hielt eine Hand hoch und scheuchte die Wachen

weg, die auf sie zugelaufen kamen. Er zog einen Ring ab und verwandelte ihn in eine kurze Klinge.

»Du da!«, rief er Himura zu. »Sag mir, warum ich dich nicht wie einen Fisch aufschlitzen sollte. Wenn nicht, dann …«

»Was ist hier los, Goro?«, sagte eine ruhige Stimme hinter Himura. Eine, an die er sich erinnerte.

Er hatte noch nie einen so großen Mann so heftig zusammenzucken sehen. »Bitte, Eure Kaiserliche Hoheit, haltet Abstand!«, rief der Gestalter. »Es ist nur ein Eindringling. Vielleicht …«

Feuerwerk stieg in den Himmel auf und zerplatzte in einem grünen Lichterregen, der die Gesichter um Himura herum beleuchtete, als er sich umdrehte.

Prinzessin Tsukimi besaß die Schönheit einer Löwin. Ihr Reiz verdankte sich zum Teil dem Gefühl, dass sie einen im Ganzen verschlingen konnte. Wenn sie lächelte, enthüllte sie perlweiße Zähne. Ihr langes Haar war schwarz wie die Nacht und fiel ihr über die Schultern bis zur Taille. Obwohl hinter Himura ein Gestalter mit einem Messer stand und über ihm ein Shikigami kreiste, das ihm die Augen aushacken wollte, blieb sein Blick auf die Prinzessin gerichtet. Er wusste, wer von den dreien am gefährlichsten war.

Himura erinnerte sich, wie er Prinzessin Tsukimi das erste Mal getroffen hatte. Selbst als Kind war es nicht weiter schwierig für ihn gewesen, mit nur einer Handvoll Papier über die Mauern von Schloss Tomuri hinwegzusetzen. Er hatte sich ins Schloss geschlichen, war durch die Büsche gekrochen und wie ein Geist über die Nachtigallenböden geschwebt, um in die kaiserlichen Gemächer vorzudringen. Er hatte Prinzessin Tsukimi kurz zuvor mit ihrem Bruder im Hof gesehen und glaubte sie immer noch dort, aber die Prinzessin saß in ihrem Zimmer an einem Schreibtisch und las.

Statt die Wachen zu rufen, hatte sie gelächelt und ihn gefragt, was er wollte.

Und Himura war so dumm gewesen, es ihr zu sagen.

»Das ist es, was du willst?« Sie hatte das Buch, in dem sie gelesen hatte, vor seiner Nase baumeln lassen. Es war ein kleines, in dunkelrotes Leder gebundenes Bändchen. *»Ich gebe es dir gern, Kleiner. Ich habe es schon so oft gelesen, dass ich es inzwischen auswendig kenne.«*

Prinzessin Tsukimi hatte das Lächeln einer Schlange besessen.

»Aber zuerst, beeindrucke mich.«

Himura schob die Erinnerung blinzelnd beiseite und setzte eine nichtssagende Miene auf. Prinzessin Tsukimi provozierte für ihr Leben gern. Je mehr jemand sich aufregte, desto mehr amüsierte es sie.

»Ach je, da ist mir wohl ein Streuner zugelaufen. Suchst du nach einem Zuhause, Streuner? Einer neuen Herrin? Möchtest du gestreichelt und gefüttert werden?« Die Stimme der Prinzessin klang glockenhell – leichtmütig und spöttisch.

»Erinnert Ihr Euch an mich, Prinzessin Tsukimi?«, fragte er.

Die Prinzessin kam auf ihn zu. Das Feuerwerk ließ eine Gesichtshälfte in rotgoldenem Licht erstrahlen, die andere blieb in tiefe Dunkelheit gehüllt.

»Sollte ich das?« Sie hob eine Augenbraue. Er hatte ihre Neugier geweckt, aber erkannt hatte sie ihn offenbar immer noch nicht. »Wie heißt du?«

Sie fragte nicht, sie forderte – als hätte sie ein Recht darauf, dass jede ihrer Fragen beantwortet wurde.

»Himura.«

»Himura«, wiederholte Prinzessin Tsukimi, als wollte sie sich seinen Namen auf der Zunge zergehen lassen.

Das Gewicht des Beutels an seinem Obi zog ihn nach unten. Das Herzstück darin kam ihm wie ein Anker vor.

»Ich bin hier, weil ich um eine Audienz bei Euch ersuchen will, Eure Kaiserliche Hoheit. Ich möchte Euch um einen Gefallen bitten«, sagte er.

Prinzessin Tsukimi lachte.

»Aber sicher. Ich höre mir gern an, was meine treuen Untertanen mir zu sagen haben! Niemand kann behaupten, dass ich mich um mein Volk nicht kümmere! Besonders um einen stolzen Gestalter wie dich!«

Ihr Lächeln sah genau aus wie damals.

»Aber zuerst, beeindrucke mich.«

KAPITEL 29

Kurara hatte gehofft, dass Himura bald zurückkehren würde. Sola-Il war riesig, und ihre Chancen, ihn dort zu finden, während ein großes Fest im Gange war, standen vermutlich ziemlich schlecht.

Doch als die Nacht sich über die Stadt herabsenkte und er immer noch nicht wieder da war, wusste sie, dass sie ihr Glück versuchen musste. Akane erinnerte sich daran, welche Orte Himura gern besuchte. Vielleicht könnte sie ihn mit der Hilfe des Fuchses doch finden.

Das Tor zu Sola-Il öffnete sich wie ein Berg, der in zwei Hälften gespalten wurde. Sternenlicht ergoss sich in den Hafen. Während Kurara Schlange stand, um die Andockbucht zu verlassen, beobachtete sie die zahlreichen Familien, die es kaum erwarten konnten, die Stadt zu betreten. Junge Paare, die von Besuchen bei Verwandten zurückkehrten, Erdbewohner mit staunenden Augen, die die Himmelsstadt zum ersten Mal sahen, Kaufleute, die Kisten auf Schwebefahrzeuge luden, und Händler, die mit Hafenbeamten über ihre Fracht diskutierten – sie alle rückten langsam zum Ausgang vor.

Kurara hielt ihr Erkennungszeichen fest umklammert. Das kleine Holzviereck hing an einer dünnen Schnur und war mit dem Namen ihres Schiffes und der Nummer des Andockplatzes beschriftet.

Die Wachen winkten sie durch. Sobald sie draußen war, holte sie scharf Luft. Die Stadt breitete sich vor ihr aus und wand sich zur Himmelskuppel hoch. Das Sternenband war ein langer glitzernder Streifen im Mitternachtsblau der Nacht. Etwas regte sich in ihr. Als sie Luft holte, füllte Staunen ihre Brust.

»Fest! Spaß! Lass uns in die Stadt gehen, kleiner Welpe!« Akane zupfte an ihrem Ärmel.

»Verlauf dich nicht.«

Kurara drehte sich um und sah Sayo mit verschränkten Armen und finsterer Miene an der Hafenmauer lehnen. Sie sah anders aus als sonst, in einem dunkelblauen, mit rotgoldenen Ahornblättern verzierten Kimono. Dazu trug sie einen passenden roten Rock mit weißem Spitzensaum. Seidenspatzen hockten auf den gestickten Ästen ihres gelben Obi. Kurara hatte Sayo noch nie so bunte Kleidung tragen sehen, aber es war nicht nur das. Sie hatte auch etwas mit ihren Haaren gemacht, Kurara hatte keine Ahnung, was. Und ihr Gesicht … war das Rouge?

»Ich dachte, du wolltest mit Tomoe auf das Fest gehen?« Sayos Auftauchen machte Kurara beinahe um Worte verlegen. Die Navigatorin erinnerte sie an einen Holzschnitt von einer weiblichen Ronin, die auf einem Schweber in den Kampf ritt – grimmig und wunderschön.

Sayos Wangen verfärbten sich. »Tomoe ist noch nicht wieder da. Wir hatten verabredet, uns hier zu treffen, wenn sie im Patriotenamt fertig ist.« Sie schaute zum violetten Himmel hoch. »Es wird langsam spät.«

Kurara erinnerte sich an ihre hitzigen Worte von zuvor und fühlte sich erneut schuldig. »Sie ist bestimmt bald wieder da«, sagte sie.

In Sayos Miene veränderte sich etwas. Die Anspannung in ihren Schultern ließ nach.

»Meinst du?«, fragte sie so leise, dass Kurara es fast nicht gehört hätte. »Weißt du eigentlich, worum es beim Fest des siebten Sterns geht?« Sie deutete zum Himmel. »Der Stern dort ist die Weberin. Und der da ist der Kuhhirte. Das Fest des siebten Sterns ist ein Fest der Wiedervereinigung. Es heißt, ein Schwarm Himmelsfische hätte eine Brücke gebaut, damit die beiden Sterne einander wiedersehen können.«

»Romantisch!« Akane sprang auf und ab. *»Ein Fest der Liebe!«*

»Es geht um ein Wiedersehen«, beharrte Sayo, aber ihre Wangen liefen rot an.

Wenn diese Nacht ein Fest des Wiedersehens war, dann war das vielleicht ein gutes Zeichen. Kurara verabschiedete sich von Sayo und ging auf die von Laternen beleuchteten Straßen zu. Überall drängten sich behelfsmäßig errichtete Stände und die hohen Gebäudetürme waren mit Bannern festlich geschmückt. Die Leute schoben sich an Buden vorbei, in denen Messingschmuck und kleine Porzellanvögel verkauft wurden.

Wo würde Himura an einem solchen Abend hingehen? Sie versuchte, sich zu konzentrieren, während tausend verschiedene Anblicke und Gerüche um ihre Aufmerksamkeit buhlten – der Duft von frittiertem Aal, der ihren Magen knurren ließ, die leuchtend rot-goldenen Fische, die in großen Aquarien schwammen, Stände, an denen mechanische

Eulen verkauft wurden, und Straßenkünstler, die Zucker zu sternförmigen Wolken spannen. Es war alles so wunderbar und zugleich so einsam. Funkelnde farbige Lichter wollten Kurara froh machen, aber sie konnte sich nicht mal ein Lächeln abringen. Ein schweres Gewicht lastete auf ihrer Brust. Ihr erster Besuch in Sola-Il hätte mit Haru an ihrer Seite sein sollen.

Sie wollte ihn wiederhaben.

Bald, sagte sie sich. Der Sommerpalast war so nah, dass sie seinen Schatten sehen konnte, der über die Straßen fiel. Der Gedanke, Prinzessin Tsukimi gegenüberzutreten, war furchteinflößend, aber davon würde sie sich nicht aufhalten lassen. Sie würde tun, was immer sie tun musste.

Plötzlich explodierte Feuerwerk unter der Kuppel; die sterbenden Funken und der Rauchgeruch sanken zu Boden. War es schon so spät? Kurara eilte durch die Straßen, in der Hoffnung, Himura irgendwo zu entdecken oder sonst jemanden von der *Orihime*, der ihn vielleicht gesehen hatte.

Sie war so in ihre Suche vertieft, dass ihr anfangs gar nicht auffiel, dass sie sich als Einzige frei durch die Menge bewegte. Als sie sich umschaute, bemerkte sie, dass die Leute ihr aus dem Weg gingen und Akane misstrauisch ansahen.

Kurara rief den Fuchs näher zu sich, als aus einem Gebäudeturm über ihr plötzlich jemand aus einem Fenster stürzte und nur wenige Zentimeter von ihr entfernt auf den Stand einer Stoffhändlerin fiel. Frauen kreischten auf. Zersplittertes Holz und Seidenballen flogen umher. Gleich darauf kamen zwei Männer in hochgeschlossenen schwarzen Uniformen aus dem Gebäude gerannt.

»Sag das noch mal, Himmelsratte!« Der erste Polizist – ein

dicklicher Kerl mit einem großen Schnäuzer – packte den am Boden liegenden Mann an seinem Kimono und schüttelte ihn.

»*Kleiner Welpe!*« Akane zupfte an ihrem Ärmel, als Kurara einen Schritt rückwärts machte. Akanes Stimme, die durch die Köpfe der Umstehenden hallte, war unverkennbar. Die Militärpolizei und die Sorabito sprangen beiseite und starrten Kurara mit weit aufgerissenen Augen an.

Entsetzen durchzuckte sie. Sie musste an die Soldaten im Wald denken, an die funkelnden Goldknöpfe, die Hände an ihren Waffen, als sie Haru zu Asche verbrannt hatten. Jetzt hoben die Polizisten ihre Hände …

… und salutierten.

»Dieser Mann hat den Frieden gestört, Herrin.« Der Polizist klang wie ein Kind, das mit schmutzigen Kleidern erwischt worden war.

Es dauerte einen Moment, bis Kurara begriff, was er gesagt hatte. *Herrin.* So hatte sie noch nie jemand genannt. Sie starrte die Männer an, aber deren Blicke waren nicht auf sie gerichtet, sondern auf Akane und den Papier-Daruma, der an der weißen Kette an Kuraras Hals hing.

Sie hielten sie für eine Gestalterin in den Diensten von Prinzessin Tsukimi.

Als sie das begriff, regte sich in ihr der Wunsch, eine Gemeinheit zu begehen. Sie wollte diese Männer demütigen, ihnen Angst einjagen, so wie sie Angst gehabt hatte, als die Soldaten im Wald in der Nähe der Midori aufgetaucht waren. Sie herumkommandieren, wie der Offizier, der die Vorräte der *Orihime* gestohlen hatte.

»Verstehe. Und was genau hat er getan?« Kurara stemmte

die Hände in die Hüften und bemühte sich um einen barschen Tonfall.

Die Polizisten standen noch etwas strammer. »Er hat sich betrunken und andere belästigt, Herrin!«

Kurara sog prüfend die Luft ein. »Ihr beiden riecht auch nach Sake.«

Die Männer schwiegen, aber ihre Blicke huschten auf der Suche nach einem Ausweg hin und her.

»Wer ist euer Vorgesetzter?«

»H-Herrin, bitte, wir haben nur –«

»Einen armen Mann schikaniert. Ja, das sehe ich. Musstet ihr ihn unbedingt aus dem Fenster werfen? Wer wird das alles hier bezahlen?« Kurara deutete auf den kaputten Verkaufsstand.

Die Polizisten gerieten ins Schwitzen.

»Was geht hier vor?«

Bevor Kurara die Panik der Polizisten so richtig auskosten konnte, kam ein weiterer Mann herbei. Ein statisches Prickeln lief über ihre Haut, als er sich näherte. Sein scharlachroter Kimono ging in einen schwarzen Hakama über, der an der Hüfte verknotet war. Und um die Schultern trug er ein kostbares schwarzes Haori. Die chrysanthemenförmigen Verschlüsse an seinem Revers funkelten im Licht. Von seinem rechten Ohr hing ein weißer Ohrring herab.

Hinter ihm stand ein Tiger, der so riesig war, dass er die Marktstände mit einem Peitschen seines Schwanzes hätte zertrümmern können.

Kurara sog scharf die Luft ein.

Ein kaiserlicher Gestalter. Diesmal ein echter.

KAPITEL 30

Sein tintenschwarzes Haar glich der Farbe seiner Augen. Er war gut aussehend, hatte aber auch etwas Unheimliches an sich. Man hatte das Gefühl, sein Gesicht sei nicht von der Natur geformt worden, sondern von einem Komitee, das eine Mischung attraktiver Züge ausgewählt und zusammengefügt hatte. Er sah wie ein Spielzeugsoldat für Kinder aus.

Kurara musterte den riesigen Tiger, der hinter ihm aufragte. Im Gegensatz zu dem Mann wirkte er ganz und gar nicht wie ein Spielzeug.

»Er hat den Frieden gestört.« Die Polizisten deuteten auf den Sorabito.

»Die Militärpolizei hat mich belästigt! Aber ich wollte mich nicht unterkriegen lassen!«

Der Gestalter warf einen Blick auf die Situation und sagte dann streng: »Geht. Ihr alle.«

»Sir, mein Stand!« Die Stoffhändlerin wollte sich beschweren, wurde jedoch mit einem Blick zum Schweigen gebracht. Die Menge löste sich rasch auf. Der betrunkene Sorabito und die beiden Polizisten verschwanden in unterschiedliche Richtungen. Kurara wollte sich ebenfalls davonschleichen, aber der gewaltige Tiger trat ihr in den Weg und versperrte mit seinem Körper die gesamte Straße.

»Hallo. Ich bin Akane!« Der Fuchs machte einen Satz nach vorn. Der Tiger wich zurück; seine Miene wirkte zugleich beunruhigt und verächtlich, so als sei er auf eine umherwuselnde Kakerlake gestoßen. Kurara betrachtete das riesige Shikigami. Es wirkte einschüchternd, dennoch musste sie die Konstruktion seines Körpers unwillkürlich bewundern – wie die Papierfalten sich überlappten, um kräftige Beine und ein breites Gesicht zu formen.

»Ganz ruhig, Ruki«, sagte der Gestalter, als der Tiger den Fuchs anfauchte. Er wandte sich Kurara zu. »Dich habe ich hier noch nie gesehen. Woher kommst du?«

»Ich bin eine Jägerin von der *Orihime*, Sir.« Sie richtete sich auf.

»Und was hast du hier gemacht?«

Kurara wappnete sich. Er mochte sie dabei erwischt haben, wie sie über ihre Identität geschwindelt hatte, aber immerhin hatte sie die Polizisten daran gehindert, einen Unschuldigen zu belästigen. Dafür würde sie sich nicht entschuldigen.

»Diese Männer hatten kein Recht, sich dermaßen aufzuführen! Ich wollte ihnen eine Lektion erteilen – es ist nicht meine Schuld, dass sie mich für eine Gestalterin der Prinzessin gehalten haben.«

»Unverschämtheit!« Das Knurren des Tigers ließ Kuraras Körper vibrieren. Sie biss die Zähne zusammen und hoffte, dass ihre Miene keine Furcht verriet. Die riesigen Pfoten könnten sie ohne Weiteres wie einen Käfer zerquetschen. Akane stellte sich zwischen sie und den Tiger, der dem Fuchs jedoch keine Beachtung schenkte.

»Diesmal lasse ich dich noch mit einer Verwarnung davonkommen«, sagte der Mann. Kurara stieß erleichtert die Luft aus. »Aber mach keinen Ärger, wenn du in der Stadt bist. Du bist zwar eine Gestalterin, das gibt dir aber nicht das Recht, hier für Unruhe zu sorgen.« Er wandte sich zum Gehen und bedeutete seinem Shikigami, ihm zu folgen.

»Warten Sie!« Kurara rannte hinter ihm her. Wenn sie sich im Geist ihre Ankunft in Sola-Il ausgemalt hatte, war sie immer davon ausgegangen, dass sie gemeinsam mit Himura zum Sommerpalast gehen und unterwegs mit ihm besprechen würde, wie sie die Prinzessin am besten um Hilfe bitten sollte. Dass sie zufällig einem kaiserlichen Gestalter und seinem Shikigami begegnen könnte, war ihr nicht in den Sinn gekommen, aber diese Gelegenheit würde sie sich nicht entgehen lassen. Sie würde sich die Audienz bei Prinzessin Tsukimi beschaffen, koste es, was es wolle.

»Sie arbeiten für Prinzessin Tsukimi, nicht wahr? Bitte, darf ich sie treffen?«

»Prinzessin Tsukimi trifft sich nicht einfach so mit jemandem!«, knurrte der Tiger.

Der Gestalter legte eine Hand auf die Schnauze seines Shikigami, um es zu beruhigen. »Warum willst du dich mit ihr treffen?«, fragte er.

»Mein Freund … er … Ich habe dieses Herzstück …« Sie griff nach ihrem Beutel, und erst da fiel ihr wieder ein, dass er weg war. Sie biss sich auf die Lippe. »Ich will die Prinzessin um Hilfe bitten, um einem … einem Shikigami seinen Körper zurückzugeben.«

Ein Ausdruck des Begreifens trat auf die Miene des Mannes. »Ah, du hattest ein Shikigami und es wurde zerstört, ja? Meine Kameraden würden sagen, du solltest dir einfach ein neues suchen, aber Shikigami wachsen nun mal nicht an Bäumen. Und ich kann nachvollziehen, wie es ist, wenn man an einem von ihnen hängt.« Er warf dem Tiger neben ihm einen Blick zu und legte eine Hand auf sein sich kräuselndes Papierfell. »Aber wieso denkst du, dass die Prinzessin dir helfen wird?«

»Sie mag Leute wie uns, oder? Ich habe gehört, dass sie immer daran interessiert ist, neue … Gestalter zu treffen.« Bei ihrem nächsten Gedanken musste Kurara schlucken: War sie noch eine Gestalterin, obwohl sie selbst ein Shikigami war?

»Die Prinzessin interessiert sich für Gestalter, die sie beeindrucken können.«

In der Ferne schlug der Uhrenturm der Stadt die Stunde. Im Schatten der Gebäudetürme strömte eine Gruppe Sorabito aus einer nahe gelegenen Bar, ihre Wangen waren vor Fröhlichkeit gerötet. Hinter ihnen stolperte eine Frau heraus. Als sich ihre Blicke trafen, bemerkte Kurara in den Augen der Betrunkenen eine tiefe Feindseligkeit.

»Verrotten sollt ihr in der Erde, Gestalter! Schoßhündchen des Kaisers!« Die Frau warf eine Flasche Sake auf sie.

Die Leute im Umkreis der Bar suchten rasch das Weite. Der Tiger brüllte wütend. Als die Flasche auf sie zuflog, löste sich Kuraras Ofuda von ihrem Hals. Papier wirbelte durch die Luft und faltete sich zu einem weißen Falken. Er schoss auf die Flasche zu, holte sie aus der Luft und ließ sie in Kuraras ausgestreckte Hand fallen.

»Wieso denken Sie, dass ich die Prinzessin nicht beeindrucken kann?« Der Falke landete auf ihrer Schulter, zerfiel und verwandelte sich wieder in eine Halskette.

»Wir sind die besten Jäger im ganzen Reich!«, kläffte Akane.

Der Gestalter hob eine Augenbraue, seine Miene wirkte ebenso überrascht wie belustigt.

»Die Frau will weglaufen«, warnte sein Shikigami. Die Betrunkene rannte – oder vielmehr stolperte – davon, während die Umstehenden ihr ängstlich Platz machten.

»Lass sie gehen. Eine Betrunkene festzunehmen, lohnt sich nicht.« Der Gestalter musterte unverwandt Kuraras Gesicht, auch als sein Shikigami missbilligend knurrte. »Ich habe mich noch gar nicht vorgestellt, oder? Fujiwa Tokiyuki. Das hier ist Ruki«, sagte er.

»Kurara.« Sie deutete auf Himuras Shikigami. »Und das ist Akane.«

Fujiwas Blick verengte sich. Er betrachtete sie, als musterte er ein Schwein am Markttag.

»Also gut«, sagte er schließlich. »Ich bringe dich zur Prinzessin. Wenn du mithalten kannst.«

ZWISCHENSPIEL

Sterne leiten uns,
Sterne werden wir einst sein;
der Rest ist nur Staub.
- Sprichwort der Sohma

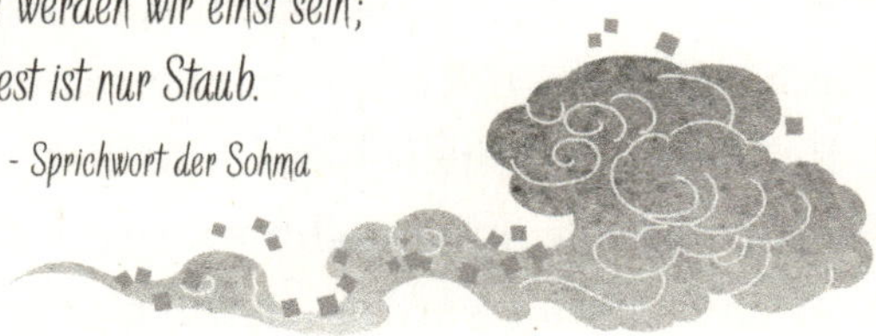

Rei wusste einiges über seine Tochter. Mehr, als sie zugeben wollte. Er zweifelte nicht daran, dass er sie überzeugen konnte, mit ihm zusammenzuarbeiten. Tomoe war ein kluges Mädchen – Rei zog schließlich in seinem Haus keine Dummköpfe auf. Egal, was sie über die Sohma dachte, sie war zu intelligent, um unvernünftig zu sein.

»Komm mit.« Er drehte sich um, ohne darauf zu warten, ob sie ihm folgte. Wie ein treuer Hund eine Schlange durchs Gras jagte, würde Tomoe mit ihm gehen, und wenn auch nur, um herauszufinden, was er vorhatte.

Wie erwartet fluchte Tomoe leise und folgte ihm dann. Sie schlugen einen Bogen um das Stadtzentrum, stiegen die zahllosen Stufen hoch und runter, die an den Gebäudetürmen vorbei und durch die engen Gassen führten. Die Häuserwände waren mit Plakaten vollgepflastert; die gemalten Gesichter strahlender Soldaten überlappten sich in einer Übelkeit erregenden Collage. Leere Tempel kauerten am

Straßenrand und sammelten Staub – von den Göttern, für die sie einst errichtet worden waren, verlassen.

»Nicht mal unsere Götter sind sicher«, seufzte Rei. »Sieh nur, was die Erdbewohner mit unserer Stadt gemacht haben. Erinnerst du dich noch …?«

»Das ist mir egal.« Tomoes Stimme klang unbeugsam. »Du willst mich jetzt aber nicht auf eine Besichtigungstour durch ganz Sola-Il schleppen, oder?«

Rei schluckte seinen Ärger hinunter. Tomoe war für seinen Geschmack immer schon etwas zu direkt gewesen.

»Deine Mutter wird erleichtert sein, dass ich dich zufällig getroffen habe. Du weißt, sie und deine Schwestern machen sich Sorgen darüber, wie es dir auf diesem Schiff ergeht.«

Zu seiner Befriedigung sah er, wie Tomoe zusammenzuckte. *Finde die richtige Ader und stich tief hinein.* Die eigene Familie war bei den meisten Leuten ein wunder Punkt, den man ausnutzen konnte, das wusste Rei.

Am Ufer eines künstlichen Sees reihten sich einige Lagerhäuser, die in den Schatten des Sommerpalasts getaucht waren. Dort hielt sich nur selten jemand länger auf, weil die ständige Dunkelheit die Leute abschreckte. Die Sohma hatte die Lagerhäuser schon vor langer Zeit gekauft. Auf den ersten Blick wirkten sie wie gewöhnliche Warenlager – Kartons mit Fischkonserven standen neben Kisten mit mechanischen Bauteilen –, aber sie boten auch das perfekte Versteck, wenn Rei eines brauchte.

»Da du ja viel herumkommst, hast du bestimmt schon vom Angriff auf die Midori gehört.« Rei schob das Rolltor eines Lagerhauses hoch.

»Sie wurde von einem Shikigami attackiert.« Tomoe folgte ihm zögernd nach drinnen.

Auf dem tristen Steinboden im Inneren standen Regale, in denen sich Kisten mit Konservendosen und Töpferwaren stapelten. Rei schob eines der Regale auf Rollen beiseite und darunter kam eine Falltür zum Vorschein. Er hörte Tomoe den Atem anhalten, als er die Tür entriegelte und sie aufzog. Unter der Luke lag eine Treppe, die ins Dunkle hinabführte.

»Weißt du, was mit dem Shikigami nach dem Angriff passiert ist?« Er stieg die Stufen hinunter. Winzige, in die Wände eingelassene Lichter beleuchteten seinen Weg.

»Es ist verschwunden.« Tomoe zögerte, bevor sie ihm folgte.

Die Treppe endete vor einer unauffälligen Metalltür. Darum herum gab es nur kahle Steinwände und rechts ein kleines elektrisches Licht. Rei blieb kurz stehen und warf Tomoe einen vielsagenden Blick zu, bevor er durch die Tür trat.

»Bisher konnten wir es noch im Zaum halten, aber es wird nicht mehr lange dauern, bis es durchdreht.«

»*Es?* Wovon sprichst …?« Tomoe erstarrte. Offenbar hatten sich ihre Augen an die Dunkelheit gewöhnt und sie hatte es endlich entdeckt: Auf dem Boden vor ihnen lag zusammengerollt ein riesiger weißer Drache. Er war mit Ketten gefesselt, mit denen normalerweise Schiffe verankert wurden.

Als Rei näher kam, zerrte die Kreatur an ihren Ketten. Es war ein Wunder, wie ein Geschöpf mit so leeren Augen ihn dermaßen hasserfüllt anstarren konnte.

»Dieser Drache war … ein Geschenk. Nach dem Angriff

auf die Midori haben meine Kameraden und ich ihn über den Hafen hier reingeschmuggelt.«

Tomoe war blass geworden. »Du warst für den Angriff auf die Midori verantwortlich? Und dann hast du ein Shikigami, über das du keine Kontrolle hast, ausgerechnet hierher gebracht? Du begreifst doch bestimmt selbst, wie hirnrissig das ist! Wer weiß, wie lange es noch dauert, bis es sich von seinen Ketten befreit und alles zerstört? Du bringst die ganze Stadt in Gefahr!«

»Am Ende wird es sich lohnen. Solange wir Sorabito unsere Freiheit erlangen, solange die Prinzessin sterben wird, solange wir die ganzen Erdwürmer in unserer Stadt loswerden, wird es sich lohnen!«

Seine Tochter schüttelte den Kopf. »Es lohnt sich nie, das Leben von Unschuldigen aufs Spiel zu setzen!«

Das war in etwa die Reaktion, die Rei erwartet hatte. Tomoe war klug genug, um zu wissen, dass die Erdbewohner die Sorabito nicht fair behandelten, aber es fehlte ihr an Mut, das Opfer zu bringen, das für eine Veränderung notwendig war. Sie war ein rückgratloser Feigling wie alle anderen. Schwang nur leere Reden und beklagte sich, konnte sich aber nicht dazu durchringen, etwas zu unternehmen.

Tja, jetzt würde er sie dazu zwingen.

»Deswegen bitte ich dich um deine Hilfe. Du hast Erfahrung damit, Shikigami zu töten, die außer Kontrolle geraten sind. Du kannst dafür sorgen, dass nicht allzu viel passiert, dass sich der Schaden auf den Palast der Prinzessin beschränkt. Und wenn du das Shikigami tötest, wirst du auch noch zur Heldin. Ich lasse dich sogar das Herzstück behalten. Das Geld kannst du sicher gebrauchen«, sagte er.

Tomoes Nasenflügel blähten sich. »Oder du kannst das Ganze abblasen und das Shikigami jetzt vernichten, solange du noch kannst!«

Er musterte sie enttäuscht. Frauen waren so schwach. Er wünschte sich, seine Frau hätte ihm Söhne geschenkt.

»Tomoe.«

»Nein.« Sie blieb hartnäckig. »Nein, ich will nichts davon hören.«

»Es schmerzt mich zu sehen, dass sich mein eigen Fleisch und Blut mit den Fesseln unserer Unterdrücker abgefunden hat. Die Erdbewohner hassen dich, und doch lächelst du, während sie dich anspucken – ein braves Schaf, das sich bereitwillig zur Schlachtbank führen lässt.«

Tomoe krampfte die Hände zusammen, wie damals als Kind, wenn sie ihren Willen nicht bekommen hatte. »Ich … Nein. Nein. Ich bin es leid, diesen Streit mit dir zu führen.«

Rei ging auf den Drachen zu, seine Schritte hallten über den Stein. Das Shikigami regte sich und knurrte warnend.

»Alles, was ich tue, ist für das Wohl der Sorabito.«

Tomoe funkelte ihn wütend an. Eine Mischung aus Zorn und Verzweiflung stand ihr ins Gesicht geschrieben – ein Ausdruck, den er noch aus ihrer Kindheit kannte. Damals hatte sie immer knurrend mit den Füßen aufgestampft, wenn ihre Mutter ihr verboten hatte, in der Werft zu spielen. Es war riskant gewesen, sie hierherzubringen. Sie könnte fliehen und der Militärpolizei alles verraten. Oder es jedenfalls versuchen, auch wenn Rei hoffte, dass sie so dumm nicht sein würde. Zu traurig, wenn ein Vater seine eigene Tochter begraben musste!

»Ich begreife nicht, was es irgendjemandem bringen sollte,

Sola-Il zu gefährden, vor allem nicht den Sorabito!«, fauchte sie.

Rei ließ ihre Wut an sich abprallen.

»Wir werden das Shikigami um Mitternacht freilassen, wenn das Fest seinen Höhepunkt erreicht. Zu dem Zeitpunkt wird die Prinzessin im Sommerpalast sein, weit weg von allen anderen. Ob du etwas unternimmst oder nicht, ist deine Sache. Aber wenn du es nicht tust, wird die darauffolgende Zerstörung deine Schuld sein.«

Tomoe warf ihm einen stahlharten Blick zu. »Und wenn ich das Shikigami jetzt gleich vernichte?«

»Denkst du denn, du bist in der Lage dazu?« Rei musterte das Tantō, das sie in einer Scheide an ihrem Obi trug. Diese Waffe hatte er ihr geschenkt – eine schöne Klinge. Er hatte gehofft, dass sie damit den Erdbewohnern, die ihnen im Weg standen, die Kehle aufschlitzen würde.

Er ließ seine Hand zum Griff seines Katanas wandern. Tomoes Blick folgte der Bewegung. Er wusste, was sie dachte. Sie überlegte, ob sie es schaffen könnte, dem sich hin und her werfenden Drachen die Brust aufzuschlitzen, sein Herzstück herauszureißen und zu entkommen, bevor Rei sie erwischen konnte.

»Na?«, köderte er sie. »Willst du es versuchen?«

KAPITEL 31

Fujiwa war schnell. Selbst mit der Hilfe von Akanes scharfer Spürnase und den noch schärferen Augen des Fuchses hatte Kurara Mühe, den Gestalter im Blick zu behalten. Er schwang sich auf Rukis Rücken, packte das Papierfell in dessen Nacken und ließ sich von den kräftigen Beinen des Shikigami durch die Straßen tragen.

Beim Anblick des Tigers, der die Straße entlangjagte, sprangen die Leute erschrocken beiseite. Obwohl ihre Furcht sich etwas legte, sobald sie Fujiwa auf seinem Rücken bemerkten – ein Shikigami blieb ein Shikigami, auch wenn es einen Meister hatte. Die Papiertiere verbreiteten stets Angst und Schrecken.

Akane war nicht groß genug, dass Kurara auf dem Rücken des Fuchses hätte reiten können, auch wenn er es vorschlug. Stattdessen rannte sie zu Fuß die Straßen entlang, hetzte durch verschlungene Gassen und an vergessenen Schreinen vorbei hinter Fujiwas kleiner werdender Gestalt her. Ihr Ofuda verwandelte sich in steinharte Papierfliesen. Wenn sie auf eine trat, sank diese unter ihrem Gewicht nach unten und federte dann wie ein Sprungbrett nach oben, um ihr mehr Schnelligkeit zu verleihen.

»*Durch die Gasse links!*«, bellte der Fuchs hin und wieder Anweisungen.

Akane hatte Sola-Il schon einige Male mit Himura besucht und erinnerte sich an ein paar Abkürzungen. Auf den Vorschlag des Shikigami hin benutzte Kurara ihr Ofuda, um sich die Gebäudetürme hochzuziehen und über die Dächer weiterzurennen. Papier flog vor ihr her und bildete Trittsteine zwischen den Gebäuden, Seile, mit denen sie sich über die Straßen schwingen konnte, und Treppen, die zu höheren Dächern hinaufführten.

Von hier oben war es einfacher, Fujiwa im Blick zu behalten. Außerdem kam ihr niemand in die Quere. Sie sah Ruki über einen Verkaufsstand springen und auf die Brücke zulaufen, die die Kuppeln von Sola-Il miteinander verband. Kurara nahm Akane auf den Arm und sprang nach unten.

Ihr Ofuda sammelte sich auf der Straße und blies sich zu einem großen Ballon auf, um ihren Sturz abzufangen. Sie landete vor einem Laden mit Autoteilen, neben einer Reihe kupferfarbener Kohane und anderen antik aussehenden Fluggeräten, die an Metallpfosten festgekettet waren.

»Kurara?«

Als sie Akane auf dem Boden abgesetzt und sich umgedreht hatte, sah sie Sayo auf dem Gehsteig sitzen. Sie sah schlimm aus. Ihre Augen waren rot gerändert und ihr Gesicht war fleckig. Ihr kurzes Haar stand an einigen Stellen hoch, als sei sie gerade aus dem Bett aufgestanden. Tomoe war nirgends zu sehen.

Ihre Blicke trafen sich, aber Kurara hatte keine Zeit, stehen zu bleiben. Mit einem entschuldigenden Nicken eilte sie hinter Fujiwa her, über die Verbindungsbrücke und in die nächste Kuppel, wo die Straßen festlich geschmückt waren.

Der Sommerpalast ragte auf einem Felsbrocken auf, der

in etwa hundert Metern Höhe zwischen Boden und Kuppeldach schwebte. Sein riesiger Schatten tauchte die ganze Gegend in Finsternis. Kurara ging näher heran und sah voller Ehrfurcht nach oben.

Zwischen den zahlreichen stufenförmig ansteigenden Gebäuden auf den hohen Steinfundamenten wuchsen blühende Kirschbäume. In allen vier Himmelsrichtungen ergoss sich Wasser über den Rand des Felsbrockens in den darunterliegenden See. Als Kurara es endlich schaffte, den Blick von dem Palast loszureißen, sah sie Fujiwa und Ruki am Seeufer stehen.

»Du hast es geschafft.« Fujiwas Gesicht war zu einem kleinen, beeindruckten Lächeln verzogen. »Verzeih die Unannehmlichkeiten, aber wenn du mit mir nicht hättest Schritt halten können, dann wärst du besser gar nicht erst zur Prinzessin gegangen. Schwache Gestalter kann sie nicht ausstehen.«

Kurara war es herzlich egal, was die Prinzessin ausstehen konnte oder nicht. Ihre Lungen brannten. Sie war verärgert, dass sie dieses alberne Spiel mitmachen musste, und fühlte sich schuldig, weil sie Sayo einfach so hatte sitzen lassen, obwohl es so aussah, als hätte die Navigatorin geweint. Außerdem war sie erschöpft, weil sie ihr Ofuda so oft benutzt hatte. Sie wollte doch nur Haru zurückhaben. Warum musste alles immer so schwierig sein?

»Darf ich … denn jetzt … Prinzessin Tsukimi treffen?«, keuchte sie außer Atem.

Wieder musterte Fujiwa sie abschätzend.

»Also gut«, sagte er dann lächelnd. »Komm mit.«

Fujiwas Ofuda bildete einen zerbrechlichen Pfad über das

Wasser, sodass sie es überqueren konnten, ohne nass zu werden. Kurara folgte ihm zur Seemitte und machte sich auf weitere »Prüfungen« gefasst. Hinter dem Wasservorhang befand sich ein – scheinbar kaputter – Aufzug. Es gab keinen Strom und an der Kabine waren keine Flaschenzüge befestigt, aber Kurara bemerkte die Papierschicht am Boden. Auch in die rissigen Wände war Papier gestopft.

Akane stieß sie nach vorn. Während sie sich aneinanderdrängten, um Platz für Rukis massige Gestalt zu machen, übernahm Fujiwa die Kontrolle über das Papier und ließ den Aufzug in die Luft aufsteigen.

Einige Minuten lang herrschte nur Finsternis. Sie schwebten durch den Fels, der Aufzug ächzte unter ihrem Gewicht. Kurara kaute auf ihrer Unterlippe herum. Jetzt war es so weit. Sie würde Prinzessin Tsukimi treffen – allein.

Der Aufzug brachte sie direkt in den Palasthof. Kurara hatte die Midori schon für prunkvoll gehalten, aber mit dem Sommerpalast war sie nicht zu vergleichen. Auf dem flachen Felsen erhoben sich zahlreiche rot geflieste Gebäude. Steinstatuen von Drachen ragten auf Firsten auf und wanden sich um Dachvorsprünge. Bauten die Sorabito in die Höhe, so wucherte der Palast in die Breite und nahm fast den ganzen Felsen ein. Der Hof war mit kleinen Gärten gesprenkelt, in denen sich Koi-Teiche und Brücken befanden, die sich über dahinplätschernden Bächen wölbten.

Trotz all der Pracht wurde Kurara das Gefühl nicht los, in die Höhle eines Löwen geraten zu sein. Links und rechts ragten Wachtürme auf, die Wachen öffneten vor ihnen das Tor zu einem großen Garten. Kurara sog tief die Luft ein. Ein Sandweg, dessen Körnchen zu vollkommen geraden Linien geharkt waren, führte auf ein breites vierstöckiges rotes Gebäude mit einem grünen Dach zu. Jetzt war sie also hier.

Haru. Wieder wollte sie nach seinem Herzstück greifen und musste sich daran erinnern, dass er im Moment nicht bei ihr war.

»Hier entlang.« Fujiwa führte sie die Stufen des Gebäudes hoch. Oben begegneten sie einer jungen Frau, die einen hölzernen Gang entlangeilte.

»Du bist wieder da, Tokiyuki.« Die Frau trug dieselben scharlachroten Kleider wie Fujiwa. Ihr Ofuda hatte die Form eines tropfenförmigen Anhängers, der an ihrem Schlüsselbein ruhte. »Hast du schon von Inui gehört?«

Fujiwa schüttelte den Kopf. »Sie scheint immer noch nicht zurück zu sein. Ich werde Prinzessin Tsukimi bitten, nach ihr suchen zu dürfen.«

Die Frau wirkte beunruhigt. »Das wird noch warten müssen. Ihre Kaiserliche Hoheit ist beschäftigt.«

Fujiwa runzelte die Stirn. »Beschäftigt?«

»Sie ist gerade mitten in einem großen Projekt.«

Akane zupfte an Fujiwas Ärmel. *»Wollen die Prinzessin sehen!«*, verlangte der Fuchs.

»Natürlich. Das habe ich euch ja auch versprochen, oder?« Lächelnd drehte Fujiwa sich um und streichelte Akanes Kopf. Ruki knurrte, aber Fujiwa achtete nicht auf die Eifersucht seines Shikigami. Er wandte sich wieder an die Frau: »Lass mich durch. Ich übernehme die Verantwortung dafür.«

Im Gesicht der Frau blitzte Furcht auf. Leise murmelnd trat sie beiseite. Kurara erstarrte. Jetzt war sie schon so weit gekommen, da wollte sie nicht mit leeren Händen wieder gehen müssen. Dennoch wurde sie von unzähligen Sorgen geplagt. In ihrer Vorstellung hatte sie bei ihrem Treffen mit Prinzessin Tsukimi stets Harus Herzstück bei sich gehabt, und Himura war bei ihr gewesen, um ihr Ratschläge zu geben und ihr Mut zu machen. Angst hatte sie nicht gehabt.

Kurara wappnete sich. Wer nichts wagt, der nicht gewinnt. Sie nickte Fujiwa zu.

»Dann los.«

Kurara folgte dem Gestalter eine Treppe hoch, an einem Balkon vorbei, der auf den Garten hinausging, und einen langen, breiten Flur entlang. Ihre Schritte hallten von dem polierten Holz wider. Von der hohen Decke hingen kleine Lichter herab, die wie ein Pfad aus Sternen aussahen. Die kreisrunden Fenster und die Rahmen der Schiebetüren waren vergoldet. An den Wänden befanden sich Malereien: Szenen aus berühmten, vom Patriotenamt genehmigten Legenden. Vor den Türen standen bewaffnete Wachposten, deren in Stein gemeißelte Gesichter zu einem missbilligenden Ausdruck erstarrt waren.

»Hier ist der Thronsaal.« Fujiwa öffnete eine reich verzierte Doppelflügeltür. »Im Moment ist er leer, aber drinnen siehst du den Raum, in dem die Prinzessin einen Großteil ihrer Pflichten erledigt.«

Kurara trat durch den bogenförmigen Eingang. Einen so großen Saal hatte sie noch nie gesehen. Ein Sonnenkandelaber warf eine Konstellation aus kleinen Lichtern auf den Boden. Rotgoldene Säulen stützten eine höhlenartige Decke voller Sterne. Die Wände waren von Drachenstatuen gesäumt, die sich bis zur anderen Saalseite hinzogen, wo Marmorstufen zu einem großen Podest hochführten. Darauf stand ein Baldachin aus schwarzer Seide, dessen Vorhänge zurückgezogen waren und einen goldenen Thron enthüllten. Silberne Drachen wanden sich an den Beinen hoch und über die obere Kante der Rückenlehne.

Kurara versuchte, sich ihr Staunen nicht anmerken zu lassen. Der Thron, der über allen aufragte, die den Saal betreten mochten, strahlte eine kalte Erhabenheit aus. Die Drachenstatuen schienen sie mit ihren Steinaugen zu verfolgen. Das Dekor des Saals war ebenso eindrucksvoll wie furchteinflößend – eine Pracht, die einschüchtern sollte.

»Tokiyuki? Fujiwa Tokiyuki? Bist du das?«

Eine Frau streckte hinter einem der Drachen den Kopf hervor. Neben dem Thron verbarg sich eine Tür, die Kurara anfangs gar nicht bemerkt hatte.

»Ah, Tokiyuki, wie ich mir schon dachte!« Die Frau duckte sich unter einem Steinflügel durch und kam auf Fujiwa zu. Sie hatte ein rundes, neugieriges Gesicht. Ihre dunklen Augen richteten sich geradewegs auf sie.

»Prinzessin!« Fujiwa verneigte sich.

Kurara erstarrte.

Vor ihr stand Prinzessin Tsukimi und dahinter betrat Himura den Saal.

KAPITEL 32

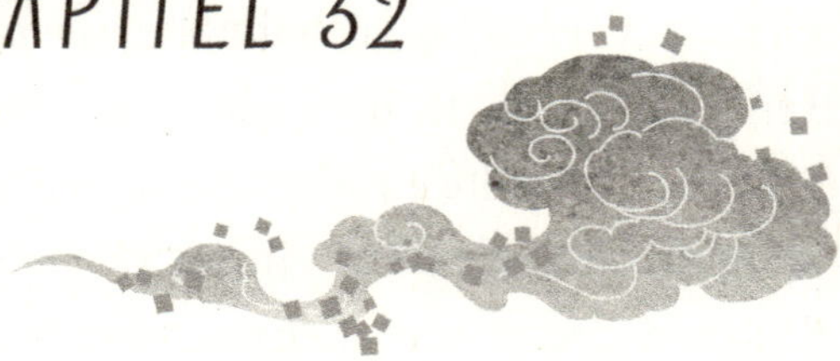

Kurara stand da wie angewurzelt. Von allen Orten, an denen sie Himura vermutet hatte – auf den Palast wäre sie niemals gekommen. Eisiges Erschrecken taute auf und wurde zu Erleichterung. Jetzt konnte er ihr Harus Herzstück wiedergeben, und sie konnten Prinzessin Tsukimi gemeinsam bitten, ihren Freund zu retten.

Himura starrte sie mit großen Augen an. Sein Gesicht war völlig farblos. Er sah aus, als hätte er einen Geist gesehen.

»*Meister!*« Akane sprang freudig auf Himura zu. Kurara wollte auch etwas sagen, aber dann fiel ihr wieder ein, wo sie sich befand, und sie warf sich rasch zu Boden.

»Ist das dein Shikigami?« Die Prinzessin betrachtete Akane, als wäre der Fuchs ein kleines Haustier. »Wie niedlich.«

»Ja, aber es macht ständig Ärger«, sagte Himura steif.

Kurara hielt die Stirn auf den kalten Boden gedrückt und spähte durch den Vorhang ihrer Haare zur Prinzessin hoch. Tsukimis Haut war so blass, dass sie ihr etwas Überirdisches verlieh. Ihr Mondgesicht, das dieselbe Farbe hatte wie Kuraras Ofuda, stand in starkem Kontrast zu ihrem tintenschwarzen Haar und dem Rouge, das ihre Lippen blutrot färbte.

Hätte Kurara es gewagt, sich zu bewegen, dann wäre sie

rückwärts gerobbt. Die Schönheit der Prinzessin war wie ein Knüppel – ein weiteres Zurschaustellen von Macht, um die Leute gefügig zu machen. Sie trug nicht die prächtige, zwölfschichtige Robe, die Kurara bei der Kaiserfamilie erwartet hatte, aber dass sie wie jemand aus dem einfachen Volk gekleidet war, ließ für Kurara ihre Unterschiede nur umso deutlicher hervortreten. Zwischen ihnen tat sich ein Abgrund auf, der in die Falten des marineblauen Kimonos der Prinzessin und ihres Hakamas deutlich eingeschrieben war.

»Eure Kaiserliche Hoheit«, Fujiwa räusperte sich, »darf ich vorstellen …«

»Eine Gestalterin!« Die Augen der Prinzessin leuchteten auf. Sie ging um Kurara herum und beäugte sie wie ein exotisches Tier. Ihre plötzliche Begeisterung hatte etwas Manisches, fast Erdrückendes an sich. Wie bei einem Sammler, der über nichts anderes reden konnte als über sein Hobby. Ihr Blick lastete schwer auf Kurara. Je länger Kurara vor der Prinzessin kauerte, desto mehr drückte er sie nieder.

»Menschen sind hungrig. Fressen dein Fleisch mit dem Mund; fressen deine Seele mit den Augen. Verschlingen, verschlingen.« Die Worte des Adlers hallten durch Kuraras Geist. In dem Moment hatte sie sie für das Gebrabbel einer wahnsinnigen Kreatur gehalten, aber jetzt begriff sie, was der Adler gemeint hatte. Allein die Gegenwart der Prinzessin erweckte in ihr das Gefühl, Beute zu sein, die gejagt wurde.

»Meine Güte, und was für ein schönes Exemplar.« Prinzessin Tsukimi strich sich mit einem bleichen Finger über ihre blutroten Lippen. »Kleine Gestalterin, warum bist du hergekommen? Möchtest du mich um einen Gefallen bitten, wie so viele andere dumme Leute, die inzwischen tot sind?«

»Sie ist eine Kameradin von mir, Eure Kaiserliche Hoheit…«, krächzte Himura. »Wir gehören beide zur Besatzung der *Orihime*.«

»Prinzessin Tsu…, Eure, äh, Eure Kaiserliche Hoheit!«, stammelte Kurara. Sie würde sich zum Narren machen, das wusste sie; sie würde aus Versehen etwas Unhöfliches sagen, und dann – tja, es konnte so viel Schreckliches passieren, dass sie gar nicht wusste, worauf sie sich als Erstes konzentrieren sollte. »Ich bin nicht hergekommen, um irgendetwas zu verlangen, aber ich möchte Euch tatsächlich um einen Gefallen bitten!«

Wieder trat ein leicht manischer Glanz in die Augen der Prinzessin. Sie lachte. »Gut! Gut! Mir gefällt es, wenn mich Leute um etwas bitten! Und was bietest du mir dafür, Gestalterin?«

»Ich… ich kann Euch beeindrucken«, sagte sie.

Prinzessin Tsukimis Augen leuchteten erfreut, allerdings wirkte ihre Belustigung auch gefährlich.

»Eine kühne Behauptung! Bist du dir sicher? Ich lasse mich sonst auch gern in Fingernägeln und Körperteilen bezahlen, weißt du.« Die Prinzessin lachte glockenhell, obwohl Kurara überzeugt war, dass sie es ernst gemeint hatte.

Neben ihr räusperte sich Fujiwa. »Eure Kaiserliche Hoheit, wenn Ihr mich gerade nicht braucht, Inui ist noch immer nicht zurückgekehrt. Ich fürchte, ihr könnte etwas zugestoßen sein.«

Prinzessin Tsukimi musterte Fujiwa wie einen Vogel, der nicht singen wollte, oder eine Puppe, die beim Spielen zerbrochen war. Ihre Miene spiegelte Verärgerung über eine Welt, die nicht nach ihrer Pfeife tanzen wollte.

»Na und? Dann ist sie eben weg. Warum sollte ich meine Zeit mit etwas so Unwichtigem verschwenden?« Sie machte eine wegwerfende Handbewegung.

»Aber …« Fujiwa rang die Hände; die Gefühlskälte der Prinzessin machte ihm sichtlich zu schaffen.

»Was ziehst du für ein Gesicht, Tokiyuki? Du wirkst ungehalten.« Offenbar hatte Tsukimi die Kränkung in Fujiwas Miene bemerkt. Sie trat einen Schritt vor, als fordere sie ihn heraus, ihr zu widersprechen.

»N-nein, überhaupt nicht, Eure Kaiserliche Hoheit«, stammelte Fujiwa. Sein attraktives Gesicht sah jetzt nicht mehr ganz so perfekt aus.

Wie auf ein Stichwort trat in diesem Moment ein weiterer Gestalter aus dem Nebenraum. Er war so breit wie hoch, glatzköpfig und auf seiner Schulter saß eine weiße Krähe.

»Eure Kaiserliche Hoheit, es ist vollbracht«, verkündete er.

Prinzessin Tsukimis Augen leuchteten auf. Sie war wie ein Kind, das blitzschnell von Wut auf Begeisterung umschalten konnte und beides sofort wieder vergaß.

»Hervorragend, Goro! Ruh dich jetzt aus. Fujiwa, ich muss dir etwas zeigen. Es ist faszinierend! Mein bislang bestes Werk! Ihr zwei …« Sie runzelte die Stirn, als ihr Blick auf Himura und Kurara fiel.

»Ich würde sehr gern das beste Werk Eurer Kaiserlichen Hoheit sehen!« Kurara sprang auf, bevor die Prinzessin auch nur daran denken konnte, sie wegzuschicken. »Ich habe gehört, niemand kennt sich besser mit Gestaltern und Shikigami aus als die große Prinzessin Tsukimi!« Es war riskant, der Prinzessin ins Wort zu fallen, aber in der Midori hatte Kurara erlebt, wie die Tänzerinnen selbst noch die aggressivsten Betrunkenen mit einem Haufen Komplimenten besänftigen konnten.

Die Prinzessin reckte die Brust. »Also gut.« Sie bedeutete Kurara und Himura, ihr zu folgen. »Kommt mit.«

Himura sah aus, als hätte er einen Kumuluswal verschluckt.

Das Zimmer hinter dem Thron erwies sich als großer Lagerraum, in dem keine Möbel standen. Die Papiertüren an allen vier Seiten waren mit Aquarellen verziert.

»Da, schaut euch das an.« Prinzessin Tsukimi grinste.

Kuraras Blick fiel auf den Futon in der Mitte des Raums und die darauf liegende Gestalt.

Sie blieb abrupt stehen.

Ihr stockte der Atem.

Diesen schwarzen Haarschopf, die schlaksigen Gliedmaßen und die leicht schiefe Nase kannte sie. Der Junge lag reglos und mit geschlossenen Augen da; seiner Körperhaltung nach schien er zu schlafen. Einen schrecklichen Augenblick lang glaubte Kurara, er sei tot. Sie musste sich daran erinnern, dass er ein Shikigami war und dass der Tod für ihn – für sie beide – eine andere Bedeutung hatte.

»Faszinierend, nicht wahr?« Prinzessin Tsukimi sprudelte förmlich über vor Begeisterung. Sie zog das Laken zurück, das Harus Beine und seinen Oberkörper bedeckte. Seine Brust war offen. Papierknochen und Organe lagen gut sichtbar frei. An der Stelle, wo das Herz sein sollte, befand sich das neu befestigte Herzstück. Es war leicht eingedellt und die Symbole darauf waren verblasst; Papierstränge verbanden die Kugel mit den einzelnen Gliedmaßen.

»Himura, du hast Haru zu Prinzessin Tsukimi gebracht?

Danke schön!« Kuraras Gesicht verzog sich unwillkürlich zu einem breiten Grinsen.

Seit sie den Sommerpalast betreten hatte, waren ihre Nerven aufs Äußerste angespannt gewesen. Dass Himura sich bei der Prinzessin für sie eingesetzt hatte, ließ diese Anspannung nun weichen. Sie war so erleichtert, dass sie vor Freude hätte platzen können.

Himura schaute sie nicht an. Hier, im schlichtesten Raum des Palastes, betrachtete er lieber die Wände.

»Himura?« Das Gefühl, dass etwas nicht stimmte, meldete sich in ihrem Hinterkopf und wurde mit jedem Moment stärker. Kurara fühlte Panik in sich aufsteigen. »Was hat die Prinzessin von dir verlangt, damit sie Haru seinen Körper zurückgibt?«

»Was *ich* verlangt habe?« Prinzessin Tsukimis Lachen klang weich wie Silberglocken. »Ich glaube, hier liegt ein Missverständnis vor. Dieses Shikigami gehört mir. Ich habe gar nichts verlangt. Dein Kamerad«, sie deutete auf Himura, »hat es mir verkauft. Im Austausch für ein paar Bücher aus meiner Bibliothek.«

Es dauerte einen Moment, bis die Worte zu Kurara durchdrangen und alles in ihr zerbrach.

Sie wirbelte herum und starrte Himura an. Es tat weh. Mehr, als sie sich je hätte vorstellen können.

Das kann nicht sein. Himura würde so etwas nicht tun. Es ist ein Missverständnis. Ich bin ein Lotus, ich bin ein Lotus, ein Lotus.

Schließlich sah Himura ihr doch in die Augen und jeder Zweifel löste sich in Luft auf.

KAPITEL 33

Kurara hätte niemals gedacht, dass Himura etwas so Grausames tun könnte. Er wusste, wie viel Haru ihr bedeutete; er war dabei gewesen, als Harus Körper zerfallen war. Obwohl sie sich oft gestritten hatten und über vieles unterschiedlicher Meinung waren, hatte Himura versprochen, ihr bei Harus Rettung zu helfen.

Der Daruma-Anhänger ruhte schwer auf ihrem Schlüsselbein. Hatte die Tatsache, dass sie ein Shikigami war, seine Meinung über sie so sehr verändert? War sie ihm jetzt so gleichgültig, dass er ihr das antat, ohne einen Funken Reue zu empfinden?

Aus Kränkung wurde Wut. Er hatte ihre Hoffnungen zertreten, als wäre es nichts. Als würde sie selbst nichts bedeuten. Als wäre sie nur ein Werkzeug ohne einen eigenen Willen.

»Ist das nicht erstaunlich?« Prinzessin Tsukimi legte eine Hand auf Harus Brust, ohne den Sturm zu bemerken, der in Kurara tobte. »Unter meiner Anleitung sind meine Gestalter dem Bauplan des Herzstücks gefolgt und haben sein Äußeres wiederhergestellt. In den Aufzeichnungen heißt es, die ersten Shikigami hätten … natürlicher ausgesehen als heute. Womöglich handelt es sich hier um eines der ersten Shikigami, die überhaupt je geschaffen wurden! Könnt ihr euch das vorstellen? Was für ein unschätzbar wertvolles Stück Geschichte ist mir da in den Schoß gefallen!«

Kurara schüttelte den Kopf. Haru war immer nur Haru gewesen – ein Junge, der Abenteuergeschichten liebte und den Musikern Papier stahl, damit Kurara daraus Origami falten konnte. Er – nein, sie beide – konnten unmöglich etwas so Besonderes sein. Außerdem kannte Kurara die Geschichten über besondere Leute – Helden, die von Göttern abstammten, Halbgötter, Kinder, die von freundlichen Yōkai gesegnet wurden. Besondere Leute führten ein besonderes Leben und taten besondere Dinge. Kurara dagegen hatte ihr halbes Leben lang in der Midori Töpfe geschrubbt.

»Was … was habt Ihr mit ihm vor?«, fragte sie.

In Prinzessin Tsukimis Miene veränderte sich etwas. Sie lächelte zwar, aber um ihre Mundwinkel bildete sich ein grausamer Zug.

»Wer weiß? Vielleicht mache ich ihn zu meinem Diener.«

»Gegen seinen Willen?«

»Du willst dir die Meinung des Shikigami anhören? Wahrscheinlich fragst du auch dein Bettlaken, ob es damit einverstanden ist, dass du darauf schläfst?« Prinzessin Tsukimi richtete sich auf. Kuraras Fragen schienen sie verärgert zu haben.

»Kurara«, zischte Himura warnend.

»Du hast gesagt, du willst mich um einen Gefallen bitten«, sagte die Prinzessin und trat einen Schritt auf Kurara zu. »Worum geht es?«

Kurara erstarrte. Alles, was sie sich wünschte, hing von den Launen der Prinzessin ab. Kurara hatte gehofft, das Temperament der Prinzessin besänftigen zu können. Hatte gehofft, dass Tsukimi ihr gegenüber großzügiger sein würde, weil sie sie für eine Gestalterin hielt. Doch als Kurara sie jetzt über Shikigami reden hörte, wusste sie, dass sie nichts sagen konnte, um sie umzustimmen. Die Prinzessin war wie ein Kind mit einem seltenen Spielzeug. Um nichts auf der Welt würde sie Haru wieder hergeben.

Deshalb versuchte Kurara es gar nicht erst mit Worten. Wenn sie nicht schnell handelte, würde es zu spät sein. In einer einzigen fließenden Bewegung riss sie sich die Halskette ab. Sofort verwandelte diese sich in eine größere Kette, die auf die Prinzessin zuschoss. Fujiwa reagierte ohne zu zögern und schob die Prinzessin hinter sich. Als er den Angriff abwehren wollte, machte Kuraras Ofuda plötzlich einen Bogen um ihn, schlängelte sich an seiner Verteidigung vorbei und auf Harus bewusstlose Gestalt zu.

»Kurara! Halt!« Himura packte Akane, um den Fuchs daran zu hindern, sich in den Kampf zu stürzen. Sein Ofuda löste sich von seinem Handgelenk und kreiste um ihn herum, aber er griff nicht ein. Sein Blick glitt von einem Gesicht zum nächsten.

Fujiwa wehrte Kuraras Ofuda ab. Als sie zurückwich, stürzte sich Ruki auf sie. Sie duckte sich unter der riesigen Pfote des Tigers hindurch und stürmte durch eine Papiertür in den angrenzenden Raum. Ihr Ofuda sammelte sich um sie und wurde hart wie kleine Steinchen. Brüllend schleuderte sie es auf Fujiwa und sein Shikigami. Das Ofuda prasselte auf die beiden nieder, schlug Löcher in die Tatamis und hinterließ Dellen in den Wänden. Während Fujiwa hinter Ruki Schutz suchte, rannte Kurara auf Haru zu.

»Kurara!« Himuras barscher Schrei lenkte sie nur einen kurzen Moment ab, aber das reichte, dass Ruki einen Satz nach vorn machen konnte. Das Shikigami packte ihren linken Arm, seine Zähne bohrten sich tief in das, was ihr Fleisch hätte sein sollen.

Sie grinste. In ihrem Papierarm hatte sie kein Gefühl. Unbeirrt packte sie das Fell des Tigers und richtete einen scharfen Ofuda-Splitter auf seine Flanke. Bevor sie jedoch zustechen konnte, verwandelte sich Fujiwas Ofuda in eine lange weiße Klinge, die ihr den linken Arm durchhieb und ihn vom Ellbogen abtrennte.

Ruki schleuderte sie zu Boden. Seine Pfote stampfte auf ihre Brust, brach ihr ein paar Rippen und hielt sie fest wie einen Schmetterling, der in einem Glaskasten auf Nadeln aufgespießt war.

Kurara schrie. Der Schmerz war grauenhaft. Ihre Brust brannte; sie war sich sicher, dass ihre Knochen über ihre Lungen kratzten. Ihr Arm war sauber am Ellbogen abgetrennt, genau an der Stelle, wo er zuvor schon einmal abgefallen war.

»Warum blutet sie nicht?«, drang Fujiwas Stimme zu ihr durch.

Ihr Arm. Kurara sah ihn ein paar Meter weiter am Boden liegen. Ihr kam ein Gedanke.

Sie zog im Geist daran und der Arm zerfiel. Der Handschuh sank in sich zusammen, als sich die Gliedmaße in winzige Papierstückchen auflöste, die über den Boden flogen. Das Papier wirbelte über Rukis Kopf hinweg und setzte sich an Kuraras Ellbogen wieder zu einem Arm zusammen. Ihre Hand wurde zu einer Klaue, so groß wie die eines Drachen.

Mit einiger Anstrengung gelang es ihr, Ruki von sich hinunterzustoßen. Sie rollte sich herum und kam auf die Beine. Ihre gebrochenen Rippen schrien vor Schmerz auf.

»*Nicht so schnell!*«, knurrte Ruki, als sie auf den Ausgang zurannte.

Prinzessin Tsukimi zog eine Pistole aus dem Bund ihres Hakama und feuerte.

Die Kugel traf Kurara in den Bauch. Schmerz explodierte in ihrem Inneren, aber sie biss die Zähne zusammen und stolperte weiter.

Ohne Vorwarnung zerplatzte die Kugel in ihrem Bauch.

Die Patronenhülse brach auseinander und ein breiter Stachel bohrte sich durch ihren Rücken. Wie eine Ranke wand er sich um ihren Oberkörper und ihre Arme und fesselte sie an ihren Körper.

Kurara stürzte zu Boden. Als die Patronenhülse aus ihrer Brust fiel und über die Tatamis rollte, begriff sie, was geschehen war. Im Inneren der Hülse hatte sich kein Schießpulver befunden, sondern Papier. Statt der Prinzessin hatte Fujiwa die Kontrolle über die Kugel übernommen.

In letzter Verzweiflung verwandelte sie ihr Ofuda in Messer und ließ sie über ihr in die Luft aufsteigen, um Fujiwa und die anderen auf Abstand zu halten.

»Himura«, krächzte sie. Er würde sie doch bestimmt nicht sterben lassen! Er mochte streng und gefühllos sein, aber es musste Grenzen geben, die selbst er nicht überschreiten würde.

»Genug!« Himura ballte die Hände zu Fäusten. »Das reicht, Kurara. Hör auf.«

Seine Worte versetzten ihr einen Stich, tiefer als jedes Messer. Kurara zuckte zusammen. Seine Wut war wie ein Sturm, der sich in der Ferne zusammenbraute, und sie konnte nichts tun, außer auf seine Ankunft zu warten.

»Ich werde mich nicht mit einem Shikigami streiten!«, schrie Himura mit brechender Stimme. Er hielt sich wie eine Sprungfeder aufrecht, sein Blick wild und verstört. »Du bist kein echter Mensch. Du glaubst vielleicht, dass du Gefühle, Träume und Wünsche hast, aber das stimmt nicht. Alles, was du fühlst, alles, was du willst, verdankst du dem Menschen, der dich geschaffen hat. Siehst du das denn nicht? Begreifst du das nicht?«

Himura fegte wie ein Tsunami durch ihre Hoffnungen hindurch. Die Wochen des gemeinsamen Unterrichts, der Papier-Daruma an ihrem Hals, sein Versprechen, ihr zu helfen. Trotz allem hatte Kurara immer noch geglaubt, dass Himura tief in seinem Herzen etwas für sie empfand.

Jetzt wusste sie es besser.

KAPITEL 34

Kurara konnte nur gegen ihre Fesseln ankämpfen, während Himura sich umdrehte und sich vor der Prinzessin verneigte.

»Ich bitte vielmals um Verzeihung. Ich versichere Euch, das war nicht so geplant.«

Tsukimi warf Himura einen bösen Blick zu. Ruki schlich mit finsterer Miene um ihn herum.

»Ich könnte dich und deine ganze Mannschaft hinrichten lassen. Du sagst, es sei so nicht geplant gewesen, aber sie ist dein Shikigami, oder nicht?«

»Nein. Sie steht nicht unter meinem Befehl. Die beiden waren gemeinsam unterwegs. Ich habe den dort ohne ihr Wissen verkauft. Deswegen ist sie wütend.«

Tsukimi schwieg, während sie über seine Worte nachdachte. Sie sah zu Kurara hinunter.

»Gib sie mir.«

»Nein!« Kurara warf sich in den Fesseln herum, die sich jedoch nicht lockerten.

Prinzessin Tsukimi ging vor ihr in die Hocke.

»Eure Kaiserliche Hoheit!«, warnte Fujiwa.

Die Prinzessin brachte ihn mit einer Handbewegung zum Schweigen. Obwohl Kuraras Messer noch immer in der Luft schwebten, wirkte die Prinzessin völlig unbesorgt. Sie wussten beide: Wenn Kurara sie angreifen sollte, wäre es das Letzte, was sie tat.

Die Prinzessin beugte sich vor, legte ihre kalten Hände auf Kuraras Gesicht und drückte ihren Kopf nach oben. Die scharfen Kanten ihrer Fingernägel bohrten sich in Kuraras Haut.

»Faszinierend«, flüsterte Tsukimi. Ihr bleiches Gesicht war so nah, dass Kurara ihre Wimpern zählen konnte. »Du siehst wirklich gar nicht wie ein Shikigami aus und du kannst sogar Ofuda benutzen.«

Kurara sah ihr Spiegelbild in Tsukimis Augen: ihre mit Blutergüssen übersäte Stirn und die aufgeplatzte Lippe.

»Gib mir ein Messer.« Prinzessin Tsukimi streckte die Hand in Fujiwas Richtung aus. Er reichte ihr ein Tantō aus Ofuda.

Kurara blieb keine Zeit zu reagieren. Sie konnte nicht einmal Panik empfinden, da stach die Klinge auch schon in ihren Bauch. Es tat weh. Aus der Wunde floss kein Blut, doch das linderte nicht den quälenden Schmerz.

»Faszinierend! Faszinierend!«

Kurara wollte sich wegdrehen, aber je mehr sie zappelte, desto fester zogen sich ihre Fesseln. Wenn sie den Kopf vorbeugte, konnte sie ihre offene Brust sehen. Zwischen den Rippen befand sich ein gelbliches Herzstück, und ihre Organe pulsierten, ohne dass sie von Blut durchströmt wurden. Die Überreste ihrer letzten Mahlzeit befanden sich in ihrem Magen, der mit einer seltsamen grünen Flüssigkeit gefüllt war.

Genau wie bei Haru.

Mit letzter Kraft schleuderte sie die schwebenden Messer nach vorn.

Prinzessin Tsukimi rührte sich nicht von der Stelle. Fujiwa erschuf über ihr einen Papierschild, von dem die Messer abprallten. Sie schlitterten in eine Ecke des Raums und lösten sich dort auf.

Tsukimis kalte Finger griffen in Kuraras Brust und legten sich um ihr Herzstück. Kurara hatte das Gefühl, als würde die Prinzessin ihr Herz berühren.

»Das andere Herzstück war etwas beschädigt. Es hatte ein paar Dellen und die Symbole waren zerkratzt. Dieses hier ist völlig unversehrt. Vielleicht ist das der Grund, warum sie Ofuda benutzen kann.« Sie sprach mit der Begeisterung einer Forscherin, die eine neu entdeckte Ruine erkundet.

»Man hat Haru und dich in einer leeren Scheune gefunden. Ihr habt dort zusammen gelegen und aus seiner Brust ragte ein langes Stück Holz.« Kurara erinnerte sich an Madam Itos Worte. Hatte Haru früher auch Ofuda benutzen können? Hatte das Stück Holz sein Herzstück beschädigt und ihm die Fähigkeit genommen, Papier zu beherrschen?

»Erstaunlich, dass sie nach all den Jahren noch nicht verrückt geworden ist«, sagte Fujiwa.

Nicht verrückt? Vielleicht ja doch. Im Moment hatte Kurara eindeutig das Gefühl, den Verstand zu verlieren.

Sie schaute zu Himura hin, aber er sah sie nicht an. Er stand immer noch an derselben Stelle und krampfte die Hände zusammen. Sein Gesicht war bleich, doch sein Blick stahlhart.

Er räusperte sich.

»Ah, natürlich. Du willst meine Bibliothek sehen, nicht wahr?« Tsukimi lächelte.

»Himura, du kannst mich doch nicht einfach hier zurücklassen!« Kurara kämpfte gegen die Papierfesseln an.

Himura sah ihr kurz in die Augen, wandte den Blick aber gleich wieder ab, sodass sie nicht wusste, ob sie es sich nicht doch nur eingebildet hatte. Ohne ein Wort des Abschieds drehte er sich um und ging hinaus.

»Akane!«

Der Fuchs schaute zu ihr zurück. Kuraras Herz machte einen Satz. Akane würde sie nicht im Stich lassen.

»Komm, Akane!«, fauchte Himura. Der Fuchs neigte den Kopf und kehrte Kurara dann den Rücken zu.

Er trabte hinter seinem Meister her und überließ Kurara ihrem Schicksal.

ZWISCHENSPIEL

Dann fragte der Dämon:
»Wie viel musst du verschlingen,
um satt zu werden?«
Und lächelnd flüstertest du:
»Diese ganze verdorbene Welt.«

– Aus: Gespräche mit den Yōkai
(vom Patriotenamt verboten)

Der beste Tod, auf den ein Sorabito hoffen konnte, war der Sturz in die Tiefe – die kurze Euphorie des Fluges, das Rauschen des Windes, das Pfeifen der Luft, die Freiheit des Himmels. Ein Sturz war nichts weiter als ein Flug nach unten, der abrupt zu Ende ging.

Für Rei war es ein Trost, dass die meisten Sorabito, die heute sterben würden, wahrscheinlich in den Tod stürzen würden.

Und ein noch größerer Trost war es, dass es auch ein paar Erdbewohner treffen würde.

Das Knallen von Feuerwerk drang durch die Wände des Lagerhauses. Nur einen Meter entfernt lag zusammengerollt der Drache und starrte Rei finster an. Die Klauen seiner Vorderbeine kratzten über den Boden. Die Befehle, die Inui ihm gegeben hatte, um ihn ruhig zu halten, verloren langsam ihre Wirkung. Bald würde er nicht mehr beherrschbar sein.

»Es ist fast so weit.« Rei sah auf die Uhr und lächelte.

»Erwartest du, dass ich allein gegen ein Shikigami kämpfe? Wenn wir auf der Jagd sind, braucht es die ganze Mannschaft, um eines von ihnen zu erledigen! Wenn du willst, dass ich es aufhalte, nachdem … nachdem es getan hat, was du von ihm willst, dann lass mich mit meiner Mannschaft reden.« Tomoe bettelte nicht. Sie wusste, dass Rei jemanden, der seinen Stolz über Bord warf und ihn um etwas anflehte, nicht respektieren konnte.

Rei schüttelte den Kopf. »Ich vertraue deiner Mannschaft nicht. Nur dir, meiner Tochter. Meinem eigen Fleisch und Blut.«

Tomoe sah ihn angewidert an. Dass er einen Anteil daran gehabt hatte, dass sie auf der Welt war, wollte sie nicht wahrhaben, das wusste er.

»Es geht nicht um Vertrauen! Du verlangst etwas Unmögliches! Ich kann nicht allein ein Shikigami vernichten!«

Rei glaubte ihr nicht. Ohne die Hilfe ihrer Mannschaft würde es schwieriger werden, aber Tomoe war seine Tochter. In ihren Adern floss sein Blut. Er war überzeugt, dass sie zu mehr fähig war, als sie ihn glauben machen wollte.

»Du kannst entweder helfen oder tatenlos zusehen.« Er lächelte sie an und bemerkte zu seiner Befriedigung, dass sich ihre Schultern versteiften.

Obwohl sie ihn ansah, als wünschte sie sich, dass der Drache ihn in Stücke riss, wusste Rei, dass Tomoe tun würde, was er wollte. Sie würde nicht zulassen, dass die Stadt zerstört wurde. Damit sie hinterher sagen konnte, sie hätte mit der Sohma nichts zu tun gehabt. Sie würde keine Unschuldigen sterben lassen.

»Ich will ebenso wenig wie du, dass Sorabito zu Schaden kommen. Aber gegen Prinzessin Tsukimi muss etwas unternommen werden.« Er ging auf den Drachen zu.

Es wurde Zeit.

Das Shikigami schnappte nach ihm, doch die Ketten verhinderten, dass es seine Reißzähne in Reis Schädel schlagen konnte.

»Wage es ja nicht!« Tomoe rannte los, aber es war zu spät, um ihn aufzuhalten.

Rei trat an die Wand des Lagerhauses, wo sich eine lange Metallvorrichtung befand, die die Ketten des Drachen festzog und die Bestie gefangen hielt. Er legte den Hebel um und die Ketten fielen ab. Die Kreatur blinzelte mit ihren riesigen farblosen Augen; ein weißer Film schloss sich über ihren vorgewölbten Augäpfeln. Dann begann ihr Körper zu zucken. Der sich windende Schwanz krachte in die Wände.

Tomoe trat erschrocken zurück. Die Klauen des Shikigami gruben tiefe Furchen in den Steinfußboden, sein Maul öffnete sich zu einem stummen Schrei. Wie eine sich auftürmende Welle kam es auf die Beine. Es schnappte nach Rei und verfehlte ihn nur knapp, weil der Schwanz des Drachen in dem Kettengewirr zu seinen Füßen hängen blieb.

Reis Gelächter hallte durch das Lagerhaus. Er tänzelte zurück, als sei der Drache bloß ein verspielter Hund, der nach seinen Hacken schnappte, und nicht ein Ungeheuer, das ihn im Ganzen verschlingen konnte. Das war wahre Macht! Er könnte sich an das Gefühl gewöhnen. Vielleicht war das der Grund, warum die Gestalter solche Bestien überhaupt erschaffen hatten: dieser schwindelerregende Rausch der Unbesiegbarkeit.

Der Drache schüttelte die Ketten ab, doch bevor er Rei erneut angreifen konnte, stürzte sich Tomoe auf die Bestie. Obwohl sie Rei hasste, würde sie nicht tatenlos zuschauen, wie er durch die Klauen eines Shikigami starb, das wusste er. Genauso, wie sie auch nicht zulassen würde, dass es die Stadt zerstörte.

Ihr Tantō hackte in das Gesicht des Drachen, schnitt durch die Papierschuppen und riss seine Wange auf. Der Schwanz des Drachen peitschte nach ihr, aber Tomoe hatte den Hieb vorausgesehen und wappnete sich für den Aufprall. Rei fand es zugebenermaßen beeindruckend, wie sie sich über den Boden abrollte, um einer Verletzung zu entgehen.

Der Drache bäumte sich auf – vielleicht verärgert darüber, dass Tomoe nicht einfach stillhielt und sich zerquetschen ließ, oder angelockt von den Geräuschen des Fests über ihnen. Er schoss nach oben, prallte gegen die Decke und durchbrach den Dschungel aus Kabeln und Rohren hin zur Oberfläche. Dann war er aus dem Lagerhaus hinaus und in der Stadt.

Erschrockene Schreie waren zu hören. Das Tantō gegen ihren Obi gedrückt, sah Tomoe zu, wie sich der Drache befreite.

Rei drehte sich zu seiner Tochter um. So hasserfüllt hatte sie ihn das letzte Mal angesehen, als sie damals an Bord der *Orihime* gegangen war. Er grinste.

»Na dann los.«

Es wurde Zeit für die Jagd.

KAPITEL 35

Das Dorf brannte. Als Kurara die Augen öffnete, sah sie kaputte Häuser und in Flammen stehende Felder vor sich. Sie stand mitten auf einem breiten unbefestigten Weg, der von Rissen durchzogen und mit verlorenen Gegenständen übersät war. Der Wind trug Asche mit sich.

Ihre erste Reaktion war Panik. Wo war sie? Was ging hier vor?

Sie war sich vage bewusst, so etwas schon einmal erlebt zu haben, auch wenn sie sich nicht erinnern konnte, wann das gewesen war. Jemand rief ihren Namen. Kurara drehte sich um und sah Haru auf sich zurennen. Er sah nicht anders aus als sonst, trug aber einen langen, aus Gras gewebten Umhang, der ihm bis zu den Knöcheln reichte. Die Stoffschützer an seinen Armen und Beinen waren mit Schmutz und Blut befleckt.

»Aki! Komm schnell!« Haru packte ihre Hand und zog sie durch das Dorf, vorbei an kaputten Zäunen und eingestürzten Schuppen. »Es ist Seiryu! Er hat den Verstand verloren!«

Trotz der Hitze der Flammen hatte Kurara das Gefühl, mit einem Kübel Eiswasser überschüttet worden zu sein. Der Name »Seiryu« kam ihr nicht bekannt vor, dennoch rief er

Bilder eines riesigen schlangenähnlichen Drachen in ihr wach, groß wie ein Kumuluswal.

Sie erinnerte sich jetzt. Seiryus Meister war in der letzten Schlacht gestorben. Es war ein chaotischer, verbissener Kampf auf den schlammigen Hängen des Irio-Gebirges gewesen. Der Verlust eines so mächtigen Gestalters hatte alle im Dorf schwer getroffen.

»So schnell? Aber es ist doch erst einen Tag her!« Es war schon ein Gestalter bestimmt worden, der Seiryus neuer Meister werden und die Seele des Drachen binden sollte.

Wenn Seiryu seinen neuen Meister doch bloß gleich bekommen hätte. Aber woher hätten sie wissen sollen, dass der Drache so schnell den Verstand verlieren würde? War das ihre Schuld? Sie hatte die Gestalter gebeten, noch zu warten. Es war grausam, einem Shikigami so schnell schon einen neuen Meister aufzuzwingen. »Lasst ihm Zeit zu trauern«, hatte sie gefleht.

Unter dem dunkler werdenden Himmel gingen die verbrannten Felder in sanft geschwungene Hügel über. An ihrem Fuß standen einige Leute, die in lange Grasumhänge gehüllt waren. Shikigami aller Größen und Formen wirbelten um sie herum.

Als Kurara und Haru bei der Menge angelangt waren, ertönte der Schrei eines Spähers, der sie vor dem Drachen warnte. Seiryu flog über sie hinweg. Sein Leib war ein gewaltiger Fluss aus Schnee, der über den Himmel strömte. Die Leute hoben ihre Bögen und schossen dem Drachen Feuerpfeile in die Flanke.

»Seiryu!«, schrie Kurara und hoffte, dass der Wind ihre Stimme zu dem Drachen trug. »Komm wieder zu dir!«

Sie hatte es satt, andere Shikigami sterben zu sehen.

Der Himmel erzitterte. Die Leute schrien durcheinander und wappneten sich für den nächsten Angriff.

»*Ein sterbender Stern fiel vom Himmel …*«, sang sie, oder schrie es vielmehr, ohne jede Melodie.

Es war ein wohlbekanntes Wiegenlied. Kurara hoffte entgegen aller Wahrscheinlichkeit, dass es den Drachen beruhigen würde. Dass es irgendeine Möglichkeit gab, ihn noch zu retten.

»*… und aus dem Stern wuchs ein Baum. Die Leute des Dorfes sägten ihn ab und machten Papier daraus.*«

Am Himmel brüllte Seiryu und stürzte sich auf sie.

Kurara erwachte mit einem Ruck. Sie lag auf einem Futon, offenbar in einem Meditationsraum. Der einzige Schmuck waren die Aquarelle auf den Schiebetüren, die sie umgaben. Die hohe, gewölbte Decke wurde von Holzsäulen gestützt. Von irgendwo hinter den Türen war das Geräusch plätschernden Wassers zu hören.

»Um den Adler ist es wirklich schade …« Prinzessin Tsukimis Stimme drang zu ihr durch. Obwohl es im Raum dunkel war, sah Kurara die Prinzessin am Ende des Futons sitzen. »Aber ich hätte ihn sowieso vernichten müssen. Ein Shikigami, das nicht gehorcht, ist nutzlos.«

Kurara schaute an sich hinab. Die Fesseln waren verschwunden. Sie hätte sich frei bewegen können, aber sie wagte es nicht. Obwohl Tsukimi sie nicht ansah, hatte die Prinzessin sicher bemerkt, dass Kurara wach war.

Elektrische Lichter gingen flackernd an und beleuchteten den Raum. Wegen der plötzlichen Helligkeit kniff Kurara die Augen zu. Erst nach einer Weile traute sie sich, ein Auge wieder zu öffnen.

Haru lag auf der anderen Seite des Raums. Er war blass, aber seine Haut sah nicht mehr wie Papier aus. Die Wimpern seiner geschlossenen Augen waren ebenso dunkel wie der wirre Haarschopf, der aufgefächert auf dem Kissen lag. Fujiwa kniete am Fußende von Harus Futon, Ruki neben sich. In einer Hand hielt er ein Messer. Die andere war mit einem frischen Verband umwickelt, der feucht war von Blut.

»Was tun Sie da?« Kurara versuchte, sich aufzusetzen.

Himura und Akane waren verschwunden. Sie war wahrhaftig allein. Auch wenn sie den Schmerz nicht bis in ihr Herz lassen wollte, kroch er trotzdem hinein. War es etwas so Furchtbares, ein Shikigami zu sein, dass Himura sich so schnell von ihr abgewandt hatte?

»Faszinierend.« Tsukimi ging vor ihr in die Hocke. Die Spitzen ihrer Fingernägel streiften Kuraras Unterkiefer. »Du bist anders als die anderen Shikigami – so alt, so lange schon ohne einen Meister und doch noch nicht verrückt geworden. Vielleicht musst du gar nicht an einen Gestalter gebunden sein.«

Die Prinzessin sah Kurara in die Augen. Das Lächeln einer grausamen Göttin umspielte ihre Lippen.

»In dem Fall binde dich an mich. Ich wollte immer schon ein eigenes Shikigami haben. Ach, wäre ich doch nur als Gestalterin geboren worden.«

Kurara achtete nur halb auf die Prinzessin. Sie hatte das

Gefühl, eine Zuschauerin in ihrem eigenen Schädel zu sein, die auf einen Körper hinuntersah, der ihr nicht gehörte.

Da ist ein Loch in meiner Brust. In Kuraras Kopf drehte sich alles. Sie sah zu ihrem offenen Brustkorb hinunter, zu dem Herzstück, das dort in Papierstränge gewickelt lag, wie ein Kokon in einem Netz aus Spinnenseide. War das wirklich sie?

Tsukimi, die offenbar bemerkt hatte, dass Kurara ihr nicht zuhörte, drückte Kuraras Kinn nach oben und zwang sie, ihr in die Augen zu sehen. »Meinem Vater und meinem Bruder gefallen meine Hobbys nicht. Sie begreifen es nicht, aber du schon, nicht wahr? Diese Macht, die dir innewohnt, ist erstaunlich.«

Kurara presste wütend die Lippen aufeinander und kämpfte gegen den Drang an, die Prinzessin zu beißen. Sie würde sich nicht wie ein Tier abtasten und begutachten lassen!

»Ihr Menschen seid alle gleich!«, fauchte sie. »Shikigami sind keine Gegenstände, die ihr besitzen könnt! Wir mögen anders sein als ihr, aber das bedeutet nicht, dass wir nicht denken oder fühlen können. Wenn ihr uns ein Halsband umlegt und uns zwingt, euch zu gehorchen, ändert das gar nichts. Ihr könnt uns trotzdem nicht dazu bringen, euch zu lieben!«

Das grausame Gelächter der Prinzessin beherrschte den Raum. »*Lieben?* Warum sollte es mich kümmern, ob du mich liebst? Mich kümmert nur eines.« Ihre roten Lippen teilten sich zu einem breiten Grinsen. Sie würde Kurara lebendig verschlingen. »Bist du interessant für mich oder nicht?«

Sie schob Kurara auf den Futon zurück und stand auf.

»Zu deinem Glück«, sie musterte Kurara hochmütig und ging dann zu Fujiwa, »finde ich dich *sehr* interessant.«

Kurara schloss ihren Kimono über ihrem offenen Brustkorb und schickte der Prinzessin wütende Blicke hinterher. Sie musste irgendwie entkommen, aber zuerst brauchte sie Ofuda. Die Türen bestanden aus Papier. Konnte sie das benutzen?

»Fujiwa, bist du fertig mit ihm? Weck ihn auf.« Tsukimi nickte zu Harus Gestalt auf dem Futon.

Kurara geriet in Panik. Sie begriff jetzt, warum Fujiwas Hand blutete, warum er das Loch in Harus Brust geschlossen hatte.

Er hatte Harus Herzstück mit seinem Blut beschrieben.

Fujiwa hatte sich zu Harus Meister gemacht. Sobald er erwachte, würde er Fujiwa gehören, sein freier Wille wäre an jemand anderes gebunden.

»Ruki!«, rief sie dem Tiger zu. »Bist du damit zufrieden? Du wirst deinen Meister mit einem weiteren Shikigami teilen müssen. Heißt das nicht, dass du für ihn weniger wichtig bist? Vielleicht wirst du eines Tages auch ganz ersetzt werden!«

In Rukis Gesicht zuckte es. Kurara hätte schwören können, dass sie ein Zögern in seinen Augen sah, aber dann drehte der Tiger den Kopf weg, ungerührt wie Stein.

Sie musste etwas unternehmen. Gegen Fujiwa und Ruki gemeinsam kam sie nicht an, aber vielleicht war sie schnell genug, um sie zu überrumpeln. Wenn sie die Papiertüren als Ofuda benutzte, könnte sie die Prinzessin damit als Geisel nehmen. Solange sie Tsukimi in ihrer Gewalt hatte, würde ihr niemand etwas antun können.

Kurara sammelte sich und kam auf die Beine. Sie trat einen Schritt zurück, näher auf die südliche Tür zu. Sie konzentrierte sich darauf, das Papier zu sich zu ziehen, und stellte sich das Messer vor, in das es sich verwandeln würde.

Nichts geschah. Die Tür rührte sich nicht. Selbst als Kurara mit aller Macht daran zerrte, lief nicht mal ein Zittern durch die mit Aquarellen verzierte Tür.

Tsukimis schrilles Gelächter durchbrach die Stille. »Netter Versuch. Leider bestehen die Türen in diesem Raum nicht aus Papier, sondern aus Pergament. Und Pergament wird aus Tierhaut hergestellt.« Sie bedachte Kurara mit einem herablassenden Blick.

Kuraras Wangen brannten vor Scham. Ruki hatte sich nicht einmal von der Stelle gerührt, als sie aufgestanden war, so sicher war er, dass Kurara vollkommen machtlos war.

Ein leises Stöhnen weckte ihre Aufmerksamkeit. Harus Wimpern flatterten auf seiner Wange. Seine Augen öffneten sich und starrten an die Decke. Wie in Zeitlupe sah Kurara, wie Haru langsam bewusst wurde, dass er sich nicht mehr in der Midori befand. Verwirrung trat in seinen Blick. Seine Brust erzitterte, als er seinen ersten Atemzug nahm, und er sog zischend die Luft durch die zusammengebissenen Zähne ein.

»Ha…«, begann sie, aber bevor sie seinen Namen aussprechen konnte, ertönte draußen ein lauter Knall, der die Wände erzittern ließ.

Ruki sprang auf und Fujiwa eilte zur Prinzessin; sein Ofuda wirbelte kampfbereit um ihn herum.

Eine Wache kam in den Raum gestürzt.

»Eure Kaiserliche Hoheit, wir werden angegriffen!«

Nur einen Moment später wurde das gesamte Dach weggerissen – Keramikfliesen, Holzbalken und Halteseile prasselten auf die Tatamis hinab.

Über ihnen ragte eine Bestie auf, die sich mit den Klauen an den Wänden festhielt. Kurara blieb bei dem Anblick der Mund offen stehen.

Es gab keinen Zweifel. Das war derselbe Drache, der auch die Midori angegriffen hatte.

KAPITEL 36

Der Drache starrte zu ihnen hinunter.

Kurara wagte kaum zu atmen. Der Blick des Drachen wirkte unstet, genau wie bei dem in ihrem Traum. Sie wollte die Hand ausstrecken und ihn beruhigen.

»E-ein sterbender Stern …«, kam es ihr über die Lippen. Sie schloss den Mund. In ihrem Traum hatte es nicht geklappt, und jetzt würde es auch nicht klappen.

Die Klauen des Drachen zerbrachen die Palastwände. Knurrend stürzte er sich auf sie.

»Halt!« Kurara streckte die Arme aus. Die Prinzessin war ihr egal, aber wenn das Shikigami hierbliebe, dann würde es vernichtet werden, so viel war klar.

Klauen hielten nur wenige Zentimeter von ihrem Gesicht entfernt inne. Kurara starrte zu dem faltigen Drachengesicht hoch. Einen Moment lang sahen sie sich in die Augen, aber bevor sie etwas sagen konnte, stürzte sich Ruki auf den Hals des Drachen. Mit einem Zucken ihres Schwanzes ließ die Bestie einen Teil der Wand einstürzen und hätte Ruki beinahe unter den Trümmern begraben. Inmitten des aufwirbelnden Staubs stieß sich der Drache ab und flog zur Westseite des Palasts.

Prinzessin Tsukimi packte das Schwert an der Hüfte des Wachmanns und zog es aus der Scheide.

»Eure Kaiserliche Hoheit!« Der Wachmann sah aus, als bekäme er gleich einen Herzanfall.

Tsukimi drehte sich auf dem Absatz um, nahm Kuraras Gesicht in beide Hände und zog sie so ruckartig nach vorn, dass Kurara schon fürchtete, die Prinzessin würde ihr den Kopf abreißen.

»Shikigami, wirst du mir folgen? Wirst du mir gehören?« In Tsukimis Augen leuchtete ein manisches Feuer, das alles zu verzehren drohte, was ihm im Weg stand. Kurara konnte die Prinzessin nicht anschauen. Diese Augen würden sie bei lebendigem Leib verbrennen.

Sie stieß die Prinzessin von sich, so fest sie konnte, und rannte zur Tür, aber sie kam nur wenige Schritte weit, dann landete Rukis Pfote auf ihrem Rücken, warf sie zu Boden und presste ihr die Luft aus den Lungen.

Erschrocken keuchte sie auf, doch Rukis Gewicht war so gewaltig, dass sie befürchtete, er könnte ihr die Brust eindrücken. Kurara zappelte, um sich zu befreien, aber die Pfote des Tigers hielt sie fest am Boden. Sie drehte den Kopf und sah, wie Haru auf die Beine kam. Er rief ihren Namen. Zumindest glaubte sie das – ihr war schwindelig, und das Klingeln in ihren Ohren war so laut, dass sie sich nicht sicher war.

»Halt!«, befahl Fujiwa.

Haru blieb ruckartig stehen, als wären seine Beine plötzlich erstarrt.

Prinzessin Tsukimi funkelte Kurara wütend an. Ihre Miene wirkte wie versteinert. Sie sah aus, als wollte sie die ganze Welt verschlingen.

»Fesselt sie«, bellte sie. »Fesselt sie und lasst sie hier. Ich hole sie, wenn das alles vorbei ist.«

Das Gewicht hob sich von Kuraras Körper, aber bevor sie weglaufen konnte, griff sich Fujiwa die vom Dach herabgefallenen Seile und fesselte sie damit an eine Säule.

Kurara schrie und wehrte sich, bis Fujiwa ihr ein Seil zwischen die Zähne schob. Es schmeckte nach Staub und verbrannten Haaren. Er zog die Knoten fest. Haru blieb reglos stehen, aber Kurara sah einen seltsamen Ausdruck über sein Gesicht huschen.

Fujiwa wandte sich Haru zu: »Weißt du, wer ich bin? Ich bin dein neuer Meister, Fujiwa Tokiyuki.«

Die Seile schnitten in Kuraras Haut, als sie sich dagegenwarf.

Harus Blick traf ihren.

»Lass sie hier. Sie ist unwichtig.« Fujiwa legte Haru eine Hand auf die Schulter. »Komm mit.«

»Nein, geh nicht!«, wollte sie schreien.

Haru sagte nichts. Mit einem letzten Blick zu ihr folgte er Fujiwa und Ruki aus dem Raum.

Kuraras Körper schrie sie an. Sie kämpfte gegen die Seile, mit denen sie an die Säule gefesselt war, aber sie schnitten nur immer tiefer in ihre Haut, ohne sich zu lockern. Panik nagte an ihrem Verstand. Sie musste entkommen. Sie musste Haru finden. Kampfgeräusche hallten um sie herum wider. Der Boden bebte und die Wände zitterten. Wie viel Zeit hatte sie schon hier in Fesseln verschwendet, ohne etwas tun zu können?

Ich bin ein Lotus, wiederholte sie ständig im Geist. *Ich bin ein Lotus, ich bin ein Lotus und fühle nichts. Ich wachse zur Wasseroberfläche und lasse den Schlamm unter mir zurück.*

Sie musste sich beruhigen. An den Seilen zu zerren, hatte keinen Sinn. Wenn sie entkommen wollte, musste sie innehalten und nachdenken.

Mein Körper besteht aus Papier. Ich kann mit ihm machen, was ich will.

Kurara holte tief Luft und konzentrierte sich. Der Stumpf ihres Ellbogens verlängerte sich und ersetzte ihren fehlenden Unterarm. Die Gliedmaße war dünn und schwach, aber sie war da – ein Arm, weiß wie Papier, der am Handgelenk in eine Hand überging. Sie richtete den Blick darauf und die Finger verschmolzen zu einer Papierklinge. Sie wand sich in den Fesseln. Es war nicht leicht, aber sie schaffte es, die Hand zu den Seilen zu heben.

Ihre Finger durchschnitten die dicken Knoten wie Butter. Das Seil fiel zu Boden, und sie beugte sich vor, um ihre Beine zu befreien, und trat dann von der Säule weg. Die Klinge wurde wieder zu einer Hand. Probeweise wackelte sie mit den Fingern. Sie gehorchten ihr, obwohl sie immer noch schneeweiß waren.

Darüber konnte sie sich später Gedanken machen. Sie hob den Handschuh vom Boden auf und zog ihn sich über. Dann schüttelte sie kurz den Arm, um sich zu vergewissern, dass er nicht einfach wieder abfallen würde.

Sie strich mit den Fingern über ihre Brust. Das Papier schloss sich über der Wunde, die Prinzessin Tsukimis Messer hinterlassen hatte. Kurara erschauerte bei der Erinnerung daran, wie die Prinzessin ihr Herzstück berührt hatte, wie ihre eiskalten Finger in ihre Brust eingetaucht waren.

Wieder ließ ein Poltern die Türen um sie herum erzittern. Über all das würde sie später nachdenken. Zuerst musste sie Haru finden und entkommen.

Aber wohin? Konnte sie auf die *Orihime* zurückkehren? Wollte sie das überhaupt, nach allem, was mit Himura passiert war? Aber wo könnte sie sonst hin? Himmel und Erde kamen ihr so unvertraut vor wie ihre vagen Erinnerungen. Ihre Heimat war immer Haru gewesen.

Sie schob ihre Sorgen beiseite und rannte zur Tür. Kanonenfeuer hallte durch die Luft. Offenbar schossen die Wachen in den Türmen auf das Shikigami, waren aber nicht sehr treffsicher. Eine Kanonenkugel durchschlug das Dach und knallte vor ihr in den Boden. Die Decke brach ein, schartige Holzstücke ragten wie zersplitterte Knochen aus dem Loch.

Kurara hielt sich schützend die Hände über den Kopf, kniff die Augen zu und rannte auf den Gang hinaus. Im Vorbeilaufen zog sie Papier aus den Türen und legte es als Kette um ihren Hals. Das Gewicht ihres neuen Ofuda war wie eine warme Decke in einer kalten Nacht, eine Oase in der Wüste. Ihre Finger spielten damit, genossen das vertraute Gefühl von gehärtetem Papier.

Als sie um eine Ecke bog, rannte Kurara in jemanden hinein, der aus der Gegenrichtung kam. Der Aufprall hätte sie beinahe beide zu Boden geschleudert. Ohne zu schauen, um wen es sich handelte, verwandelte Kurara ihr Ofuda in ein Messer.

Der Mann vor ihr hob abwehrend die Hände, auch wenn sein Gesichtsausdruck nichts Unterwürfiges an sich hatte. Er kam ihr irgendwie bekannt vor, obwohl sie nicht wusste, woher. Seine Kleider waren die eines Sorabito. Sein Kopf saß auf seinem Hals wie ein Ei auf einem Stock. »Lauf lieber und beschütze deine Herrin«, sagte er. »Sie wird sonst bei lebendigem Leib gefressen.«

Der Mann hielt sie für eine Gestalterin der Prinzessin. Kurara machte sich nicht die Mühe, ihn aufzuklären. Ihr war es gleich, ob er ein Eindringling oder Attentäter war oder einfach nur jemand, der die Gelegenheit nutzen wollte, ein paar Juwelen aus dem Palast zu stehlen, während alle mit dem Shikigami beschäftigt waren.

»In welche Richtung ist sie gegangen?« Die Prinzessin war sicherlich bei Fujiwa … und der hatte Haru mitgenommen.

Der Mann deutete den Korridor hinunter zum Ausgang. »Richte der Prinzessin aus, dass ihre geliebte Inui tot ist.«

Kurara wusste nicht, wovon er redete, und es kümmerte sie auch nicht. Ohne ihm noch einen weiteren Blick zuzuwerfen, rannte sie aus dem Palast.

KAPITEL 37

Nachdem Himura den Thronsaal verlassen hatte, führte eine Dienerin ihn zur Bibliothek.

Himura kämpfte gegen den Drang an umzukehren und sagte sich, dass er das Richtige tat. Es konnte gar nicht anders sein. Nach allem, was geschehen war, durfte er sich nicht irren.

Außerdem war es jetzt ohnehin zu spät für Reue.

Prinzessin Tsukimis Bibliothek befand sich in einem umgebauten Vorratsraum. Es gab kein Schloss, keinen Hinweis darauf, dass er etwas Besonderes enthielt, dennoch beherbergte er Dinge, die für Himura wertvoller waren als alle Juwelen des Kaiserreichs. In der Mitte des Raums stand ein Gasheizer. Die Bretter der niedrigen Regale wurden von großen ledergebundenen Wälzern eingenommen. Gegenüber befanden sich ein Lesetisch und ein Stuhl vor einem länglichen Fensterschlitz. Ein einzelner Lichtstrahl fiel auf den Boden und tauchte die Regale in scharfe Schatten.

»Hast du schon mal eines der Bücher hier gelesen?« Himura betrat den trübe erleuchteten Raum.

»Prinzessin Tsukimis Sammlung zu lesen, ist nur der kaiserlichen Familie erlaubt. Ich würde die Prinzessin niemals hintergehen«, erwiderte die Dienerin ausdruckslos.

Himura konnte nicht verstehen, wie man im Sommerpalast leben und nicht einen Hauch von Versuchung verspüren konnte. Das wäre so, als würde man einem hungrigen Wolf ein rohes Steak vor die Nase legen und erwarten, dass er es nicht anrührte. Himura wusste sicherlich, was er selbst in einer solchen Situation tun würde.

Die Dienerin nahm ihm sein Armband ab, bevor sie sich zum Gehen wandte. Als er allein war, sog Himura den muffigen Geruch der Bibliothek ein. Seine Eltern hätten sie so gern gesehen. Wären sie noch am Leben, dann hätten sie jetzt vor Freude geweint.

»Früher, vor langer Zeit, haben wir Gestalter über dieses Land geherrscht. Damals waren wir so viel mehr, als wir es heute sind.«

Im Leben wie im Tod hatten sie von der Vergangenheit geträumt, von einem goldenen Zeitalter, als die Gestalter noch in Ruhm und Ehren gelebt hatten. Jetzt würde Himura die Wahrheit finden, die seine Eltern so verzweifelt gesucht hatten.

Die Bücher und Schriftrollen bestanden allesamt aus getrockneter Tierhaut statt aus Papier. Vermutlich, damit kein Gestalter ihre Seiten austauschen konnte. Er wandte sich einem der Regale zu und sein Blick blieb an einem schmalen roten Lederbändchen hängen. Darin hatte Prinzessin Tsukimi gelesen, als er sich vor vielen Jahren in ihre Gemächer geschlichen hatte, um Bücher zu stehlen. Hier war es.

Himura zog es aus dem Regal und schlug es auf.

Als er Prinzessin Tsukimi das erste Mal begegnet war, war er noch ein Kind gewesen, zu jung, um sein Potenzial ganz zu entfalten. Dennoch hatte er erbittert gegen sie gekämpft, in der Hoffnung, sie mit seinen Fähigkeiten beeindrucken zu können. Sein Ofuda hatte Schwerter und Schilde geformt und Wölfe mit knirschenden Zähnen, und als das alles nichts nützte, war er mit bloßen Händen auf sie losgegangen, bis die Prinzessin es leid war, mit ihm zu spielen, und ihn von sich stieß.

»*Schade*«, hatte sie geseufzt. »*Aber wenn du mich schon nicht beeindrucken kannst, dann kannst du mir wenigstens als Unterhaltung dienen.*«

Sie hatte vor ihm gestanden und das rote Lederbändchen vor seiner Nase baumeln lassen. Mit zwei sauber manikürten Fingern begann sie, das Buch zu zerfetzen. Es klang so, als würde Himuras Herz zerreißen.

Er hatte geglaubt, sie hätte das Buch zerstört. Und tatsächlich befanden sich in dem zerknitterten Pergament einige Risse. Beim Durchblättern bemerkte er die kaum sichtbaren Nähte an den Stellen, wo die Seiten fein säuberlich wieder zusammengefügt worden waren. Himura schob die Erinnerung beiseite und konzentrierte sich auf die Worte – und die Bildtafel – vor ihm.

Ihm stockte der Atem. Er legte das Buch auf den Tisch und schaltete die Leselampe ein, ohne den Blick von der Seite zu lösen.

Jetzt war es so weit! Das Wissen der Vergangenheit war ihm grausam vorenthalten worden. Das Wissen, das ihm von Geburts wegen zustand.

Himura brauchte Papier. Er wollte sich Notizen machen. Er durfte nicht riskieren, dass Prinzessin Tsukimi das Buch doch noch zerstörte.

»Akane«, rief er sein Shikigami. Der Fuchs trottete gehorsam zu ihm. »Rühr dich nicht von der Stelle«, befahl er und legte Akane eine Hand auf den Rücken. Mit der anderen packte er den Schwanz des Fuchses, holte tief Luft und zog daran.

Ein Kreischen, wie es jetzt aus Akanes Maul drang, hatte er noch nie gehört – eine Mischung aus erschrockenem Quietschen und verwirrtem, schmerzerfülltem Keuchen. Manchmal vergaß Himura, dass Shikigami Schmerzen empfinden konnten. Sobald er die Funktionsweise der Herzstücke richtig verstanden hatte, würde er das ändern.

»Meister! Was tust du …?«

»Schhh!« Himura zog noch einmal.

Nach drei- oder viermal kräftigen Zerrens begann Akanes Schwanz abzureißen. Himura zog ein weiteres Mal und hielt ihn schließlich in der Hand. Röchelnd stolperte Akane nach vorn. Die Beine des Fuchses zitterten so stark, dass sie nachzugeben drohten. Das Ofuda, aus dem der Schwanz bestand, verwandelte sich in zwei Dutzend rechteckige Papierstückchen.

Himura klopfte dem Fuchs tröstend auf den Kopf. »Gut. Das war hervorragend.«

Wimmernd hinkte Akane in eine Ecke des Raums, um sich die Wunde zu lecken.

»Hasst du mich dafür?« Himura sah zu, wie der Fuchs sich zusammenrollte. Er hatte die Frage gestellt, ohne nachzudenken, und wunderte sich jetzt, warum er sich überhaupt die Mühe machte. Ein Shikigami war ein Shikigami. Es konnte ihn genauso wenig hassen wie ein Nagel den Hammer.

»Ich liebe dich, Meister«, erwiderte Akane, auch wenn die Antwort eindeutig mürrisch klang.

Himura wandte sich wieder dem Lesetisch zu.

In dem Moment wurde der Palast von einer gewaltigen Explosion erschüttert.

Bücher und Tafeln fielen zu Boden. Etwas schoss am Fenster vorbei und verdeckte den Himmel.

»Ein Shikigami!« Akane rannte zum Fenster.

Die Zeit schien für einen Moment stillzustehen. Himura hatte das Gefühl, von einer heranrasenden Kohane getroffen worden zu sein. Er schaute sich in der Bibliothek um und richtete den Blick dann wieder auf den Drachen, der draußen umherflog und Chaos anrichtete, während überall Kanonenkugeln einschlugen.

Draußen vor der Tür standen Wachen, die aufpassen sollten, dass er nichts mitgehen ließ. Aber jetzt, da alle von dem Shikigami abgelenkt waren, bot sich ihm die perfekte Gelegenheit. Himura wandte sich vom Tisch ab, nahm eine Schriftrolle aus dem Regal neben ihm und klemmte sie sich unter den Arm.

»Schnapp dir so viele Bücher, wie du kannst!«, wies er Akane an und ging zur Tür, wo die größten Bücher standen. »Ich will sie haben!«

Sie gehören sowieso den Gestaltern, sagte er sich. *Warum sollte ich sie nicht mitnehmen?*

Die Vorstellung, Himura etwas zu beschaffen, das er haben wollte, versetzte Akane in Aufregung. *»Akane holt Meister alles, was er will!«*, sagte der Fuchs und fegte die Schriftrollen aus den Regalen.

Draußen tobte ein Kampf, der die Wände erzittern ließ. Kanonendonner hallte durch die Luft. Plötzlich wurde das Gebäude von etwas getroffen, das mit lautem Krachen die Decke durchbrach.

»Nein!«, schrie Himura, als Trümmer auf den Gasheizer fielen und ihn zerschmetterten.

Feuer breitete sich in alle Richtungen aus. Innerhalb von Sekunden brannten die Regale. Die Bücher und Schriftrollen wurden von lodernden Flammen verschlungen, die sich ohne Unterschied durch das Pergament und das jahrhundertealte Wissen fraßen.

Himura hätte schwören können, dass er sie schreien hörte.

Ebenso schnell wie die Flammen breitete sich Rauch aus. Er brannte ihm in den Augen. Ohne zu zögern, stürzte er sich auf die Bücher, die noch am wenigsten brannten, packte sie und stampfte darauf herum, um das Feuer zu löschen. Die Flammen krochen jedoch schon die Wände hoch und die ersten Deckenbalken stürzten ein.

Ihm blieb nicht genug Zeit. Inzwischen stand fast der ganze Raum in Flammen. Der Rauch wurde unerträglich. Himura griff sich, was er hatte retten können, und trat schnell den Rückzug an.

»Akane!« Er gab dem Shikigami ein Zeichen, ihm zu folgen, bevor noch das ganze Gebäude einstürzte.

Der Fuchs rührte sich nicht.

»Akane!«, schrie Himura lauter, um das Prasseln des Feuers und das Ächzen des brechenden Holzes zu übertönen.

Das Shikigami stand mitten in der Bibliothek, umgeben von brennenden Regalen und beleuchtet von sanftem Sternenlicht, das durch das Loch in der Decke fiel. Akanes Blick war auf das Buch gerichtet, in dem Himura gelesen hatte und das noch aufgeschlagen auf dem Tisch lag. Jetzt könnte er es nicht mehr erreichen.

Er betrachtete Akane. Der Fuchs himmelte ihn an, als sei er sein Ein und Alles.

Himura kam ein Gedanke. Der Körper eines Shikigami war bloß eine Hülle, leicht ersetzbar, aber dieses Buch, alle Bücher hier, waren unersetzlich. Wenn er sie verbrennen ließe, würden Jahrhunderte des Wissens auf einen Schlag vernichtet sein.

»Shikigami wurden dazu geschaffen, Gestaltern zu dienen. Das ist der Grund für ihre Existenz.« Seine Eltern hatten noch im Tod von Wissen geträumt, das sie niemals besitzen sollten. Himura wollte nicht so enden wie sie.

Warum musste er sich überhaupt vor sich selbst rechtfertigen? Es war die richtige Entscheidung. Dessen war er sich sicher.

»Akane!« Himura überkam ein leichtes Schwindelgefühl, aber er durfte keine Zeit verlieren. »Hol das Buch für mich, Akane.«

Ohne zu zögern, sprang das Shikigami durch die Flammen. Das Feuer steckte seinen Pelz in Brand und raste über seinen Rücken. Akane kam gerade in dem Moment beim Tisch an, als eines der Bücherregale in sich zusammenbrach. Der Fuchs packte das Buch mit dem Maul und sprang zurück. Er setzte über die umgefallenen Regale hinweg und huschte um die Löcher herum, die die herabgefallenen Trümmer im Boden hinterlassen hatten. Flammen loderten über seinen Körper. Sein rechter Vorderlauf zerbröselte, dann das linke Hinterbein.

Himuras Herz setzte kurz aus, als Akane ins Stolpern geriet und hinfiel. Das Buch glitt dem Fuchs aus dem Maul und rutschte über den Boden. Mit letzter Kraft schob das

Shikigami sich nach vorn, obwohl schon sein Rücken zusammenbrach und seine Hinterläufe zu Asche wurden. Es packte das Buch mit dem Maul und schleuderte es zur Tür.

Es landete direkt vor Himuras Füßen. Er hob es auf und drückte es an die Brust, während der Rauch ihn zurückweichen ließ.

»*Ich liebe dich, Meister.*« Er sah gerade noch, wie Akane ihn mit demselben bewundernden Blick anschaute wie eh und je.

»*Shikigami wurden dazu geschaffen, Gestaltern zu dienen. Das ist der Grund für ihre Existenz.*«

Furcht und Entsetzen breiteten sich so schnell in Himura aus wie die Flammen in der Bibliothek. Mit solchen Gefühlen hatte er nicht gerechnet.

»Akane! Komm her!« Himura streckte die Hand aus, aber die Hitze des Feuers zwang ihn zurückzuweichen. Es war zu spät.

Die Flammen verschlangen Akanes Körper.

KAPITEL 38

Draußen brannten die Gärten. Sämtliche Bäume und Häuser waren in Flammen gehüllt und die Wachtürme sahen aus wie lodernde Scheiterhaufen. Diener und Wachen brachten sich in Sicherheit, während Explosionen den Boden erschütterten.

In der Ferne legten sich Papierketten um den Körper des Drachen und zogen ihn zu Boden. Kurara sprintete auf das Shikigami zu. Fujiwa und der kahlköpfige Gestalter aus dem Thronsaal arbeiteten zusammen, während ihre Shikigami umherschossen, um sie vor den Angriffen des Drachen zu schützen.

»*Hört auf! Er kann nichts dafür!*«, wollte Kurara rufen. Etwas stimmte nicht mit der Welt, mit der Beziehung zwischen Gestaltern und Shikigami, weshalb diese den Verstand verloren. Es war nicht ihre Schuld. Warum zahlten die Shikigami immer den Preis für etwas, auf das sie keinen Einfluss hatten?

Sie setzte über die Trümmer hinweg, die ihr im Weg lagen, und wich Steinen und Holz aus, die auf sie niederregneten, während Kanonenkugeln die eigenen Türme trafen. Die Gestalter waren zu sehr mit dem angreifenden Shikigami beschäftigt, um Kurara zu bemerken. Durch den Rauch und das Donnern der Kanonen rannte sie auf Fujiwa zu.

Ihr Ofuda bildete einen langen Speer. Sie packte ihn und schleuderte ihn mit aller Kraft auf den Kopf des Gestalters, aber Ruki bemerkte die Attacke noch rechtzeitig und wehrte sie ab. Der Tiger sprang auf Kurara zu und hob die gewaltige Pfote, um sie gegen die zerbröckelnde Mauer zu schleudern.

»Du«, grollte er wütend, im Gegensatz zum irren Gebrabbel des Drachen aber dennoch klar verständlich. *»Du musst lernen, wo dein Platz ist.«*

Sie sprang zurück und wich dem Hieb aus. Wo war Haru? Sie suchte das in Rauch gehüllte Schlachtfeld mit dem Blick ab. Über ihr flogen Wachen in Qipaks um den Kopf des Drachen herum und stürzten zu Boden, wenn das Shikigami den Fluggeräten die Tragflächen abbrach oder ihr Heck mit seinen mächtigen Kiefern zermalmte.

Kurara rief all ihr Ofuda zusammen und verwebte die einzelnen Stücke miteinander. Sie dachte an Akane – wie geschmeidig sich das Shikigami bewegte – und machte sich daran, selbst ein Papiertier zu falten.

Sie fügte Muskeln zusammen, formte eine Wirbelsäule, dann einen Kopf, arbeitete das Fell auf dem Rücken heraus und modellierte die Pfoten. So erschuf sie einen Papierfuchs, der in etwa dieselbe Größe hatte wie Ruki. Letzterer war intelligent und der andere nur eine Papiermarionette, die von Kurara gelenkt wurde. Die beiden Bestien umkreisten einander knurrend und schnappend.

»Ruki!«, rief Kurara. »Wo ist Haru? Gib ihn mir, und du kannst wieder das einzige Shikigami deines Meisters sein. Das willst du doch, oder? Du willst Fujiwa nicht teilen.«

»Still!« Der Tiger schlug nach Kuraras Papierfuchs. *»Ich werde die Wünsche meines Meisters erfüllen!«*

»Und was ist mit *deinen* Wünschen?«, fragte Kurara, aber Ruki wollte offenbar nicht mehr reden.

Der Wind pfiff um sie herum. Der Fuchs sprang vor. Seine Krallen bohrten sich in die Flanke des Tigers, und die beiden stürmten vorwärts, lösten sich kurz und stürzten sich dann wieder aufeinander. Kuraras Fuchs verbiss sich in Rukis Schulter und zerrte ein großes Stück Papier heraus. Heulend wirbelte Ruki herum und schlug nach ihm. Bevor ihn der Hieb jedoch treffen konnte, ließ Kurara ihr Ofuda zusammenfallen. Der Fuchs löste sich auf, das Papier wirbelte an Rukis peitschendem Schwanz vorbei und setzte sich hinter dem Tiger wieder zusammen.

Über ihnen explodierten Feuerstöße. Jemand schrie eine Warnung. Der Drache hatte sich von seinen Ketten befreit und stieg in die Luft auf.

»Kurara!«

Sie drehte sich um und erhaschte einen Blick auf einen dunkelroten Haarschopf. »Tomoe?«

Tomoe sah so erschrocken aus, wie Kurara sich fühlte. Ihr Haar hatte sich aus dem sonst ordentlich geflochtenen Zopf gelöst und peitschte wie Feuerzungen wild um ihr Gesicht. Ihre Augen waren weit aufgerissen und ihr Mund stand offen.

»Was tust du hier?«, schrie sie.

Kurara wollte sie gerade dasselbe fragen, als Tomoe sie abrupt beiseitestieß.

Eine Klinge verfehlte nur um Haaresbreite Kuraras Kopf.

Zwischen zwei zerbrochenen Holzsäulen stand Haru. In einer Hand hielt er ein Schwert, das so lang war wie sein ganzer Körper und dessen Spitze auf den rissigen Boden gerichtet war. Kurara löste den Papierfuchs auf und rief ihr Ofuda zu sich. Sie wollte zu Haru laufen, aber der seltsame Ausdruck in seinem Gesicht und das Schwert in seiner Hand hielten sie zurück.

Er hob die Klinge.

»Haru, halt!« Kurara riss noch gerade rechtzeitig den Arm hoch, um den Hieb abzuwehren. Obwohl sie wusste, dass er nur auf Fujiwas Befehl hin handelte, war das alles so falsch, dass sie das Gefühl hatte, ein Tsunami würde sich in ihrer Brust auftürmen.

Die Klinge schnitt in ihren linken Arm und hätte beinahe ihr Handgelenk durchtrennt. Doch es gelang Kurara, den Papierarm so zu härten, dass die Klinge nicht hindurchkam. Das Metall blieb stecken und sie schloss schnell das Papier um die Schwertspitze in ihrem Arm.

»Ich kann nicht zulassen, dass du meinem Meister etwas antust!« Haru zog an dem Schwert, es rührte sich jedoch nicht.

»Er ist nicht dein Meister!« Wut ließ Kuraras Stimme brechen. »Er hat dein Herzstück mit seinem Blut beschrieben, aber das heißt nicht, dass du ihm gehörst!«

Sie wollte Haru nicht verletzen. Hier standen sie, in der Stadt ihrer Träume, und kämpften gegeneinander. Warum musste es so sein? Hatten all ihre Mühen und Anstrengungen zu dem hier geführt?

Nein, es war nicht ihre Schuld. Und auch nicht Harus. Es lag an der Welt. An den Gestaltern. Daran, dass Shikigami ihren Meistern gehorchen mussten. Alles war einfach nur falsch.

Tomoe zog ihr Tantō und wollte zwischen sie springen.

»Warte!«, rief Kurara. Jetzt, da Tomoe hier war, konnten sie vielleicht gemeinsam Haru retten.

»Keine Sorge, ich werde vorsichtig sein!« Tomoe schwang das Messer nach Haru.

Er ließ seine Waffe los, um beiseitezuspringen. Das verschaffte Kurara kurz Zeit, um durchzuatmen, aber gerade, als sie sich gemeinsam mit Tomoe auf Haru werfen wollte, kam Ruki aus dem Chaos auf sie zugestürmt.

Kurara bemerkte den Hieb erst, als sie schon über den Boden geschleudert wurde und über Steine und zersplittertes Holz rollte. Harus Schwert rutschte aus ihrem Arm. Ihre Wange kratzte über die Erde und brannte vor Schmerz.

Verdrossen kam sie auf die Beine. Ruki stand ganz oben auf der Liste von Dingen, mit denen sie sich momentan nicht befassen wollte. Sie musste Haru von hier wegschaffen, bevor die kaiserlichen Gestalter den Drachen niedergerungen hatten und ihre Aufmerksamkeit wieder ihnen zuwandten.

Während Kurara sich noch den Kopf darüber zerbrach, wie sie von hier fliehen könnten, bemerkte sie über sich ein Funkeln. Sie schaute hoch. Eine kupferfarbene Kohane sauste über sie hinweg.

»Tomoe!«, rief sie. Sie hatte eine Idee.

»Nicht so schnell!« Ruki ging zum Angriff über.

Mit einer Handbewegung ließ Kurara ihr Ofuda zu Tomoe und Haru fließen, wickelte sie beide in Papierranken ein und fesselte ihre Arme an ihre Seiten. Mit einem Aufschrei flogen sie auf sie zu. Kurara fing eine Tragfläche der Kohane mit einem Papierlasso ein. Alle drei wurden sie von dem vorbeifliegenden Fluggerät hoch in die Luft gerissen.

Die Klauen des Tigers zerfurchten genau an der Stelle, an

der Kurara eben noch gestanden hatte, die Erde. Wütend schaute er zu Kurara und den beiden anderen hoch, die durch den Himmel flogen.

Haru zappelte und wollte sich befreien, aber als sie noch ein Stück aufgestiegen waren, erstarrte er mit einem Mal wie eine Marionette mit durchgeschnittenen Fäden.

Kurara verkürzte das improvisierte Seil und zog sie alle drei nach oben, damit sie auf die Tragfläche der Kohane klettern konnten.

»Verfluchte Taubenfresserin!«, schrie ihr die Pilotin entgegen. »Willst du, dass die Tragfläche abbricht?«

Kurara blinzelte. Ihr Kinn war auf Höhe der Tragfläche, und sie tastete mit der rechten Hand nach Halt, während sie mit der linken die anderen festhielt.

Erschrocken starrte sie in das wütende Gesicht der Pilotin.

»Sayo? Was machst du denn hier?«

KAPITEL 39

Sayo brach in eine Litanei von Flüchen aus. »Was ich hier mache? Ich könnte dich dasselbe fragen. Ihr verdammten Gestalter denkt wohl, ihr könnt einfach auf jedes Fluggerät aufspringen, das euch gefällt! Ihr miesen …«

»Sayo?« Tomoes gedämpfte Stimme kam von irgendwo unter ihnen. Kurara rutschte ein Stück zur Seite, sodass Tomoes roter Haarschopf in Sicht kam. »Sayo? Wo hast du die Kohane her?«

Kurara kümmerte es nicht, weshalb Sayo hier war; sie war nur froh, dass sie endlich aus dem Sommerpalast fliehen konnten.

Sayo schnaubte. »Ich habe auf dich gewartet. Als du nicht zur *Orihime* zurückgekehrt bist, bin ich dich suchen gegangen. Dann gab es die Explosion und … na ja, ich bin Jägerin, oder? Es ist meine Pflicht, Shikigami zu bekämpfen!«

In dem Moment erkannte Kurara die kupferfarbene Kohane. Sie stammte aus dem Laden, vor dem sie Sayo zuletzt gesehen hatte. Kurara zog sich hoch und zerrte Haru hinter sich her. Seine Stirn war gerunzelt und seine Miene wirkte verkniffen. Kurara ließ sich mit ihm auf der Tragfläche nieder und wischte sanft die wirren schwarzen Haarsträhnen aus dem Gesicht des Jungen.

»Wer im Namen des blauen Himmels ist das?«, fragte Sayo angespannt.

»Ein Freund.« Kurara hatte keine Zeit, alles zu erklären.

»Ist er nicht ein Shikigami?« Tomoe schwang sich herum und kroch von der anderen Seite auf die Tragfläche. Sie starrte Haru mit weit aufgerissenen Augen an. »Du hast etwas über ein Herzstück gesagt. Aber er sieht …«

»Du hast ein Shikigami *gestohlen*? Von einem Gestalter des Kaisers?«, bellte Sayo.

»Ich habe gar nichts gestohlen! Haru gehört niemandem!« Sayo hatte kein Recht, ihr Diebstahl vorzuwerfen. Besonders nicht, weil sie gerade mit einer gestohlenen Kohane unterwegs war. Kurara band Tomoe und Haru mit Papierseilen an der Tragfläche fest und sicherte auch sich selbst. »Wir müssen uns um das Shikigami kümmern.«

Auf keinen Fall würde sie der Prinzessin das Herzstück des Drachen überlassen. Kein Shikigami durfte mehr zum Sklaven gemacht werden.

Ein paar Meter entfernt hatte sich der Drache gerade ein weiteres Mal von seinen Ketten befreit. Triumphierend holte er ein Qipak vom Himmel und verschlang es mitsamt dem Piloten. Die Gestalter am Boden mühten sich erneut, ihn zu fesseln, aber der Drache entzog sich ihnen und flog in Richtung Stadt.

»Da sind wir uns endlich einmal einig.« Sayo biss die Zähne zusammen und beschleunigte die Kohane, um hinter dem Shikigami herzujagen, das zu den Straßen hin abtauchte.

Der Drache stieß einen Gebäudeturm um, der wie ein Dominostein gegen das Nachbarhaus krachte. Reihe um

Reihe, Straße um Straße gerieten die Türme ins Wanken. Wäscheleinen rissen. Treppenhäuser zersplitterten. Menschen flohen kreischend vor der Flutwelle aus Trümmern, die auf sie zuraste. In Küchen und zerstörten Treibstofftanks brach Feuer aus. Die Militärpolizei, die um den Sommerpalast herum stationiert war, nahm die Verfolgung des Drachen auf. Polizisten lehnten sich aus ihren Motorwagen und feuerten zu dem Shikigami hoch. Ihre Kugeln schienen seine Haut jedoch höchstens einzudellen.

Sayo ließ die Kohane hinter dem Drachen hertauchen. Holzbalken regneten auf sie nieder. Das Fluggerät schwang wie ein Pendel hin und her, um herabfallenden Trümmern auszuweichen. Verlorene Gegenstände prallten von den Tragflächen ab: Porzellanteller, Kinderspielzeuge, Gläser mit eingelegtem Gemüse. Beinahe wäre ein ganzer Kleiderschrank auf dem Cockpit gelandet. Sayo riss jedoch schnell das Steuer nach links und der Schrank krachte neben ihnen zu Boden.

Haru erwachte ruckartig aus seiner Starre.

»K-Kurara?« Er starrte sie mit geweiteten Augen an. »Wo sind wir? Was geht hier vor?«

Seine Stimme. Seine Augen. Es war so lange her. Am liebsten wäre Kurara in Tränen ausgebrochen, aber sie musste sich auf den Drachen konzentrieren.

Das Shikigami schlang seinen Leib zu einem Knoten und tauchte dann in Richtung Boden ab, schoss durch ihn hindurch, durchbrach die Steine und das Metallfundament der Kuppel und grub sich weiter in die Tiefe.

Kurara stockte der Atem.

Das Kreischen von auseinandergerissenem Metall klang

ihr in den Ohren. Ein Stöhnen wie von einem sterbenden Kumuluswal hallte durch die Luft. Das Shikigami zerfetzte das Grundgerüst der Stadt; die Metallplatten, die als Fundament für den Boden dienten, das Abwassersystem, die Regenfänger, das Stromnetz, die Motoren und Schwebevorrichtungen. Alles kam mit einem lauten Kreischen zum Stehen.

Die Straßen wurden aufgerissen, als Rohre unter dem Pflaster platzten; Wasserfontänen schossen hoch und fluteten die Straßen. Zerrissene Stromkabel fielen ins Wasser und verursachten funkensprühend Kurzschlüsse. Plötzlich kippte die Kuppel zur Seite, in ihrem Fundament bildeten sich Risse. Sie neigte sich schräg von den benachbarten Kuppeln weg.

Sayos Hände packten die Steuerung so fest, dass ihre Fingerknöchel weiß hervortraten. Sie zog die Kohane steil nach oben. Spiralförmig flogen sie in den Himmel hinauf und tauchten dann wieder nach unten durch das Loch, das der Drache hinterlassen hatte.

Kurara schaffte es gerade noch, sich zu vergewissern, dass alle gut an der Tragfläche festgebunden waren, da rasten sie auch schon an kaputten Rohren und zerfetzten Wartungsgängen vorbei. Sie flogen durch das Fundament, das Sola-Ils Kuppeln in der Luft hielt, aus der Stadt hinaus und in den freien Himmel darunter.

Die Kohane raste weiter, bis sie die kirschblütenförmigen Kuppeln von Sola-Il hinter sich gelassen hatten. Ein langer Schatten fiel auf das Fluggerät. Direkt über ihnen schwebte der Drache in der Luft.

KAPITEL 40

Großartig. Und was jetzt?« Tomoe hielt den Rand der Tragfläche umklammert. Hier waren sie, am freien Himmel, ohne eine Waffe und ohne die Möglichkeit, Feuer zu entzünden, um das Shikigami zu vernichten.

Kurara erinnerte sich noch, wie es gewesen war, als der Drache damals die Midori angegriffen hatte. Sie hatte das Gefühl gehabt, einer heranrollenden Schneelawine gegenüberzustehen. Seit dieser ersten Begegnung hatte sie einiges dazugelernt. Das Gefühl war immer noch da, aber jetzt gelang es ihr, ihre Angst niederzuringen.

»Überlasst das mir«, sagte sie und beugte sich zu dem Drachen vor. »Bringt mich nur dicht an ihn heran.«

Seit sie wusste, was Haru – und sie selbst – war, und seit sie Akanes fröhliche Begeisterung und Rukis ernste Hingabe kannte, war ihr klar geworden, dass sie Shikigami nicht mehr so bekämpfen konnte, als seien sie Ungeheuer.

Sie würde das Shikigami bekämpfen, es zerstören, aber nicht für die Bewohner von Sola-Il, sondern allein um seiner selbst willen. Wenn sie dem Drachen sonst nichts geben konnte, würde sie wenigstens dafür sorgen, dass er in Würde starb.

»Lockt den Drachen an und ich schneide ihm das Herzstück raus«, sagte sie.

Haru starrte sie ungläubig an. »Ganz allein?«

»Ich schaffe das!«, beharrte Kurara. Sie musste es schaffen.

Der Drache wandte sich ihnen zu. In Kuraras Nacken kribbelte es. Der Drache war kein einfaches Papiertier, sondern ein vernunftbegabtes Geschöpf, das in seinem Leid gefangen war.

»Festhalten!« Sayo zog die Kohane im Sturzflug nach unten.

Während sie auf die zerfurchte Erde zurasten, nahm der Drache die Verfolgung auf. Blitzschnell überwand er die Entfernung zwischen ihnen und kam so dicht an sie heran, dass er mit seinem Maul beinahe ihr Heck berührt hätte. Reißzähne, so groß wie die Tragflächen einer Kohane, schnappten hinter ihnen in die Luft.

Als sie dem Erdboden bereits gefährlich nahe waren, riss Sayo das Fluggerät wieder nach oben. Die Kohane stieg spiralförmig in die Luft auf, sodass Kuraras Magen schlingerte. Der metallene Rahmen klapperte und der Motor spuckte schwarze Rauchfahnen aus.

»Wenn du irgendwas machen willst«, rief Sayo laut, um das Dröhnen des Motors zu übertönen, »dann ist jetzt der richtige Zeitpunkt dafür!«

»Ich versuch's ja. Kannst du das Ding nicht ruhig halten?«, schrie Kurara, als die Kohane einen Satz zur Seite machte, um dem zuschnappenden Maul des Shikigami zu entgehen.

Sayo machte eine unhöfliche Geste im Rückspiegel, bevor sie erneut zu einem übelkeitserregenden Sturzflug ansetzte.

Kurara hielt sich an der Tragfläche fest, sammelte ihr Ofuda und formte daraus einen Dreizack, in etwa so groß wie die Kohane. Sie biss konzentriert die Zähne zusammen und richtete die Waffe auf die wütenden Augen des Drachen.

Trommeln hallte durch die Luft. Über ihnen jagte ein rotgoldenes Luftschiff über den Himmel. Seine langen Segel flatterten wie Kriegsbanner im Wind. Das wenige verbliebene Licht spiegelte sich in grellroten Masten. Die Gesichter knurrender Oger an der Seite des Schiffes waren zu schaurigen Mienen verzogen.

Haru packte Kurara am Handgelenk. Er schaute hektisch zur breiten Flanke des Luftschiffs hin. »Das ist eines der Kriegsschiffe von Prinzessin Tsukimi. Meister Fujiwa ist an Deck. Ich kann ihn spüren!«

Plötzlich regnete eine Salve Ofuda vom Himmel herab. Ein Hagel aus Schwertern zischte an dem Shikigami vorbei und auf die Kohane zu.

»Zielen die auf uns?«, rief Kurara, als Sayo das Fluggerät schnell aus der Schussbahn brachte.

»Das ist meinetwegen. Ich wette, die Prinzessin will mich zurückhaben«, sagte Haru kläglich. »Haltet Abstand. Wenn Meister Fujiwa mir einen Befehl gibt, muss ich ihn befolgen.«

»Menschen sind hungrig. Verschlingen und zerstören. Zerstören und verschlingen. Sie fressen dich mit ihren Augen, fressen dich mit ihren Händen. Lauf, lauf, lauf!« Das verrückte Gebrabbel des Drachen sprudelte aus seiner Kehle hervor, während er sich immer wieder im Kreis drehte, unschlüssig, wen er zuerst angreifen sollte.

Schließlich entschied sich der Drache für die Kohane.

Er stürzte sich darauf. Zugleich schossen Ofuda-Schwerter auf Kurara und die anderen nieder. Sayo drehte zur Seite ab, doch die Papierwaffen folgten ihnen, während die Kohane nach unten tauchte, um sie vor dem peitschenden Schwanz des Shikigami in Sicherheit zu bringen und zugleich den Papiergeschossen und den donnernden Kanonen an der Seite des Luftschiffs auszuweichen.

Während die Kohane wieder in den Himmel aufstieg, entdeckte Kurara Fujiwa, der mit einem Arsenal aus Papierschwertern an der Reling stand.

Ohne nachzudenken, hob sie ihren Dreizack und schleuderte ihn auf den Schiffsrumpf. Er flog geradewegs darauf zu, doch bevor er das Schiff treffen konnte, schlug Fujiwa ihn mit seinem Ofuda beiseite, sodass die Waffe trudelnd nach unten stürzte.

Haru warf sich auf der Tragfläche herum. »Kurara!«, rief er, als sie den Dreizack wieder zu sich heranzog und ihn erneut auf das Schiff schleuderte. »Der Drache! Ziele auf seinen Hals!«

Kurara drehte sich gerade rechtzeitig, um den gewaltigen Schwanz zu sehen, der auf sie hinabdrosch. Ihr Ofuda bildete einen Schild zwischen dem Shikigami und der Kohane. Der Schwanz des Drachen krachte auf den Schild und hinterließ eine Delle in der schützenden Papierschicht.

»Meister, wo bist du? Warum hast du mich verlassen?«, kreischte das Shikigami. Sein Gebrabbel klang wie ein Gewittersturm, der alles andere auslöschte.

»Lass mich nicht allein. Bleib bei mir. Ich will niemanden außer dir.«

Kurara wollte die Hände ausstrecken und den Drachen trösten wie ein weinendes Kind, obwohl sie wusste, dass das viel zu gefährlich war. Jetzt gab es nur noch einen Weg, wie das Shikigami Frieden finden konnte. Mit zusammengebissenen Zähnen verwandelte Kurara ihren Schild in einen gewaltigen Speer.

Brüllend stieß sie den Speer nach vorn. Der Drache versuchte auszuweichen, konnte aber nicht mehr entkommen. Kuraras Ofuda flog direkt auf ihn zu. Es schnitt durch die Luft wie eine Klinge durch Seide, durchbohrte den Kiefer des Drachen und trennte der Bestie den Kopf ab.

Der Leib des Shikigami stürzte nach unten und kam mit solcher Wucht auf dem Erdboden auf, dass er eine Staubwolke aufwirbelte, die fast bis zu Sola-Il hinaufreichte. Wie Eis, das zu Matsch geschmolzen war, rollte von der Stelle, an der der Drache aufgeschlagen war, eine Welle aus Papier über die Minen hinweg, klatschte gegen baufällige Baracken und riss Lagerhäuser mit sich. Der Schwanz des Drachen erstreckte sich bis zu dem Wald, der an den rissigen Boden angrenzte.

Sein Kopf flog hoch in die Luft und wurde dann von der Schwerkraft nach unten gezogen. Seine farblosen Pupillen verdrehten sich.

»Die Menschen werden sich deine Seele holen, Kleines. Lauf, lauf, lauf, bevor sie dich erwischen.«

KAPITEL 41

Kurara gestattete sich nicht, den Blick abzuwenden. Sie hatte das getan. Es war nur richtig, dass sie die letzten Augenblicke des Drachen mitansah.

Er musste aufgehalten werden, sagte sie sich. *Ich hatte keine Wahl.* Jetzt konnte er endlich in Frieden ruhen.

Als sich der Kopf des Drachen aufzulösen begann, sah sie sein Herzstück und die Papiermuskeln, in die es eingebettet war. Es trudelte zwischen Sayos Kohane und Prinzessin Tsukimis Kriegsschiff nach unten. Aus dem Augenwinkel sah Kurara, wie sich Fujiwa über die Reling beugte.

Der Anblick riss sie aus ihren düsteren Gedanken. In diesem Moment wollte sie nur noch eines: sich das Herzstück schnappen, bevor es jemand anderes in die Hände bekam. Sie warf eine Papierkette dorthin, aber Fujiwa war schneller. Sein Ofuda schoss flatternd durch die Luft und riss das Herzstück mit sich.

»Nein!«, schrie Haru. Tomoe musste ihn daran hindern, auf der Tragfläche aufzustehen.

»Rara!«, rief Haru. »Das Herzstück – sie dürfen es nicht bekommen!«

Kuraras Kopf fuhr zu dem Kriegsschiff herum. Wenn sie Fujiwa das Herzstück überließ, würden die Gestalter des Kaisers den Drachen erneut zum Leben erwecken, ihn an einen von ihnen binden und zu lebenslanger Knechtschaft zwingen. Sie hatte das Shikigami nicht vernichtet, damit die kaiserlichen Gestalter einen neuen Sklaven bekamen. Das war ein Schicksal, das sie niemandem wünschte.

Papier peitschte in einem Wirbelsturm um sie herum. Ihr Blick begegnete Fujiwas. Über die kurze Entfernung sah sie die Entschlossenheit in seinen Augen.

»Nein«, fauchte Sayo. »Wir sind hier fertig. Wir müssen …«

Kanonenschläge zerrissen die Luft. Die Schießscharten des Luftschiffs richteten sich auf die Kohane – und es eröffnete das Feuer.

Sayo fluchte, als eine Kanonenkugel sie nur knapp verfehlte.

»Halte auf die Stadt zu. Ich lenke sie ab.« Kurara löste die Seile, mit denen sie an die Tragfläche gebunden war, und machte sich absprungbereit. Kurz sah es so aus, als wollte Sayo widersprechen; doch obwohl sie nicht einverstanden wirkte, schwieg sie.

»Warte«, sagte Haru. »Ich bin derjenige, den sie wollen. Wenn ich gehe, könnt ihr drei entkommen.«

»Nein!«, rief Kurara. Lieber würde sie es mit sämtlichen Gestaltern des Kaisers und ihren Shikigami gleichzeitig aufnehmen, als noch einmal von Haru getrennt zu sein.

»Tja, er hat recht«, sagte Sayo.

»Ich habe Nein gesagt!«

Kurara wollte gerade springen, als erneut Kanonenkugeln auf sie zugeflogen kamen. Fujiwa schloss sich von der Reling des Kriegsschiffs aus der Kanonade an. Ein Strom aus Papiergeschossen jagte auf die Kohane zu – jedes so groß, dass es sie vom Himmel holen konnte.

Kurara breitete einen Schild über dem gesamten Fluggerät aus und konzentrierte sich darauf, Cockpit und Tragflächen zu schützen, während Kanonenkugeln und Ofuda wie Eisenfäuste auf sie einprasselten. Jeder Treffer schlug eine Delle in den Schild. Und als Fujiwas Ofuda schließlich die Schutzschicht durchbrach, spürte sie es deutlich. Ein faustgroßer Papierstein traf das Heck der Kohane und zerstörte den Motor.

»Wir sind getroffen!«, schrie Tomoe.

Wie ein herabfallender Meteor sauste die Kohane im Sturzflug auf den Erdboden zu, direkt über dem Wald, der an die zerstörten Levistein-Minen angrenzte. Die Bäume schüttelten sich bei ihrem Anblick; ihre Äste rieben im Wind knirschend aneinander, als wären die Bäume Ungeheuer, die nur darauf warteten, dass die Kohane in ihre hungrigen Mäuler fiel.

»Nein, nein, nein, nein!« Sayo kämpfte mit der Steuerung, aber die Kohane raste weiter nach unten.

Der kalte, scharfe Wind rüttelte an Kuraras Körper. Er ging ihr durch und durch, während sie sich am Rand der Tragfläche festhielt. Für ausgefeilte Strategien blieb keine Zeit. Sie erschuf das Erste, was ihr in den Sinn kam: eine Papierkugel. Innen gepolstert und außen mit einer Schale, hart wie Metall. Sie hüllte sich in ihr Ofuda, ihr Körper sank tief in das kissenähnliche Innere.

»Kommt her!« Kurara griff nach Haru und Tomoe und zog sie zu sich heran. »Du auch, Sayo!«

Sayo warf einen letzten hektischen Blick zum Boden,

ließ dann die Steuerung los und kletterte aus dem Cockpit. Kurara zog sie ins Innere der Kugel und schloss diese um sie herum, gerade als der Motor explodierte und sie in die Luft geschleudert wurden.

Sie drehten sich mehrfach im Kreis und wurden dabei kräftig durchgeschüttelt. Einmal prallte etwas knirschend gegen die Kugel und Papierstückchen lösten sich von ihrer Schale. Danach stürzten sie weiter in die Tiefe. Feuer leckte über die äußeren Schichten von Kuraras Ofuda. Ein Teil des Motors musste sie getroffen und das Papier in Brand gesteckt haben. Die Kugel zerfiel langsam zu Asche. Als durch die Löcher schon der sternenübersäte Himmel zu sehen war, streckte Kurara die Hände zu den Wolken aus.

Da krachte die Kugel in die Bäume. Kurara spürte, wie sie auseinanderbrach. Sie griff nach einer Hand – sie wusste nicht, von wem –, doch ihre Finger bekamen nur Luft zu fassen. Mit letzter Kraft schickte sie ihr Ofuda in Richtung der anderen und blies es auf, in der Hoffnung, dass es ihren Sturz abfangen würde.

Bitte beschütze sie!, flehte sie, während der Boden auf sie zuraste.

KAPITEL 42

Die Bäume bremsten ihren Sturz, während Kurara zu Boden purzelte. Etwas brach – ein Ast oder ein Knochen. Zweige zerkratzten ihr das Gesicht und Blätter schnitten in ihre Haut, bis sie schließlich unter einer krummen Eiche in den Überresten ihrer Papierkugel auf dem Rücken landete.

Vage nahm sie wahr, dass jemand neben ihr stöhnte, aber sie war zu benommen, um den Kopf zu drehen und nachzuschauen, wer es war. Der Gestank von Levistein erfüllte die Luft. In der Ferne stieg eine Rauchsäule über den Bäumen auf, vermutlich von der Stelle, an der die Kohane abgestürzt war.

Kohane. Absturz. Die Worte schwebten durch Kuraras Geist, bis sie endlich ihre Bedeutung begriff. Sie sprang so schnell auf, dass ihr Magen ins Schlingern geriet. Schwarze Punkte tanzten vor ihren Augen, während alles verschwamm und dann wieder Gestalt annahm.

»Tomoe? Sayo?«

Kurara drehte sich und sah die beiden Mädchen in der Nähe auf dem Boden liegen. Die Ärmel von Sayos Kimono waren zerrissen und Tomoes Beine hatten sich in einem Gebüsch verfangen, die beiden schienen jedoch nicht ernsthaft verletzt zu sein.

»Wo ist Haru?« Furcht schloss sich wie ein Paar kalte

Hände um ihre Brust. War er ebenfalls im Wald gelandet? War er verletzt? Kuraras Gedanken drehten sich im Kreis. Sie wollte nicht an den anderen Absturz denken. Daran, wie Haru verbrannt war.

Sayo kam hoch und wischte sich die Blätter von den Kleidern. Ihre Wangen bluteten und ihre Arme waren mit Kratzern übersät, es schien aber nichts gebrochen zu sein. Nachdem sie kurz ihre Verletzungen untersucht hatte, fragte sie: »Haru? So heißt doch der Junge, oder? Das Shikigami aus dem Palast?«

»Er sah gar nicht wie ein Shikigami aus.« Tomoe setzte sich stöhnend auf. »Oh, beim blauen Himmel, seht nur, was die Erde mit meinen Stiefeln gemacht hat!«

»Ist er vielleicht eine neue Art?«, fragte Sayo. »Eines der Experimente von Prinzessin Tsukimi?«

Entnervt wollte Kurara die Sache richtigstellen, als Tomoe plötzlich ihr Tantō aus der Scheide zog und zu einem dichten Gebüsch herumwirbelte. »Wer ist da?«

»Halt!« Haru kam auf die Beine und hob abwehrend die Hände. »Ich bin's nur!«

Die Zeit blieb stehen. Kurara stockte der Atem und eine Welle der Erleichterung drohte sie zu überwältigen. Sie hatte vergessen, wie man blinzelte. Oder atmete.

»Haru!« Kurara rannte zu ihm. Ihre Beine gaben unter ihr nach, als sie die Arme um ihn schlang und ihn stürmisch an sich zog. Haru konnte sie nicht mehr rechtzeitig auffangen, sodass sie auf den Knien landete und ihn mit umriss.

Tränen liefen ihr über die Wangen und sie schluchzte mit zusammengekniffenen Augen.

Endlich. Nach allem, was sie durchgemacht hatte. *Endlich*.

An mehr konnte sie im Moment nicht denken. Eine enorme Last fiel von ihr ab und sie konnte wieder atmen. *Endlich.*

Harus Hände schlossen sich um ihre Handgelenke und drückten sie sanft. »Rara. Mir geht's gut.«

»Warum ist er hier?«, verlangte Sayo zu wissen. »Ist er nicht das Shikigami, das du Prinzessin Tsukimi gestohlen hast?«

Kurara kam auf die Beine. Mit einem Mal fühlte sie sich unfassbar müde.

»Ich habe niemanden gestohlen. Haru war mein Freund in der Midori. Ich … Wir …« Ihr fiel es nicht leicht, alles zu erklären, was ihr zugestoßen war, von der Zerstörung der Midori, über ihre Begegnung mit den Soldaten im Wald bis hin zu der Abmachung, die sie mit Himura getroffen hatte.

Haru lauschte mit ernster Miene, während Kurara von den Ereignissen in Sola-Il erzählte und berichtete, wie Himura Harus Herzstück an die Prinzessin verkauft hatte. Als sie bei Himuras endgültigem Verrat angelangt war, hielt sie inne und holte tief Luft.

Sie wollte nicht, dass Tomoe und Sayo sie genauso ansahen wie Himura, wollte nicht riskieren, erneut verletzt zu werden, aber anlügen wollte sie sie auch nicht. Sie hatten zusammen gekämpft. Die beiden hatten es verdient, die Wahrheit zu erfahren.

Wie sie allerdings reagieren würden, wenn Kurara ihnen alles erzählte, war schwer zu sagen.

»Da ist noch etwas …« Kurara wappnete sich innerlich. Dann krempelte sie den Ärmel ihres linken Arms hoch und zog den schwarzen Handschuh aus. Sie hob die Papierhand an ihr Gesicht. »Ich bin auch ein Shikigami.«

Tausend Gefühle glitten über Sayos Gesicht, zu schnell, als dass Kurara sie hätte deuten können, dann erstarrte es zu einer Maske. Tomoe riss die Augen auf und starrte Kurara mit offenem Mund an.

Kurara machte sich auf die Explosion von Fragen gefasst, die zweifellos kommen würde, aber bevor jemand etwas sagen konnte, glitt ein vertrauter Schatten über sie hinweg.

Überrascht sah sie nach oben. Die *Orihime* verließ Sola-Il. Und ließ sie zurück.

»Das Schiff!« Sayo machte zwei Schritte nach vorn, als wollte sie ihm hinterherrennen. Sie wandte sich Kurara zu. »Schnell!«, rief sie in Panik. »Benutze dein Ofuda, um sie auf uns aufmerksam zu machen! Sie wissen nicht, wo wir sind.«

»Nein, tu's nicht!« Tomoe sprang vor und packte Kuraras Handgelenk. »Die Prinzessin ist hinter dir her. Wenn du dem Schiff ein Zeichen gibst, verrätst du damit deinen Aufenthaltsort. Nach dem Angriff ist es das Beste, wenn sie abreisen, bevor die Stadt abgeriegelt wird.«

»Sie sollen ohne uns abreisen?«

»Wenn es sein muss, ja.«

Sayo gab ein Geräusch von sich, das wie eine Mischung aus Schreien und Stöhnen klang. Sie fuhr sich mit zittrigen Fingern durchs Haar.

»Kurara.« Ihr Blick wirkte entschlossen. »Ich habe dich noch nie um etwas gebeten, aber wenn du je etwas für mich tun willst, dann tu das hier …«

»Sayo!«, fauchte Tomoe.

Haru verschränkte seine Finger mit Kuraras. »Was möchtest du tun, Kurara?«

Sie sah ihn an. »Ich möchte dich vor Prinzessin Tsukimi und Fujiwa beschützen und …«

Er schüttelte den Kopf. »Denk nicht an mich. Und auch nicht an deine Pflicht dem Schiff gegenüber. Denk nur an dich. Was möchtest *du*?«

Diese Frage hatte Kurara noch nicht oft beantworten müssen. Ihr fiel es schwer, ihre Wünsche in Worte zu fassen. Sie waren so miteinander verwoben, dass sie nicht sagen konnte, wo der eine endete und der nächste begann. Sie wollte, dass Haru in Sicherheit war. Sie wollte zu einem Schiff und einer Mannschaft zurückkehren, die sie so akzeptierten, wie sie war. Sie wollte Himura zur Rede stellen und ihm eine Ohrfeige verpassen. Sie wollte ein besseres Leben für die Shikigami.

Über ihnen am Himmel ertönte ein Grollen. Die *Orihime* entfernte sich immer weiter, ihre zerfetzten Segel flatterten im Wind. Aus der Ferne machte sie wahrlich einen jämmerlichen Eindruck – die mit Segeltuch bedeckten Löcher im Rumpf waren selbst vom Boden aus sichtbar. Kurara rief die Überreste der Papierkugel zu sich. Das Ofuda, das sich über den Boden, die Bäume und Büsche verteilt hatte, schwebte zu ihr zurück. Viel war nicht übrig, aber vielleicht würde es reichen, um dem Schiff ein Zeichen zu geben.

Ist das eine gute Idee? Der beklommene Gedanke stahl sich in ihren Kopf.

Sie wollte Tomoe und Sayo helfen. Und sie wollte auf keinen Fall allein mitten im Wald gestrandet sein, den Leuten, die Prinzessin Tsukimi ihnen hinterherschicken würde, hilflos ausgeliefert. Auf der *Orihime* wären sie in Sicherheit. Die *Orihime* bedeutete Freiheit, ein gemütliches, weiches Bett und eine warme Mahlzeit. Sie war ihr Zuhause.

Aber wahrscheinlich war Himura auf dem Schiff. Mit Akane. Und die Mannschaft … Würden sie sie akzeptieren, wenn sie erst wussten, was sie war? Würden sie Haru akzeptieren?

Was, wenn die Prinzessin das Schiff angriff, weil es ihnen Unterschlupf bot? Das Militär war der größte Kunde der *Orihime*, aber wenn Prinzessin Tsukimi wollte, konnte sie dafür sorgen, dass die Armee ihnen nie wieder ein Herzstück abkaufte. Oder schlimmer noch, sie könnte sie als Verräter des Kaiserreichs jagen lassen.

Kuraras Gedanken überschlugen sich, während sie sich all die grauenhaften Dinge ausmalte, die mit der Mannschaft geschehen konnten. Sie konnte es nicht tun. Sie durfte es nicht riskieren.

Ihr Ofuda kehrte zu ihrem Hals zurück.

Die *Orihime* segelte weiter.

KAPITEL 43

Kurara konnte das Schiff nicht mehr sehen. Die *Orihime* war zu einem schwarzen Punkt am Horizont zusammengeschrumpft. Und mit ihr verschwand auch ihre letzte Chance auf Rettung.

Sayo drehte sich um und hämmerte mit der Faust gegen einen Baumstamm. Ohne ein Wort ging sie an den anderen vorbei in den Wald hinein und schlug dabei tief hängende Äste beiseite, die ihr den Weg versperrten.

»Sayo? Wo gehst du hin?« Tomoe eilte hinter ihr her.

»Das Schiff einholen!«, rief Sayo zurück.

Niemand wandte ein, dass das zu Fuß völlig unmöglich war. Oder dass sie wahrscheinlich noch nicht außer Gefahr waren. Sie waren alle noch viel zu benommen; der Rausch des Kampfes und des Absturzes hallte in ihnen nach, füllte sie mit nervöser Energie und dem Wunsch, etwas zu tun, egal was.

Ihnen blieb nur, in südliche Richtung zu gehen. Und so suchten sie sich einen Weg durch das Gewirr der Äste, das zwischen Himmel und Erde einen Hohlraum bildete. Die nach Kiefern duftende Luft hatte etwas Überirdisches an sich, das nur vom Gestank der Zerstörung getrübt wurde. Kurara nahm Rauchgeruch im Wind wahr.

Zweige zerkratzten ihr das Gesicht und die Beine. Eine

Zeit lang waren lediglich ihre Schritte und das Rascheln der Blätter zu hören. Sie sah nach rechts. Harus Arme schlenkerten beim Laufen hin und her, so schlaksig und unkoordiniert wie immer. Seine Tollpatschigkeit war beruhigend. Er war wieder da. Es kam ihr wie ein Traum vor. Er war doch wirklich hier, oder? Er würde nicht verschwinden, sobald sie den Blick abwandte? Trotz allem, was geschehen war, gestattete sie sich ein erleichtertes Seufzen. Sie waren zusammen. Sie waren in Sicherheit, zumindest im Moment. Der Drache hatte Sola-Il nicht zerstört und die *Orihime* hatte entkommen können.

Dennoch regten sich Sorgen in ihr. *Was sollen wir jetzt tun?*

»Ein Drache in Sola-Il! Und dazu menschliche Shikigami! Was im Namen des blauen Himmels geht hier vor sich?«, brummte Sayo, während sie voranstürmte.

Alles in allem hatten Sayo und Tomoe die Neuigkeit vergleichsweise gut aufgenommen. Aber wahrscheinlich lag das nur daran, dass sie im Moment andere Sorgen hatten.

Sie würden sich bald trennen müssen. Sobald sie den Wald verließen, würden Tomoe und Sayo auf ihr Schiff zurückkehren wollen, und Kurara würde … tja, sie wusste noch nicht, was sie tun würde, nur, dass sie nicht mit ihnen gehen konnte. Prinzessin Tsukimi war allein an ihr interessiert. Sie würde ihre Probleme nicht mit an Bord des Schiffes bringen. Wenn Tomoe und Sayo vernünftig darüber nachdachten, würden sie das auch verstehen. Kurara fragte sich, ob es Feigheit war, dass sie das Thema nicht ansprach. Der Gedanke, sich von ihren Freundinnen trennen zu müssen, tat mehr weh, als sie gedacht hätte.

Dann wären es wieder Haru und sie. So wie am Anfang.

Kurara ließ sich zu Haru zurückfallen. »Wie geht es dir?«, flüsterte sie.

»Im Moment habe ich nur den Befehl, Meister Fujiwa zu beschützen.« Haru senkte die Stimme. »Solange du ihm nicht gefährlich wirst, muss ich auch nichts gegen dich unternehmen. Aber es ist seltsam. Wenn er mir einen Befehl gibt, habe ich nicht das Gefühl, ihm gehorchen zu *müssen*. Es ist eher so, dass ich bei seinen Worten denke: *Oh, das ist eine gute Idee!* Und dann tue ich es. Aber hinterher frage ich mich, was eigentlich über mich gekommen ist. Es ist so, als wäre ich für einen Moment nicht ganz ich selbst. Ich hatte fast vergessen, was für ein Gefühl es ist, wieder einen Meister zu haben.«

»Wieder?«, hakte Kurara nach. Sie hatte den Eindruck, dass Haru ihr so einiges verschwieg, und sie musste wissen, was es war.

Harus Miene wirkte verschlossen, was Kurara zögern ließ. Sie wusste, dass er verstockt sein konnte; sie war es nur nicht gewohnt, dass er sich ihr gegenüber so verhielt. In der Midori hatte er ihr immer alles erzählt, von seiner albernen Schwärmerei für eine Tänzerin oder seinem Vorhaben, Schokolade aus der Küche zu stehlen. Er hatte sie stets an seinen Gedanken teilhaben lassen, egal, was ihm im Kopf herumspukte.

Als Kurara jetzt die Tür zu seinen Gedanken öffnen wollte, fand sie sie fest verschlossen vor.

»Seit wann haben wir Geheimnisse voreinander, Haru?«

Ein überraschtes, barsches Lachen entwich Harus Mund. »Ich habe seit Jahren Geheimnisse vor dir, Rara.« Seine

Worte klangen nicht triumphierend, nur traurig und verbittert.

»Dann hast du also immer gewusst, dass du … dass wir Shikigami sind? Du erinnerst dich an alles vor der Midori? An unsere Kindheit?«

»Wir waren niemals Kinder, Rara.« Harus Blick glitt kurz über ihr Gesicht, während sie hinter Tomoe und Sayo hergingen. »Unsere Körper haben sich verändert, aber wir sind nicht erwachsen geworden. Nicht so wie echte Kinder.«

»Warum kann ich mich daran nicht erinnern?« Madam Ito hatte von einem seelischen Schock gesprochen, aber Kurara fragte sich, ob das stimmen konnte.

Haru trat einen Stein aus dem Weg, der über den Boden hüpfte und außer Sicht rollte.

»Aki. Das war mein früherer Name«, sagte sie.

Er warf ihr einen scharfen Blick zu. »Das solltest du eigentlich gar nicht wissen.«

Kurara presste die Lippen zusammen. Wie konnte sie sich jetzt schon über Haru ärgern? Sie hatte ihn doch gerade erst zurückbekommen. Noch vor wenigen Minuten hatte sie ihn weinend umarmt, und nun hätte sie ihm am liebsten eine Kopfnuss verpasst.

»Ich will die Wahrheit, Haru.«

»Ich habe dir versprochen, nichts zu sagen.«

Kurara hob den Kopf zum Himmel. Sie musste an die Geschichte denken, die Madam Ito ihr erzählt hatte, dass sie und Haru in den Ruinen ihres brennenden Dorfes gefunden worden waren. Und an die seltsamen Träume, an die sie sich nur vage erinnerte. Irgendetwas fehlte. Etwas Wichtiges war mit ihr passiert, aber sie wusste nicht, was.

»Hast du …? Hast du meine Erinnerungen gelöscht?« Wenn es kein seelischer Schock war, was könnte es sonst sein? Die Symbole auf dem Herzstück machten das Wesen eines Shikigami aus. Wie schwierig mochte es sein, wie bei Akane ein paar Jahre auszulöschen? Sie wollte nicht, dass es stimmte, aber je länger sie darüber nachdachte, desto logischer kam es ihr vor.

Haru seufzte und nickte dann. »Symbole zu löschen, ist nicht schwer. Selbst ich kann Teile des Herzstücks eines Shikigami abkratzen.«

Kurara sah den Hieb auf sich zukommen wie eine herabsausende Axt, konnte jedoch nicht ausweichen. Als er sie traf, schwankte sie unter der Wucht. Ihre Beine liefen von selbst weiter, aber ihr Hirn blieb stotternd stehen.

»War es mein Wunsch gewesen?« Sie rang darum, wieder einen klaren Gedanken fassen zu können.

»Ja. Ich wollte es nicht, aber du hast mich darum gebeten«, sagte Haru.

»Welche Erinnerungen hast du gelöscht? Was habe ich vergessen?« Wie viel war verloren gegangen? Welche Erinnerungen hatte sie aufgegeben? Die Leute, denen sie begegnet war, alles, was sie gesehen und erlebt hatte – würde sie diese Erinnerungen jemals wiederbekommen?

Haru sagte nichts. Die Stille wurde nur von einem fernen Donnergrollen durchbrochen.

»Das kann ich dir nicht sagen. Ich hab's versprochen.«

»Du hast es Aki versprochen, nicht mir«, sagte sie.

Kurz sah Haru gekränkt aus. Grauer Nieselregen setzte ein, tröpfelte durch die Baumkronen und machte die Erde schlammig. Mit jedem Schritt versanken Kuraras Füße, als wollte der Boden sie festhalten. Aus dem Nieseln wurde ein prasselnder Wolkenbruch. Vor ihnen suchte Tomoe kreischend Schutz und zog Sayo hinter sich her.

»Na gut. Dann sag es mir eben nicht. Ich finde es selbst heraus!« Kurara rannte an Haru vorbei.

»Rara!«, rief er ihr hinterher. Sie blieb stehen. Er schaute sie einen Moment lang düster an, dann verzog sich sein Mund zu einem Lächeln. »Ich bin froh, wieder hier zu sein.«

Das war der Haru, den sie kannte: der neugierige, freundliche Junge, mit dem sie aufgewachsen war. Die Sterne waren hinter Wolken verborgen und der Wind heulte. Der Regen ließ seine Haare an seinem Gesicht kleben und durchweichte seine Kleider, und doch hatte Kurara ihn noch nie so fröhlich gesehen.

Ein sterbender Stern fiel vom Himmel, und aus dem Stern wuchs ein Baum.

Haru war ihr Stern. Sie war quer durchs Land gereist, hatte gegen Shikigami und die Gestalter des Kaisers gekämpft und der Prinzessin des Reiches getrotzt, nur um ihn wiederzubekommen. Solange sie beide zusammen waren, konnte Kurara alles überstehen, was die Zukunft bringen mochte.

GLOSSAR

Gestalter – Leute, die Papier beherrschen können.
Hakama – Hosenrock, der an der Hüfte gebunden wird und bis zu den Knöcheln reicht.
Katana – Gebogenes Schwert mit einfacher Schneide, das zweihändig geführt wird.
Kimono – Kleidungsstück mit geradem Schnitt. Wird um den Körper gewickelt und muss gefaltet und gebunden werden.
Kitsune – Fuchs-Yōkai, die für ihre Intelligenz und Gerissenheit bekannt sind. In der Mythologie tauchen sie als treue Wächter, aber auch als Betrüger auf.
Ko – Die Währung Mikoshimas.
Kohane – Weitverbreitetes Fluggerät, das zum Transport, zum Kämpfen und für Spähflüge verwendet wird.
Koto – Musikinstrument mit dreizehn Saiten, die über ein Holzbrett gespannt sind. Das Zupfen der Saiten bringt Töne hervor.
Obi – Schärpe, die über einem Kimono getragen wird.
Ofuda – Das von Gestaltern verwendete Papier. Traditionell wird auf das Ofuda ein Segen oder ein Gebet geschrieben, viele Gestalter lassen diesen Schritt aber heutzutage aus.
Okayu – Herzhafter Reisbrei, auch Congee genannt.

Qipak – Fluggerät, das meist für Kurzflüge verwendet wird. Es sieht aus wie ein kleines Fischerboot mit Tragflächen.

Rōnin – Ein herrenloser Samurai.

Shikigami – Geschöpfe aus Papier. Über Shikigami ist nicht viel bekannt. Das Rätsel ihrer Herkunft ist mit der Zeit in Vergessenheit geraten. Ein Gestalter kann ein Shikigami an sich binden, indem er dessen Herzstück mit seinem Blut beschreibt. Ohne einen Meister verfallen Shikigami irgendwann in Raserei.

Shōchū – Meist aus destilliertem Reis hergestelltes Getränk.

Sorabito – Wörtlich: Himmelsmenschen. Jeder, der in den sieben Himmelsstädten geboren wurde. Vom Kaiserreich als Bürger zweiter Klasse angesehen.

Tantō – Kurzschwert, das mit einem Messer oder Dolch vergleichbar ist.

Tatami – Aus gewebtem Schilf oder anderen Materialien hergestellte Matte.

Tenmori-Shu – Getränk, das aus Tenmori-Blumen hergestellt wird, die nur in den Himmelsstädten wachsen.

Yōkai – Übernatürliche geisterähnliche Geschöpfe.

ORTE

Sola-Il – Die erste Himmelsstadt, die je gebaut wurde. Gilt als Herkunftsort der Sorabito.

Sola-Re – Tomoes Geburtsstadt.

Midori – Eine schwebende Festhalle mit Bankettsälen und Privatgemächern, die von den Erdbewohnern erbaut wurde.

Tomuri – Die Hauptstadt von Mikoshima.

DANKSAGUNG

Es gibt viele Menschen, die ihr Gewicht in Gold verdient hätten, für all die Arbeit und Mühe, die sie in dieses Buch gesteckt haben. Ich habe die Danksagung immer für den leichtesten Teil gehalten, aber jetzt ist es mir fast unmöglich, mich zu bedanken, ohne einen hundertseitigen Aufsatz zu schreiben.

Zunächst einmal ein riesiges Dankeschön an meine Agentin Lina Langlee, die als eine der Ersten an mein Buch geglaubt und sich dafür eingesetzt hat. Und auch an Julie Fergusson für die kurze Zeit, die ich unter ihren Fittichen war.

Danke an meine unermüdliche Lektorin Gráinne Clear, die für meine Abschweifungen und albernen Ideen mehr Geduld aufgebracht hat, als man von irgendjemandem verlangen kann. An Amir Zand für das fantastische Titelbild. An Ben Norland, Rosi Crawley, John Moore, Kirsten Cozens, Lizz Skelly und all die anderen netten Leute bei Walker Books für die harte Arbeit und all die Mühen, die in die Veröffentlichung dieses Buches geflossen sind.

Tausend Dank an meine Erstleser Nikoo und Mika Saeki, Tess Ali und Yuma Takemoto sowie die Leute bei der UK Japan Society. Eure Hilfe und eure klugen Kommentare waren für mich von unschätzbarem Wert. Ich wünschte, ich könnte meine Dankbarkeit mit Worten hinreichend zum Ausdruck bringen. Danke auch an meine Freunde Dane, Kimiko, Monika und Chloe, die sich meine endlosen Tiraden angehört haben, wenn ich mal wieder nicht weiterkam.

Und nicht zuletzt vielen Dank an euch, liebe Leser und Leserinnen, dafür, dass ihr dieses Buch zur Hand genommen habt. Ob gekauft, geliehen, getauscht oder von einem nervigen Onkel gestohlen – danke, dass ihr euch die Zeit genommen habt, diese Welt mit mir zu bewohnen.